父母

珍存集　　上册 Vol.1

刘静 著

Our Parents

爱情

北京长江新世纪文化传媒有限公司
www.cjxinshiji.com
出品

目　录
CONTENTS

第一集	・001
第二集	・037
第三集	・095
第四集	・138
第五集	・165
第六集	・201
第七集	・244
第八集	・272
第九集	・309
第十集	・338
第十一集	・370
第十二集	・401
第十三集	・444
第十四集	・478
第十五集	・506

第一集

1　白天　海军炮校办公楼前

明媚的阳光下,年轻的海军军官江德福(30岁)大步流星地走到楼门前,一个急刹车停住。

2　白天　海军炮校办公楼门口

两个海军军官正跟持枪的哨兵交涉。

军官甲:同志,我们真是新来的学员,刚报过到的,不信,我把我的证件拿给你看。

哨兵:首长,你那证件不行,我只认进出这栋办公楼的证件,这是我们的规定。

军官乙不耐烦了:我说你们这是哪儿呀?是国防部吗?哪来这么多臭毛病!

哨兵不吭声,但依然一副不肯通融的样子。

军官甲:真的不行吗?

哨兵略带歉意,但很坚定地摇了摇头。

军官乙又要开口,军官甲急忙将他拖走:算了算了,找机会再说吧。

3 白天 海军炮校办公楼前

目睹这一切的江德福并未离开,他转着脑袋四下打量。

恰好一辆吉普车停到楼前,车上下来四个海军军官,江德福尾随了上去。

江德福直接伸手去拍打走在最后的小个子军官的屁股,那人吓了一跳,急忙回过头来。

江德福的手依然不停,还像个熟人似的对人家笑:我说,你这在哪儿蹭的这么脏?

小个子军官扭头朝后边看,手还下意识地拍打着。

江德福:行啦!不用劳驾你了,我都替你拍干净了!

说着,他像老熟人那样搂着人家的肩膀,朝门口走去。

江德福:这军装太白了,一点儿东西都沾不得!

小个子军官:可不是!再怎么小心也没用,我都不知在哪儿弄脏的!

江德福:这身衣服不能穿,得供着!

小个子军官笑了,两人走到哨兵前,哨兵立正敬礼,小个子军官还礼,江德福也还了个礼。

4 白天 海军炮校办公楼内

两人停住了脚。

小个子军官:请问你找谁?

江德福装傻:是呀,我找谁来着?

小个子军官警惕地看着他，江德福笑了：噢，想起来了，想起来了，我找丛校长，丛光跃校长。

小个子军官依然望着他，江德福只好再补充：丛校长是我二野的老领导，我是他的老部下，我到这里学习，得先向老领导报个到哇！

小个子军官热情了：校长办公室在二楼，左手最里头，门口挂着牌子呢！

江德福：好咧！谢谢！

5　白天　丛校长办公室

丛校长（42岁）正在办公桌前写东西，一抬头，看见悄无声息地站在自己面前的江德福，吃惊得手里的钢笔都掉了。

江德福坏笑着：首长，吓着您了吗？

丛校长：你小子打哪儿冒出来的？怎么神出鬼没的？！

江德福：领导忘了我是干什么的了？

丛校长笑了：忘不了！你是侦察大队的大队长，一等功臣！

江德福不好意思了：我又没让领导记这些。

丛校长：我还就记住这些了！你怎么来了？

江德福一个立正：校长同志，一大队二区队学员江德福前来报到！

丛校长高兴地笑出声来，他起身走到江德福面前，伸出双手。

两人热烈握手，松开手，江德福又张开了双臂，丛校长赶紧后退一步：你要干什么？

江德福笑了：我要拥抱你。

丛校长摆手：这个免了！这个不用！

江德福看着自己张开的双臂，故意装着难为情：怎么办？这怎么办？

丛校长笑了，捶了他一拳：知道你在军调部待过，跟美国鬼子没学什么好东西！来，过来坐！

两人坐到沙发上，促膝谈心。

丛校长：有孩子了吧？男孩儿还是女孩儿？

江德福：没有，什么都没有。

丛校长一脸怀疑：怎么回事？谁的问题？

江德福：谁的问题都不是，我们离婚了。

丛校长不满地望着他：想不到你小子也赶这种潮流！

江德福：我不是，我跟他们不一样。

丛校长：那你是什么？你为什么？

江德福移开目光：为什么我不想说，但我绝不是喜新厌旧，我不是那种人，领导应该了解我。

丛校长不相信地望着他，江德福与他对视，毫不躲闪。丛校长先移开目光，叹了口气：唉！这个风气可不好！

江德福：是不好！但我跟这个风气没有关系，这点我以党性担保。

丛校长：好吧，我们不谈私事了，谈点儿别的吧！

6　傍晚　军人俱乐部

俱乐部张灯结彩，挂着"欢度国庆节"的横幅。

7　傍晚　林荫道上

丛校长和妻子杨书记（36岁）走在林荫道上。

杨书记：你走那么快干吗？又不是给你找对象！

丛校长：我要看看你给我们挑了些什么样儿的对象来！

杨书记：我先给你打个预防针，你也别寄太高希望了！

丛校长停下，望着她不说话。

杨书记笑了：你想啊，这不是明摆着的吗？好看的姑娘像花一样，开一朵，让人家摘一朵！连好看一点儿的花骨朵，都有人在一旁守着，等着先下手为强呢！

丛校长：你的意思是，今天来的，都是些不好看的？

杨书记：那倒不至于，但特别好看的，恐怕不会有吧？

正说着，对面匆匆走过来三个长相不太好的女孩儿，见了杨书记，毕恭毕敬地站住了。

女孩儿甲：杨书记。

杨书记难为情地看了丛校长一眼，见他一脸失望。

杨书记：你们迟到了吧？还不快点儿跑！

三个女孩儿一路小跑地离开了，丛校长望着她们的背影，迟迟不动。

杨书记：怎么了？怎么又不走了？

丛校长：你看看你都带来些什么人？怎么没一个好看的？

杨书记：我不是给你说了吗？让你别寄太高希望！再说了，你刚见了三个人，这样下结论也为时过早吧！

丛校长：三个没一个好看的！按概率推算，其他人可想而知！就这样的，你也好意思往我们炮校里领！

杨书记：你们炮校有什么了不起的？名字叫得怪吓人的，炮校！不知道的还以为你们这里大炮林立呢！谁会想到这里是文盲林立！就你们这些文盲加土包子，这模样儿的就行了！还指望牛粪上插鲜花呀！

丛校长：你这个人，就是立场观念有问题，打骨子里瞧不起工农干部！又是土包子，又是牛粪的！牛粪怎么了？牛粪更有营养！土包子怎么了？土包子进城，还偏要开开洋荤呢！怎么啦？不行吗？

杨书记：行！行！太行了！别说地上的洋荤了，就是天上的洋荤也行啊！癞蛤蟆尝尝天鹅肉嘛！

丛校长：癞蛤蟆就癞蛤蟆！我们这些"癞蛤蟆"还看不上你们这些"天鹅肉"呢！你看看你带来的这些"天鹅肉"！

8　傍晚　篮球场内

江德福带球横冲直撞，将人撞倒也不管，裁判吹哨也不听，一路狂奔，将球带到篮下，却未投中，引来一片笑声。

裁判老丁（34岁）跑过来一把拽住他，江德福扒拉他的手：你当裁判吹哨就行了，怎么还动手了？！

老丁：我吹哨你听了吗？

江德福：你以为你动手我就听呀？

老丁用手指了一个方向：我知道我就是动脚你也不听呀！校长叫你呢！

江德福顺着老丁的手指望过去，见校长正冲他招手。

9　傍晚　篮球场边

杨书记：你叫他干什么？

丛校长：我叫他去跳舞！叫他去扒拉扒拉你那些"天鹅"，看看有没有顺眼的！

杨书记：他不是刚离婚吗？你让他歇歇吧！

丛校长：离婚又不是力气活，有什么可歇的！

杨书记：刚放下碗里的，连嘴还没擦干净呢，就往锅边上挤，像话吗？

丛校长：有什么不像话的？他又不是死了老婆，要等上一段时间再娶！他是离了婚的！离了父母包办的封建婚姻！

杨书记：我最烦他们这一点了！明明是进了城喜新厌旧的陈世美，还偏要打着反封建的旗号！什么东西！他们当初是被捆着进洞房的吗？

江德福满头大汗地跑了过来：校长，有什么指示？

丛校长：你怎么不去参加舞会？

江德福：我去参加那玩意儿干什么？男男女女搂搂抱抱的，什么玩意儿，我不参加！

丛校长扭头去看，杨书记果然在撇嘴。

丛校长：你这家伙真不知好歹！人家地方同志这么热心，这么关心你们这些单身汉的终身大事，你还说这种话，难怪人家不爱听了！

江德福：嫂子，我这是实话实说，请你多包涵。

杨书记：想不到江团长这么年轻，还这么保守！

江德福：我是土包子进城，见不得这些。

丛校长：那就更要改造了！走！穿上衣服跟我走！

江德福不想去，丛校长瞪眼睛：你想干什么？我还叫不动你了？

江德福抹了把汗：行，行，我服从命令，我观摩观摩去！

江德福不得不去穿衣服了，杨书记又撇起了嘴。

丛校长：你又撇什么嘴？

杨书记：这么封建的人，还离什么婚！包办婚姻正适合他！

丛校长：人家离个婚，看把你烦的！

杨书记：我是替我们女人打抱不平。哎，他不会有孩子吧？

丛校长：他有没有孩子关你什么事？

杨书记：当然关我的事了！我把人给招来的，给人家找个离婚的也就罢了,要再找个带孩子的爹,像话吗?

丛校长:像不像话都要给我挂到墙上去!这还由得了你们!就冲你招来的那些个"丑天鹅",能不能上我们的墙上,那还两说呢!

10　傍晚　马路上

一辆人力车跑了过来,年轻貌美的安杰(21岁)忧郁地坐在车上。

一辆军用卡车疾驰而过,车上坐着一群海军士兵。一个士兵指了指安杰,大家都往人力车上看,安杰不高兴地将头扭向了一边。

11　傍晚　海军炮校大门口

一群花枝招展的姑娘聚在门口,安杰坐着人力车过来,在众人复杂的目光注视下,付钱下了车。她有些紧张,有些不自在,脚下一闪,差点儿绊倒。

姑娘甲:什么臭毛病!有公共汽车不坐,偏要剥削人!

姑娘乙:就是!这种地方,就不该让她这种人来!

姑娘丙:人家还不是来了,还打扮得这么漂亮!

姑娘丁:人家不打扮也漂亮,人家是天生的美人。

姑娘甲:美人有什么用?资本家的女儿不值钱!

女团支部书记从传达室跑出来,大声喊:走吧!大家跟我走!

大家三三两两地往院内走,安杰孤零零地跟在最后边,还有些一瘸一拐的。

12　傍晚　军人俱乐部门口

安杰上台阶的时候,脚又扭了一下,她"哎哟"叫了一声,蹲下来痛得直吸冷气。团支书回过头来,居高临下地望着她:怎么了?

安杰：我脚扭了。

团支书怀疑地望着她。

安杰赶紧说：没事，我没事。

团支书继续往前走了，安杰瘸得更厉害了，她吃力地上着台阶，身边经过的一个女孩儿扶了她一把。

安杰：谢谢。

女孩儿：不客气。你这样还能跳舞吗？

安杰仰望着高大气派的军人俱乐部，深深地叹了口气。

13　晚上　舞场

人们在翩翩起舞，安杰孤零零地坐在场外的椅子上，显得格外触目。

团支书跳舞跳到安杰身边，不满地望着她。安杰在这种目光下，慢慢地低下了头。

丛校长、杨书记、江德福三人来了。

三人站在安杰后边，江德福望着跳舞的人们，皱起了眉头。

丛校长：你皱着个眉头干什么？

江德福：校长，不瞒你说，我真见不得这个！男男女女，认识不认识的，上来就拉拉扯扯、搂搂抱抱的，像什么样子！我找老婆，可不找这些会跳舞的女人！

杨书记斜眼望着他，心里想：那你就不该和乡下不会跳舞的老婆离掉！

杨书记扯扯丛校长：走，咱们跳舞去！

丛校长问江德福：我跟自己老婆跳舞，你没意见吧？

江德福：没意见！没意见！这个行！你们行！

丛校长和杨书记进了舞池。

有人请安杰跳舞，安杰指着自己的脚，摇头拒绝。

团支书铁着脸走了过来：你为什么不跳？你来是干什么的？

安杰：我的脚扭了，痛得厉害。

团支书：你扭得可真是时候！你是故意的吧？

团支书的声音很大，引起了江德福的注意。

安杰的声音很小：我不是故意的，我怎么会是故意的呢？

团支书：通知你来的时候，你就很勉强！你以为这儿是那么好来的呀？要不是人手不够，哪轮得上你呀！

江德福的眉头又皱了起来，他看见挨了训的安杰站起身来，可怜巴巴地回头张望。两人的目光碰到了一起。

安杰一瘸一拐地走了过来，江德福下意识地向后退了两步。安杰停下脚步，难为情地望着他。

江德福动了恻隐之心，他一咬牙走了上去：咱先说好了，我可不会跳这玩意儿！

安杰：我跳得也不好。

江德福点头：那好吧，那咱就先去凑合凑合吧！

两人上了场，都站在那儿不动。江德福环顾了眼四周，撸了撸袖子：来吧，我就照葫芦画瓢了！

安杰笑了笑，羞涩地伸出手来。

江德福握住安杰的一只手，又扭头看了眼身边的人，把另一只手放到了安杰的腰上：可以跳了吧？

安杰点了点头。

江德福：那就跳吧，你将就点儿吧！

安杰抬起头来看他。四目相视,安杰有点儿慌,江德福也不自在。
杨书记捅了捅丛校长。

杨书记:哎哎,你看,你快看!

丛校长:我又不是没长眼!再说有什么可看的!

杨书记撇嘴:哼!刚才还说不找会跳舞的女人呢,想不到数他的眼光高!

丛校长笑了:嗯,眼光是不错,还挺毒的!这里数这个好看!

杨书记:光好看有什么用?长得再好也不能要!

丛校长:为什么?

杨书记:她出身不好,她们家是资本家!这样的人你们能要吗?

丛校长没好气:不能要让她来干吗?

杨书记:让她来是凑数的,因为……

丛校长:因为什么?

杨书记:来的好看的人不是不太多嘛!

丛校长:还不太多呢!哪有什么好看的?就这个好看,这个还不能要!真是乱弹琴!

杨书记:行啦行啦!越说你还越来劲了!大不了一对儿也不成,你就把这儿当成一场军地联欢会得了!

丛校长:看你说的这轻巧劲儿!

杨书记:哎哟!你踩我脚干吗?你是故意的吧!

丛校长笑了:我怎么会是故意的呢?

安杰和江德福在小心翼翼又紧张万分地跳着舞。

安杰:哎哟!

江德福:对不起!对不起!又踩着你了!

安杰：没关系。

江德福东张西望：哎呀，怎么还不完呢？

安杰：马上就要完了。

话音刚落，舞曲就完了。

江德福松开手，长出了一口气：老天爷！可算完了！看把我跳得这一头汗！

安杰看了他一眼：对不起。

江德福：应该我说对不起，把你踩得可不轻！

安杰笑了笑，往场外走去，她好像瘸得更厉害了。江德福望着她的背影，追了过去：哎，我说，你脚这样了，还能再跳吗？

安杰看了他一眼，叹了口气。

江德福：我看你还是别跳了，快回去吧！

安杰又看了他一眼，摇了摇头。

江德福：你是不是怕领导说你呀？要不这样吧，我替你说说去。

江德福说完就向杨书记那边走去。

安杰远远看着江德福在跟杨书记说着些什么。

杨书记和丛校长望着江德福陪安杰往外走。

杨书记又撇嘴：真是英雄难过美人关！可惜呀！

丛校长：可惜什么？

杨书记：可惜他是瞎子点灯——白费蜡！他一个战斗英雄，年轻有为，前途无量，能找这么个家庭出身的人吗？

丛校长：你看你给找的这个麻烦！

杨书记：怎么又赖到我头上来了？我是让她来凑数跳舞的，谁让你们打她的主意了？

丛校长：人家不是不知道吗？你没看见他的眼睛都亮了？

杨书记：哼！岂止是他的眼睛亮了，我看连你的眼睛也亮了呢！

14　晚上　俱乐部门口

安杰出了俱乐部的大门，长出了一口气，一旁的江德福笑了。

安杰：谢谢您，我走了。

江德福：你的脚行吗？用不用我找车送送你？

安杰：不用不用，外边有车，不麻烦了。

江德福站在那儿，一动不动地目送着一瘸一拐的安杰。突然，一个篮球砸在他的背上，他"哎哟"一声跳了起来。

老丁走过来：这是谁呀？一瘸一拐的，让你看得这么入迷。

江德福：她是我的舞伴！我刚跟她跳过舞！

老丁：什么？你会跳舞了？什么时候学的？

江德福：刚学的！刚学会！

老丁：这么说，是你把人家踩瘸的？

江德福笑了：也不完全赖我，但也有我的份儿！

15　晚上　安家客厅

安泰（29岁）在翻报纸，安欣（25岁）和安妻（28岁）在缠毛线，安晨（6岁）在画图画。

安欣有点儿心不在焉，她撑着的毛线又脱落了一大股，安妻不满地望着她。

安妻：你这是怎么了？一晚上都心神不定的！

安欣：也不知小妹怎么样了，唉，怪可怜的，想想都替她难受得慌。

安妻：你难受什么呀？有什么难受的？有什么可怜的？参加舞会跳舞还可怜哪？

安欣：你知道什么呀？那种舞会，还不是送上门去让人家当对象挑的嘛！

安妻：这有什么不好呢？小妹若是能嫁个军官，那是她的福气！也是咱们家的福气！

安欣：我就知道你会这样想！

安妻：这样想有什么不对呢？我还不是替小妹着想！

安欣：你替她着想？我看你是替你自己着想！

安妻：就算是替我着想，难道不是替这个家着想吗？像我们这种人家，能找个解放军，也算是高攀了！你还在这儿觉得委屈，人家能不能看上咱们，那还两说呢！

安欣扯下毛线，站了起来。

安妻：你干吗？

安欣：你自己缠吧！

安泰放下报纸：又吵！又吵！动不动就吵，烦不烦人！

安欣：你刚烦呀？你早就应该烦了！自己的妹妹让人家逼着去参加那种舞会，你这当哥哥的还有心思看报纸！

安泰：你一口一个那种舞会、那种舞会的，那是哪种舞会呀？那难道是什么火坑吗？

安欣：不是火坑，但也比火坑强不到哪儿去！单凭送上门去，让人家挑挑拣拣这一点，你不觉得屈辱吗？

安泰：安欣，你想得太多了！太敏感了！不就是去军校跳个舞吗？怎么就扯上屈辱不屈辱了呢？再说了，就算人家有那种意图，人家能挑她，难道她就不能挑人家吗？

安欣：挑人也不能到那种地方去挑呀！我听说那种地方其实就是扫盲的地方！那里的人其实都是些大老粗！小妹能嫁那种人吗？

外边有动静,安晨跑到窗前往外看:是小姑,小姑回来了。

安欣看了眼手表,安泰和安妻同时看向墙上的挂钟。

安妻:怎么这么早就回来了?

门开了,安杰一瘸一拐地走进屋。家人面面相觑,安欣迎了过去:你这是怎么了?

安杰不说话,径直往楼上走。

安欣:他们,惹你了?

安杰转过身,突然发脾气:没人惹我!是我自己把脚给扭了!

16　晚上　安杰卧室

安欣拿着膏药,轻轻推开房门。屋里黑着灯,白色的蚊帐摇曳着。

安欣坐到床边,掀开蚊帐:你起来,把膏药贴上。

安杰坐了起来,伸出了伤脚。

安欣:哪儿呀?

安杰:这儿。

安欣仔细地给她贴着膏药,突然一滴眼泪滴在手背上。安欣抬起头来,月光下,安杰泪流满面。

17　晚上　江德福宿舍

蚊帐里,江德福翻来覆去地睡不着。

老丁开口说话了:你怎么了?

江德福:奶奶的,我睡不着!

老丁:这么说,你失眠了?

江德福:奶奶的,想不到失眠这么不好受!

老丁:是因为跳舞跳的吗?

江德福：……

老丁：是吗？

江德福：……

老丁：你又睡着了？

江德福：我要是睡着了就好了！

老丁：那你为什么不放声了？

江德福：我还有脸放声？跳个破舞，还把自己给跳得睡不着觉了，这叫什么事呀！

老丁：那个被你踩瘸的舞伴真那么好看？

江德福：好看，真是好看！好看得像年画上的人似的！

老丁：是吗？怪不得你睡不着觉了呢！说说，你是怎么跟年画上的人跳舞的？

江德福：唉，别提了！我本来就不会跳舞，又特别烦跳舞，再加上她又长得那么俊，你说我这心里能不慌吗？这心要是慌了，这手脚能听使唤吗？这手还好，除了冒点儿汗，湿乎乎的，还闯不了什么祸，可这脚就给老子丢大人了！踩不到点上不说，还老踩人家的脚！把人家踩得哎哟、哎哟直叫唤！

老丁哈哈大笑，半天停不下来。

江德福下了床，掀开了老丁的蚊帐：你笑什么？

老丁坐了起来，笑得直抹眼泪。

江德福：有什么好笑的？把你笑成这样？

老丁：当然好笑了，你让人家哎哟、哎哟直叫唤！

江德福摔了蚊帐，回到自己床上：你这人可真下流！跟你说正经的，你却这么不正经！

老丁：好好好，我正经！我正经！我正儿八经地跟你说，既然动心了,你就行动呗!反正你也离婚了,也算是单身了,有资格追了!

江德福:看你像吃了灯草似的,说得这么轻巧!好像我想追就能追上似的!那么漂亮的洋学生,哪是为我这种大老粗准备的!

老丁:现在洋学生嫁大老粗的有的是,你又不是头一个,你担什么心呢!我看你还是追追看,追上了算你赚了,追不上就算了,也没啥损失!

江德福:我还是个"二婚头",人家能干吗?

老丁:你脑门上刻着"二婚头"了吗?你不会先不说呀?等追到手了,生米做成熟饭了,她不干也得干了!

江德福笑了:老丁啊,自从跟你住进一个宿舍,我就没学什么好!

18　白天　海军炮校办公楼前

江德福站在墙角外,不时探头向外张望。终于,校长过来了。

江德福冒了出来,假装无意撞上:哟,校长,下班了?

丛校长上下打量他,不说一句话。

江德福笑了:好好,算领导厉害,你火眼金睛,什么也瞒不了你!

丛校长:说吧,找我什么事?

江德福:校长,有你们这么当媒人的吗?把我强行拉去了,你们又没下文了。

丛校长:你不是不找会跳舞的女人吗?

江德福:人不是会变的吗?旧思想不是可以改造的吗?

丛校长:跳一次舞就能把旧思想改造了,那还要政委干什么?都去跳舞得了!

江德福：那得看是什么事！找对象这种事，还是跳舞管用！

丛校长：这么说，你是看上那天跟你跳舞的那个丫头了？

江德福点头：对对，你看她行不行？

丛校长摇头：别人都行，唯独她不行！

江德福：她怎么不行？难道她结过婚了？有对象了？

丛校长：那倒没有！

江德福：没有为什么不行呢？

丛校长：她家庭出身不行！她是资本家出身，是资本家的小姐！

江德福很吃惊，不说话了。

丛校长：你怎么不说话了？害怕了？

江德福：笑话！我害什么怕？这有什么可害怕的！不就是个资本家吗？咱们日本鬼子、美国鬼子、国民党反动派都收拾了，还怕收拾不了一个资本家小姐？我本来还有些担心，担心自己离过婚，配不上人家。这下好了，我俩半斤八两了，谁也别嫌乎谁了！

丛校长：你说得也是！你离过婚，她的出身不好，你俩也算是旗鼓相当了！我看她的出身也没什么大不了的，她一个青年学生，刚参加工作不久，能有什么问题？我们党讲究成分论，但又不唯成分论。首长也有找出身不好的，不也过得好好的吗？

江德福：就是！说不定她也能跟我过得好好的呢！

丛校长：这也说不定！关键要看你俩有没有缘分。

江德福：我看我俩还是有点儿缘分的，要不然，我这么讨厌跳舞的人，还能跟她搂在一起跳舞？

丛校长摇头：真是英雄难过美人关哪！

江德福：我能不能过关，关键要看媒人的本事了！

丛校长：你小子，还用上激将法了！

19　晚上　杨书记家卧室

丛校长靠在床头看报纸，杨书记抹着脸进来。

丛校长：要睡觉了，你抹这么香干什么？

杨书记：我每天都抹这么香，你怎么今天才闻到？

丛校长：再抹也这个样儿，脸上也开不了花！

杨书记：你是不是嫌我老了？想换个年轻漂亮的？现在离婚成风，你是不是想追这股风啊？

丛校长：你又来了！你成天说这个，你不累呀！

杨书记：我不累！我这是警钟长鸣，对你有好处！

丛校长：你这是闲的！对了，你把手里的钟绳放了吧，你有事干了！江德福看上那个资本家小姐了，让你当媒人呢！

杨书记：你没告诉他，她的家庭出身不好吗？

丛校长：我能不说吗？但人家不在乎！还说自己离过婚，跟她是半斤八两，谁也别嫌谁！

杨书记笑了：这话倒不假！那我就介绍试试？

丛校长：试试可不行！这事只许成功，不许失败！要不还让你当什么媒人！

20　白天　杨书记办公室

杨书记在打电话：什么？她犹豫？她还犹豫？

电话那头不知说着些什么，杨书记脸色越来越难看：她这哪是不知好歹呀，她这是不识时务！是不知道自己几斤几两！你让她现在到我办公室来一趟，我亲自跟她说！

杨书记放了电话，自言自语：还反了她了！

21　白天　药房办公室

药房女主管对安杰苦口婆心说道：杨书记让你到她那儿去，她要亲自给你说，我看这事就由不得你了。我给你出个主意吧，待会儿见了杨书记，她说什么你听什么，她怎么说你怎么答应。不就是见个面吗？又少不了你一块儿肉！你不愿意别跟杨书记说呀，你去跟那个团长说！现在是新社会了，人家解放军还能逼亲吗？这样的话，对杨书记也算有个交代了，你也不至于用胳膊去拧大腿了！

22　白天　杨书记办公室

门外传来轻轻的敲门声，杨书记刚要喊"进来"，又临时改了主意。她拿起一张报纸，翻看着，任由外边敲门声持续着。

23　白天　杨书记办公室门外

安杰有些疑惑，也有些焦虑。路过的人都看着她，连旁边办公室也有人出来了，是个中年男子。

中年男子：杨书记大概不在吧？你改日再来吧！

安杰：噢。

安杰正要走，里边传出"进来吧"的喊声。安杰吃了一惊，愣在门口不动。

中年男子：还不快进去！

24　白天　杨书记办公室

杨书记坐在办公桌前，用钢笔不断敲着桌子，上下打量着安杰，安杰肃立在她面前，出了一身汗，杨书记这才开口：你热吗？

安杰摇头。

杨书记：知道为什么找你来吗？

安杰点头。

杨书记不耐烦：你不要老点头，也不要老摇头，你说话！

安杰：嗯。

杨书记：大点儿声！

安杰提高音量：嗯。

杨书记：行啦，言归正传吧！听说你还犹豫？告诉我，你犹豫什么？

安杰：……

杨书记：怎么又不说话了？你说话呀！

安杰小声：我去。

杨书记：什么？我没听清！

安杰又提高音量：我，我可以去。

杨书记：怎么又可以去了呢？

安杰不作声，见杨书记盯着自己看，又不得不回答：可以去。

杨书记：我问你为什么又可以去了？是你自己想通的？还是我逼的？

安杰：……

杨书记起身走了过去，安杰吓得后退了一步，杨书记又气又好笑：我是老虎吗？我能吃了你吗？我最后再问你一遍，你见还是不见？

安杰的脾气也上来了：我见就是了！

杨书记反倒笑了：嗬！你小姐脾气还不小呢！行！就今天晚上吧，就在我家见！你可以走了！

安杰转身离开，杨书记望着她的背影，似乎有些不忍，又追了过去,手搭在安杰肩上:你用不着这样!我也只是牵个线搭个桥,没人强迫你,行就行,不行就算!新社会了,婚姻自主,你自己看着办!

25 傍晚 安家楼梯

安欣上楼,安杰下楼。姐妹俩停下脚步,四目相视,无可奈何。

安欣轻声地:早去早回。

安杰点头:嗯,知道了。

26 傍晚 安家客厅

安泰站在窗前,望着往大门外走的安杰,安妻凑了过来:我看这亲相不成。

安泰回头看了她一眼。

安妻:她连打扮都没打扮,她这是去应付差事呢!

安泰叹了口气。

安妻:你光叹气有什么用?你也不说说她,就让她这么由着性子来!你们以为天上能天天掉馅饼啊!

安泰:你给我闭嘴吧!你不说话,没人把你当哑巴!

27 傍晚 江德福宿舍

一身白色海军服的江德福不停地看手表,有些坐立不安。

老丁:江德福,不是我说你,你是个离过婚的人,再去相个亲,至于激动成这样吗?

江德福:不瞒你说,我是有点儿激动。

老丁:我还用你瞒?我长眼睛干什么?再说了,你这是有点儿激动吗？你激动得有点儿过分了！不到十分钟，你看了几次表？你这是失态呀！严重失态！

江德福：我承认我失态，我这不是没把握吗？我这心里不是七上八下的吗？

老丁：你干吗要七上八下的？你应该稳操胜券才对呢！虽说你俩半斤八两、势均力敌，但毕竟你有校长和书记两员大将给你保媒呀，你占尽了天时地利人和，这亲事再成不了，除了说明你是个笨蛋，就没什么可说的了！

江德福笑了：奶奶的！让你这么一说，我的压力更大了！

老丁上下打量他。

江德福：你看什么？

老丁从自己口袋里抽出一支钢笔，别到江德福上衣口袋里，看了看，还不满意，又拿起书桌上的钢笔，同样别到了江德福口袋里。

江德福低头看了看，抽出一支笔来：两支就行了，三支反而露馅了！

老丁笑了：好！心中有数，好啊！

28　傍晚　杨书记家门前

丛校长望着远处一身戎装的江德福笑了：好家伙，雄赳赳、气昂昂的！

杨书记抱着一岁多的儿子：但愿他能跨过鸭绿江！

丛校长：你什么意思？

杨书记：这还听不出来吗？我是在祝你们好运！

丛校长：这话应该我说才对！我应该祝你们好运才是！这么精神的男人，上哪儿找啊！

杨书记：上炮校找呗！

丛校长：我看也只能到我们这儿找了！

江德福到了，杨书记上下打量着他：江团长，真是人靠衣服马靠鞍呢！你这精神得我都快认不出来了！

江德福：精神什么呀，还不是老样子！

丛校长：你今天格外精神，这是事实，你用不着谦虚！

杨书记：人逢喜事精神爽嘛！这也是事实！对不对，江团长？

江德福不得不点头：对对，你说得没错。

杨书记：站在这儿干吗？咱们进屋等吧！

丛校长：对，进屋去！喝茶去！

29　傍晚　海军炮校大门口

杨书记的儿子（12岁）和女儿（8岁）等在大门口，安杰坐着人力车过来了。

女儿：看！那个阿姨肯定是新娘子！她多好看呀！她的辫子多长呀！

儿子：你在这儿守着，我回去报信！

儿子说完撒腿就跑。

安杰走到哨兵跟前，小姑娘尾随过去。

安杰：同志，我到丛校长家里去。

没等哨兵说话，小姑娘插了进来：阿姨，你是新娘子吧？你要到我家去吧？走，我领你去！

安杰慌忙去看哨兵，哨兵正好奇地看着她，然后做了个放行的手势，安杰跟着小姑娘进了院儿。

30　傍晚　杨书记家客厅

大家在喝茶，门外传来儿子的叫声：来了！来了！新娘子来了！

丛校长：你看看，我儿子比你都性急，恨不得让你今晚就进洞房呢！

儿子冲进来：新娘子来了！她辫子可长了！能卖好多钱呢！

正在喝茶的江德福被一口呛住，一个劲儿地咳嗽。

杨书记和丛校长都笑了起来，儿子端起茶杯就大口喝起来，也被呛得直咳嗽。

杨书记拍着儿子的后背：人家的新娘子，你激动什么！

这时，外边传来女儿的喊声：妈！新娘子阿姨来了！

杨书记笑了：你们相个亲，看把我们家热闹的！

31　傍晚　杨书记家外屋

杨书记上下打量着安杰，眉头皱了起来：来了？

安杰：嗯。

杨书记：跟我来吧。

32　傍晚　杨书记家客厅

丛校长和江德福起身迎客。

杨书记：小安，来，介绍一下。这是江团长，抗美援朝中的一级战斗英雄，我们最可爱的人！江团长，这是我们医院的会计小安，安杰！快握个手认识一下吧！

江德福主动伸出手来，安杰看了杨书记一眼，不得不伸出了纤纤玉手。

杨书记接着介绍：这是我爱人，这是我小孩儿！我们家第一次干这种事,全家人都很激动!都站着干吗?快坐下吧!

大家坐下,杨书记一手拽着一个孩子的胳膊,将他们拉了出去。

保姆进来倒茶,安杰礼貌地道谢。保姆退出,三个人冷了场。

丛校长清了清嗓子:小安同志,吃饭了吗?

安杰:吃了。

丛校长:吃的什么饭?

安杰:……

杨书记正好进来:你问人家这个干吗?

丛校长:这不是拉家常吗?那你说该问什么?

杨书记冲他使了个眼色:该问的多了!再说也不该你问哪!

丛校长站了起来:既然没我什么事,那我出去转转去!

丛校长走到门口,见杨书记坐在那儿不动,就站住了:我说,你还坐在那儿干吗?没我的事,就有你的事了?师傅领进门,修行在他们个人!你让人俩谈去吧,咱们撤!

杨书记:那行,你们好好谈谈吧!江团长,你要主动啊!小安,你也要好好配合!

杨书记和丛校长离开,特意将客厅门关上。

33 傍晚 林荫道上

丛校长和杨书记在散步。

丛校长:你看他俩能成吗?

杨书记:我看悬!

丛校长:为什么?

杨书记:那丫头今天连身衣服也没换,还是上班穿的那套!她都没收拾,没打扮,可见她是来应付差事的!

丛校长：这么说，是你逼人家来的？

杨书记：我可没逼她！是她自己同意来的！这人倒是来了，可分明又没有诚意！这些资产阶级，真让人讨厌！

丛校长：不成就不成吧，千万别勉强，他俩的确差距太大了，成了麻烦也少不了！

杨书记：咱俩可真不是当媒人的料！脑袋瓜子一热，就安排人见面，简直是瞎耽误功夫！

34 晚上 杨书记家客厅门外

哥哥对妹妹耳语，妹妹直点头，紧接着推开了客厅的门。

35 晚上 杨书记家客厅

小姑娘推门进来：阿姨，我来找点儿东西。

安杰：唉，你找吧。

小姑娘煞有介事地翻了几个抽屉：阿姨，我没找到，我走了。

安杰：唉，好吧。

36 晚上 杨书记家卧室

儿子：他们在亲嘴吗？

女儿：没有亲嘴，他们隔老远坐着，怎么亲嘴！

儿子：他们在干什么？

女儿：他们什么也没干，就在那儿坐着，阿姨好像还不高兴。

女儿：那叔叔呢？

女儿：我没看见，我光顾看阿姨了。

儿子：真是个笨蛋！白进去了一趟！

37　晚上　杨书记家客厅

安杰拘谨地坐着,江德福则满头大汗:怎么这么热呀,你热不热?

安杰:我不热。

江德福端起茶杯咕咚咕咚喝水,安杰斜着眼看他。

江德福:你也喝点儿水吧。

安杰:谢谢,我不渴。

江德福笑笑,提起暖壶给自己倒水。加满了水,想了想,又走过去给安杰加水,一看她的水杯是满的,他顺手将茶水泼到地上一半,安杰的眼更斜了。

江德福弯着腰续开水,小姑娘又推门进来:阿姨,我还要找东西。

安杰冲她笑笑,小姑娘又开始翻抽屉。

小姑娘:阿姨,我还是没找到,阿姨再见。

安杰:再见。

小姑娘走到门口又回过身来:叔叔再见!

江德福受宠若惊,连忙转头说"再见"。这边没注意,开水溢了出来,流到了安杰的腿上。

安杰一声惊叫,跳了起来。

江德福一看安杰的裤子上湿了一大片,赶紧放下暖壶,急得团团转。

38　晚上　杨书记家客厅外

两个孩子在门外吃惊地对视着。

儿子:怎么了?

女儿:不知道。

儿子：阿姨叫什么？

女儿：不知道。

儿子：他俩打起来了？

女儿：不知道。

杨书记和丛校长回来了，见两个孩子在门外偷听，急忙过去要拉他们走，这时屋里一声巨响，吓了大家一跳。

39　晚上　杨书记家客厅

杨书记推开门，见两人站在一起，地上是摔碎的暖壶。

杨书记：你们这是怎么了？

江德福跑过来：你家有药吗？我把人家给烫了！

杨书记看见安杰裤子上的水迹，吃了一惊：天哪！烫了这么大片！快把裤子脱下来！你们都给我出去！

江德福等人退了出去。

40　晚上　杨书记家客厅

丛校长望着江德福的满头大汗，很吃惊，问道：你在里边干什么了？热得这一头大汗！

江德福：我什么也没干！我能干什么呀！

丛校长：你什么也没干，人家腿是怎么烫的？

江德福：我去给她倒水，心里本来就紧张，你女儿又跟我打招呼，我一不小心，倒猛了！

丛校长低头问女儿：你进去干什么？

女儿指着哥哥：他让我进去看看叔叔阿姨亲没亲嘴！

儿子吓得一溜烟跑了，女儿也跑走了。

丛校长笑了：在里头亲嘴了吗？

江德福用袖子擦着头上的汗：亲什么嘴呀！连她的嘴长什么样儿我还没看清呢！

门开了，杨书记出来了。

江德福：烫得厉害吗？

杨书记：当然厉害了！你干的好事！你陪人家到卫生所去看看吧，我这儿看不了！

安杰一瘸一拐地出来了，江德福担心地望着她。

41　晚上　杨书记家门口

丛校长和杨书记站在门口目送他俩。

丛校长：真是怪事！每次见她，她都一瘸一拐的！有那么厉害吗？

杨书记：我也不知道！让她脱下裤子看看，她死也不脱！大概烫得不轻吧？裤子湿了一大片呢！再加上人又娇气，还能自己走，就不错了！

丛校长：这大概也是缘分吧？不是说不打不相识吗？我看他俩没准儿能成呢！

杨书记：哼！那可真是便宜她了！

丛校长：你说便宜谁了？娶个资本家小姐是占什么便宜吗？

杨书记：恰恰相反！我是说便宜了这个梳着两条大辫子的资本家小姐了！新中国成立前她就过好日子，新中国成立后她还能过好日子！这不是便宜又是什么！

42　晚上　海军炮校院内

安杰一瘸一拐地走着，江德福小心翼翼地陪着。

江德福：你还是到我们卫生所去看看吧？

安杰：不用。

江德福：怎么不用？我看烫得挺厉害的，你还是去吧！

安杰站住了脚：谢谢！不用！

江德福：是我烫的你，不用谢。

安杰笑了，把头扭向了一边。

江德福：真的不用吗？

安杰：真的不用，我家有药。

江德福：要不……要不我去找辆车，送你回去？

安杰：不用，外边有的是车。

两人慢慢往外走，江德福见一个熟人骑自行车过来，跑过去拦住人家，把自行车推了过来：你坐上来吧，我推你回去。

安杰看了他一眼，坐上了自行车后座。

江德福推着自行车，极其小心地走着。

汽车扬起的灰尘让安杰捂住了嘴。江德福回头看她，见状，赶紧推着车子就跑，安杰抿着嘴又笑了。

43 晚上 海军炮校大门口

正好一辆三轮车过来，安杰跳下自行车，招手叫车。三轮车过来了，停在安杰身边。

安杰：谢谢你，再见。

江德福：我们，还能再见吗？

安杰一愣，不得不说：能吧？

江德福：那我们怎么联系呢？

安杰望着他，不知怎么回答好。江德福也紧盯着她，安杰受不了他的目光,将视线移到了他的胸前,停在了那两支钢笔上。

江德福不明就里,还特意挺了挺胸脯。

安杰:要不这样吧,咱们互相留个联系方式吧,你说行吗?

江德福迟疑了一下:行……行吧。

安杰从皮包里掏出一个精致的记事本,记事本上还插着一支笔,她飞快地写下自己的联系方式,将一页纸撕下来,交给了江德福,然后她把本子递过去:你写到我本子上吧。

江德福接过本子,从口袋里抽出钢笔,找了一圈儿,终于选中了自行车座。

江德福弯着腰,把本子放在车座上开始写字。钢笔似乎没有水了,他甩了半天,还是不下水。他只好收起这支,又拔下另一支。

江德福费事地写着字,一会儿写错了,涂个疙瘩,一会儿字不会写了,急得把钢笔放进嘴里直呵气。安杰在一旁看着,眼又斜开了。

终于写完了,江德福又出了一头大汗。他用袖子擦了把头上的汗,安杰的眼斜得更厉害了。

江德福把本子还给安杰,安杰特意举到路灯下看了一眼,江德福更不好意思了。

安杰上了三轮车:走吧。

车夫看了江德福一眼,见他似乎有话要说,就停在那儿没动。

安杰跺了下车板:走呀!

车夫又看了江德福一眼,歉意地笑笑,只好走了。

江德福望着渐渐远去的三轮车,长出了一口气,心想:*奶奶的!我这遭的什么洋罪呀!*

江德福垂头丧气地往院里走,哨兵喊住了他。

哨兵：同志！同志！你的自行车！

江德福折回来，推着自行车进了院儿。他骑上车子，猛蹬两下，自行车的链子掉了。

江德福跳下车子，踢了自行车一脚。

44　晚上　江德福宿舍

江德福回来了，老丁正在泡脚。

老丁：同志，看样子出师不利呀？

江德福从口袋里抽出老丁的钢笔，丢进洗脚盆里。

老丁：你干什么你？我这可是高级笔！

江德福：就是你这高级笔，害得老子丢人现眼！

老丁：怎么回事？怎么回事？

江德福：你先别问怎么回事，你先给我写个"队"字看看！

老丁：哪个"队"？

江德福：队伍的"队"！一大队的"队"！

老丁把钢笔在身上擦了擦，在手心上一笔一画地写了起来。

江德福：你这笔是什么玩意儿！怎么还欺生呢？我使它就不出水！你使它又出水了！

老丁：你这不是刚给它灌的水吗？看吧！队伍的"队"！

江德福半蹲着，看了半天，一拍脑门：哎呀！哎呀！你看看！你看看！我说少了一只胳膊吧！还真少了一只！这缺胳膊少腿的，这下更没戏了！

45　晚上　安家客厅

安家人都在客厅等着，安杰一瘸一拐地回来了。家人围了过去。

安妻：妈呀！你这是怎么了？怎么去一次瘸一次呢？

安杰笑了：我倒霉呗！谁让我不长记性呢？

安杰上楼，安欣跟了上去。安妻也要上去，被安泰拽住。

46　晚上　安杰卧室

安欣推门进来。

安欣：看样子有戏了？

安杰：有什么戏呀！有戏也是滑稽戏！

安欣：你的脚又扭了？怎么扭的？

安杰：这次不是脚，是腿！不是扭的，是烫的！

47　晚上　安杰卧室外

安妻在门外偷听，一脸吃惊。

安欣的叫声：天哪！还这么红！烫得可不轻！

安杰的声音：你以为我是装的呢？

安欣的声音：谁让你还笑呢！我还以为你们谈得高兴，又跳舞了呢！再加上你又说你不长记性，我以为你的脚又让人家给踩瘸了呢！你别动，我去给你找药去！

安妻急忙离开，门开了，安欣出来了，她望着嫂子匆匆忙忙离开的背影，摇了摇头。

48　晚上　安泰卧室

安泰刚洗完澡在擦头发，安妻进来了。

安妻：你猜小妹怎么又一瘸一拐了？

安泰停下手来望着她。

安妻：让人家给烫了！烫着腿了！

安泰：厉害吗？烫得厉害吗？

安妻：我怎么知道厉害不厉害呀！

安泰：你又在门外偷听了？

安妻：我正好路过，正好听见了！

安泰：她见面的情况怎么样儿？

安妻：我哪知道呀！路过哪能听见那么多呀！

49　晚上　安杰卧室

安欣拿着记事本，姐俩笑成一团。

安欣：江德福，海军高级炮校，一大队，二区队。天哪！还高级炮校呢！这笔臭字，是够高级的了！哎，你看你看，还写错字，"队"字写错了！

安杰：我懒得再看了！想不到他还真是个文盲！亏了他还敢在口袋上别两支笔！没看到那两支笔，我还想不到这一手呢！

安欣：这就叫弄巧成拙！现在这些人，人人口袋里别着一排钢笔，好像别的笔越多，喝的墨水越多似的，真是可笑！

安杰：是够可笑的了！想不到我安杰竟然会去跟一个文盲大老粗相亲！这叫什么事呀！什么世道哇！

50　早晨　江德福宿舍

起床号响了，江德福猛地从床上坐了起来，捶了下床板：不行！我不能就这样放手！

老丁也坐了起来：睡了一觉，你又有劲儿了？

江德福蹦到地上，做着扩胸运动：有劲儿了！浑身有使不完的劲儿!

老丁:追女人,你不能使蛮劲儿,你要使巧劲儿!

江德福:我蛮劲儿巧劲儿一起使,我就不信拿不下她来!老子多少硬仗都打下来了,我还打不过个资产阶级小姐!喊!

第二集

1　白天　海军炮校校园里

老丁端着脸盆去洗澡,碰上了夹着宣纸,抱着毛笔、墨汁等物件的江德福。

老丁:嘀!好家伙,说干就干了?

江德福:可不是!打铁要趁热呀!

老丁打量着他手中抱着的东西:那是什么?

江德福:你不认识?文房四宝呀!

老丁:我不是说这些,我是说这个。

江德福:噢,这是药膏,治烫伤的。

老丁:你想得还怪周到的,都这么多天了,人家那伤早就好了吧?

江德福:好不好是她的福分,买不买是我的态度。再说了,你知道什么呀?你以为这仅仅是药膏吗?

老丁:那它还是什么?

江德福笑了:它是通行证!是掩护我行动的柳条帽!

2 白天 海军炮校校园里

老丁洗完澡回来,走在柳树下,茂盛的柳枝让他想起了什么。他放下脸盆,折起柳枝来。

3 白天 江德福宿舍

江德福在认真地练习书法,脸上有一道黑。

老丁回来了:俺娘啊!这叫干劲儿冲天吧?

江德福:看!都写了三篇了!

老丁:啧啧……伙计,练书法是个慢活,一口是吃不成胖子的!

江德福:老兄啊!时间紧,任务重,时间不等人哪!(他看向老丁胳膊上挂着的柳条帽)哎,那是什么?

老丁:你不是要柳条帽吗?我给你编了一个。

老丁说罢将柳条帽扣到江德福头上。

4 白天 医院

穿着白大褂的杨书记正跟别人说话,看见了一身戎装精神抖擞的江德福。

杨书记:好吧,就这样吧,按你们的想法办。

杨书记赶紧说完就迎着江德福走了过去:哎呀,这不是江团长吗?你哪儿不舒服吗?

江德福一愣,随即镇定下来:怕见谁,偏偏碰上谁。我这一路都在小心你的踪影,没想到让你这白大褂给蒙了呢。

杨书记:你躲我干什么?不是你求我牵线搭桥的时候了?

江德福:你都给我牵上线、搭上桥了,再找你麻烦,不显得我太没本事了吗?

杨书记上下打量他：嗯，你本事是不小，上班时间也跑出来干私事。

江德福从口袋里掏出药膏：怎么是私事呢？我是来落实三大纪律八项注意的。

杨书记：……

江德福：我不是在你家把人家的腿给烫了吗？损坏东西要赔吧？

杨书记笑了：同志！睁开眼睛看看！看看我们这是什么地方！这里是医院！还用得着你大老远地跑来送医送药！

江德福也笑了：你看看你这个媒人，你是想让我们成啊，还是不想让我们成？

杨书记摇头：真是猪八戒呀！倒打一耙呀！

杨书记要走，江德福一把拽住了她：你别走哇！既然碰上了，你就陪我一起去吧！人多力量大呀！

杨书记望着他不说话。

江德福赔着笑：咱走吧？

5 白天 医院

江德福跟杨书记走在一起，一路上都有人毕恭毕敬地跟杨书记打招呼。

江德福：想不到你在医院还挺厉害的。

杨书记：你想不到的事多了！你能想到小安见到你会是什么表情吗？

江德福：我连她长什么样儿都快忘了，怎么可能知道她什么表情呢？

杨书记站住不走了，江德福也停下脚，赔着笑：你别这么看着我，我这说的可都是大实话，我是快把她的模样儿给忘了。你说是不是怪事，越想记住一个人的模样儿，还越是记不住。越想她的样子越模糊，想到后来，光记得她长得挺好看了，可怎么个好看法，就记不住了。

杨书记笑：瞧你这出息！

6 白天 中药房里

高高的收款台上，安杰正在低头打算盘。

江德福抽着鼻子：她原来在这儿工作呀，怪不得我闻她身上有股子药味呢！

杨书记望着他：嗯？

江德福赶紧解释：我不是到她跟前倒过水吗？还把人家给烫着了！

药房女主管跑了过来：杨书记，您来了。

杨书记：你让小安过来一下。

女主管点点头跑了过去，跟安杰说着什么，安杰抬起头来，吃惊地望着这边。

杨书记：这是工作时间，你长话短说，快见快散！

江德福：行！一定！

杨书记：那我就撤了！

江德福：你先别撤！你再帮我压压场。

安杰过来了，药房的人都看着她。

安杰：杨书记。

杨书记：小安哪，江团长到咱们医院来看病，顺便过来看看你。

安杰：谢谢。

江德福：不用谢，这是我应该做的。

杨书记抿着嘴笑。

江德福：杨书记，你笑什么？难道我说得不对吗？

杨书记更笑了：对！你说得对！哎，你不是还给小安带药来了吗？

江德福：噢，对对对！你不提醒我还差点儿忘了呢。

江德福掏出药膏，安杰莫名其妙。

江德福：这是治烫伤的药，你的腿好点儿了吗？

安杰看看他，又看看杨书记，都不知道说什么好了。

杨书记忍住笑：快收下吧，这可是人家江团长的一片心意呀！哎，小安哪，你家不是有电话吗？把电话号码告诉江团长，免得人家下了班找不着你！

杨书记站在那儿注视着安杰，安杰不得不说：我家的电话是3526。

杨书记：江团长，记住了吗？

江德福：最好给我找张纸，我记一下。

杨书记：找什么纸呀，记在手上不就得了！

江德福：那我也没有笔呀！

安杰下意识地看了眼江德福的上衣口袋，果然一支笔也没有。江德福还拍了拍空口袋。

杨书记：小安哪，你去给他找纸和笔，记一下你家的电话号码。

安杰离开了。

杨书记：你怎么这么笨呢？连个电话号码也记不住！这样人家能喜欢你吗？

江德福：我也没办法，我一见她就紧张，脑子都快成糨糊了！

杨书记：啧啧，你看你这一头汗！你怕她干什么？

江德福：我也不知道！谁想这样了！

杨书记：你这不是遭罪吗？

江德福：谁说不是呀！对了，你刚才说什么不好？干吗非说我来看病呀？

杨书记：你来看病怎么了？

江德福：让她以为我身体不好！

杨书记：啧啧！江团长，你让我说你什么好哇！

江德福：什么也别说了，她来了。

安杰过来，递给江德福一张纸。

杨书记：行了，你们聊吧，我走了！

杨书记一走，两人都松了口气。

江德福：原来你在这儿上班呀？挺好的。

安杰：有什么好的？

江德福：吃药方便哪！

安杰：吃药是好事吗？

江德福笑了：吃药不是好事！

安杰：你来看什么病？

江德福：我没病。

安杰：没病你来干什么？

江德福：看病是假，送药是真。

安杰：你来送药，杨书记来干吗？

江德福：我找不着你，人家自告奋勇来带路的。

安杰小声地：哼！狐假虎威！

江德福：什么？你说什么？

安杰：我说狐假虎威！

有人要交款，安杰跑了过去。

江德福望着收款台上的安杰，自言自语：狐假虎威？什么意思？

7　白天　饭堂里

饭桌上的人都走了，就剩下江德福和老丁了。

老丁：你今天怎么吃得这么慢，不狼吞虎咽了？

江德福：请教你一句话，虎什么来着？

老丁：我哪知道虎什么来着？你要说什么呀？

江德福：奶奶的，我念叨了一路，怎么见了你，就给忘了呢？

老丁：你好好想想吧，不着急。

江德福：四个字，虎什么虎什么的，虎，老虎的家，老虎的家里有狐狸……

老丁：狐假虎威？

江德福：对对对！就是这句话！这句话什么意思？

老丁：这句话的意思是，狐狸跟在老虎后边，让老虎给它壮胆，它好去为非作歹干坏事。

江德福：奶奶的！我怎么成了狐狸了？

老丁：你是狐狸，谁是老虎？

江德福：校长老婆是老虎！那个杨书记是老虎！

老丁笑了：噢，我知道了，这是你对象说的吧？

江德福：她还不是我对象呢！

老丁：你不是要把她变成你对象吗？

江德福：你看有可能吗？

老丁：我看完全有可能！那个资本家小姐顶多算是只兔子，你这边又是老虎又是狐狸的,还愁抓不住只兔子?

江德福:这不太好吧?我好像有点儿仗势欺人呢。

老丁:哪还顾得上这么多,先把那只兔子逮住再说!

8　傍晚　安家院子里

安欣在浇花,安杰站在一旁。

安欣:我说什么来着?这个江德福不会就此罢手吧?让我说着了吧?

安杰:他罢不罢手是他的事,我这儿是没一点儿可能的!

安欣:他这样锲而不舍地追下去,你难免会动摇的。

安杰:我会动摇?开玩笑!不过,也挺有意思的。

安欣:什么有意思?

安杰:狐假虎威有意思呀!江德福借着杨书记狐假虎威,我借着他俩狐假虎威!看这一个团长来找我,又有杨书记亲自陪着,我们药房的人都吃惊得不得了!对我的态度马上就变了!尤其是我们主管,更夸张,对我说话的口气都变了!竟然用"您"称呼我,真是太可笑了!

安欣:除了可笑,你是不是还觉得很受用、很享受?

安杰:那当然了,受人尊重,难道不是一种享受吗?

安欣意味深长地笑了。

安杰:你笑什么?你干吗这么笑?

9　傍晚　安家客厅

安泰在沙发上看报纸,电话响了,安泰拿起了电话,拖着长腔:哎?

江德福的声音：是安杰同志家吗？

安泰还在看报纸：是，你是哪位呀？

江德福的声音：我是海军炮校的江德福。

安泰马上丢下报纸，坐正了身子，声音也变了：您是江团长吧？江团长您好！我是安杰的哥哥，我叫安泰。

10　傍晚　学员队值班室

江德福有些紧张：是吗？是吗？你好！你好！

11　傍晚　安家客厅

安泰受宠若惊：你好！你好！江团长，欢迎您到寒舍做客！请您稍等，我这就给您叫她去！

安泰起身，急急忙忙地往外走，跟安妻撞了个满怀。

安妻：你怎么了？出什么事了？

安泰一把拽住她，对她耳语着，安妻露出惊喜的表情。

12　傍晚　安家院子里

安妻急急忙忙地跑出来：小妹，你的电话。

安杰：谁呀？

安妻：我不知道，是你哥接的。

安杰进屋接电话了。

安妻：是那个团长打来的，我没敢说，怕她不接。

安欣：她不接就不接呗，你怕什么？

安妻盯着安欣不说话了。

安欣：你看我干什么？

安妻没好气地：不干什么！

13　傍晚　安家客厅
安杰接电话，安泰看着报纸，支着耳朵。

安杰木着脸：你有什么事吗？

安泰皱起了眉头，不满地望着她。

14　傍晚　学员队值班室
江德福：我没什么事，打个电话问候一下。

15　傍晚　安家客厅
安杰不耐烦地：谢谢，我挺好的！

江德福的声音：吃饭了吗？

安杰：吃了！

江德福的声音：吃的什么？

安杰看了眼电话，没说话。

16　傍晚　学员队值班室
江德福：噢，对了对了，我不该问这个，不该问人家吃什么，是不是？哎，哎，你在听吗？

安杰的声音：我在听！请问你还有什么事吗？

江德福一时语塞，不知说什么好了。这时，电话里传出安晨的叫声：吃饭了！吃饭了！

江德福：原来你还没吃呀？那快去吃吧，我挂了！

安杰先挂了电话。

耳机里传来"嘟嘟"的声音，江德福放下电话，擦了把额头上的汗，心想：奶奶的！她哪是兔子呀！她才是老虎呢！看把老子吓的！

17　傍晚　安家客厅

安杰放下了电话，安泰放下了报纸：哎，我说，有你这么没礼貌的吗？

安杰：我怎么没礼貌了？

安泰：冷若冰霜，拒人以千里之外，这叫有礼貌吗？

安杰：我的事不用你管！

安泰：父母都不在了，你的事我就是要管！我看这个江团长人不错，听声音就能听出来！

安杰：你可真能啊！光听声音就能听出一个人的好坏来！

安泰：不光是听声音，还要综合地判断！人家好歹是个一团之长吧？你以为谁都能当团长吗？再说了，他现在人又在高级炮校进修，这说明上级很器重他，将来肯定要重用他的！

安杰：你以为他在高级炮校就是在进修啊？告诉你吧，他那是在里头扫盲呢！他是个文盲！是个大老粗！

安泰：你以为文盲、大老粗就不能掌握政权了？中国历史上没有文化的草莽皇帝多得是！我也告诉你吧，没有文化不代表没有才华！一个文盲大老粗，能当上一团之长，就足以说明他很有本事、很有能耐！再加上人家现在又进炮校进修，你不用皱眉头，就算你说得对，他是在扫盲，这样的人，再摘掉文盲的帽子，那不是如虎添翼了吗？前途不可限量啊！小妹，我劝你三思啊！

安欣不知什么时候进来了，听到这话撇了撇嘴：就是，小妹，你要三思呀!

安妻进来:吃饭吧,饭都要凉了。

18 傍晚 安家餐厅

吃晚饭时,安妻殷勤地给安杰夹肉:小妹,你多吃点儿肉!

安杰:我最近脸上老长包,还是少吃点儿吧!

安泰对安妻:你熬点儿绿豆汤,绿豆败火。

安妻:行,明天我就熬。

安泰:干吗要等明天?今天就熬,当水喝。

安妻点头:好,吃完饭我就熬。

安欣在桌下踢了安杰一脚,安杰看了她一眼,她又撇嘴,安杰笑了。

安妻:你笑什么?为什么笑?

安杰:我是高兴得笑!笑你们对我太好了!哎,孙妈怎么还不回来?

安妻:刚捎信来,说小儿子腿摔断了,还得在家待上一段时间呢。

安欣:那嫂子可要辛苦了,又要做饭,又要熬绿豆汤!

安妻不高兴地看了安泰一眼,没有说话。

19 傍晚 安家厨房

安欣在洗碗,安杰端着盘子进来。

安欣:看见了吧?岂止是你们药房的人有变化,咱们家的人都有变化了!

安杰笑了:你不是还没变化吗?等你也有了变化,那才好玩儿呢!

安欣：那也说不准呢，等你真成了团长太太，没准儿我还真会有变化呢！

安晨钻了进来：谁是团长太太？

安欣：小孩子家别乱说！什么团长太太？哪来的团长太太！

安晨：小姑就是团长太太，别以为我不知道！

安杰举手要打他，安晨跑掉了，边跑边喊：团长太太！团长太太！

安杰追了出去。

20　傍晚　安家客厅

安晨高喊着"团长太太"在前边跑，安杰在后边追，安泰和安妻笑眯眯地看着。

安杰：你们也不管管！

安妻：他是说着玩儿的。

安杰：这种事也能说着玩儿吗？没影的事也能乱说吗？

安妻：怎么是没影的事呢？那个团长不是刚才还来过电话吗？我们都觉得挺好的，你好好考虑考虑吧。

安晨：我妈说了，等小姑当了军官太太，就没人敢再给我们脸色看了！

安杰冷了脸，安妻很尴尬。

21　晚上　江德福宿舍

江德福在练书法，老丁满头大汗回来了：你是着魔了吧？

江德福：我是上瘾了！

老丁凑过去仔细看。

老丁：你别说，你这进步神速哇，简直就是一步两个脚印！

江德福得意：不就是一笔一画地写字吗？有什么难的？这不比攻山头、打据点容易多了！

老丁：真是功夫不负有心人哪！哎，兔子那边有进展吗？

江德福：别再叫她兔子了，我都说多少遍了，人家是老虎！

老丁：行行行！老虎就老虎，老虎那边有动静吗？

江德福放下毛笔，转过身来：老虎那边没动静。

老丁：她不动你也不动吗？

江德福：我还能再怎么动？跑去见人家，让人家呲打成狐狸；给人家打电话，人家又不冷不热的，我这是干什么呀？简直就是热脸在蹭人家的冷屁股。

老丁坏笑。

江德福：你这个人就是思想意识有问题，动不动就下道了。

老丁：你打算怎么办？不追了？罢手了？

江德福拿起毛笔，又要开始练字：再说吧，想想别的办法吧。

老丁：那你还在这儿练什么字呀！

江德福：你以为我现在练字是为了她吗？你错了，刚开始的时候是为了她，现在可不完全为了她。我自己写上瘾了，一天不写手都痒痒了！

老丁点头：你小子是聪明，脑子够用。你说你没上过一天学，怎么还认那么多字呢？

江德福高兴了：其实我天生就是块读书的料！我刚入伍的时候，连里的文化教员教我们认字，别人一天记不住两个字，我十个字都不在话下，搞得我们文化教员直说我是天才。后来我名气大了，侦察大队就把我给要走了。

老丁笑了：说你胖，你还就喘上了，还"天才"上了。

江德福一脸认真：这不是我自己说的，是我们文化教员说的。他到处说，逢人就说，搞得好多人都跑到我们连来看天才呢！

老丁更笑了：你这个天才，在北平军调部的时候，怎么不跟美国佬学学洋文呢？

江德福：洋文有什么难的？我就是不稀得学，什么"古德拜""三克油"的，那叫人话吗？

老丁：你在军调部都干什么呀？

江德福：这个嘛，保密！

老丁：有什么可保密的，猜我也能猜个八九不离十。

江德福：那你就猜好了，还问我干什么？

老丁：看你牛的！我看你就欠让老虎来收拾你！

江德福一摔毛笔：老子心情刚好点儿，又提这事！

22　白天　教室外

江德福碰到丛校长，立刻立正敬礼。

丛校长还礼：怎么样，什么时候吃你的喜糖？

江德福：八字还没一撇呢，哪来的喜糖啊！

丛校长：我听说你上班时间都跑到医院去献殷勤了，怎么还不行呢？

江德福：唉！你们也是，怎么给我找了个这么难啃的骨头呢？

丛校长笑了：怪不得我老婆说你是属猪的呢，专会倒打一耙！用不用再让她出马？

江德福：也行吧。

丛校长：奶奶的！倒成了我们求你了！

23　傍晚　杨书记家餐厅

一家人在吃晚饭，丛校长装作突然想起了什么：哎我说，江德福和你们那资产阶级小姐的事，你恐怕还要帮帮忙，扶上马，你要送一程。

杨书记：我要把他们送到哪儿呢？

丛校长笑了：最好送进洞房里。

女儿：妈，洞房是哪里？

儿子：我知道！我知道！洞房是结婚用的房子！那个叔叔和那个阿姨要结婚了！

女儿：妈，是真的吗？

丛校长回答：只要你妈肯帮忙，就是真的！

女儿放下筷子，抱住母亲的胳膊：妈，你帮帮忙，你帮帮忙！

儿子：就是！就是！

杨书记笑了：关你们什么事呀？你们这么热闹！

女儿：我喜欢那个阿姨，那个阿姨长得好看！

儿子：就是！她辫子那么长，能卖好多钱！

24　白天　中药房里

安杰穿了件连衣裙来上班，主管迎了过来：早！您今天真漂亮！这件裙子真配您！

安杰：谢谢。

主管：小安，最近江团长还好吧？

安杰一愣：啊，他，他挺好的。

主管：您替我代问他好！小安，您真有眼力，真有福气！哟，脸红了？害臊了？

25　白天　收款台处

安杰坐在收款台上，心不在焉地扒拉着算盘，想着心事。

团支书悄悄走过来，冷不防敲了下木板，吓了安杰一跳。

团支书笑眯眯地仰望着她：吓你一跳吧？

安杰拘谨地：您找我有事吗？

团支书：当然有事了，我是无事不登三宝殿！

安杰起身要下来。

团支书：你不用下来，我就几句话！咱们团支部想请江团长来给咱们讲讲他的英雄事迹！他不是一级战斗英雄吗？听说他的事迹可感人了！

安杰：您听谁说的？

团支书：杨书记说的！杨书记让我来找你，让你去请江团长！杨书记说了，这可是政治任务！

安杰：我……我……我哪请得来人家呀。

团支书：行啦，你别瞒我们了！现在谁不知道你是江团长的对象呀！不找你找谁！这个任务就交给你了！就看你的了！

团支书跑走了，安杰急得坐立不安。

26　晚上　安欣卧室

安欣在写信，安杰进来：给姐夫写信呢？

安欣：是呀。

安杰：你们多好哇，可以鸿雁传书。姐夫的字多漂亮啊！

安欣笑了：谁的字不漂亮呀？

安杰：你别逗我了，你快帮我出出主意吧！

安欣：怎么了？江德福又来缠你了？

安杰：没有！自从那次电话后，他就再也没动静了！

安欣：那不挺好吗？你还烦什么呢？

安杰：人家不来找我，我恐怕要去找人家了！

安欣：为什么？

安杰：医院团支部想请江德福作报告，他不是战斗英雄嘛，还是一级的！

安欣：那又怎么了？关你什么事？

安杰：团支书让我去请他！

安欣：为什么让你去请他？

安杰：现在我们医院的人，都以为我在跟他谈恋爱呢，都说我是他的对象！

安欣：你没长嘴吗？你为什么不跟他们解释呢？

安杰：我解释了，可他们不信呀！

安欣：你还是解释得不干脆，解释得不坚决。如果你拒绝你们团支书的要求，人家能不信吗？

安杰摇头：我没拒绝，再说我也不敢拒绝。杨书记说了，这是政治任务……

安欣：你不拒绝，人家能相信你的解释吗？什么政治任务哇，政治任务能交给咱们这种出身的人吗？你打算怎么办呢？

安杰：我也不知道，我这不是来跟你商量吗？

安欣：这还用商量吗？这不是明摆着的事吗？人家不来找你了，你又去找人家，你让人家怎么想呢？

安杰：我只是请他来作报告，我又没别的意思。

安欣：你以什么身份去请人家呢？

安杰：就是呀，我也不知该怎么说呀。

安欣：小妹，你要想清楚了！如果你有这个意思，你就去请人家。如果你一点儿也没这个意思，我劝你最好还是别去惹这种麻烦！

安杰：那我该怎么办？

安欣：你明天就找那个书记，告诉她实话，就说你没法去请。

安杰：我……有点儿怕那个人，再说……

安欣：再说什么？

安杰不说话了。

安欣：你是不是觉得，别人把你当成他的对象，你很有面子？

安杰：……

安欣：是不是呀？

安杰：好像有那么点儿。

安欣：这种感觉是不是挺好的？

安杰点头：是挺好的。

安欣：只是挺好的吗？

安杰：哎呀！你干吗！你在审问我吗？

安欣：我不是在审问你，我是在帮你梳理清楚！你到底是想跟人家接触哇，还是不想跟人家接触！

安杰：姐，那我就再接触他一次，你看行吗？

安欣：我不帮你拿这种主意，这种主意你要自己拿。

安杰：那我们来投东西试试吧？就投姐夫这封信，正面是行，反面是不行。

安欣笑笑：你随便。

安杰拿起信封，朝空中抛去。信封落到地上，是正面，俊秀的毛笔字，写着"安欣亲启"。

安欣：是正面。

安杰：再来一次，三局两胜。

安欣：那得再来两次。

安杰：两次就两次，那就投两次！

安杰又拿起信封抛了一次，还是正面。

安欣：已经两胜了，不用再投了。

安杰：不行，你再投一次！

安欣：大局已定，我还投什么投！

安杰：姐，你再投一次嘛！

安欣：好好，我投一次，我试试看。

安欣又抛，信封还是正面。姐妹俩对视着，半天不说话。

安欣捡起信封，叹了口气：看来这是天意。

安杰：既然是天意，你叹什么气？

安欣：我也不知道，这口气是自己跑出来的，大概也是天意吧？

安杰一屁股坐到床上：姐，我又想改主意了。

安欣：既然是天意，你就顺从吧！反正是先接触，又不是马上嫁给他！

27　白天　学员队门口

江德福和老丁回来了，老丁捅了捅江德福，让他看黑板，只见黑板上写着：江德福请给3526回电话。

老丁见江德福看得发呆，又捅他：3526是哪儿？

江德福激动地：3526是老虎窝！老虎出洞了！

28　白天　学员队值班室

两人快步走进值班室,值班室正好没人。江德福扑过去抓起电话,刚要拨号,又想起什么,匆匆跑了出去。

29　白天　学员队门口

江德福跑到黑板前,仔细地看着,咧开嘴笑了。

30　白天　学员队值班室

江德福跑进来,老丁热锅上蚂蚁一般团团转着:你干什么去了?

江德福:我又去看了一眼,核实一下,我担心是在做梦。

老丁笑了:看你这点儿出息!

江德福:老兄,这不是在做梦吧?

老丁:你掐掐看看。

江德福冲过去掐他胳膊,老丁大叫:你掐我干什么?你得掐你自己!

江德福笑了:那不是疼嘛!

老丁:我就不疼了?

江德福:那我就管不了那么多了!

老丁:你啰唆什么,快回电话!

江德福抓起电话拨号,拨了一半,扭头看着老丁:你在这儿待着干吗?

老丁目瞪口呆,江德福把电话递给他:要不,你来回?

老丁扭头就走,江德福笑眯眯地目送着他。

老丁:过河拆桥的家伙!

江德福:麻烦把门关上!

老丁偏把门大敞着，头也不回地走了。江德福走过去，小心地把门给关上，拿起电话开始拨号，连连拨错。江德福心里说：镇定！镇定！一定要镇定！

31　白天　安家客厅

安杰和安欣坐在沙发上等电话，电话响了，安杰反而不敢接了。

安欣：你快接呀！你怎么不接了！

安杰：姐，你来接吧，我不知跟他说什么！

安欣：我接算什么呀？我是谁呀！

安杰：你先接，再让我接，免得让他知道我在等他电话！

安欣笑了：净耍这些小聪明！

安欣要去接电话，电话断了。

安杰：哎呀！让你快点儿你不快点儿！人家放电话了吧！

安欣：你急什么呀？说不定这不是他的电话呢，说不定是别人打来的呢！

电话又响，安杰一把抓起了电话：喂？

安杰冲安欣挤眼，示意是他的电话。

安杰：对，是我，您好。

32　白天　学员队值班室

江德福无比激动：你好你好你好！你，你，你，你有什么事吗？

33　白天　安家客厅

安杰：行吗？您看行吗？嗯，嗯，好，我等您的电话。

安杰放下电话，长出了一口气。

安欣：说妥了？

安杰：他说要考虑考虑，听他的口气，好像他不愿来。

安欣：什么不愿来，什么考虑考虑，他那是吊你的胃口呢！

安杰：会吗？我听他口气可不像，他好像真的很为难，真的不想来。

安欣：安杰呀！你以为他没有文化，就没有心计吗？文化和心计是两码事！

安杰：让你这么一说，我反而要另眼相看他了，这说明他还不简单呢！

安欣：我也要另眼相看你呢，你也不简单哪！

安杰：你是在讽刺我吧？

安欣：我有什么资格讽刺你呢？说实话，有时候我也像哥嫂他们那样，真希望你能嫁给这样的人呢！这样的话，我们家好歹也算有个指望了，只是……

安杰：只是什么？

安欣：只是太委屈你了！

安杰不说话了。

34　白天　江德福宿舍

老丁坐在床上补衣服，江德福在地上来回走。

老丁：想不到校长的老婆这么有心计，这真是一箭双雕哇！

江德福：你以为人家书记是白当的？

老丁：你这个媒人算是找对了，她哪是老虎哇，她简直就是一只狐狸！一只老狐狸！这分明是搂草打兔子——捎带的事！既让你作了报告，又让你逮了兔子！

江德福：兔子我愿逮，报告我可不愿做！我自己的事，我自己好意思说吗？

老丁：不好意思你也要去说呀！除非你不想要那只兔子了！你就权当是去哄那只兔子去了，跟兔子介绍介绍你的情况，让她对你刮目相看。

江德福：行！就这么定了！

35 白天 水房里

江德福吹着口哨在洗衣服，老丁来了：心情不错嘛！想好怎么作报告了？

江德福赶紧四下看看，老丁笑了。

老丁：你这么贼眉鼠眼的，哪像个要去作报告的战斗英雄啊！

江德福也笑了：你懂什么呀，我这是谦虚，我可不想让别人知道我出去作报告的事，你可要保密！

老丁：行行行，我负责保密！我也负责先审查一下你的报告内容。

江德福：我准备分两部分讲，先讲讲我在万恶的旧社会吃的那些苦，受的那些罪。那个资本家小姐不是嫌我没文化，是个大老粗吗？我为什么上不起学，为什么没有文化？还不是因为他们这些剥削阶级的剥削和压迫吗？我要让她清醒地认识到，我过去的上不起学，导致现在的没文化，跟她们这种剥削阶级有直接的关系！

老丁笑了：对！你要让她感到内疚，让她在你面前有负罪感，抬不起头来！

江德福：这倒不必，只要她不咬我就行了！

老丁哈哈大笑：伙计！你的要求也太低了吧！

江德福：老兄，这点儿要求能不能实现，也还不一定呢！

36　傍晚　江德福宿舍

江德福坐在地上擦皮鞋，老丁洗漱回来：你不再练练你的字吗？

江德福仰望着他，不明白的样子。

老丁上前踢了他一脚：没作过这种报告，还没听过这种报告吗？尤其是给年轻人作报告，报告结束，他们还不得挤上来找你签名啊？

江德福恍然大悟，赶紧爬起来，跑到书桌前。

老丁：你要重点练签名，签得又快又好又漂亮！

江德福头也不回：行行行，你该干吗干吗去吧，别在这儿打扰我！

37　白天　医院门口

安杰抱着个笔记本东张西望。公共汽车进站，江德福下来了。

精神焕发的江德福大步流星地走着，安杰看得有些发呆。

江德福走到安杰面前，笑眯眯地望着她，安杰心里一慌，怀里的笔记本掉到了地上，两人同时弯腰去捡，江德福手疾眼快，先捡起来递给了安杰。安杰看见了江德福的黑手，疑惑地看了他一眼。

江德福赶紧把手缩回来，藏到裤子口袋里，看见安杰微微皱起的眉头，又急忙将手抽出来，偷偷看了看，有些明白了。

江德福把手伸到安杰面前：我可得申明一下，我这手不是不讲卫生脏得黑，而是墨汁染得黑，不信你好好看看。

安杰将头扭到一边偷偷地乐。

江德福：不看我可要收回了？

安杰看了他一眼。

江德福一本正经：我让你看我的手，不是让你看我的脸！

安杰扑哧一声笑了，江德福也高兴地笑了。

安杰扭头往医院走，江德福追了上去。安杰又拉下一步，跟在他后边。

江德福：噢，我明白了，你是不愿跟我并排走，是吧？那好吧，你在头里走，你先行。

安杰站着不动，也不说话。

江德福：总不能让我领路吧？

安杰不好意思了，低着头上前边去了。两人一前一后地走着，引来一路的目光和议论。

38　白天　医院会议室

主席台上，江德福在侃侃而谈，连坐在一旁的杨书记都听得入了迷。

台下的年轻人更是听得聚精会神，坐在最后边的安杰也听得入神。

江德福起身敬礼，台下掌声雷动。安杰也发自内心地拍着手，江德福看了她一眼，冲她笑了笑。安杰很羞涩，很不好意思，身边的女青年都羡慕地看着她，小声议论着。

大家拥到台前请英雄签名，安杰担心地望着他。两个签了名的女青年走了过来。

女青年甲：他的字多漂亮呀！

女青年乙：是呀，他可真有才呀，真是才貌双全。

安杰奇怪地望着她俩，她俩也羡慕地望着她。

女青年乙：安杰，你怎么不让英雄签名呢？

女青年甲：你真是的，人家小安用吗？

安杰不好意思地：我当然用了。

安杰说完也挤到台前，双手将笔记本递了上去。江德福冲她微笑着，低下头，认真地写了起来，然后将笔记本合上，双手递给安杰。

安杰：谢谢。

江德福：不客气。

周围响起一片笑声，团支书大声：你们俩真是郎才女貌哇！大家说是不是？

众人异口同声：是！

团支书带头鼓起掌来，掌声热烈。

39　白天　马路上

江德福和安杰在慢慢地走着。

江德福：你的任务算是完成了吧？

安杰：嗯，谢谢你。

江德福：我挺害怕听你说"谢谢"的，你一口一个"谢谢"，好像我被你大卸了八块似的！

安杰：人家这次"谢谢"可是真的！

江德福：那你承认你以前的"谢谢"都是假的了？

安杰：讨厌！

江德福哈哈大笑，蹦高折下一根杨柳枝条，做成一个哨子，放到嘴边吹了起来。

安杰惊奇地望着他，眼神慢慢变了。

江德福：好听吗？

安杰：不好听！

江德福笑了，安杰也笑了。

江德福：你还是笑的时候好看。

40　晚上　安杰卧室

安欣拿着两个本子对照着。

安欣：这真是他的字？

安杰点头。

安欣：是他本人写的？

安杰没好气：是！在众目睽睽之下，他亲手写的！

安欣：你急什么？

安杰：谁让你这么不相信人了！

安欣笑了：看样子，你是动心了？

安杰：……

安欣：就因为这手漂亮的字？

安杰：不光是字。

安欣：还有什么？

安杰：还有他们的英雄事迹。

安欣：他很勇敢吗？他的事迹很感人吗？

安杰：他没讲他自己的事，他讲的都是别人的事，他战友的事，那些流血牺牲了的烈士的事。他讲得热泪盈眶的，真是一个有情有义的人。

安欣：于是，你就被深深地打动了？

安杰：换了你也一样，也会被打动的！

安欣笑了：芳心萌动了，这下有戏看了。

安杰扑了上去，姐俩闹成一团。

41　白天　安家院子里

姐妹俩在抻床单。

安欣：这么说，你这算是跟他谈上了？

安杰：八字还没一撇呢！

安欣：都要来登门了，还说没一撇？

安杰：那是咱哥接了人家的电话，非要人家到家里来玩儿！人家征求我的意见，我能说不让人家来吗！

安欣一使劲，将安杰闪了一下。

安杰：哎呀！你干吗？

安欣笑了：我有点儿激动，终于能见见那个江德福了！

42　白天　街上

江德福提着礼物找门牌号码，两个中年妇女主动凑了过来。

妇女甲：解放军同志，你找谁呀？

江德福：我找光明街9号。

妇女乙：噢，原来是去安家呀！喏，前边那个二层小洋楼就是！

江德福：谢谢啊！

江德福离开了。

妇女甲：你说说，一个解放军的军官，怎么会去资本家家呢？

妇女乙：这有什么奇怪的？人家家里不是有梧桐树吗？所以才能引来金凤凰呢！

妇女甲：这下他家可展扬了！

妇女乙：可不是嘛！还是养女儿好哇！

妇女甲：那得养漂亮女儿！一般的女儿可不行！

43　白天　安家院门外

江德福望着小洋楼，自言自语：奶奶的！还真是个资本家呢！

院门开了，江德福吓了一跳，安晨探出头来：我知道，你是小姑父！

江德福高兴地笑了。

安晨转身就跑，边跑边喊：小姑父来了！小姑父来了！

江德福望着讲究的院子，心想：看来还是个大资本家呢！

44　白天　安家客厅

家人都在客厅等着，听见喊声，安杰站了起来，不高兴地：他喊什么？

安欣笑着：他喊小姑父来了！

安杰不高兴地望着嫂子。

安妻：你别看我，我可没教他这样喊！

安泰从卧室里冲出来：你们还待着干什么？还不快去接客人！

安泰向门口跑去，安妻也跟着跑。

安欣小声：看见了吧？有人比我还激动呢！

安杰也小声：你激动了吗？

安欣：我岂止是激动了，我还受宠若惊了呢！解放军能登咱家的门，还不蓬荜生辉呀！

门口的安泰在点头哈腰：欢迎欢迎，贵客光临，真是蓬荜生辉啊！

姐俩相视一笑，安欣耸肩，安杰撇嘴。

45　白天　安家厨房

安欣在泡茶，安妻在切水果，安杰跑了进来。她打开柜门，拿出了咖啡用具。

安欣：你要干什么？

安杰对她耳语。

安欣：这合适吗？

安杰：有什么不合适的？

安欣：你这不是难为人家吗？

安杰：你为什么不能认为这是一种考验呢？

安欣：你这样考验行吗？万一把人家烤煳了怎么办？

安杰：烤煳了的东西还能要吗？

安欣：你适可而止吧，别搞得大家都下不了台。

安杰：不会的，我有数！

安杰端着盘子出去了。

安妻：小妹真够任性的，这样多不礼貌！我去看看去。

安妻端着果盘要走，被安欣拉住：别急，等客人喝完咖啡，再上水果也不迟！

安欣跑到门口观望，安妻也凑了过去。

46　白天　安家客厅

安杰将咖啡、奶、糖一一摆到江德福面前，说：请用。

江德福：好家伙，你这是在给我下马威吧？

安杰：你这样认为，我也没办法。

江德福：这叫咖啡吧？你能教教我怎么喝吗？

安杰：你可以加奶，也可以不加。你可以放糖，也可以不放！一切全由你自己,你自己看着办!

江德福:是吗?我能自己看着办吗?那我就都尝尝?

安杰:你随便!

江德福端起黑乎乎的咖啡,闻了闻:这跟草药没什么两样嘛!

江德福喝了一口,直摇头。

安泰:算了,江团长,不好喝就别喝了,一般人都喝不惯,我也喝不惯。快去给江团长换杯茶来!

江德福:我还是喝了吧,别浪费了!我再加上作料试试!

47　白天　安家厨房门口

安妻捅了安欣一下,笑了:你听听,作料都出来了!

安欣一笑:叫作料也没错!相当于酱油醋嘛!

48　白天　安家客厅

江德福端起牛奶:先放这个吗?

安杰:你随便!

江德福夹起一块儿方糖:放一块儿够吗?

安杰:你随便!

江德福:你这个老师不怎么样嘛!除了说随便,你还会说别的吗?

身后有笑声,安杰回过头去看,安欣和安妻都在笑,安杰也笑了。

江德福端起杯子,咕咚咕咚一口气喝完,还抹了把嘴,这下安杰不笑了,又回过头去看,安欣和安妻笑着缩回了头。

江德福:我这样喝不行吗?

安杰:当然不行了!喝咖啡要一口一口地品着喝,哪有像你这样喝的！

江德福：这么难喝的玩意儿，还要一口一口地品着喝？那不是要人命吗？再说了，是谁规定要一口一口地喝，有什么道理呀？

安杰转身就走，江德福和安泰都笑了。

安泰：您别介意，她是任性惯了。

江德福：我没事，我有心理准备。

49　白天　安家餐厅

安欣：不错嘛！人很机智，又很风趣，不卑不亢的，挺有绅士风度的。

安杰：顶多是个乡下绅士，乡绅江德福！哎呀，多土的名字呀，我都不愿叫他的名字！

安欣：等结了婚你帮他改了！

安杰：你说什么呀！

安欣：这八字起码也有一撇了吧？剩下那一撇还不简单！不过……

安杰：不过什么？

安欣：不过这个乡绅可不简单，你都不一定是他的对手呢！你可要小心了！

安杰：我小心什么？我有什么可小心的？

安欣：原来我们都认为是不可能的事，可人家愣是一步步闯进咱们家来了！而咱们呢？又是受宠若惊，又是喜出望外的！又是咖啡，又是茶的，果真是蓬荜都生辉了！

客厅传来笑声。

安欣：你听听，人家多风调雨顺呀！

50 晚上 江德福宿舍

江德福哼着小曲回来了。

老丁：看样子形势大好呀，连小曲都哼上了！

江德福：形势大好还谈不上，但形势是不错的！

老丁：说说，汇报一下深入虎穴的情况。

江德福：我不卑不亢地进了她们家，她的家人对我非常热情，非常有礼貌。

老丁：光热情有礼貌是不够的，他们应该受宠若惊才对！

江德福：这样就行了，咱不能不知足哇。不过，他们好像有那么点儿劲儿。

老丁：什么劲儿？

江德福：你说的那种受了惊的劲儿。

老丁笑了：他们没踢着你吧？

江德福：你看你这个人，怎么这么贫呢？你到底想不想往下听了？

老丁：你说你说，你接着往下说，拣重点说。

江德福：什么是重点？

老丁：老虎是重点。

江德福笑了：那只老虎哇，开始还想给我个下马威。端出来咖啡，想看我的洋相。她哪知道我在北平军调部的时候，经常陪那些美国鬼子喝咖啡，喝得我都直倒胃了，不过我却装着从没喝过，还请教她怎么喝呢。

老丁：她教你怎么喝了吗？

江德福：教了！她自我感觉良好，告诉我，你可以这样喝，也可以那样喝,这样也随便,那样也随便。

老丁:听你的口气,她的态度可不怎么样嘛!

江德福:是不怎么样,不过,你还能要求老虎的态度好到哪儿去呢?

老丁:你的要求也太低了!你这进度也太慢了!折腾这么长时间,恐怕连嘴都没亲上吧?

江德福:还亲嘴?我连人家的手都没碰过呢!哎,不对!我碰过她的手,我还搂过她的腰呢!你忘了?我跟她跳过舞哇!

江德福站了起来,兴奋地来回走:奶奶的!我怎么把这个战场给忘了呢?带她去舞场啊!带她去跳舞哇!

老丁:嗯,这个主意不错!这个点子想得好!老弟,你要是把这劲头用到学习上,该有多好哇!

江德福:我还是用到这上边吧!现在娶老婆,可比学文化重要多呢!

51 晚上 去舞场的路上

老丁:你得置办一身行头,跳舞是个很讲究的事,你这样马马虎虎可不行。

江德福:毛病还真多!跳个破舞还要破费!

老丁:你看你这个人,还是军事干部呢,怎么连搞伪装的常识都没有呢?跳舞不是目的,目的是搂上人家对不对?那么重要的阵地,你想攻上去,不搞点儿伪装怎么行!

江德福:有道理!明天上街你帮我参谋套伪装服去。

老丁:这我可是外行,你应该让你对象去帮你参谋。

江德福:你还要当我的军师呢,什么狗屁军师!伪装服怎么能让敌人帮助参谋呢？

老丁笑了：可不是嘛！差点儿犯了大忌。

52　晚上　俱乐部里

人们在翩翩起舞，江德福皱起了眉头，自言自语：等结了婚，我可不能放她出来跳舞！这都是些什么人哪，没一个正经玩意儿！

老丁：你在军调部的时候，没陪美国人跳过舞？

江德福：他们都是男的！你见过两个老爷们儿搂着跳舞的吗？

老丁：他们不跳舞吗？

江德福：跳！他们爱跳着呢！还没进舞场，光听到声音，屁股就扭上了。

老丁：唉，你也是见过世面的人，怎么就这么不开通呢？

江德福：这种世面，看着就难受！不瞒你说，我第一次进舞厅，看见男男女女一大群人搂在一起转圈圈，我头皮都炸了，心里想，这不都是流氓和破鞋吗？怎么这么臭不要脸呢！

老丁哈哈大笑：那你还学不学了？

江德福：学，那就学吧。

老丁：看把你委屈的，你可以不学！

江德福：是够委屈的！学这不正经的玩意儿！

53　白天　百货大楼

老丁坐在试衣间外边，江德福一身新地钻了出来，老丁吃惊地望着他。

江德福：哎，怎么样？

老丁：真是人靠衣服马靠鞍！你精神得我都快认不出来了！同

志，请问你贵姓？

江德福：从来没穿过这么好的衣服，浑身像长了刺似的，真不自在！

老丁哈哈大笑，江德福又钻进了试衣间。

54　傍晚　学员食堂

学员甲：老江，准备得怎么样了？

江德福：马马虎虎。

学员乙：马马虎虎可不行！上了场你连三步四步也分不清，小心把对象跳黄了！

江德福：还真让你给说着了，我还就是听不懂曲子，分不清三步四步的，唉，头痛！

学员乙：这好办，上场前你先问清了再跳！

江德福：问谁呀？

学员甲：逮着谁问谁，反正不能问你对象。

学员丙：这是个原则问题，你要切记。

55　傍晚　江德福宿舍

江德福一身新，笔直地立在屋子中央：行不行呀？太精神了吧？太出众了不好吧？

老丁：你自己感觉太好了吧？今晚的舞会，苏联老大哥们也要参加，还有乐队现场伴奏。所以无论如何，也显不出你来，这点你不用担心。我倒是挺担心你脚下的这双新皮鞋，底子也太厚了吧？这要一家伙踩下去，你对象的脚不又要瘸了！

江德福看自己的鞋底：有这么严重吗？

老丁：不是我吓唬你，还真有人跳舞把对象跳黄了！你还是小心点儿为好，免得乐极生悲。

江德福：有你这么搞战前动员的吗？我让你这么一动员，好像把舞步都忘了。不行不行，你得再陪我临阵磨磨刀。

两个大男人搂在一起跳舞。

江德福：先三步先三步。好，一二三，二二三，三二三……行啦，想起来了。再四步，来，一二三四，二二三四……

老丁：唉！伙计呀，什么样儿的女人让你这么鬼迷心窍？你看你这像什么样子？简直就是一只被资产阶级赶上架子的笨鸭子嘛！

江德福：老丁呀，我也是没办法呀，笨鸭子先飞吧！

56　傍晚　海军炮校大门口

江德福焦急地等待着，安杰姗姗来迟。两人互相打量着，江德福眼里满是惊喜，安杰诧异。

江德福：你今天可真漂亮！

安杰：你今天可真别扭！

江德福：你的眼可真好使，什么也逃不脱你的眼。你说对了，是别扭，不光你别扭，连我自己都别扭！我今天穿了一身新，难受死我了！

安杰笑了：你还是穿军装比较好看。

江德福：是吧？你也这样看吧？早知道你这样看，我就不花这个冤枉钱了！

安杰偷偷地撇嘴。

57　傍晚　俱乐部门口

两人拾级而上，碰上了急匆匆出来的丛校长。丛校长见到安杰，眼睛一亮：太好了！太好了！你们简直就是及时雨呀！

江德福：我们怎么成了及时雨了？

丛校长：不是你，是人家小安！小安哪，你来得太好了，太及时了。我们学校又新来了些苏联专家，能陪人家跳舞的人手又不够，你正好来救救场。

安杰扭头去看江德福。

丛校长：你不用看他，他的工作我来做。张干事，把小安同志领进去，安排好。

安杰跟着张干事一步三回头地进去了，江德福气得直跺脚，丛校长发现了他脚上的新皮鞋。

丛校长：嗬！新皮鞋呀？天老爷呀！新衣服新裤子呀？一身新哪！今天是过新年吗？

江德福：……

丛校长：同志，要顾全大局呀！救场如救火嘛！

江德福没好气：你怎么不让杨书记来救火呢？她不是也会跳舞吗？

身后传来杨书记的喊声：老丛！我来了！

丛校长笑了：说曹操，曹操就到吧？你看看人家这积极性，这就是觉悟啊！

58　傍晚　俱乐部内

舞会很热闹，有乐队现场伴奏，人们翩翩起舞，兴高采烈。

安杰陪一个苏联专家跳舞，苏联人很高兴，她却很不安，不时扭头往场外看。

江德福郁闷地坐在那里，眼睁睁地望着安杰与别人翩翩起舞，心里很不是滋味。

老丁凑了过来，弯腰做了个邀请的动作：同志，请。

江德福：滚蛋！

老丁笑了，坐到了他身边：不得劲儿吧？心里不好受吧？

江德福：……

老丁：啧啧啧，毕竟是资本家小姐呀，你看人家跳得多好。

江德福：……

老丁：毕竟是苏联专家呀，你看人家这舞跳的。

江德福：……

老丁：你还别说，这看来看去，也就数他们这一对儿跳得好，配合得好，看着顺眼。

江德福火了：你他娘的还有完没完了？

老丁笑了：同志，少安毋躁，这是外交场合，注意影响。

学员甲和学员乙也凑了过来。

学员甲：老江，我们特意跑来看你和你对象跳舞，你怎么不上呢？

学员乙：你对象呢？她没来吗？

老丁：来了，那不正跳着吗？

学员乙：哪一个哪一个？

老丁：那个，那个穿红裙子的。

学员乙：奶奶的，这也太漂亮了吧！

学员甲：怪不得呢，你小子一天到晚像丢了魂似的，闹了半天找了个七仙女！

学员乙：哎我说，你怎么不去跳呢？怎么就便宜了外国人呢？

老丁：那可不是外人，是咱们的老大哥！

学员乙：敢情不是你媳妇儿，你在这儿站着说话不腰痛！

正说着，安杰被外国人带着转到了他们跟前，几个人仰望着他俩，由于地方挤，还一起往后缩了缩腿。

两人跳走后，几个人长出了一口气。

学员乙：奶奶的！这叫什么事呀？

学员甲看了眼脸色不好的江德福，又捅了捅学员乙：咱们走吧？

学员乙：不看老江跳舞了？

学员甲和老丁不吭声，学员乙又探头去问江德福：老江，下个该你上了吧？

老丁拖学员乙：走吧走吧！

学员乙：再等等再等等，咱们怎么也得一睹老江的风采呀！

老丁：下次吧！下次吧！

临走时，老丁又拍了拍江德福的肩膀：我们走了，你留守吧。

江德福手一摆：都滚！都给我滚！

59　傍晚　俱乐部内

老丁几个人边走边笑。

学员乙：是他妈的憋气，换了我，老子早不干了！

学员甲：你能怎么办？

学员乙：我早就离开了，还在那儿遭那个罪！

学员甲：你懂什么呀，老江那是在那儿盯着哪，一有情况，准备随时上呢！

学员乙：那还能有什么情况？

老丁：你俩少说几句吧，小心他在那儿打喷嚏。

几人走到门口,见墙角堆了一堆练习拼刺刀的木托,学员乙上前抽出一把:奶奶的,我把这个送给老江,让他有情况的时候好用。

老丁:你送去看看,他正好用这个跟你拼了。

三人哈哈大笑。

60　傍晚　舞场上

音乐停了,安杰走到江德福面前:你干吗老坐着?怎么不跳呢?

江德福没好气:我跟谁跳去?

安杰笑了:对不起。

江德福:不关你事!

安杰:想不到你们学校苏联专家还挺多。

江德福:你想不到的事多了!

安杰:……

江德福见安杰不高兴了,又赶忙缓和:跳得挺好?

安杰:还行。

江德福:挺高兴?

安杰看了他一眼:挺高兴!

江德福:真搞不懂这些老大哥,怎么这么爱跳舞呢?每个星期都要跳,不跳舞他们难受吗?

安杰:远在异国他乡,他们是因为想家。

江德福:他们的老婆孩子都来了,还想什么呀!

安杰:想得多了!想念父母!想念兄弟姐妹!想念亲戚朋友!想念祖国!他们是普希金的老乡,是情感丰富的人!

江德福:他们是谁的老乡?

安杰看了他一眼,不说话了。

江德福：你这么看我干吗？

安杰没好气：我没看你！我看你的新衣服！

江德福也低头看了看自己的一身新，叹了口气：这身衣服算是白瞎了！

音乐再次响起来，安杰起身，江德福眼巴巴地仰望着她。

安杰：你不请我跳支舞吗？

江德福惊喜：我可以和你跳吗？

安杰笑了：当然了！我不是你请来的吗？

江德福：你不是要陪老大哥跳吗？

安杰回头看了一眼：我也可以抽空跟你跳呀。

江德福笑了，他高兴地站起来，准备大干一场的样子。

杨书记突然跑了过来，一把拽住安杰的胳膊：我就知道你跑这儿来了，快快快！快走吧，老大哥们都在找你呢！

杨书记说罢拖着安杰就走，没走几步又站住了，回头上下打量江德福，笑了：还真是呢！

江德福没好气：真是什么？

杨书记：还真是穿了一身新呢！啧啧啧……

江德福生气地挥挥手：走走走，快点儿走。

安杰被一个人高马大的专家搂得紧紧的，一副不自在不情愿的样子。专家的手大概在往怀里用力，安杰则一个劲儿地往后挣脱。杨书记和丛校长正好跳了过来，杨书记发现情形不对：哎，你看你看。

丛校长皱起了眉头。

杨书记：怎么能这样呢？

丛校长：晚饭喝酒了，大概喝得有点儿多。

杨书记：以后这种场合，你少拉我们来充数！

丛校长点头：行行，下不为例，下不为例。

安杰被舞伴带到了江德福面前。江德福先将头转到一边，似乎又意识到什么，赶紧又将头转了过来，正好碰上了安杰求救的目光。江德福站了起来，上前拽住了安杰一只手：走！咱们走！

专家扯住安杰的另一只手不放，叽里咕噜地说着什么。

江德福：放手！你放开她！

一个翻译模样儿的人跑了过来。专家对翻译说了些什么。

翻译对江德福：专家说，舞刚跳了一半。

江德福对翻译：你告诉他，我们有事，不奉陪了。

翻译翻给专家听，专家又说了些什么。

翻译对江德福：专家说，跳完这支再走。

江德福直接对专家大吼，用的竟然是俄文：放手！放手！放手！

专家松开搂着安杰的手，莫名其妙地望着江德福，叽里咕噜地说着什么。有人围了过来，丛校长和杨书记扒开人群挤了进来。

丛校长：怎么回事？怎么回事？

江德福望着他不说话，丛校长正要开口，杨书记在后边扯他的衣服。

丛校长：都散开！都散开！有什么可看的！

丛校长对翻译说：告诉他，人家家里有事，不能陪他跳了。

趁着翻译对专家说话，丛校长又转头不满地望着江德福：你还在这儿待着干吗？家里不是有事吗？还不快走！

江德福扭头就走，刚走几步又想起什么，转身一把抓住安杰的胳膊：走！

安杰被跟跟跄跄地拽走了，杨书记扑哧一声笑出了声。

丛校长也笑了：你笑什么？走！跳舞去！

杨书记笑着：我也不想跳了，我也想走了。

丛校长：想得美！人手更少了，你更不能走了！

61　晚上　俱乐部门口

江德福大步流星地拽着安杰出来了。下台阶时，安杰差点儿摔倒，她大叫一声，江德福吓了一跳，赶紧松了手：你喊什么？

安杰抱怨：你拽疼我了！

江德福：对不起！对不起！我使劲了吗？我没使劲呀？

安杰：……

江德福：生气了？

安杰：……

江德福：是因为不让你跳舞？

安杰：……

江德福：要不，要不我再把你送进去？

安杰白了他一眼：讨厌！

江德福笑了：是讨厌！那是什么老大哥呀？简直是流氓老大哥！

安杰也笑了，笑着甩胳膊。

江德福：把你弄痛了吧？

安杰：嗯。

江德福：是我还是他？

安杰：你俩都有份儿！

江德福：我的我道歉，他的等我明天再收拾他！

安杰笑出了声，江德福长出了一口气。

两人慢慢地走着,走到一片小树林中。

江德福叹了口气。

安杰:你叹什么气?

江德福:唉,练了一个星期,白练了。

安杰站住了:那我陪你在这儿跳吧?

江德福一愣,转头到处乱看。

安杰:你看什么?

江德福:我看有没有人。

安杰:有人你就不敢跳吗?

江德福:不是,我是怕跳了没人看。

安杰更笑了,伸出了双手。江德福幸福地拥住了她,却站着不动。

安杰:开始吧?

江德福:几步?

安杰:什么几步?

江德福:我是说三步还是四步?

安杰:你随便,你愿跳几步就跳几步。

江德福:那咱就都跳!先跳三步,再跳四步!

两人跳起舞来,竟然跳得非常合拍。

安杰:哎,你什么时候学的?

江德福:就这几天。

安杰:你跟谁学的?

江德福:没固定,逮着谁是谁。

安杰:男的还是女的?

江德福笑了:当然是女的了,都是女的,没有男的!

安杰不高兴了,停下脚步,不满地望着他。

江德福更乐了：怎么了？你吃醋了？

安杰挣脱着：谁吃醋了？不跳了，你放手！快放手哇！

江德福哪里肯放手，反而越抱越紧。

安杰：干什么？干什么你？

江德福：别叫！别叫！小心哨兵过来。

安杰吓得到处乱看，江德福趁机吻了她。

62　晚上　江德福宿舍

江德福吹着口哨回来了，老丁不理他。

江德福：哎，你也不问问我事情进展到哪一步了吗？

老丁：这还用问吗？肯定是亲上嘴呗！

江德福：咦，你小子是不是跟踪我们了？

老丁：我还用跟踪？就那么点儿事，傻子也能猜到！

江德福无限幸福地躺到床上，半天不出声。

老丁走过去，凑到他脸前：怎么样？亲嘴很过瘾吧？

江德福：你知道什么呀？那不叫亲嘴，那叫接吻！

老丁笑了：这是资产阶级小姐教你的吧？

江德福也笑了，很幸福的笑，他突然坐了起来，若有所思。

老丁：发什么呆呀？难道你从来就没亲过嘴？

江德福：去你的！说什么呀！你知道什么呀，你哪知道我这心里七上八下的？

老丁：嘴都亲上了，还担心什么呢？

江德福：我隐瞒了离婚的事，这心里老是不得劲儿，总觉得自己像个骗子似的。

老丁：那你打算怎么办？

江德福：我打算跟她坦白，说实话。

老丁：哎哟！这可不行！你这是被胜利冲昏头脑了！这个可不能说！说了会要命的！你听我的，千万不能跟她说你离婚的事，等结了婚再说！办了事再说！等生米做成了熟饭再说！

江德福：不行，我得说！我一定得说！再说，这嘴也亲了，吻也接了，饭也快熟了吧？

老丁：江德福，你要是不信我的，不听我的，你这锅饭非夹生了不可！

63　白天　安家阳台

安杰坐在藤椅上，出神地望着自己的手腕。

安欣悄悄来到她身后：看什么呢？还在欣赏那块儿瘀青呀？

安杰：讨厌！吓我一跳。

安欣坐到对面的藤椅上：想不到你这么快就进入情况了。

安杰：我进入什么情况了？

安欣：恋爱的情况呗！

安欣笑了起来。

安杰敏感地：你笑什么？

安欣：我笑你！我笑你去见人家一次，就伤一次！不是脚崴了，就是腿烫了，要不就是手青了，这就是跟军人谈恋爱的特点吧？

安杰也笑了：但愿今天下午别再受伤了。

安欣：你们又要见面？昨天不是刚见过吗？

安杰：昨天是跳舞，今天是喝咖啡。

安欣笑了：想不到一个大老粗，还挺浪漫的。好好好，对不起，我说错了，我错了，人家不是大老粗，我道歉！

安杰：姐，真的，他可真不像个大老粗，又风趣又有意思，人好像特别聪明，什么东西一点就通，一学就会。噢，对了，他们好像还学俄语呢，他还会说俄国话。他冲那个俄国专家发火的时候，用的就是俄国话。

安欣：是吗？俄国人听懂了？

安杰：当然听懂了！他马上就松手了，我马上就解放了！

安欣笑了：你马上也被人家俘虏了，是不是？

安杰：……

安欣：他请你到什么地方喝咖啡？

安杰：到他们学校交际处去，说那里是苏联专家喝咖啡的地方。

安欣：可别再碰上昨晚上那个专家。

安杰：他还说有事要对我说，很重要的事。

安欣：重要的事？还很重要？会不会是向你求婚呢？

安杰：想好事！我哪能这么快就答应呢！你说是吧？

安欣笑了：我说不准。

64　白天　交际处

交际处环境很好，有苏联专家在喝茶、喝咖啡，安杰和江德福坐在角落里。

安杰：你们学校还有这么高级的地方？

江德福：我们学校高级的地方多着呢！

安杰不相信地望着他。

江德福笑了：当然了，这算是最高级的地方。

安杰也笑了。

那个跟安杰跳舞的专家进来了，远远地向这边招手，江德福也挥了挥手。

安杰：这不是……？

江德福：对，这就是那个调戏妇女的老大哥！

安杰：那你干吗还要理他？

江德福：人民内部矛盾，求大同，存小异吧！

安杰望着他不说话。

江德福：你这么看我干吗？

安杰：想不到你还挺有文化，还知道求大同，存小异！

江德福：你以为我这学是白上的？这是高级炮校！扫盲也是高级扫盲！

安杰笑了。

两杯咖啡上来了。

安杰：是先加奶呀，还是先加糖？

江德福：你随便！你可以先加奶，也可以先加糖，一切全由你，你随便！

安杰笑了，优雅地搅拌着咖啡，优雅地喝了一口：哎呀，真香啊！还是现煮的咖啡好喝呀！

江德福：好喝吗？好喝我就经常带你来喝！

安杰：那好哇！那我就先谢谢了！哎，你不喝吗？

江德福摇头：我不喝，我省给你喝！

安杰：哪能一下子喝两杯呀！

江德福：不能吗？不行吗？这也有讲究吗？

安杰：当然有讲究了！很少有人一下子喝两杯咖啡！

江德福：那还是有人喝两杯嘛！你不是一般的人，你就喝两杯！

安杰又笑了：喝两杯就喝两杯！这么好的咖啡，喝两杯是一种幸福！

江德福：你幸福吗？

安杰含羞地点了点头。

江德福由衷地：你幸福，我就放心了。

安杰：你不是有事要说吗？说吧！

江德福：不着急，你先把咖啡喝完再说！

安杰：什么事呀？这么神秘！

江德福：你快喝，喝完了再说！

安杰：咖啡哪能快喝呀！

江德福：对了对了，我忘了，咖啡要一口一口地品着喝！

安杰笑了，优雅地一口一口品着喝，江德福急得在桌下直搓手。

安杰喝完一杯，江德福把另一杯推了过去：不着急，你慢慢品着喝。

安杰优雅地加着牛奶加着糖：没关系，有什么话你就说吧。边喝咖啡边说事，是一种境界呢！

江德福搓着手，盯着安杰张不开口。

安杰：说呀！有什么事你就快说吧！

江德福清了清嗓子：哎呀，我看你还是先把咖啡喝完我再说吧！

安杰放下了手中的勺子，有点儿撒娇了：我不！你不说，我就不喝！

江德福：那，那什么……

安杰：什么呀？那什么呀？

江德福：什么，那，那……

安杰：你到底想说什么呀？很难开口吗？

江德福点头：嗯，是，是有点儿说不出口。

安杰疑惑了:什么事呀?你是不是有什么瞒我了?

江德福:是,是……有件事,瞒着你了。

安杰:什么事?什么事瞒着我了?

江德福:对不起,没有事先跟你说清楚。其实……其实我……我是……是离过婚的。

安杰大吃一惊:什么?你结过婚了?

江德福点头:对,我在老家结过婚,不过,离了,我离了。

安杰猛地站了起来,咖啡撞洒了一半。她盯着江德福,半天说不出话来。

江德福伸手想拉她坐下来,安杰像躲瘟疫那样躲开了,江德福很难堪:小安,安杰,你听我说,你坐下来听我说。

安杰:你这个骗子!你还想骗我什么?

安杰说完扭头就跑,跑了两步又折回来,抓起自己的皮包,瞪了江德福一眼,扭头又跑。江德福追了上去。

女服务员追了过来,喊:钱!同志你还没给钱呢!

江德福不管,继续往前跑。

女服务员喊:抓住他!他没给钱!

那个苏联专家正好路过,一把抓住了江德福的胳膊。

江德福:干什么你?

苏联专家:钱!钱!

江德福:奶奶的!老子给不给钱关你什么事!

65 傍晚 江德福宿舍

江德福戴着枯了的柳条帽在练习书法。

老丁回来了:来来来,下棋,下棋!

江德福：不下！你自己下吧！

老丁拍着他的后背：同志，失恋不要失志！天涯何处无芳草，何必在乎那一棵资产阶级的毒草呢？

江德福转过身来，瞪着他。

老丁笑了：都让人家甩了，还这样护着！

江德福转身又开始练字，老丁要把他头上的柳条帽扯下。

江德福护着：别别别！别动！别动它！我头上要是不顶着它，字就写不好！

66 午夜 医院急诊室

高烧的安晨躺在急诊床上，安家人焦急地立在一旁。

医生：大脑炎，赶紧住院吧！

安妻：医生，大脑炎没事吧？

医生：怎么没事？事大了！赶快办住院吧！

67 早晨 病房内

安妻冲出病房，大叫：医生！医生快来呀！

医生护士跑了进来。

安妻哭喊：儿子！你怎么了！孩子这是怎么了？

医生对安泰：快让她出去！

68 早晨 医院门口

安欣和安杰提着饭盒来了。

安欣：也不知烧退了没有。

安杰：哪那么容易退呀！最近不少孩子得大脑炎，都是高烧不退。

安欣：这样烧下去，会把脑子烧坏吧？

安杰：有的孩子会留下后遗症的，会变傻的。

安欣站住了，紧张地看着安杰。

安杰安慰她：安晨不会有事的，他没烧到那个程度。

安欣：要烧到什么程度才会有事呀？

安杰：有的孩子会烧到抽起来，口吐白沫，不省人事。

安欣：那太可怕了，但愿安晨别那样。

两人说着说着，远远地看到哥嫂站在病房外，嫂子似乎还在哭泣。

69　早晨　病房外

安欣和安杰跑了过来。

安杰：哥，怎么了？

安妻哭着：孩子烧得抽过去了，叫都叫不醒了！

安欣手里的饭盒掉到了地上，安杰要进去，被安泰拉住：医生让在外边等着。

门开了，是同病房病儿陪床的母亲。

病儿母亲：好像不抽了，醒过来了。

安妻要进去，安泰拽着不让：听医生的！医生让进再进去！

安妻：我要进去！我要进去守着孩子！

病儿母亲：你也别太着急了，会好的。你们家认识部队上的人吗？

安家人都去看安杰，安杰不自在。

病儿母亲：有一种叫盘尼西林的外国药，对大脑炎很管用，我儿子就是用了这种药，很快就退烧了。最近得大脑炎的孩子多，这种药很缺。我们是托人从部队医院搞到的，你们也快去托托人吧！

病儿母亲说完就离开了，安妻一把拽住安杰：小妹！你去找找江团长,求他帮帮忙吧!

安杰为难。

安妻:要不我去!你快告诉我江团长在什么地方!

安欣:要不,我跟你一起去吧?

安杰:不用了,我自己去。

70　白天　马路上

安杰愁眉苦脸地坐在人力车上。

71　白天　江德福宿舍

江德福和老丁在下棋。

门外有人喊:江德福,大门口有人找!

老丁:不准走,下完这盘再说!

江德福:这不好吧?让人家等着不好吧?

老丁:什么鸟人这时候来,让他等着!

江德福一把推乱了棋子:算了算了,回来再下吧!

老丁:你这么赖,回来谁跟你下!

72　白天　炮校门口

安杰往里边张望,见江德福快步向外走来。安杰一下子慌了,想了想,转身跑掉了。

江德福出来,问哨兵:谁找我?

哨兵一指安杰的背影:那个女的,不知为什么又跑了。

江德福认出了安杰,向前追了几步又站住,若有所思。

73　白天　江德福宿舍

老丁：怎么这么快就回来了？什么鸟人哪？

江德福：你猜猜看。

老丁：我猜什么，我不动这个脑子！学习都把我学得脑仁疼了，我还用脑子！

江德福：不猜就算了，反正你也猜不到！

老丁：不会是你那吹了的对象吧？

江德福：你小子行啊，脑子够用！

老丁：还真是她呀？她来干什么？

江德福：不知道。我出去她又跑了，我只看见了个背影。

老丁：噢，母马要吃回头草了？这是好事呀！

江德福：怎么说话这么难听？好事也让你说变了味。

老丁：都让人蹬了，还这么护着，我看你们的事能成！

江德福：你说，她怎么来了又跑了呢？

老丁：她这是来钓你呢！甩了渔线，跑到远处去，等你咬食上钩呢！

江德福：那食呢？

老丁：她的背影呀！她扭着小腰往前跑，你看了那背影，还受得了呀？能不上钩吗！

江德福：你还别小看老子了！老子就是没上钩！我看着她的背影，没往前挪一步！

老丁：好样的，做得对！咱堂堂的团职军官，哪能上来就咬钩呀！怎么也要咬紧牙关，斗她几个来回呀！

江德福：看你说的，我还真成鱼了！

老丁：你是一条大鱼！他们才舍不得放掉你呢！虽然你离过婚，

让她们有点儿扫兴，但毕竟你膘肥体壮啊！

江德福：真搞不懂这些城市女人！你去追她们吧，她们直向后躲。你停下来不追了吧，她们又跑来搅和你，真不知她们是怎么回事！

老丁：这有什么难懂的？这些城市女人，一个个精着呢！别看她们没打过仗，但战略战术运用得一点儿也不比咱们差！她们这叫什么呀？叫游击战！你看看她们，你进她就退吧？你追她就跑吧？你停她就扰吧？你退她就攻吧？是不是这样？

江德福：你别说，还真是这么回事呢！哎，我说老丁，你又没跟城市女人交过手，你是怎么知道的？

老丁：没吃过猪肉，还没看过猪跑吗？光成天看你这儿晕头转向的鬼样子，我也知道个八九不离十了！我就是早早地结了婚，孩子一大帮了，否则的话，别说一个城市女人了，就是一个班，我也把她们调动得团团转呢！哪像你！让人家折腾得人不人鬼不鬼的！

江德福：去你的！我不都放弃了吗？

老丁：你那叫放弃呀？说梦话都直喊"你回来！你给我回来！"。

江德福：睡着了我管不住自己，醒着的时候，我把自己管得好好的吧？我再也没去找过她一次，连个电话都没打过！

老丁：这是你应该做的！对她们这种人，就不能给她们好脸色！她们会蹬鼻子上脸的！你不搭理她们，说不定她们就自己跑来了！这不嘛，自己跑来了！这次你可得听我的，不能再蛮干了！你要沉住气，好好拿她一把！

江德福笑了：你能不能教我点儿好的？我都快让你教坏了！来，继续下！

74 白天 病房内

安杰无精打采地进来了,安泰一看她这样子,就知道事没办成。

安泰:人家不帮忙吗?

安杰摇头。

安泰:没找到他?

安杰又摇头。

安泰:你哑巴了?你说话呀!

安杰:我……我张不开口。

安泰:有什么张不开口的?你的脸真比你侄子的命值钱吗?

安妻:我去,我去求求人家江团长!江团长是个好人,他会帮忙的!

安泰:还是我去吧!我的脸不值钱,我去!

第三集

1　白天　江德福宿舍

江德福和老丁在下棋。江德福大概是稳操胜券，敲着棋子哼着小曲。

外边有人喊：江德福，大门口有人找！

老丁：不是跑了吗，怎么又来了？

江德福：我怎么知道她怎么又来了？

老丁：她这叫什么战术？有点儿乱吧？

江德福高兴地：这叫我停她扰吧？

老丁：她也太低估你了吧？你不会要去了吧？

江德福：我为什么不去？我倒想看看她在耍什么把戏！

老丁一把推了棋子：去吧！去吧！去丢人去吧！

江德福：你推棋干什么？等下完这盘我再去也不晚呢！

老丁：我看你这没出息的劲儿就烦！哪还有情绪跟你下棋！

江德福：什么没情绪，你是下不过吧？

老丁：去去去！快去咬你的钩吧，啰唆什么！

2　白天　炮校门口

江德福跑出来,见是安泰,一愣,有些失望。

3　白天　江德福宿舍

江德福冲进来,喘着粗气半天说不出话来。

老丁:怎么啦?咬钩了?刺着舌头了?

江德福:老丁,你不是有个老乡,在医院当什么长吗?

老丁:医务部长,怎么啦?

江德福:小安的侄子得大脑炎了,很危险。有一种叫盘尼西林的药,能救命,好像咱们部队医院有。

老丁:是吗?那我找找他!

江德福:那太感谢了!

老丁:谢什么?有什么好谢的!哎,莫不是这是个借口,是诱饵吧?

江德福:你说什么呢!人家能拿孩子的性命当诱饵吗?你以为我是谁呀?

老丁:你不就是一条张着大嘴咬钩的鱼吗?行行,你别瞪我,我这就打电话去!

4　傍晚　医生办公室

安泰将一盒药交给医生,医生很吃惊。

医生:你真可以呀!一下子搞来一盒药!

安泰:这药足够了吧?

医生点头:够了,足够了!

5　白天　病房内

安妻坐在床边，握着儿子的小手，脸上有了笑容。

安妻：还是进口药管用呀！

安泰：多亏了人家江团长，人家可是二话都没说！

安妻：是呀，江团长真是个大好人！这门亲事可惜了！离过婚怕什么？只要他没孩子就行！

安泰：万一有孩子呢？那不太委屈小妹了？

安妻：不会问问他吗？

安泰：谁去问？你去问吗？

安妻：要问也得你问呢，我问像什么话！等孩子好了出院了，咱把人家请到家里吃顿饭，你侧面问一问。

安泰点头：嗯，也行。

医生和护士进来了，安泰和安妻站了起来。

医生有些为难：对不起，跟你们说点儿事。

安泰和安妻紧张地望着医生。

医生：你们恐怕还要去搞点儿药。

安妻：为什么？不是拿来了一盒药吗？不是够用了吗？

医生：你们也看见了，医院里有几个孩子都很危险了，不及时抢救就完了。昨天夜里情况很糟糕，值班医生来不及跟你们商量，把药都用了。

安妻叫了起来：什么？药没有了？

医生点头：所以，所以麻烦你们……

安妻哭了：你以为那药那么好弄呢？我们是舍下脸求来的！你们

怎么能这样呢……

6　白天　公用电话亭

安泰打电话：事情就是这样，说什么也没用了。看来只好你去跑一趟了，我还能再去找人家吗？

7　白天　中药房

安杰慢慢放下电话，发呆。

8　白天　学员宿舍

江德福和老丁吃饭回来，值班员跑了过来。

值班员：江团长，大门口有人找，是个女的。

江德福和老丁对视了一眼。

老丁：黄花鱼咬钩了？

江德福：有这种可能吗？

老丁：太好了！快去收线吧！

9　白天　炮校大门口

江德福看见站在大门口的安杰，站住脚，低下头检查了一下自己，深吸了一口气，走了过去。

安杰见江德福出来了，也抻了抻自己的衣服。

江德福：孩子好点儿了吗？

安杰：好多了，开始退烧了。

江德福：那太好了。

安杰：对不起，还要再麻烦你。

江德福：还缺什么药吗？

安杰：不是，还是那种药，还要麻烦你再搞点儿。

江德福：那不是可以用一个星期的吗？

安杰：医生也给别的孩子用了，说不能见死不救。

江德福：那倒是，你在这儿等一下。

江德福往传达室里跑。

10　白天　学员队值班室

老丁接电话：她们家投机倒把卖高价药了吧？资本家嘛，擅长干这个！行啦行啦，一说她家你先炸了！你是她家哪棵葱啊？还没成女婿呢，就比女婿还傻！好好，我再找找人家吧，你等我电话！

11　白天　传达室

江德福接电话，老丁的声音：伙计，不行啊，我老乡到外地开会去了，今天早晨刚走！

江德福：他不会是不想给药了，骗你吧？

老丁的声音：不信你可以去医院看看嘛！

江德福放了电话，想了想，又拿起电话：总机，给我要小车班！

12　白天　吉普车内

江德福坐在前边，安杰坐在后边。江德福从后视镜上往后看，两人的目光在镜子上对到了一起。安杰马上别过头去，江德福笑了笑。

13　白天　部队医院

车子停下，江德福和安杰下了车。江德福东张西望，一副不知要到哪里去的样子。

安杰：你认识这儿的人吗？

江德福：我谁也不认识！

安杰：那你来干什么？

江德福：我来找药哇！找那个什么林哪！

安杰：盘尼西林。

江德福：对！你给我记好了，到时候提醒我！

安杰：你找谁要呀？

江德福：谁说了算，我找谁要！走！跟我走！

江德福在前边大步流星，安杰在后边一路小跑。

14　白天　药房

江德福弯下腰来问里头的人：同志，你们药房领导在吗？

药房的人：在！（朝某方向喊道）主任，外边有人找！

一个中年男人（药房主任）出来，上下打量江德福：你找我？

江德福：对对对，我找你。

药房主任：什么事？找我什么事？

江德福：是这么回事，我是高级炮校的学员，我叫江德福。我有个亲，（看了安杰一眼）亲戚的孩子得了大脑炎，情况很严重，急需一种叫盘……（扭头对安杰）盘尼西林？

安杰点头：对，是盘尼西林。

江德福：我知道咱们医院有这种药，所以我想……

药房主任：你怎么知道我们医院有这种药？

江德福：我昨天刚……刚打听到的，我听你们医务部长说的，我还想找他呢，但谁知他今天一早就出去开会了，是不是呀？

药房主任再次打量他：你说的是不假，但这种药现在严格控制，我无权批给你。

江德福：那谁有权批给我呢？

药房主任：院领导有权，你最好能找院长批。

药房主任说完就走了，江德福还在那儿望着人家的后背不动。安杰扯了扯他的军装：咱们走吧。

江德福回过神来：药没搞到，上哪儿走！

安杰：那……那还找谁呀？

江德福：你没听见吗？找院长啊！当然要找院长了！走！找他去！

15　白天　院长办公室外

江德福刚要敲门，门开了，院长出来：同志，你找谁？

江德福：您是院长吧？我就找您。

院长：找我有事吗？

江德福看了身边的安杰一眼，把院长拉到了一边：院长同志，我是炮校的学员，叫江德福。那个女的是别人刚给我介绍的对象，人不错吧？

院长莫名其妙，不得不点头：嗯，是不错！

江德福：现在他侄子得大脑炎了，很危险，有一种外国药，叫什么西林……

院长：盘尼西林。

江德福：对对对，是叫这个名字，听说咱们部队医院有这种药，人家就找上我了，你说我该怎么办？

院长笑了：你就找上我了呗！

江德福也笑了：对呀，你说我是不是找对人了？

院长不得不点头：对，你是找对人了。走吧，跟我来吧！看在你要找老婆的分儿上！

院长在前边带路，江德福向安杰招了招手，安杰跟了过来，脸上有了笑容。

江德福小声：院长同志，谢谢你，你看我对象笑了。

院长回过头去，安杰赶紧向他微笑。

院长：你这对象很漂亮呀！

江德福：就是因为太漂亮了，我才这么卖力呢！

院长哈哈大笑起来。

16　白天　吉普车内

车子在疾驰。

江德福：再快点儿！你的技术太一般了！

司机：首长，不能再快了，再快就成飞机了！

江德福和司机都笑了起来，江德福透过后视镜看安杰，安杰恰好正感激地望着他，还冲他妩媚地一笑，江德福慌忙别过头去。

车子在医院门口停下。

江德福：我就不进去了，你快去吧！

安杰：谢谢您。

江德福：不用谢！你忘了我怕你谢我了？

汽车飞驰，江德福在后视镜里注视着站在原地不动的安杰。

司机：首长，那是你对象吗？

江德福：你看像吗？

司机：我看像。

江德福：你看像有什么用！

司机：不是吗？

江德福：现在还不是！以后是不是我也不知道！

司机笑了，江德福也笑了。

17　傍晚　学员队门口

江德福看见黑板上让他回电话的留言，直接进了值班室。

18　傍晚　江德福宿舍

江德福回来了，正蹲在地上洗衣服的老丁抬起了头：回电话了？

江德福：你怎么知道的？

老丁：黑板上写着呢，我又不瞎！什么事呀？

江德福：她哥，说孩子出院了，为了感谢我，要请我吃饭。

老丁：这是好事呀！怎么没看出你高兴来？

江德福：我还高兴呢，我这正后悔呢！

老丁：为什么？

江德福：我刚才一口回绝了人家，这不刚放下电话，我就又后悔了！

老丁：你为什么要回绝呢？这不是求之不得的事吗？

江德福：虽然是求之不得，但好像我在趁火打劫似的，这么不周正的事情，我江德福能干吗？

老丁：那还后悔什么？

江德福：这谁知道呢？反正我现在后悔得肚子直叫唤！

老丁笑了：你这是馋的，可惜那一顿好吃的了！

19　白天　安家客厅

一家人坐在客厅里，气氛很压抑。

安泰叹了口气：人家不来！看样子你伤得人家不轻！

安杰看了安欣一眼，安欣冲她做了个鬼脸。

安妻：解铃还得系铃人，小妹，我看只有你亲自去请了。

安杰：意思到了就行了！干吗还要三番五次的！

安泰瞪起了眼：我们的意思到了吗？我们的心意表达了吗？搞药的时候，三番五次地去找人家，这要请人家吃顿饭了，意思到了就行了？

安杰起身，大声地：我去请还不行吗？

安泰：安欣，你陪她一起去！

20　白天　学校大门口

安杰叹了口气：唉！想不到我一步一步往后让，竟让到了这种地步！

安欣：其实，在我看来，结没结过婚还是次要的。

安杰：那你认为什么是主要的？

安欣：跟离婚这件事比起来，他的文化程度更重要一些。但你似乎已经接受他这一点了，而且据我观察，他的确是个有能力的男人，这点很重要。而且，他人又很风趣，也很机智，这点更重要。而且……

安杰笑了：你哪儿这么多而且呀！

安欣：你还想不想往下听了？

安杰：你说我就听！

安欣：而且他为人又很好，很诚实，也善良。他不主动告诉你他结过婚这件事，你会知道吗？等你结了婚再让你知道，你又能怎么着他呢？你跟人家吹了，人家也没再来纠缠你吧？我们有事了，又去觍着脸求人家，人家也没拿我们一把吧？而且那药也不是那么好搞的，人家都不惜求爷爷告奶奶了！当然了，这里也有你的因素，说明人家很在乎你，很喜欢你。

安杰：他可从来没有说过喜欢我！

安欣：喜欢一个人不靠说，靠做！光说不做的男人，是靠不住的，是不能嫁的！

安杰：你什么时候变成他的支持者了？是不是受了哥嫂他们的影响？

安欣：我跟哥嫂他们是有区别的。

安杰：区别在哪儿？

安欣正要说，看见了跑过来的江德福：哎，他来了。

安杰：你跟他说。

安欣：行！我说就我说！

21　白天　海军炮校院内

江德福和老丁在路上走着。

江德福：你说，她们家这次请客，真有那种意思吗？

老丁：我都跟你说了多少遍了，我懒得再说了！

江德福：你看你，怎么能这样呢？怎么能对战友的事这么漠不关心呢？

老丁：我对你的事还不关心吗？又给你出主意又帮你找药的！

哎，不说找药我还忘了呢，她们家怎么能光请你一个人呢？是不是你没告诉人家呀？

江德福：你看你这个人幼稚的，这么好的事，我怎么可能告诉人家呢？是你追人家，还是我追人家？

老丁：那也该算我帮你追的吧？

江德福：那算你是无名英雄。无名英雄你还想抢功啊？还想去吃饭，美得你！

老丁：我哪美了？是你美！美得……

江德福被绊了一下，差点儿摔倒。

老丁哈哈大笑：美得你快要摔跟头了！

江德福：我要摔跟头了，你就这么高兴吗？

老丁坏笑：同志，对不起，我是妒忌，我有点儿妒忌了。

江德福：你妒忌什么，你婚都结了！

老丁：我也可以离嘛！

江德福：去你的！哪壶不开提哪壶！你说，为了这么一件事，她就不在意我离婚的事了吗？

老丁：那事还小吗？那是救人一命，胜造七级浮屠的事！你别稀里马虎的。这么大的功劳，还弥补不了你离婚的错误吗？

江德福：去你的！说正事的时候，别老开玩笑。

老丁：我这哪是开玩笑呀，我说的就是正事！我再给你说一遍，人家这么郑重其事地请你到家里去吃饭，说明这事有门儿了！人家的家门向你敞开了！你小子可以出兵了！

江德福：让你这么一说，我都有点儿摩拳擦掌了。

老丁：摩拳擦掌可以，但你不能赤手空拳哪！人家这次可是郑重地请你，所以你要隆重地登门，不能空着手去！

江德福：那我买上一盒点心，再提上两瓶酒，这总行了吧？

老丁：行是行，但效果太一般了点儿，不会出奇制胜。他们那种家庭，可不是一盒点心、两瓶子酒就能打发的。

江德福：那我拿什么去，难道我能扛着枪去？

老丁笑了：能扛着枪去当然好了！你去把枪一举，高喊一声"缴枪不杀！"看他们谁敢乱动，谁敢不服服帖帖！

江德福：别净说那没用的！快点儿帮我想想带什么好吧！

22　白天　饭堂

江德福正要离开，另外一桌的人招手叫他。

学员甲：老江老江，过来过来！

江德福走过去：干什么？

学员甲：我们帮你想出好主意了。

江德福不明白的样子。

学员乙：你丈人家不是要请客吗？你不是不知带什么东西吗？

江德福去瞪老丁。

老丁笑了：别不知好歹，我在这儿发动群众给你集思广益呢！

学员丁：我想了个好主意，保你满意！

江德福：我满意有什么用？得人家满意！

学员丁：当然是他们先满意了！他们肯定满意！他们满意了，你还能不满意？

江德福：你哪这么多废话！说重点！

学员乙：花！你上山去采花！

江德福：采花？什么花？

老丁：见什么花，采什么花！

107

学员丁：他们那种人家，喜欢这一套！你就带花去，又不花钱，又让他们高兴！

23　早晨　江德福宿舍

老丁起床，看到地上放着一盆怒放的菊花，愣住了。

江德福端着脸盆进来，笑了：你发什么愣？不认识菊花吗？

老丁：你这是从哪儿搞来的？

江德福：当然是从山上采来的了！

老丁：山上的野花都长在花盆里吗？

江德福笑了：你眼不好使吗？你看不出这是俱乐部前边花坛里的花吗？

老丁：怪不得看着眼熟呢！你可真行呀，十八般武艺都用上了，连偷都派上用场了！

江德福：干吗说得这么难听？哪是偷哇，我这是借用一下。

老丁：那你还还吗？

江德福：你看看你，怎么越说越小气了，一盆花还值当还吗？

老丁担心地：万一人家要是不喜欢花呢？

江德福：你们不是说他们保证喜欢吗？

老丁：我是担心，怕万一不喜欢呢？

江德福叹了口气：喜不喜欢都是它了，瞎猫去碰死耗子吧！

24　白天　安家

餐厅里，安欣在插鲜花，安妻在摆放水果，她想起了什么，扯着嗓子喊：孙妈！孙妈！

孙妈从厨房里跑了出来：来了，来了。

安妻：你忘了买葡萄了吧？

孙妈：哎哟，可不是嘛，是把葡萄给忘了。

安妻：瞧你这记性！怎么越来越差了！

安欣：行了行了，水果够了，少一串葡萄不算什么！

安妻：这上边再放一串葡萄会更好看的！

安欣：水果是吃的，不是看的！我们的热情够了，适可而止吧！

安妻：人家江团长帮了那么大的忙，算是咱家的救命恩人呢！小妹要是不嫁给人家，我就让晨儿认他当干爹！

安欣皱起了眉头：行了！你别没事找事了！

安妻：不是我没事找事，而是现实就是这么回事！你没发现现在外边的人对咱家客气多了吗？过去见了我都爱搭不理的，现在都抢着跟我打招呼！还总爱打听江团长的事，问他是不是咱们家的姑爷。

安欣：你怎么回答的？

安妻：我能怎么回答？又不能说是，又不好说不是！说是吧，万一将来不是呢？说不是吧，那些人又该狗眼看人低了！所以呀，如果小妹不嫁给他，我就让晨儿认他当干爹！有这么个人总比没这么个人强吧，你说是不是？

安欣扯着嘴角笑了一下。

25　白天　安杰房间

安杰在镜前涂口红，听到外边有动静，停了下来，侧耳倾听。

安泰的声音：哎呀江团长，您太客气了，干吗还带东西来！

江德福的声音：也不是什么贵重东西，看着好看，就带来了。

安晨的叫声：妈！江叔叔来了！叔叔还带着花呢！

安杰望着镜中的自己,一脸吃惊。

安欣捂着嘴进来了。

安杰:你笑什么?

安欣:你快出去看看吧!

安杰:我知道!不就是带花来了吗?有这么可笑吗?姐夫也带花来过,难道人家就不能带着花来?

安妻推门进来,有些不安,也有些不悦:哎呀,真是的!怎么能送人家菊花呢?还是白色的,多不吉利呀!

安杰跑了出去。

26　白天　安家门厅

江德福怀抱菊花,安泰转着脑袋到处找放花的地方。

安杰下楼了,上唇涂着口红,下唇却还没来得及涂。

安泰:哎呀!你怎么这样就出来了?出什么洋相!

安杰一愣,意识到什么,扭头就走。

27　傍晚　安杰房间

安杰进来,安欣和安妻正要出去。

安欣:你怎么又回来了?

安杰扑到镜子前,看到自己的阴阳嘴唇,一下子捂住了嘴。

安欣:你捂嘴干什么?又不是不让你笑!

安杰放下手,指着自己的嘴:看!都是让你们给气的!

安欣和安妻大笑起来,安杰掏出手绢,将口红擦掉。

安妻:你擦掉干吗?补上不就行了!

安杰:补什么补?补得过来吗!

安欣笑：一比一，你们平了。

安杰：什么一比一呀？他那是傻，我这是让他气傻的！怎么能算平了呢？

安欣：那就一比零点五呗，你小胜，他小输，这总行了吧？

28　白天　安家餐厅

面对着精致的餐具和丰盛的酒菜，江德福有些吃惊。

孙妈端着盘子从厨房里出来，江德福有些疑惑地望着她。

安妻：江团长，这是孙妈，是我家……

安泰急忙插话：是家里帮忙的。

江德福：给您添麻烦了。

孙妈：不麻烦，不麻烦。

孙妈进厨房了，安杰和安欣也进餐厅了。

安泰：请，江团长请上座。

江德福：你们太客气了，我都有点儿紧张了。

安妻：江团长您紧张什么？以后这里就是您的家了！我们随时欢迎您来！

安杰撇嘴，江德福笑了：你看，这里有人撇嘴了，她不欢迎我来！

在笑声中，大家入座。

安泰：不知江团长酒量如何，我恐怕陪不了您。

江德福：我酒量一般。有的时候挺能喝，有的时候又不能喝。能喝的时候半斤不醉，不能喝的时候二两就倒，也不知咋回事。

安泰：喝酒跟心情有关，高兴了千杯不醉，不高兴了一杯就完。

江德福：是吗？这我可是头一次听说，今天最好是千杯不醉！

安泰：那太好了！我舍命陪君子，醉了也无妨。

江德福：最好还是别醉，醉了就出洋相了。

安欣在桌下踢了安杰一脚，安杰奇怪地望着她，安欣意味深长地冲她一笑。

安泰：没事，今天咱们喝烟台张裕的金奖白兰地，这是色酒，您的酒量不会醉。

安泰说着站起身，举起了酒杯：江团长，这第一杯酒是感谢酒，我……

江德福也起身：哎，感谢的话就别说了，那事值不得提"感谢"二字。

安泰：哪里，这是救命之恩哪，我们理应涌泉相报的。

安妻：就是！我们还想让……

安欣急忙插嘴：感谢是应该的，但你们也别站得这么久哇。我们手腕都举累了。

大家都笑了，两个男人碰了杯，一口喝下。

29　白天　安家厨房

安欣进来拿东西，安杰跟了进来：你安的什么心？好好的，灌人家干吗？你是怕他不出洋相吗？还是笑话没看够？

安欣：你懂什么！我这还不都是为了你吗？酒是试金石，最能考验一个男人的德行了。虽说是"路遥知马力，日久见人心"，但你等得了那么久吗？酒是捷径，可以省你许多事！你懂吗？

安杰：我不懂！他要是喝醉了再出洋相，不许你笑啊！

安欣：我笑他关你什么事呢？

安杰：当然关我的事！因为他是我的客人！

安欣：仅仅是客人吗？

安杰：暂时还是！喝醉了以后还是不是，就不知道了！

安欣笑了：那就是"路遥知马力，酒后见人心"吧！

30　白天　安家餐厅

江德福似乎醉了：这，这是什么酒哇？喝着甜兮兮的，怎么，怎么劲儿……这么大呀？厉害呀！

安杰：让你少喝点儿，你偏不听！现在知道厉害了？活该！

安泰似乎也喝多了，他一拍桌子，瞪着眼：怎么跟江团长说话呢？放肆！

安杰根本就不怕他：你跟谁拍桌子？你才放肆呢！

江德福笑眯眯地望着安杰，满眼都是喜欢。

安泰对江德福：老兄，你看她，多厉害！

江德福：我，早就领教过了，早知道了！

安欣：她这么厉害，你还要她干吗？

江德福：厉害，我也……也要！就怕她不干哪！

安欣：她为什么不干呢？

江德福看着安杰：是嫌我，离过……离过婚吧？

安杰用眼白他。

江德福笑眯眯地：你生气也……也挺好看。

安欣：你为什么离婚呢？

江德福先是一愣，愣过之后似乎醉得更厉害了，醉眼迷离地：你……你问这个干什么？你，什么意思？

安欣：也没什么意思，就是好奇。

江德福：噢，是……是好奇呀！这……这有什么可好奇的？离，就是，离了嘛！好什么奇呀！

安欣：那总该有个理由吧？

江德福：理由？噢，有！理由有！封建婚姻，包……包办的。

安欣：你这理由还挺充分的！你没醉吧？干吗要装醉呢？

江德福：谁，装醉了？我，没醉！干吗要……要装醉呢？来！谁敢跟我，再……再喝！

安杰：你别再喝了！

江德福：我，没……没事！谁……谁跟我喝，喝呀？

安泰：我！我跟你喝！来！喝！

俩人又是一杯酒下肚。

安泰不行了，趴在桌子上。江德福的脑袋也耷拉下来了。

安欣问安杰：你说他醉了吗？

安杰：这还看不出来？舌头都大了，当然醉了！

江德福抬起头：谁……谁的舌头，大……大了？

安杰：当然是你的舌头大了！

江德福：我，舌头，没大！我，还能说……说话！有什么问……问题，尽管问，问吧！

安欣：你真没醉吗？

江德福：我，没，没醉！真！真没醉！

安欣：你跟人家离婚，是嫌人家丑吧？长得不如她好看吧？

江德福：不……不如！差……差远了！

安杰叫了起来：姐！你干吗！

安欣：我要当路遥，看看马力的真面目！

安杰：路遥也不是你这么当的，这么疑神疑鬼！

江德福：谁……谁是鬼呀？谁呀？

安杰：她！她是鬼！

江德福盯着安欣：你……你是鬼吗？我……我看你，是……是装神弄鬼！

安欣笑了：我都让你给搞糊涂了，你到底醉没醉嘛！

江德福：我，没醉！我，醉了吗？我，也让你给搞糊涂了，我，我也不知道我醉没醉了。

安妻：他是醉了，真醉了！

安欣：他真醉了吗？

江德福：我真醉了。

安欣：那好，我问问你，你到底为什么跟人家离婚？是嫌人家长得丑吗？

江德福：谁说，人家，长……长得丑？人家不丑！

安杰：不丑离什么婚！

江德福：不……不好看嘛！

安妻：行啦！别问了，人家就是醉了！

江德福自言自语：我大概真醉了，我……我不行了。

江德福趴到了桌子上。

安欣：看样子是真醉了，再问也问不出什么名堂来了。

安妻：你问也要问点儿要紧的呀，问人家为什么离婚、好不好看干吗？净问些没用的！

安欣：什么是有用的？

安妻：你问问他在老家有没有孩子呀！

安欣：哎呀！可不是嘛！怎么把这个给忘了！

江德福趴在那儿不动。

安欣对安杰：你摇摇他。

安杰：我才不摇呢！干吗让我摇？

安欣：他不是你的客人吗？

安杰：你还知道他是客人哪？有你们这么待客的吗？

安欣：我们还不是为你好吗？

安杰：谢谢！我不用你们为我好！你们别问了！

江德福突然抬起头来，把安家的人吓了一跳。

江德福虽然醉眼迷离，但非常郑重：你们放……心吧！我……我没有孩子！一……一个也没有！你……你们不……不用担心！

安欣：原来你没醉呀！原来你装醉呀！

江德福：谁……谁说我没醉？我醉了！但……但我人醉，心不醉！你们说的什么，我都……都知道！我都……都听见了！

安妻：哎呀！坏了！

江德福：没，事！坏什么，坏！

安欣：想不到，我们倒让你给耍了。

江德福：哎呀，不好！我想吐！我要吐了！

安妻大叫：孙妈，拿盆来！

孙妈拿盆来，放到江德福脚下，江德福哇哇吐了起来。

安家的女人都捂着鼻子跑了，唯有孙妈在那儿给江德福拍背。

31　傍晚　安家客房

江德福醒了，看见坐在床边的安杰有些犯迷糊。

江德福：我这是在哪儿呀？

安杰：在我家！

江德福：我怎会睡在你们家呢？

安杰：你真的什么都不记得了吗？

江德福：噢，我想起来了。你们家请客，喝的是什么金奖什么地。

这酒可真厉害，想不到后劲儿这么大。你们还合着伙儿骗我，说这是色酒，喝不醉的。看，把我给喝醉了吧？

安杰：你到底是真醉了？还是假醉了？

江德福：你看看你这人，怎么这么说话呢？你没看见我这个鬼样子吗？连坐起来的力气都没有了，还能装？

安杰：你真把我们给搞糊涂了，也不知你什么时候是真的，什么时候是假的！

江德福：我哪能让你们搞清楚呀，真是的！

安杰笑道：讨厌！

江德福：我把你们给搞糊涂了，你却把我给搞明白了。小安哪，谢谢你。

安杰：谢我什么？

江德福：谢谢你向着我说话，想不到你能向着我！

安杰：你都听见了？

江德福：都听见了。

安杰：你真的没醉呀？

江德福：正好那个时候没醉。

安杰：那你是什么时候醉的？

江德福：把你们吓得不敢乱说了以后。

安杰推了他一把：你可真够坏的！

江德福趁机抓住了她的手：我坏吗？

安杰：坏！

江德福一用力，将安杰搂到了怀里。

安杰：放开我！放开我！我喊了！

江德福：你喊吧，反正这是你的家。

32 黄昏 栈桥

江德福和安杰在散步。一对对情侣依偎着,窃窃私语。

安杰羡慕地望着他们:你看人家!

江德福:看什么?

安杰:你说呢?

江德福:让我说,就不要看!他们有什么好看的?不害臊!

安杰:什么叫不害臊呀?

江德福:他们这就叫不害臊!大白天的,拉拉扯扯的,不是不害臊吗?像什么话!

安杰望着他不说话了。

江德福:你为什么不说话了?你有不同意见可以提嘛,我们可以讨论嘛!

安杰:跟你有什么讨论的,简直是对牛弹琴!

江德福:看样子,你是想像他们那样?

安杰:……

江德福:这我就纳闷儿了,在屋子里我要跟你亲热,你就大呼小叫的不让,怎么愿在外边有人的地方亲热呢?

安杰:……

江德福笑了:又生气了?你这一天哪来这么多的气呢?

安杰:……

江德福:好好好,那你挎着我吧。

安杰:谁稀得挎呀!

安杰快步朝前走了,江德福望着她的后背笑了。

江德福一屁股坐到长椅上,拍着椅子让安杰也坐:坐坐吧,走了半天你不累吗?

安杰:你不是吹牛你一夜走过一百多里路吗?照你这样,那还不早累死了!

江德福:那是急行军,后边有敌人追着,不走行吗?

安杰:你们还让别人追过呀?我看电影上不都是你们追着人家打吗?

江德福:那是演电影!真打起仗来,不是你撵着我跑,就是我追着你跑,哪有准!

安杰:这么说电影是吹牛哇!我还以为你们是常胜将军呢!

江德福沉下了脸:你这说的是什么话?

安杰有点儿胆怯:我,我是说着玩儿的。

江德福:什么话都能说着玩儿吗?

安杰:我没别的意思,我是没过脑子随口乱说的。

江德福:安杰呀,这可不是随口乱说的事,尤其是你这种出身,更不能信口开河了。这是立场问题,很容易让人家怀疑到你的出身上。

安杰:你也怀疑吗?

江德福:有点儿,不过……

安杰:不过什么?

江德福:你紧张什么?

安杰:我怕你怀疑我。

江德福:你怕我怀疑你什么?

安杰:我怕你怀疑我是别有用心的。

江德福:你不是别有用心的吗?

安杰：我不是！向上帝保证我不是！

江德福：上帝是干什么的？你为什么要向祂保证？

安杰：那我向谁保证？向谁保证你才信呢？

江德福：你应该向党保证，向人民保证。

安杰：那我就向党保证，向人民保证。

江德福哈哈大笑起来，拍了拍她的肩膀：看把你吓的，我逗你呢！

安杰还是紧张的表情。

江德福怜惜地望着她，情不自禁地搂住了她：你干吗这么紧张？你不用这么紧张，等我们结了婚，你就更不用紧张了。

安杰挣脱了他：谁紧张了？谁要跟你结婚呢？

江德福：你不跟我结婚？你不嫁给我吗？

安杰：我凭什么要嫁给你呀？你连婚都不求！

江德福：好好好！我求！我求！我求还不行吗？

安杰望着他，他也呆呆地望着安杰。

安杰：你怎么求婚呀？你就这么求吗？

江德福：是啊！我怎么求哇？我没求过婚，我哪会求哇！

安杰撇嘴，小声地：你又不是没结过婚！

江德福：哎！你不要哪壶不开提哪壶！跟你说过多少次了？那是父母包办的，不是我自己愿意的！

安杰：这次是你自己愿意的？

江德福：当然了！不愿意我能这么没命地追你吗？

安杰笑了：讨厌！

江德福也笑了：真怪了，以前我特别烦别人说"讨厌"这句话，觉得这句话特别刺耳、特别难听。怎么你说讨厌我就没这个感觉了呢？而且，而且还觉得挺好听的，听着挺舒服的，你说这是怎么回事呢？

安杰：我怎么知道怎么回事？讨厌！

江德福再次哈哈大笑起来，引得路人纷纷向这边张望。

安杰：讨厌！你干吗这么笑哇，人家都看咱们呢！

江德福：我高兴嘛！老子笑，还怕别人看吗？

安杰用眼白他，江德福笑着凑了过去，安杰又往后躲，一直躲到椅子的边缘。

江德福又笑了：我看你能躲到哪儿去！孙猴子能跳出如来的佛掌吗？

安杰：你是如来佛吗？看把你能的！

江德福：我是江德福！

安杰撇嘴。

江德福：你撇什么嘴呀？我知道你嫌我的名字难听，但这没办法，爹娘给起的，你叫也得叫，不叫也得叫，就是它了！

安杰：你不会改个名吗？

江德福：大丈夫坐不更名、站不改姓，我改什么名啊！

安杰：为我也不肯改吗？

江德福：为天王老子也不改！为了娶个城市老婆，把爹娘起的乡下名字改了，像话吗？什么资产阶级臭思想！

安杰：我本来就是资产阶级嘛！

江德福：那就更不能改了！要改的人是你！你这资产阶级的思想，真该好好改造改造了！

安杰生气了，不说话了。

江德福笑了：说实话，你生气的时候，比不生气的时候还好看！

我就是为了看你生气,才老逗你呢!

安杰:我就不让你看!我就不生气!

江德福:那我也没办法呀,我总不能求你生气吧!你真不生气了吗?

安杰:真不生气!

江德福:高兴了吗?

安杰:高兴了!

江德福:那好,趁着你高兴,我继续求婚!

安杰满怀希望地望着他。

江德福:我说,咱们结婚吧?把事办了吧?

安杰:你这算是求婚吗?

江德福:算哪!当然算了!

安杰:你就这么求婚吗?

江德福:那我还要怎么求?

安杰:你看着办!

江德福想了想:安杰同志,我求求你,嫁给我吧!跟我结婚吧!

安杰笑了:光用嘴求吗?

江德福:那还怎么求!

安杰:你要跪下来求。

江德福:扯淡!男儿膝下有黄金!你知不知道?

安杰:我不知道!

江德福:不知道还乱说!真该好好改造改造你!

安杰:你改造吧!

江德福:那就嫁给我吧!改造起来也方便!

安杰:讨厌!你这人可真没劲!

江德福搂住了安杰：我没劲？好，我让你看看我有没有劲！有劲吗？

安杰：没劲！

江德福：有劲吗？

安杰：没劲！

江德福：有吗？

安杰：没有！哎哟，勒死我了！你放开我！你又不嫌害臊了！

江德福：天都黑了，害什么臊！

33　白天　教室里

课间休息，江德福和老丁他们在聊天，教员走了过来：江团长，政委请你到他办公室去一趟。

江德福：什么时候？

教员：现在，马上。

江德福：什么事呀？

教员：那我就不知道了，大概是好事吧？

江德福：能有什么好事呢？

老丁：你小子最近运气不错，大概要双喜临门了。

江德福：哪来的双喜呀？

老丁：你要结婚了，不是一喜吗？

江德福：那另一喜呢？

老丁：另一喜在政委办公室等着你呢！快去吧！还等什么！

34　白天　政委办公室

江德福：政委，你找我？

政委：对，找你谈点儿事。

江德福：什么事呀，还挺严肃的？

政委：岂止是挺严肃的，是很严肃！非常严肃！

江德福：什么事呀？发生什么事了？

政委：江德福同志，你这婚，恐怕是结不成了……

35　傍晚　杨书记家

丛校长回家，杨书记已经上床了。

丛校长：你是怎么搞的？怎么给江德福介绍了那么个大麻烦？

杨书记：怎么？那丫头又不干了？

丛校长：她不干？她有什么资格干不干哪！现在是组织上不让江德福干了！

杨书记：为什么？就因为人家家庭出身不好吗？不是不唯成分论吗？不是重在个人表现吗？

丛校长：她那叫表现好啊？今天干明天不干的，把江德福折腾成什么样儿了！

杨书记：人家那才叫谈恋爱呢，一波三折多有意思，你知道什么呀！

丛校长：我知道什么？我知道江德福的结婚报告没被批准！他这婚恐怕是结不成了！

杨书记：到底为什么呀？你这人真是的，真是急死人！

丛校长：你是应该着急，你看你给人家做的这个媒！你光知道她是资本家出身，你还知道别的吗？

杨书记：还有别的吗？她一个年轻姑娘家能有什么呢？

丛校长：她家有乱七八糟的海外关系你知道吗？七大姑八大姨

的,不是在美国,就是在香港,你知道吗?

杨书记:我不知道。

丛校长:她嫂子娘家是大地主,你知道吗?

杨书记:我不知道。

丛校长:她姐夫有个哥哥在国民党军队里,逃到台湾去了,你知道吗?

杨书记:我不知道,还有吗?

丛校长:这些还不够吗?还不要命吗?你还想要什么?她还能有什么?

杨书记:哎呀妈呀,我头都大了。

丛校长:你喊爹都不行了,叫妈有什么用!

杨书记:真是要命!怎么这个家里的社会关系这么乱呢?听来听去就没一个好东西!

丛校长:他们那种人不是讲究门当户对吗?那还不是鱼找鱼、虾找虾、乌龟配王八嘛!

杨书记:哎呀,这下江德福难受了吧?煮熟的鸭子不能吃了吧?

丛校长:你以为不让他吃他就不吃了吗?那样就不是他江德福了,而是张德福、刘德福了!那家伙犟得很!非要结这个婚不可了!说他一个堂堂的共产党员,还怕这些妖魔鬼怪!差点儿跟政委拍了桌子。

杨书记:想不到江德福还挺有骨气的,是个硬骨头。

丛校长:什么硬骨头,我看他是骨头都酥了!说得倒好听,好像他是去专门压邪似的,你信吗?

杨书记笑了:我不信。

丛校长:就是嘛!不过那家伙也挺够意思的,私下里对我说,要对女方负责任。

杨书记：哎呀妈呀，他跟人家睡觉了？

丛校长：那倒没有，他哪有这种胆！他说他都跟人家亲嘴了，这锅饭都夹生了，不好让别人再吃了，只好他自己吃了。

杨书记：放屁！说的比唱的都好听！亲个嘴就不能吹了？那他跟农村老婆都睡过了，怎么说离就离了呢？

丛校长：怎么一说到这里，你总要咬牙切齿呢？又不是你男人，你这么来劲干吗？

杨书记：我又不是为我自己，我这是替我们广大的妇女抱不平呢！

36　白天　安杰家附近

愁眉不展的江德福坐在小小的街心花园里。

安晨和几个孩子在追逐打闹，热闹非凡。

安晨大叫：小姑！小姑姑！

江德福急忙抬头，看见安杰笑容满面地向孩子们走去。孩子们将她围住，仰着脑袋跟她说着些什么，她高兴地点头。孩子们吵闹着跑到她身后，一个拽着一个地站成一列，玩起了老鹰抓小鸡的游戏，安晨扮演老鹰，安杰扮演母鸡。望着安杰灵巧的身子和灿烂的笑容，江德福的眉头舒展开来。

安妻出来了，似乎是叫他们吃饭，孩子们恋恋不舍地散了，江德福恋恋不舍地望着安杰的背影，直到消失。

37　傍晚　海军炮校院内

杨书记骑着自行车，远远地看见江德福一个人无精打采地走着。

杨书记猛蹬几下,追了上去:江团长,江团长!

江德福转过身来望着她。

杨书记下了车,上下打量他:你好像瘦了。

江德福:是吗?

杨书记:当然是了!日子不好过吧?心里难受吧?

江德福:……

杨书记:对不起呀!给你找了这么大的麻烦。

江德福:有什么对不起的,我不嫌麻烦。

杨书记:你真是铁了心了?

江德福点头:铁心了。

杨书记也点头:那就好办了。

江德福:什么意思?你有什么办法吗?

杨书记:铁了心有铁了心的办法,没铁心有没铁心的办法!你说吧,你想听哪种?

江德福:你就说铁了心的办法吧。

杨书记:这办法说简单也简单,说复杂也复杂,就看你有没有这个胆量了。

江德福:什么办法呀?还用得着胆量?

杨书记:当然要用胆量了!让你去找你们基地的政委,你敢吗?

江德福:这种事,找基地政委干什么?

杨书记:这你就不知道了吧?你们基地政委的情况跟你一模一样,他爱人家是上海滩有名的大资本家,社会关系也相当复杂,她有一个伯伯还是国民党的中将!你去找基地政委,把你的事跟他汇报汇报,没准儿就可以了呢,将心比心嘛!

江德福:那万一不行呢?

杨书记：那就算你倒霉！倒了八辈子霉！我也就没什么办法了！

江德福：那我就试试去？

杨书记：这是一步险棋，你可要想好了。万一这步棋走砸了，你可连退路也没有了。

江德福：退路我早就想好了，大不了回老家种地去！

杨书记：你这是什么退路？为了娶个老婆，连党籍军籍都不要了？再说了，你什么都没有了，什么都不是了，人家还能嫁给你吗？做梦吧！

江德福：是呀，我也正为这个犯愁呢！

杨书记：她什么态度？

江德福一愣：谁呀？

杨书记：还能有谁？小安呗！你那对象呗！

江德福摇摇头：她还不知道呢，我还没给她说呢，张不开口哇！

杨书记也摇头：这叫什么事呀，明明是她的问题，你倒张不开口了！

江德福点头：是呀！是呀！是有点儿不合理。

杨书记：你得赶紧跟她说呀！看看她是个什么态度。你在这儿吃了秤砣铁了心硬扛着，万一把自己扛散了架，真跑回老家种地去了，人家小安再不干了，你岂不是赔了夫人又折兵，鸡飞蛋打了吗？

江德福若有所思。

杨书记：要不这样吧……

38　白天　杨书记办公室

安杰小心翼翼地敲门，里边传出杨书记的声音：进来！

安杰推门进去，恭恭敬敬地站在杨书记对面：杨书记，您找我？

杨书记：是呀，找你说点儿事，你坐吧。

安杰：谢谢，不用，我坐了一天了，站一会儿吧。

杨书记：那不好吧？让别人知道了，又该嫌我对你不客气了！你还是坐下吧。

安杰坐下了。

杨书记：咱们也别兜圈子了，打开天窗说亮话吧。你知道吗？组织上不同意江团长跟你的婚事。

安杰吃惊地望着杨书记。

杨书记：想必你也知道为什么。想不到，你的社会关系那么复杂，你也不早说！

39　白天　杨书记办公室里屋

江德福靠在门边侧耳倾听，听得直皱眉头。

杨书记的声音：事情到了这个地步，说什么都晚了！人家江团长对你真是没说的了，宁愿什么都不要了，宁愿回他那兔子不拉屎的老家去当农民种地去，也要跟你结这个婚！我们都替他很着急，可我们着急有什么用呀？他那里是铁了心了，八头黄牛也拉不回来了！作为介绍人，我不得不把你找来，问你个准话。小安哪，如果江团长真的解甲归田，脱了军装回老家种地去了，你还能嫁给他吗？你能跟他回农村过吃糠咽菜的苦日子去吗？

里边半天没动静，江德福提心吊胆。

杨书记的声音：你哭什么呀？又没人逼你！你能就能，不能就不能！有什么可哭的？愿意你就点个头，不愿意你就摇个头！快点儿吧！

江德福连连摇头，觉得不妥，又连连点头。

40　白天　杨书记办公室

安杰泪流满面,点了点头,哽咽着说:我能。

杨书记长出了一口气。

41　白天　杨书记办公室里屋

江德福也长出了一口气,将头抵到墙上,双拳紧握。

42　白天　杨书记办公室

听到关门的声音,江德福才出来。

杨书记:你都听见了?

江德福点头:听见了。

杨书记:真不错!这丫头还真不错!

江德福:你说,她真能跟我回老家吃糠咽菜去?

杨书记:怎么,你又不信了?

江德福:不是不信,是不敢相信。

杨书记:看你这份儿出息,好像受了多大恩惠似的!不过也难说,她们这种人,一旦铁了心,也是可以的!你看人家王宝钏,十八年寒窑苦都熬过来了!

江德福:谁是王宝钏?

杨书记望着他不说话了。

43　晚上　安家客厅

安欣、安泰、安妻愁眉苦脸地坐在那里。

安妻:真可怕,结个婚也能让人家查个底朝天。

没人搭话。

安妻：你们说可能吗？共产党可能让江团长解甲归田吗？

还是没人搭话。

安妻：会不会是在考验小妹呢？

安欣：考验她干吗？又不是让她入党！

安妻：小妹真的要跟人家回乡下去吗？

安欣：那依你呢？

安妻：要是依我，我看还是算了吧。唉，原来还担心小妹看不上人家，不嫁给人家；哪里想到，到头来是人家看不上咱们，是人家不干了！

安欣：谁说人家不干了？人家江团长干呀！要是依着你，不是咱们不干了吗？

安妻：咱们为什么要干哪？好好的为什么要跟他到乡下去呀？那不是明摆着往火坑里跳嘛！唉！原指望江团长到咱家来，给咱们撑撑门面壮壮胆，哪承想，反倒让他把咱们拖到火坑里了！

安欣站了起来：准确地说，是咱们把人家给拖到火坑里了！是江团长为了小妹，自己跳进火坑里了！

安泰：你们都少说两句吧！头都让你们吵大了！烦死人了！

44　晚上　安家楼上

安欣推开安杰的卧室，空无一人。

45　晚上　安家阳台

安杰裹着毛毯靠在阳台上，安欣走了过来：哈，你这样子，真像个殉道士。

安杰看了她一眼,没有吭声。

安欣:你真要跟他回乡下吗?

安杰:……

安欣:那是火坑也要跳吗?

安杰:那是火坑吗?

安欣:那不是火坑吗?

安杰:就算是火坑,我也要跳了。

安欣:……

安杰:你怎么又不说话了?

安欣:我不知说什么好了。真的小妹,我很矛盾,既想支持你往下跳,又心疼你不想让你往下跳。我的心情你能理解吗?

安杰点头:能。

安欣搂住了她:小妹,你要有思想准备呀!

安杰又点头:我有。

安欣:唉,俄国十二月党人的妻子们,当初就像你这个样儿吧?

安杰:我能像她们那样勇敢就好了!

安欣:你也很勇敢,你也是好样的。

安欣仰望夜空,长长地叹了口气。

安杰:你叹什么气?

安欣:多好的月亮啊!嫦娥在上边望着咱们吧?她要是能帮帮你就好了!

46 白天 基地大院门口

一身戎装的江德福站在大门口,深吸了一口气,大步走了进去。

47　白天　基地政委办公室门外

江德福立正喊了声"报告",连喊两声,里边都没动静,正迟疑着,对门出来个梳分头的军人。

军人:同志,政委上午开会,不在。

江德福回头:是吗?那要开多久呀?

军人:这可说不好,今天议题挺多的,怎么也得一上午吧。

江德福:哎呀,真不巧!

军人:你有什么事吗?我可以帮你转达吗?

江德福:我的事比较麻烦,不方便转达吧。

军人:那你就改日再来吧。

江德福:看来只好这样了。

48　白天　基地办公楼

江德福往楼下走。

路过一个小会议室,正好有人出来,江德福看见了正在讲话的政委。

江德福四下里张望,看见了厕所,有了主意。

49　白天　厕所

江德福在小便,心想:万一政委不来上厕所怎么办?我不是白在这儿闻味了吗?哪能呢,说了那么多的话,能不口渴吗?喝了那么多的水,能没尿吗?他肯定要来上厕所的。只是,只是我不能这样等着他吧?我哪来这么多的尿哇!

身后水箱响,有人推开挡板出来。江德福回头看见了坐便池,笑了。

50　白天　厕所挡板内

江德福进来，反手将门带上，坐了下来，深深地吸了一口气，又赶紧捏住了鼻子。

不时有人进来，江德福就不时地向外探头。恰巧被一个人回头看到，两个人都吓了一跳。

正当江德福有些昏昏欲睡时，外边又有动静，不过他也懒得再看了。

一个声音：政委，会完了？

另一个声音：完了。

江德福一听这话，立马探起身来，果然看到了政委的后背，高兴地笑了。他刚要出去，又站住，转身按了一下水箱。

51　白天　厕所

江德福站到政委身边，也开始小便。政委奇怪地看了他一眼，江德福冲政委点头微笑：政委，您亲自来解手哇？

政委笑了：我不亲自来，别人能代劳吗？

江德福：就是呀！这么痛快的事，哪能让别人代劳呢？

政委更笑了：你是哪个单位的？

江德福：我是炮校的学员，我来找政委汇报点儿事。

政委更笑了：你一直在这里等着我？

江德福：是呀，亏了能坐着，要是蹲着，那可就惨了！

政委哈哈大笑。

52　白天　政委办公室

江德福坐着汇报,政委背手踱步听着。他突然停下来,盯着江德福,看得江德福直发毛。

政委:你给我说实话,谁给你出主意找我的?

江德福:没人给我出主意,是我自己来的。

政委:你胆子倒不小!为什么来找我?

江德福望着政委:一定要说吗?

政委点头:一定要说。

江德福:我听说政委的情况和我的情况差不多,我觉得只有政委能理解我了。

政委:我要是不理解呢?

江德福:不理解我就只好回老家种地去了!

政委不悦:行!我批准你!你可以回家种地去!

江德福站了起来,不知所措。

政委不高兴:同志!不要跟我耍这种小聪明!你光知道我爱人的家庭出身不好,但你知道人家是老革命吗?她革命的资历比我都老!这点你那个对象能比吗?

江德福冒汗了,摘下军帽擦汗。

政委:为了一个女人,你宁愿军籍也不要了,你还是个共产党员吗?就冲这一点,党籍也应该给你撤掉!你回去吧!好好反省反省!

53　夜晚　江德福宿舍

老丁被呛醒了,他咳嗽着坐了起来,看见了靠在床头吸烟的江德福。

老丁:还不睡呀?

江德福:……

老丁叹了口气:唉,你这是何苦呢!

江德福摁灭了烟头,钻进被窝。

老丁:伙计,听我一句劝吧……

江德福:不听不听!睡觉睡觉!

54 白天 海边

安杰先到了,江德福匆匆赶来。

安杰深情地望着他:你瘦多了。

江德福:你也瘦了。

安杰:你要多吃一点儿。

江德福:你也是。

安杰:咱们什么时候走?

江德福:走,往哪儿走?

安杰:不是回乡下吗?不是回你老家吗?

江德福:你真要跟我去呀?

安杰瞪圆了双眼:难道我是骗你的吗?

江德福笑了:我还以为你是说着玩儿的呢!

安杰生气地望着他,江德福幸福地搂住了她:安杰,谢谢你。

安杰:谢我什么,应该是我谢你才对!

江德福:安杰呀,不管我们俩成不成,我都要感谢你!要不是你,我哪里会知道,谈恋爱是这么好的事!太好了!真是太好了!

安杰推开了他:你什么意思?

江德福:安杰,小安哪!我怎么可能让你跟我到乡下去吃苦呢?

不会的!不可能的!

安杰:你的意思是说,如果组织上硬是不同意,你就准备放弃?

江德福:我不争取到最后一刻,怎么可能放弃呢?

安杰:怎么才算是最后一刻呢?

江德福:我脱下这身军装了,不能再当兵了,就算最后一刻了!

安杰流泪了,扑到江德福怀里,哽咽地:你放心,死我也要跟你走!

江德福的眼眶湿了。

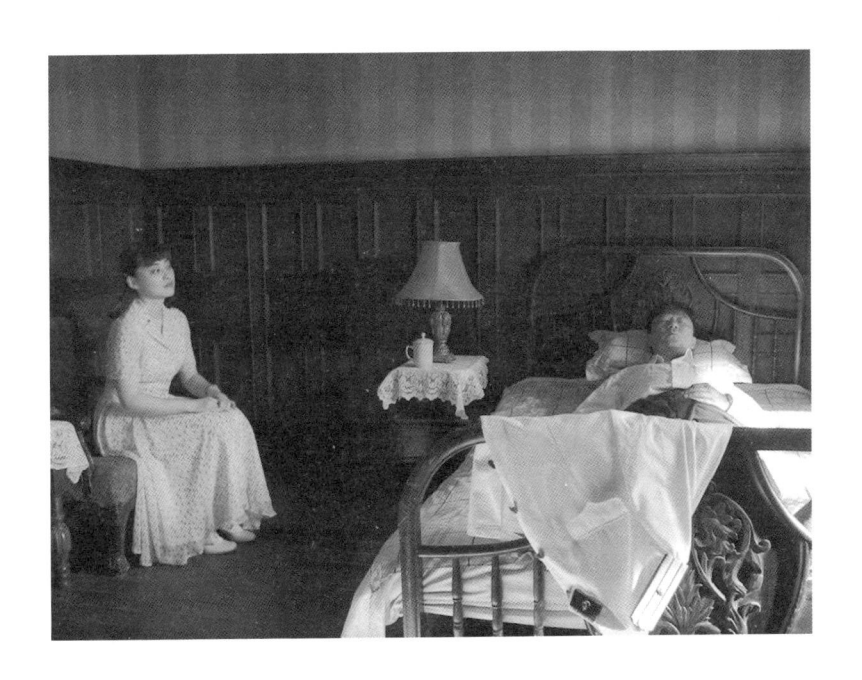

第四集

1　白天　丛校长办公室

江德福立正站在校长办公桌前，丛校长坐在那儿上下打量他。

江德福：别看了，我掉了八斤肉！

丛校长：怎么才掉八斤肉哇？掉得太少了！

江德福：不少了！再掉我就成骨头架子了！

丛校长站了起来，将江德福引到一对儿小沙发前：坐，请坐。

江德福有些不安了：校长，是不是……

丛校长：是！

江德福：是复员吗？是要脱军装吗？

丛校长盯着他：你说呢？

江德福一屁股坐到沙发上，低着头半天不吭声。

丛校长：怎么不说话了？

江德福哽咽地：老领导，你还让我说什么呀！

丛校长：还来得及！你现在改主意还来得及！

江德福擦了一下眼睛：算了吧！不改了！改来改去像个投机主义

者！回老家没什么不好的，回去照样可以干革命！

丛校长笑了，江德福抬起头来望着他。

丛校长：算你小子走运！碰上救星了！你的结婚报告批了！基地政委亲自批的！

江德福蹦了起来：什么？真的吗？这是真的吗？校长你不是在开玩笑吧？

丛校长：我哪有闲工夫跟你开玩笑？不过，你也别高兴得太早了，我听说，你下一步提升的事泡汤了！

江德福：泡汤就泡汤吧！只要能保住我这身军装，让我从头当兵我都乐意呢！

丛校长：现在你倒唱起高调了！哼！

江德福：这不是高调，这是我的心里话！

丛校长：老弟，你要有思想准备呀！找了这么个老婆，将来你的进步问题肯定要受影响的。

江德福点头：影响就影响吧，哪能好事都让我一个人摊上呢？

2 傍晚 安家门外

有人敲门，安妻开了门。

安妻：哎呀，是江团长呀，您这是……

江德福：我们食堂进了些精粉面，我顺便买了点儿。

安妻：是吗？我们好久没吃过这种面了，现在粮店里根本就没有卖的。

3 傍晚 安家餐厅

安欣望着安杰笑。

安杰：你笑什么？

安欣：农民送粮食来了，还是精粉面！

江德福背着面袋子进来，安泰受宠若惊地迎了过去：哎呀哎呀，您太客气了，太客气了！您看您这后背，来来，我给您拍打拍打。

安妻一把扯住他，示意让安杰来拍打。

安泰：对对，安杰，你快去给江团长拍打拍打后背，全是面！

安欣坏笑：快去吧，好好拍一拍呀！

4 傍晚 安家门外

安杰给江德福拍打后背：看你像个农民似的，背着半袋子面，像什么样儿！

江德福：我本来就是农民嘛！背粮食的感觉太好了，又熟悉又亲切，再加上想着是给你吃的，我就更来劲了。

安杰：我发现你越来越会说话了。

江德福：不好吗？

安杰：不好！花言巧语有什么好！

江德福：有实际行动的花言巧语也不好吗？

安杰用劲儿地拍打他的后背：不好！

江德福：哎哟！你轻点儿！平时干活没力气，打人劲儿还挺大。

5 傍晚 安家餐厅

江德福和安杰过来。

安妻：江团长没吃饭吧？一起吃吧？

江德福：我一下课就跑来了，肚子在半道上就叫开了。

安泰：快请坐，快坐下！哎呀，也不知道您要来，也没准备什么好东西。

江德福：这还不好吗？平时吃这个就很好了！如果能再来一杯酒，那就更好了！

安妻喊道：孙妈！孙妈！（看江德福）哎呀对了，江团长，您想喝什么酒哇？

江德福：还是喝那金奖什么地吧！那不是在外国得了金奖的吗？就喝它！就喝金奖！

安杰：你不是说那酒后劲儿太大吗？你还想醉呀！

江德福：哎，这你就不懂了！这叫在哪儿跌倒的，再在哪儿爬起来！我就不信它的后劲儿能老那么大！

大家笑了起来，都坐下。

江德福：大家都喝点儿吧，陪我喝点儿吧。

安欣：江团长，你是不是也得了什么金奖了？

江德福：比得金奖都厉害呢！你喝点儿酒，我就告诉你！

大家斟满了酒，共同举起酒杯。

江德福：安杰，元旦新年咱把事办了吧？

安泰：什么？可以了吗？上头批准了吗？

江德福：这不等着她批准吗？

安妻：这么说，你不必解甲归田了？

安晨：我小姑也不用往火坑里跳了吧？

江德福问安杰：你要往火坑里跳吗？

安晨抢话：我小姑要跳，我妈不让她跳！

安妻不好意思：别瞎说八道！我什么时候那么说了！

安晨：你说了！你说了！你就是说了！

安妻更尴尬了。

江德福站了起来：这我可要敬一杯！我知道，你这是为她好！

安妻感动地：江团长……

安欣：江团长，你也应该敬敬往火坑里跳的人哪！

江德福：应该！应该！确实应该！

江德福又一次起身，郑重地举起了酒杯。安杰也起身，跟他碰了下杯，一口喝干。

江德福：好家伙，你挺能喝呀！这么说你批准了？

安杰不说话，安泰赶紧代她说：批准了！批准了！肯定批准了！来！大家共同举杯，祝贺一下！

全家人都高兴地站了起来，举着酒杯互相碰杯。

孙妈端着汤碗出来了。

江德福：大姐，你也坐下喝一杯吧？

孙妈感动地：谢谢！谢谢！我……

安泰：赶紧拿个酒杯去，一起喝，一起喝！

6　夜晚　安杰房间

两人进了房间，江德福搂住安杰要吻她。

安杰推开他：哎呀，讨厌！你怎么抽烟了？

江德福：你是狗鼻子呀？这么灵！

安杰：你怎么学会抽烟了？

江德福：别说得这么严重，我还没学会呢，刚刚起步。

安杰：你快给我止步！好的不学，怎么专学这些！

江德福：你看，还真让老丁给说着了。

安杰：老丁又说什么啦？

江德福：老丁说老婆都烦男人抽烟，主要是心疼钱。他让我赶紧把烟学会，免得结了婚没有这项开支。

安杰：我发现这个老丁就没教过你什么好的！像他这样农村私塾出来的人，最要命了，还不如你呢！你好歹还是一张白纸，干干净净的，你以后少跟他学！

江德福：你这样说人家就不对了，人家老丁在背后可没少说你的好话。

安杰：他能说我什么好话？

江德福：他说你长得好看，是个古典美人！

安杰：你懂得不少嘛！还知道古典美人了！

江德福：我天天守着个私塾先生，能不进步嘛！

安杰：你行呀，白天上洋学堂，晚上读私塾，这到时候该给你发个什么毕业证呢？

江德福：我的私塾也念不了几天了，该毕业了。

安杰：为什么？

江德福：你说为什么？我娶了你，还能天天晚上跟他睡在一起呀！

安杰：讨厌！

江德福吻安杰：讨厌就讨厌！

安杰：哎呀！烟味！难闻死了！

7　白天　一套空房子里

江德福和老丁在看房子，营房助理员陪着。

江德福：不错，不错。

老丁：不错吗？你那十二月党人的妻子住这儿行吗？

江德福：怎么不行？这儿不比西伯利亚强吗？再说了，她火坑都能跳，还怕住到这里？

老丁：你也是，当个上门女婿多好！现成的福你不享，跑出来费这个事！

江德福：这你就不明白了！这既是原则问题，也是面子问题！

老丁：面子问题我明白，你不就是不愿倒插门入赘给人家当女婿吗？原则问题我就不明白了，你结这个婚本来就够不讲原则了，你还好意思再提"原则"二字？

江德福：是呀，我已经违反原则了，我不能进一步再违反原则吧？我一个堂堂的共产党员，能住到那种家庭里去吗？

老丁：你少给我唱高调！你能跟人家结婚，就不能住到人家家里？

江德福：当然不能了！我把人给娶出来，就相当于瓦解了他们，你懂吗？

老丁：照你这么说，你入赘到他们家，就相当于打入了他们内部，这不比你瓦解他们厉害吗？

两人哈哈大笑，连一旁的助理员也笑了。

助理员：我知道了，你就是那个，那个在厕所里堵住基地政委的人，是吧？

江德福：是吗？你听谁说的？

助理员：这事早就传开了，学校都知道了。

老丁：想不到你还家喻户晓了。

8 白天 安杰房间

房间里到处堆着结婚用品，安欣的脖子上挂着皮卡，嘴上咬着大头针，正在给安杰穿的双排扣列宁装上袖子。

安杰：哎呀，你也是，费这个事干吗？让裁缝做不就得了！

安欣：裁缝做的和我亲手做的，能一样吗？真是的！

安杰：唉，你愿做你就做吧，不嫌麻烦你就做吧！

安欣：看你这无精打采的样子，哪像是要结婚的呀！

安杰：要结婚是什么样子？

安欣：不欢天喜地，起码也要兴高采烈嘛！反正不能像你这样无精打采！

安杰：我也不知我是怎么回事，一旦真要跟他结婚了，怎么觉得心里乱糟糟的，烦得不行。

安欣：你是心有不甘吧？

安杰：是吧？大概是吧？

安欣：什么大概是吧，就是！你不是连火坑都愿意跳吗？这用不着你跳火坑了，你怎么又打起退堂鼓来了？

安杰：也不是退堂鼓，就是有那么点儿不甘心。

安欣：你到底不甘心什么呢？

安杰：是呀，我到底不甘心什么呢？以前我把爱情想得那么美好，那么浪漫，幻想着有一天，一个又高又大又英俊的男人，穿着白色的西服，打着红色的领带，在月光下，含情脉脉地望着我，轻声地在我耳边说：密斯安，我爱你。

安欣笑了：江德福不是对你言听计从吗？你让他在你耳边说一句"密斯安，我爱你"不就行了。

安杰：谁说他对我言听计从的？他才不会呢！我开玩笑让他跪下来求婚，他都不肯！说什么男儿膝下有黄金，气死我了。

安欣：你别说，江德福还是这点可爱，有大丈夫气概。

安杰：谁说他就这一点可爱？他可爱的地方多了！

安欣：你看你，刚才还说不甘心呢，现在就护上了。

安杰：是不甘心哪，确实不甘心！你说我这叫结的什么婚呀？教堂也不让进，婚纱也捞不着穿，连个像样儿的婚礼都没有！

安欣：行啦行啦！说说就行了，你还越说越来劲了！这要是让嫂子听见了，还不得急死了！

安杰：她干吗急呀？

安欣：这你还看不出来？哥嫂他们对这门婚事有多满意，简直就是得意了！你没看她现在对你有多好？天天追着你的屁股问：小妹，咱今天晚上吃什么？

安妻突然推门进来：小妹，咱今天晚上吃什么？

安杰大笑起来，安欣也扑到她身上笑了起来，嘴被她身上的大头针刺破，流出血来。

安妻：哎呀，你嘴流血了！

安杰：真的，真流血了！

安欣到镜前查看，自嘲：真是乐极生悲呀！

安杰：这是代价！血的代价！

9　白天　江德福宿舍

江德福在收拾柳条箱，准备往新房搬。

老丁：这下我可成孤家寡人了。

江德福：这下你提高待遇了，可以住单间了。

老丁：那倒是，省得再听你打呼噜了。

江德福：我也一样！这下可以睡个清净觉了！

老丁：想得美，这下你更清净不了了！

江德福幸福地笑了，老丁想起了什么，从自己的箱子里翻出条白毛巾，丢进了江德福的箱子里：给你个结婚礼物，你新婚之夜好用。

江德福：你怎么送人白毛巾呢，多不吉利呀！

老丁：你是真不懂，还是在装糊涂？

江德福：我装什么糊涂？

老丁：你看你，还越装越像了！拉倒吧，你又不是头一次进洞房，算起来你也是个老新郎了，少在我面前装嫩！

江德福：我装什么嫩了？我为什么要装嫩？还在你面前装！我又不和你结婚！

老丁：难道你们老家没有新婚之夜要见红的风俗吗？

江德福：见什么红？

老丁：自然是处女红了！你在家结婚的时候，没见过红吗？

江德福：我们老家不兴这个！再说了，我们那儿又没电，晚上关上门吹了灯，黑灯瞎火的，谁能看见这些！

老丁：难道你第二天白天也没看见吗？

江德福：我那是头一次进洞房，又没人教我，我哪知道什么红不红哇！

老丁：你真是亏了！没准儿你第一个老婆都不是处女呢！

江德福火了，把白毛巾甩到了老丁脸上：你他妈胡说八道什么呢！

江德福说完摔门而去。

老丁捡起白毛巾，拍打着，自言自语：怎么像捅了马蜂窝了？莫不是？

10　白天　军人服务社内

江德福在里边转悠。

售货员：同志，你要买什么？

江德福：我随便转转，随便看看。

转了半天，看中了一样东西。

江德福：同志，你把那东西给我拿来看看。

售货员：哪个东西？

江德福：那个东西！

售货员：哪个嘛？

江德福：就是我指的东西嘛！

售货员：是这白毛巾吗？

江德福：是，就是它！

11　白天　百货商场

安杰和安欣在逛商场。安杰看到西装，站住了：你看，那套白西服多好看呢！

安欣：你那白马王子能穿吗？

安杰：够呛！

安欣：够呛还看它干吗？走吧！

安杰一步三回头地看着，又站住了脚：我还是买了吧？

安欣：买给谁穿呢？

安杰：那万一他要是同意穿呢？

安欣：我看基本没有这种可能，你还是死了这条心吧！

安杰：那我也要买！就是压箱底我也要买！

安欣叹了口气：买吧，那就买吧！给你那梦中的白马王子买吧，压箱底也值了。

12　白天　百货商场

安杰提着西服,兴高采烈:不行,我还要再买条领带!

安欣讥讽地:是红色的吧?

安杰:当然是红色的了!

安欣:那你就再买条黑色的呗,红与黑嘛,你们家的颜色就全了!

安杰:去你的,讨厌!

13　傍晚　安杰房间

江德福望着地上堆满的东西,皱起了眉头:这都是你的嫁妆吗?

安杰:是呀!怎么,嫌少呀?

江德福:我嫌少?我嫌多!太多了!这影响多不好!减半!不!减去一大半,减去三分之二!带点儿必需品就行了!

安杰:这些都是必需品!

江德福:好家伙!你哪这么多必需呢!(拿起一个小摆件)这是必需吗?

安杰:是必需!

江德福又拿起另外一个看起来没用的东西:这也是吗?

安杰:这也是!

江德福:不行!这不行!你要给我精兵简政,跟我过普通人的日子,过艰苦朴素的日子!

安杰:你不是信誓旦旦地要让我过上好日子吗?艰苦朴素是好日子吗?

江德福:艰苦朴素当然是好日子了!是毛主席提倡的日子,难道你不愿意过吗?

安杰：你别拿毛主席吓唬我，我不怕！

江德福：你胆子不小！连毛主席你也不怕？

安杰：我不是这个意思！我是……

江德福：你是什么意思？

安杰：我什么意思也不是！我没有意思！算了！这个婚别结了！结这种婚有什么意思呀！

江德福：这是哪种婚呢？你说这是哪种婚？

安杰杏眼圆睁：这是你要的艰苦朴素的婚！我不要！我不要过什么艰苦朴素的日子！要过你过吧！我不过！

江德福：好好好！不过就不过呗，你发什么脾气呀！

安杰：那这些东西还让不让带了？

江德福：带吧，带吧。但最好也别全带，这不光是为我好，也是为你好。

安杰：怎么是为我好呢？

江德福：免得人家说你是倒贴，倒贴多难听啊，你愿意倒贴吗？

安杰大声地：我是倒贴吗？

江德福：我知道你不是倒贴，但别人不知道哇！咱还能管得了别人的嘴吗？

安杰：哼！那我就什么也不带了！

江德福：那就更好了！那我就什么负担也没有了！

安杰：我还给你买了身西服呢！真是自作多情！

江德福：什么什么？你还给我买西服了？

安杰：是呀！我就知道你不会穿！

江德福：谁说我不会穿？我一直都想穿穿西服呢！

安杰：你真的想穿吗？

江德福：你真的买了吗？

安杰高兴了：当然买了！难道还骗你不成！

安杰拿出西服，提在手上给江德福看。

江德福瞪大了眼睛：怎么是白的呢？

安杰：当然是白的了！人家西式的婚礼，新郎新娘都是一身白，是纯洁的象征！

江德福：这是在中国！咱们这儿结婚哪能穿白的呀，多不吉利呀！葬礼上才穿一身白呢！

安杰生气了：你说什么呀？多不吉利呀！

江德福：那我穿就吉利了？

安杰将西服扔到床上：你爱穿不穿！

江德福：好好好，我穿吧，我穿吧，我试试吧！

江德福穿上西服，站在镜子前端详自己，皱起了眉头：怎么好像少了什么似的？

安杰笑了，拿出了领带。

安杰：当然了！少了领带！少了画龙点睛的领带！

安杰给江德福打好领带，退后了几步，上下打量着他，眼里满是惊喜。

江德福望着镜中的自己，有些诧异：奶奶的！这是我吗？

安杰笑了：不许说粗话！绅士哪能说粗话呢！

江德福：我是绅士吗？我像绅士吗？

安杰点头：像！像绅士！没想到你还是个挺英俊的绅士！

江德福被夸得不好意思了，面露羞色。

安杰越发动情了，她深情地望着江德福，江德福更不好意思了。他愈是这样，安杰愈是喜欢，她情不自禁地走过去，搂住了江德福，在他耳边轻声地说:密斯特江,我爱你!

江德福听懂了,很幸福地笑着。

安杰奇怪地望着他:你听懂了?

江德福装傻:我听懂什么了?

安杰:听懂我说的英文?

江德福:你说英文了?

安杰松了手:那你笑什么?

江德福:我高兴的呗!你说爱我还能不高兴!

安杰:你还是听懂了吧?

江德福:我是瞎蒙的。

安杰:你不是瞎蒙的,你肯定能听懂!奇怪,你怎么可能懂英文呢?

江德福:是呀,这怎么可能呢?

14 晚上 新房内

结婚前夜,江德福最后一次检查新房。

最后,他扯着灯绳,满意地笑了。灯灭了,又亮了。他又想起什么来,跑进卧室,掀开被子,扯出里边的白毛巾,有些团团转,不知放到哪儿好,最后掖到了枕头底下。

15 晚上 新房内

两人送完客人进屋,江德福盯着安杰看。

安杰不好意思:你看我干吗?

江德福也有些不好意思:我看你穿列宁装还挺好看的。

安杰羞涩地一笑,不说话了。

江德福看着门口：不会再来人了吧？咱们睡觉吧？

安杰更不好意思了，娇羞的模样儿引得江德福更着急了，他伸手拉安杰：咱们，睡觉吧？

安杰看了他一眼：你洗漱了吗？

江德福：我今天下午刚在澡堂洗的澡，浑身上下干净着呢！

安杰：那也要洗洗再睡呀！难道你睡觉前不洗漱吗？

江德福：有的时候洗，有的时候不洗。

安杰：睡觉前怎么能不洗漱呢？

江德福：有的时候太累了，回来倒头就睡了，谁还顾得上洗漱呀！

安杰：我希望你能改一改，每天都洗，要养成习惯。这是一种卫生习惯，是文明的习惯。

江德福：这可以，完全可以！只要你说得对，我们就照你说的办！这是毛主席教导我们的！

安杰：毛主席还教导你们洗漱的事？是你自己瞎编的吧？

江德福：我怎么敢瞎编毛主席的话呢？虽然毛主席没有具体教导我们刷牙洗脸的事，但毛主席教导我们要虚心接受党外人士的意见！我现在就刷牙洗脸去！

安杰：光刷牙洗脸还不行，还要洗脚，最好还要洗……

江德福：还要洗什么？

安杰小声地：洗屁股。

江德福：你大点儿声，洗什么？

安杰没好气地：洗屁股！

江德福：什么？还要洗腚？

安杰：别说得这么难听，是屁股，不是腚！

江德福：那不一样吗？

安杰：不一样！说屁股文明，说腚粗鲁。

江德福：那你为什么不说臀部呢？说臀部不是更文明吗？

安杰：想不到你知道的还挺多，还知道臀部是屁股！

江德福：我不知道臀部是屁股，我知道臀部是腚！

安杰不说话了，江德福笑了：好好好！听你的！一切都听你的！你说洗什么就洗什么吧！我现在就去洗！马上就去洗！

16　夜晚　新房卫生间

卫生间的门开着，安杰倚在门口看着江德福刷牙：你应该先刷牙，后洗脸！

江德福吐掉牙膏沫：这又是谁规定的？又是那个叫文明的浑蛋吗？

安杰：讨厌！

安杰拿出一大一小两个盆，递给江德福：洗漱的东西要分开！这种不带花的盆是你用的，那种带花的盆是我用的，你可别用混了。

江德福：怪不得你带来一摞盆呢，我还以为你要投机倒把去倒卖呢！

安杰：你快接着呀！

江德福接过后问：这大的是洗脚的？这小的是洗腚的？

安杰转身就走。

江德福喊：哎，你不看了？不督促检查了？那我还要再请教一下，是先洗脚呀？还是先洗腚？

安杰头也不回：你随便！随你的便！

江德福望着一大一小的两个盆，苦笑了一下：奶奶的，费这个事！

17 夜晚 新房卫生间门外

卫生间关着门,江德福在外边急得团团转,终于忍不住敲门:哎,你在里边干什么?都多长时间了!

安杰的声音:一会儿就完。

18 夜晚 新房卫生间

安杰在仔细地洗着脸,她望着镜子里水淋淋的自己,深深地吸了一口气。

19 夜晚 新房卧室

江德福靠在床头,捂着被子等着,安杰抹着脸进来。

江德福抽着鼻子:啊!真香啊!

安杰站在床前不动。

江德福:你抹的什么呀?这么香!

安杰望着他不说话。

江德福拍了拍床:快上来呀!

安杰站在那儿不动。

江德福:你怎么了?还有什么事吗?

安杰点了点头。

江德福有点儿紧张:你又有什么事了?我现在一听你说有事,我就紧张!

安杰站在那儿欲言又止。

江德福急得直拍床:姑奶奶!你倒是说话呀!什么事啊!

安杰:也不是什么大事,是,是……

江德福:是什么呀?哎呀!到底是什么呀?急死我了!

安杰：我，我来那个了。

江德福：你来哪个了？

安杰：我来例假了。

江德福：你来什么假了？

安杰：我来倒霉了！讨厌！干吗老问哪！

江德福听明白了，半天没说话。安杰站在床下望着他，也不说话。

江德福叹了口气：唉！你还站在那儿干什么，快上来吧！

安杰小声地：你别碰我，行不行？

江德福大声地：你都那样了，我还怎么碰你！唉！我不碰你，快上来吧！

安杰慢慢地开始脱衣服，江德福愁眉苦脸地看着她。

安杰脱下外衣，只剩下衬衣衬裤，抱着胳膊掩着胸站在那儿。

江德福掀开被子一角，安杰闭上了双眼：请你穿上衬衣衬裤好吗？

江德福望着闭着双眼的新娘子，又深深地叹了口气，爬起来穿衣服。

江德福：好了，你睁开眼睛吧！看看这样行不行！

安杰睁开眼，见江德福已经穿上了衬衣衬裤，点了点头，小心翼翼上了床。

安杰紧张地望着江德福，江德福被她逗笑了。

江德福：你不用这么紧张，放松点儿，放轻松点儿！

安杰点了点头，江德福伸出胳膊想搂她。

安杰一声尖叫：你别过来！别碰我！

江德福有些不高兴了：你把我当什么人了？当坏人了？当流氓了？

安杰：对不起，我不是故意的，我没那个意思。

江德福：好吧，我离你远一点儿，这样行了吧？

安杰点头。

两人互相对视着，一时不知说什么好。

江德福清了清嗓子，没话找话：你这个什么假，怎么早不来、晚不来，为什么偏偏等到今天来呢？

安杰：我也不知道为什么，提前了一个星期呢。

江德福：唉，它为什么不推后一个星期呢？

安杰摇头。

江德福：你别光摇头，陪我说说话！

安杰：我不知道说什么好。

江德福：随便你！你想说什么说什么！

安杰想了想，很认真地：哎，我问你，你老家的媳妇儿漂亮吗？

江德福吓得直往后靠：你问这个干什么？

安杰：你不是让我随便问吗？

江德福：随便问也不能乱问哪！行了！关灯吧！睡觉吧！

20　夜晚　新房卧室

半夜三更，江德福焦躁不安。美人近在眼前，自己却动弹不得。江德福急得满头大汗，这下，藏在枕头下的白毛巾派上用场了。

21　白天　新房卧室

安杰睁开眼，见江德福正盯着自己看，吓了一跳，赶紧用被子紧紧地裹着自己。

江德福笑了：看你吓成这样！放心吧，我不碰你！

安杰小声地：谢谢。

江德福：你先别谢我，咱可要说好了，等你那个什么假休完了，你可不能不让我碰！

安杰说了声"讨厌"，用被子蒙住了头。

江德福幸福地笑了，突然又想起了什么，推了一把安杰。

安杰：干什么？

江德福：我问你，这被子这么轻，怎么这么暖和呢？

安杰：这是丝绵被！当然暖和了！

江德福：什么被？

安杰：丝绵！就是蚕吐的丝！

江德福：谁吐的什么？

安杰呼地推开被子，气呼呼地望着他。

江德福笑了：不就是那胖乎乎的虫子吐的唾沫吗？有什么了不起呀！

22 白天 新房卧室

江德福起来了，安杰却迟迟不肯起。

江德福：你病了吗？哪不舒服吗？

安杰在枕头上摇头。

江德福：那你为什么不起床？

安杰：你出去一下，我再起来。

江德福：为什么呢？你是不好意思当着我的面穿衣服吗？

安杰在枕头上点头。

江德福：好，好，我出去一下，我回避，我回避！

23　白天　新房卫生间

江德福在洗漱。他先洗脸，洗了一半想起了什么，赶紧拿出牙刷和牙膏，又改刷牙了。

24　白天　新房卧室

安杰已经起来了，正在收拾床铺。一见他进来，慌忙用被子遮挡床单，江德福狐疑地望着她。

江德福：你干什么？

安杰：我没干什么。

江德福：没干什么你慌什么？

安杰：我哪慌了？

江德福：你没慌吗？

安杰：我没慌，我慌什么了？

江德福：那你藏什么呀？

安杰：我藏什么了？

江德福：你没藏什么吗？

安杰：我没藏什么！

江德福：那让我看看？

安杰望着他不吭声。

江德福开玩笑：做贼心虚了吧？

安杰一把扯开被子：看吧！看吧！你愿看就看吧！

江德福看见了一摊鲜红的血，哭笑不得。

25　早晨　操场上

出操的队伍里，江德福精神抖擞地大步跑着，身后的学员甲捅了捅身边的老丁,老丁会意地笑了。

队伍解散了,大家纷纷开着玩笑。

学员甲:行啊,还这么有劲儿!

学员乙:这叫人逢喜事精神爽!

学员丁:你可以不出早操!

江德福:谁说的?谁批准的?

学员丁:新婚之夜嘛。

江德福:扯淡!这是新婚之晨!

老丁扯了扯江德福的衣角,两人慢了脚步落在最后。

老丁:哎,见红了吗?

江德福:当然见了!一大摊呢!

两人要分手了,江德福高兴地挥挥手。

江德福:伙计,古德拜!

见老丁没听懂,他又重新挥挥手。

江德福:同志,再见!

老丁笑了:奶奶的,烧包!

26 早晨 新房外屋

饭桌上摆好了早饭,牛奶、煎鸡蛋和一盘点心。

江德福扎着武装带出早操回来:哎呀,饿死我了!肚子早就咕噜咕噜叫开了,叫得连老丁都听见了。

安杰扎着漂亮的围裙,拿着抹布从里屋出来:他又说什么了?

江德福:你真是一猜一个准儿!他问我,你老婆是不是不给你吃早饭?

安杰:你怎么回答的?

江德福：我说胡扯！我都快吃得胃下垂了！

安杰笑了：你行呀，懂得还不少，还知道胃下垂！

江德福：我还能白让你教育这么多天了？天天吓唬我，不这么干要得这个病，不那么干要得那个病的！

安杰：本来嘛！你的那些毛病不改，就会添毛病的！

江德福：行啦！你就别再吓唬我了，我改！我通通改还不行吗？早饭吃什么呀？

安杰一努嘴：喏，你自己不会看！

江德福站在饭桌前，皱起了眉头：怎么又是这些呀？

安杰：怎么，这些不好吗？

江德福：好是好，但你总得换点儿花样儿吧？

安杰撇嘴：你还说让我跟你过艰苦朴素的日子，闹了半天你就这么艰苦朴素呀？牛奶鸡蛋都不行，还要换花样儿，你的花样儿可真不少！

江德福：我不是嫌不好，我是嫌太好了，好得我有点儿吃不惯，吃不饱！

安杰：怎么会吃不饱呢？人家外国人那种体格的吃这些都吃得饱，你怎么就吃不饱呢？

江德福：人家那是外国胃，我长的是中国胃！这些东西在我胃里存不住，一泡尿就没有了，能不饿吗？

安杰：去去！在饭桌上说这个干吗？多恶心！

江德福：就你们毛病多！这恶心那恶心的，好像你们不拉屎尿尿似的！

安杰生气了。

江德福坐下来，笑着说：我错了，我不该说你们毛病多。

安杰还生气。

江德福还笑：我也不该在饭桌上说拉屎尿尿这样恶心的话。

安杰还生气。

江德福不笑了：咦，我还有哪儿错了吗？

安杰：你说呢？

江德福：我确实不知道了，这不问你嘛。

安杰：你回来洗手了吗？

江德福又笑了：可不嘛，饿得我连手都忘了洗了。

27　早晨　新房卫生间

江德福在洗手。

安杰的声音：别忘了打肥皂呀！

江德福并没打肥皂：忘不了！正打着呢！

江德福洗完手，正要用毛巾擦手，想了想，又改在衣服上蹭手，边蹭边坏笑。

28　早晨　新房外屋

江德福出来，安杰一眼就看到了他衣服上的蹭迹，脸又沉下来了。

江德福有些心虚：我打肥皂了，不过打得少了点儿，不怎么认真。

安杰：不是这个！

江德福：那是什么呀？

安杰：你用什么擦的手？

江德福的心更虚了：毛巾哪！

安杰又不说话了，眼睛盯着他军装上的水迹。江德福也低下头，看见了"罪证"，赔笑道：我又错了，老毛病又犯了！这洗了等于没洗,等于白洗!我重洗!我重洗!

29　早晨　新房卫生间

江德福在洗手,洗得认真仔细,一丝不苟,又打肥皂又擦手的,十分磨蹭。

安杰的声音:你干什么呀!在洗澡吗?!

30　早晨　新房外屋

江德福将手伸到安杰鼻子下:你闻闻,我打肥皂了。

安杰:我不闻!你爱打不打!

江德福:你不检查了?那我可以吃了吗?

安杰:……

江德福坐下来,嘟囔:这有什么吃头。(他用筷子点着煎的半熟的鸡蛋)这就不恶心了吗?

安杰:那我下次给你煎老点儿。

江德福:老点儿有什么用?老点儿也吃不饱!

安杰:你吃什么能饱?

江德福:还是馒头稀饭能饱,你也不给做呀!唉!还真让老丁那乌鸦嘴给说着了!

安杰:你看我早晨有时间吗?又要打扫卫生,又要做早饭的!

江德福:卫生还用天天打扫吗?咱家干净得我都快不敢住了!你不用天天打扫行吗?

安杰:不打扫的家,我可不敢住!要不,我回娘家去住?

江德福:你又开始吓唬我了,我怕你了,我怕你了还不行吗?

安杰笑了:谁用你怕!不就是馒头稀饭吗?我给你做就是了!

江德福：那我可要好好谢谢你！

安杰：你怎么谢？

江德福：等晚上上了床我好好谢你。

安杰：讨厌！不要脸！

江德福咕咚咕咚喝了牛奶，一抹嘴，见安杰又用眼白他，就笑了：哎呀累死我了！你毛病可真多！

安杰：你的穷毛病才多呢！烦人！

江德福：是呀，我是穷毛病，你是富毛病，说实话，你的毛病才烦人呢！哎，跟您商量点儿事，您说，这个星期天我能请次客吗？

安杰：请谁呀？

江德福：请同学，他们老吵吵要喝喜酒，还非要到家里来喝。

安杰：有老丁吗？

江德福：当然有了！数他吵吵得厉害，不请谁也不能不请他呀？再说，你也该请请人家，那药就是人家给弄到的，你还没感谢人家呢！

安杰：我不是感谢你了吗？

江德福：您怎么感谢的？

安杰：我人都嫁给你了，你还要我怎么感谢？

江德福：那就再帮我请次客，咱俩就算两清了。

安杰：怎么两清法？

江德福：我不再提这件事了，您也不用再感谢我了，行吗？您看行吗？

安杰：行！我就馒头稀饭做上一大桌，让你们这些人吃得饱饱的，免得再让你们说三道四，好像欠了你们什么似的！

江德福坏笑：那我就不谢你了，等着晚上一起谢吧！

第五集

1　傍晚　新房厨房

安杰请安欣来帮忙。

安杰：用不着这么精致吧？他们那些人，只注重内容，不在乎形式的。

安欣：你是请客的主人，你不能让客人喧宾夺主，你要有你的态度。

安杰：好好，听你的！你都不怕麻烦，我还怕什么。

安欣：哎，结婚好吧？

安杰：你说哪方面？

安欣：方方面面。

安杰：有好的地方，有不好的地方。

安欣：好的地方多，还是不好的地方多？

安杰：一半一半吧。

安欣：这可不对，你对你的婚姻评价也太低了吧？

安杰笑：就是这样嘛！我总不能跟你说瞎话吧？

安欣：看你这得意的样子，你就是在说瞎话。

江德福回来，恰好听到一半，问道：谁在说瞎话？

安欣：你老婆呗！

江德福：是吗？她还会说瞎话？你说什么瞎话了？

安杰：我说结婚太好了，太幸福了！

江德福：这怎么能是瞎话呢？这是实话，大实话嘛！

安杰对安欣挤眼：你看你，挑拨离间失败了吧？

安欣：看你们俩口子，一唱一和的。

江德福：这叫夫唱妻和！

安杰：不对，这叫妻唱夫和！

江德福：行行行，你唱我和，这行了吧？只要是你唱的，我都和。

安杰：唱得不好你也和吗？

江德福：你怎么会唱得不好呢？

安杰：要是唱得不好呢？

江德福：我也和！唱得不好我也和！

安欣：啧啧，真够肉麻的，真看不下去了！

安欣借故出去了，江德福跟在安杰身后转。

安杰：你老跟在我腚后面干吗？

江德福：是屁股，不是腚。

安杰笑：你老跟在我臀部后边干吗？

江德福：这更文明了，咱们商量点儿事吧？

安杰：什么事？

江德福：夫唱妻和的事。当然了，平时我肯定是妻唱夫和的，但今晚上请客，咱能不能临时颠倒一下，你配合我一下，假装夫唱妻和一回呢？

安杰：为什么？

江德福：我这都是为你好，你知道吗，我的那些同学和战友，今晚上来喝酒，主要是想来看你笑话的！

安杰：看我的笑话？看我什么笑话？

江德福：他们以为，你肯定是那种衣来伸手、饭来张口的娇小姐，在家肯定什么活都不干，而且特别厉害。尤其是那个老丁，到处跟人家说，我肯定在家什么都得干，肯定特别窝囊，特别受气。

安杰：你受气了吗？

江德福：我受什么气呀？我享福还享不过来呢！你说是吧？

安杰：我问你，你怎么反问我了呢？我说那个老丁不是好东西吧？不教你好还不说，还胡说八道！

江德福：就是就是！所以要给他一个响亮的耳光呢，用你的行动，夫唱妻和的行动。

安杰：我干吗要行动给他看呢？今晚不准他来！还想来喝酒，还想来看热闹，想得美！不准他来！

江德福：你看你这个人，怎么这么沉不住气呢？说不上两句话，你就生气。你这样，让我以后还怎么跟你说实话呢？一说实话你就生气，你说我能愿意看你不高兴吗？以后我还能跟你说实话吗？

安杰：你敢！你不说实话试试！

江德福：所以呀！

安杰：所以什么？

江德福：是呀，所以什么呀？我说什么事来着？

安杰：你说夫唱妻和的事！

江德福：对对对对！是说这个事，你说行吗？

安杰：我考虑考虑吧！

江德福：你快点儿考虑啊，他们马上就到了。

2 傍晚 新房

客人到了，参观新房，七嘴八舌。

学员甲：好家伙！这也太讲究了，跟宫殿似的。

学员乙：就是！这比我们那儿的地主老财家里都阔气！

学员丙：人家是资本家！你那地主老财怎么能比！

老丁：关键是干净，布置得当。（问江德福）这不是你干的吧？

江德福笑了：你不是说我在家里肯定什么活都干吗？

老丁：这个活你可干不了！这不是力气活，不是体力劳动，是脑力劳动。

3 傍晚 新房外屋

安杰站在门外偷听。

江德福的声音：不管是体力还是脑力吧，总归都是劳动吧？这劳动不是我劳的，那是谁劳的呢？

老丁的声音：那只有你老婆了。

江德福的声音：你不是说人家是衣来伸手、饭来张口的娇小姐吗？不是说人家什么都不会干吗？

老丁的声音小了许多：你干什么？你怕你老婆听不见吗？

另一个声音：你可真傻！你以为他老婆不知道哇？他肯定早就说了！早就在他老婆面前把你给卖了！

老丁的声音：你可真不够意思！

江德福的声音：好汉做事好汉当，你怕什么？

老丁的声音：我有什么可怕的？我还能怕她一个资产阶级的娇小

姐？我主要是吃了人家的嘴短！

江德福的声音：你还没开始吃嘛，你可以不吃，你可以请回了。

老丁的声音：请神容易送神难，我可不是那么好送的！

安杰的嘴撇了起来，她推开门，进去了。

4　傍晚　新房里屋

安杰进来，吓了大家一跳，老丁尤其紧张。

安杰细声细气地请示江德福：饭菜都准备好了，可以入席了吧？

江德福望着安杰唯唯诺诺的样子，把手一挥，像个大首长似的：知道了，你先出去吧！

安杰退了出去，大家面面相觑。

学员甲：老江，行啊你！

学员乙：是不是真的呀？

江德福：你又不瞎，你没看见哪！

老丁：演戏吧？你俩口子在演双簧给我们看吧？

江德福：美死你了！又是请你吃饭，又是给你演戏的，你想累死我们呀？走走走，入席，入席吧！

5　傍晚　新房餐厅

客人入席，大家看着一桌子丰盛的菜肴。

老丁：这也太讲究了，搞得我们都下不了筷子了。

学员甲：就是呀！这哪是下酒菜呢，简直就是年画嘛！

学员丙：搞得我都不舍得吃了。

学员丁：那你就光看着，别吃！

学员乙：别在这儿废话了，开始吧！我提议，先为老江婚姻美满幸福,干了这杯!

老丁:这个提议好是好,但有问题。

学员乙:什么问题?

老丁:你想啊,老江能跟咱们一样吗?你瞧把他幸福成这个死样子,他能跟咱喝一样多吗?

学员甲:是不能!不行!

学员丙:他要喝双份儿!

学员丁:双份儿也不解气!

学员乙:你要解什么气呀?

学员丁:你看他结个婚嘚瑟的,上课都溜号在那儿傻乐。有什么乐头的?好像谁没结过婚娶过媳妇儿似的!

学员丙:你这是妒忌,明目张胆地妒忌。这不好,这不对。

学员丁:好不好,对不对,都不能饶了他!

老丁:咱也不难为他,咱喝一杯,他喝两杯怎么样儿?好事成双嘛。

江德福:不行!不行!这简直是不平等条约!

学员甲:行!行!我看行!

学员乙:我同意!

学员丙:我赞成!

学员丁:少数服从多数,这是组织原则!

6 傍晚 新房厨房

安欣:看这架势,新郎今晚上又要醉了。

安杰:你的记性可真好!你怎么就不记他点儿好呢?

安欣:他的好我都记着呢,铭刻在心呢!

安杰：你都记什么啦？

安欣：记得多啦！你看，搞来救命的药了吧？抱来一盆怒放的菊花了吧？扛来半袋雪白的精粉面了吧？

安杰：行啦，行啦，你哪是在夸他，你简直是在笑话他！

安欣：我哪笑话他了？

安杰：你看你笑得嘴都合不拢了！

7　傍晚　新房餐厅

安杰上菜，一副贤妻模样儿。

江德福：哎，我说，再搞两个凉菜来！

安杰：好，知道了，我马上去做。

安杰诺诺地退下。

学员丙：江德福，你厉害呀！

学员丁：就是！我们还以为你在家指不定什么孙子样儿呢，想不到地位还挺高！

学员甲：真是没想到，什么人什么命啊！

江德福得意地：山东男人嘛，哪一个熊过？

老丁一边吃菜一边坏笑。

江德福：你笑什么？你不服哇？

老丁：我服！我服！我服了你的演技了！

江德福：我在演鸡？我还演鸭呢！你还真以为我在演戏呀？

老丁：你不是吗？

江德福：我说你这叫长的什么眼呀？二五眼吧？

老丁：我这是火眼！是金睛！你俩口子夫唱妻和演的这出戏，还想瞒过我的眼睛？

江德福：你看我老婆那样，是那夫唱妻和的人吗？

老丁：我看不是。

江德福：那不就得了？我让她装，她能听我的吗？能装吗？

老丁：她们这种女人，有大局观念，重要关头会顾全大局的。你让她装，她会装的，而且装得还挺好！你看你老婆刚才装得多像，"好，知道了，我马上去做。"

江德福：真是狗咬吕洞宾，不识好人心哪！

老丁：行了，吕洞宾同志，喝了这杯酒就卸装吧，你这么装着不难受吗？

江德福：不难受！

老丁：你们看，不打自招了吧！

8 傍晚 新房餐厅

安杰端着两盘凉菜进来，说道：不知大家的口味，也不知大家吃得可不可口？

学员甲：我们吃得很好，你千万别客气！

学员乙：就是，很不错的。

学员丁：跟饭店差不多。

学员丙：比饭店还强呢，又好吃又好看的。

安杰：是吗？那我太高兴了。丁大哥怎么不说话了？我在厨房里光听到你的声音，我一进来，你怎么就沉默了呢？是不是对我有什么看法？

老丁看了江德福一眼，都不好意思正眼看安杰：这是从何说起？我怎么会对你有看法呢？

安杰：没看法就好！欢迎丁大哥以后常来玩！

老丁：常来可以，看法确实没有。

安杰：有也没事！你不好意思当面提，背后提也行，有人给我转达就行了。你们大家好好喝吧，需要什么叫我一声。

安杰离开，客人们半天才缓过神来。

学员甲：哎呀老江，你这媳妇儿厉害呀！

学员丁：就是！她可不像是那夫唱妻和的主！

江德福：是吧？不像吧？你看她那样能夫唱妻和吗？

学员丙：我看她那样还真像是装出来的！厉害呀！这小娘儿们真厉害！看把老丁吓得，半天都回不过神来。

大家都笑，江德福也得意地笑。

老丁压低了声音：你还笑！你可真不知愁得慌！娶这么个厉害老婆，以后有你哭的时候！

江德福：到时候再说吧！能笑就先笑吧。来，喝酒！喝酒！

9　傍晚　新房厨房

安杰捶着腰进来：哎呀！累死我了！当牛做马不说，还要低三下四！你说这叫什么日子呀！

安欣笑了：革命的日子呗！幸福的日子呗！

10　夜晚　新房餐厅

江德福明显地醉了。

学员乙：老江，你给我们说说你结婚的体会呗。

江德福：是，第一，一次的，还是，是第二次的？

学员丙：都说说，都说说。

老丁：你们喝多了？喝糊涂了？想引火烧身吗？还敢在这里提第

一次。

学员丙：又不是我们提的，是他自己提的。

老丁：他那是酒壮人胆，他醉了。

江德福：谁醉？醉了？你，你才醉了呢！我，我没醉！再喝！谁，谁敢，敢跟我喝？

老丁：没人敢跟你喝了，我们自己喝吧。

江德福：好，好！我，我，我陪，陪着！

学员甲：不用你陪，你还是说说你这次当新郎的体会吧。

江德福：你，你们，真，真想听吗？

众人齐声：想听！

江德福指着学员甲：你，想听吗？（又指向学员乙）你，你也想听吗？（指向学员丁）还，还有你……

老丁：你就快点儿说吧，卖什么关子！

江德福：说，说什么？

老丁：说你的体会，幸福的体会！

江德福：什么，什么体会？

老丁：我哪知道什么体会？是你结婚，又不是我结婚。

江德福：对，对对，是，是我结，结婚，不，不是你，结婚。

老丁：他醉了，真的醉了。

江德福：我，没醉！你，你们，不，不就是想，想让我说说，说我老婆的事吗？

学员丁：那你就说说吧。

学员丙：那我们就听听呗。

江德福：说，说就说，说说，就说说！

学员甲：哎呀真啰唆。

学员乙：你快点儿说吧！

江德福：我，我老婆，是，是个城，城市人，人吧？是，是不是？

学员丁：我们知道她是城市人。

学员丙：还是个城市美人！

江德福：城，城市人，有，有什么了，了不起？

老丁：是没什么了不起！谁说他们了不起了？

江德福：他们，再，再了不起，不，不还是，做，做了咱老婆吗？

学员丁：是呀，是做了你的老婆，你了不起我们都知道，这就不用你说了。你就跟我们说说，这乡下女人和城市女人有什么不一样吧！

江德福：那，那可，不，不一样！

学员甲：有什么不一样的，不都是女人吗？

江德福：女人，和女人，那，那可不一样，太，太不一样了。

老丁：哎呀，你啰唆什么，我们都知道不一样，就是不知道哪不一样！

江德福：这，这么跟，跟你们说，说吧，毛，毛主席说，说农村，包围城市，是不是？能，能解放全，全中国，是不是？

老丁：让你说结婚的体会，你提毛主席干什么？

江德福：你，你别，别打岔！毛主席的话，你，你也不听吗？我，我说，说到哪儿了？

老丁：你说到农村包围城市了。

江德福：对，对对，我说，说到农村，包，包围城市了，你，你说，农村包围城市，能，能怎么样儿？

老丁：这还用我说吗？毛主席早说了！能解放全中国，怎么啦？

江德福：那，那你知，知道城市，包围，围农村呢？

学员丙：城市还能包围农村？还反了他们了！

老丁：他不就是被包围了吗？

学员丙：闹了半天是这么个包围法，是呀，城市包围农村又能怎么样儿呢？

江德福：能，能过上，新，新生活呗！

众人大笑。

11　早晨　新房卧室

江德福醒了，一动，又开始难受。

安杰：你说你喝那么多酒干吗？人家都没事，就你一个人醉了。

江德福：我的喜酒嘛，当然该我醉了。

安杰：你的喜酒你也不该什么都说呀，看把人家乐的，笑得都快把房顶掀翻了。

江德福：我说什么啦？

安杰：你不知道吗？自己说的话怎么会不知道呢？

江德福：喝醉了酒，胡说八道些什么，自己怎么会知道。

安杰：你那可真是胡说八道呀！你怎么什么都往外说呢？

江德福：我说床单上的血啦？

安杰：说了！你还说我天天逼你洗脸洗脚洗屁股啦！那个老丁马上就给你总结上了，说你是个"三洗丈夫"。

江德福：哎呀，这酒可真不是什么好东西！

安杰：还有那个老丁，也不是什么好东西！

12　白天　学员食堂

吃午饭时，老丁看着江德福细嚼慢咽的样子，终于忍无可忍了：

老江，我给你提个意见，咱有则改之，无则加勉吧？

江德福：有什么意见你就提，别这么阴阳怪气！

老丁：我说，你能不能不这样吃饭？

江德福：我哪样儿吃饭了？

老丁：像个老太太似的，牙都看不见一个，真难看！

江德福：难看向北看，谁让你看了！

老丁：你我在一个饭桌上吃饭，我能不看吗？我看了能不难受吗？

江德福：你难受什么？

老丁：你说你好好的一个人，刚结了几天婚，怎么就让人带成这个样子了！

学员丙：城市包围农村嘛，这个样子不奇怪！

众人大笑，江德福气得摔了筷子。

13 晚上 新房卫生间

安杰在洗头，江德福在一旁看着：中午吃饭的时候，跟老丁吵了一架。

安杰：为什么？

江德福：他嫌我吃饭不露牙，说我像个老太太！

安杰：你怎么说的？

江德福：我能怎么说？我能跟他说，你嫌我吃饭吧嗒嘴，让我细嚼慢咽不出声吗？

安杰：别理他，他那是狐狸吃不着葡萄说葡萄酸。

江德福：哼！

安杰：你哼什么？我说得不对吗？

江德福：你说得太对了！我身边净是这种吃不着葡萄的狐狸，我都快让他们笑话死了！

安杰：那是你活该！谁让你跟人家什么都说了？什么被城市包围了，还过上新生活了！这就是新生活的代价！你后悔了吧？

江德福：谁后悔了？

安杰：没后悔你哼什么哼？你发什么牢骚？

江德福：我这是发牢骚吗？

安杰：你这不是发牢骚又是什么？

江德福：我这是在向你表功呢，想领点儿赏。

安杰：你想领什么赏？

江德福：我想领什么赏难道你不知道吗？

安杰：不知道。

江德福：我想晚上过组织生活，行吗？

安杰：讨厌！

江德福：行吗？

安杰：讨厌！

14　晚上　丛校长家

丛校长老家来人了，让老乡江德福来陪酒。

杨书记说丛校长：哎！你没事老盯着人家江团长干吗？

江德福：是呀！盯了我老半天了，我这心里都有点儿毛了。

丛校长问杨书记：你没发现他哪不太对劲吗？

杨书记：哪不对劲？

丛校长：我也说不上来，这不才盯着他看嘛。

杨书记：这有什么说不上来的，还盯着看！人家那是新婚宴尔，精神焕发!

丛校长:是精神的事吗?

杨书记:肯定是!你不知人逢喜事精神爽吗?

丛校长:有什么可爽的,还爽得这么别扭!

杨书记:你这是妒忌人家。

丛校长:我妒忌他干吗?我又不是没结婚!又不是没老婆!

杨书记:哎呀喝你的酒吧!说这些没用的干吗!

江德福:就是,就是!喝酒,校长我敬你一杯!

喝过酒,江德福吃菜,丛校长又开始盯着他看,一拍桌子,发现了问题:江德福,我说怎么看你这么别扭呢,还人逢喜事精神爽呢,你是爽过头了吧!

江德福:我怎么啦?

丛校长:你怎么啦?你不知道吧?你不知道你吃东西时这个熊样儿吧?像个猫似的,一点儿动静没有不说,还一点儿福相也没有!你说,你说你这是跟谁学的?

杨书记笑了:这还用问吗?还用说吗?人家这是被老婆改造的结果!不过也没什么错,不是说入乡随俗吗?进了城了,就该守城市里的规矩,文明吃饭,文明睡觉。

丛校长:不提睡觉我还忘了呢,我听说你现在成了"三洗丈夫"了?洗什么,能洗成"三洗丈夫"?

江德福:别听他们瞎说,他们那是开玩笑!

丛校长:你不出洋相,人家能玩笑你?

杨书记:"三洗丈夫"?什么"三洗丈夫"?

丛校长:你问他,让他自己说!

江德福不好意思说。

丛校长：江德福啊，不是我批评你，当初你口口声声地表示，要到资本家家里去镇镇邪，我还以为你深入虎穴，是个孤胆英雄呢。本指望你能去改造改造他们，哪想到本末倒置了，你倒让人家改造成这副熊样子！你丢你自己的人事小，关键是你丢了我们解放军的人！

杨书记：越说越来劲了你，你怎么不说他还丢了我们党的人了？

丛校长：我忘说了，他是丢了我们党的人！江德福你说怎么办吧？

江德福：我改！我改！我一定改！

丛校长：你怎么改？

江德福：我喝了这杯酒。

丛校长：喝一杯吗？

江德福：喝两杯，不，我喝三杯。

丛校长：这还差不多！

江德福连喝三杯酒，丛校长又递给他了一根大葱，他蘸了一下酱，吧嗒吧嗒地大口吃开了。

丛校长：这还差不多，这才是吃饭的样子呢！知错就改就是个好同志，来，我敬你一杯！

杨书记：这下糟了，你满嘴的大葱味，看你回去怎么交代！

丛校长：有什么可交代的？老子就是这个味，她爱闻不闻！

杨书记：我又没说你，你搭什么腔！

丛校长：我是在替他说话，教他怎么做！

15 晚上 新房

江德福在门外拿着钥匙半天开不开门。

安杰把门打开，江德福进门，搂住安杰要吻她。

安杰：哎呀，你怎么又吃葱了？真难闻！

江德福：有什么难闻的？老子就是这个味，爱闻不闻！

安杰用眼斜他。

江德福笑了：你干吗斜眼看我？又生气了？刚才那话不是我说的，是校长说的，我只不过是转达了一下。

安杰：他让你转达的？

江德福：他没明说，但他有这个意思。不但我的领导有这个意思，连你的领导也有这个意思呢。

安杰：什么意思？

江德福：嫌你管得太多了，把我管得没样儿了，吃饭像个猫了，一点儿福相都没有了，给党和军队丢脸了，等等吧。

安杰：给谁丢脸了？

江德福：给党和军队。

安杰：这就怪了，让你养成良好的生活习惯、卫生习惯，怎么就能给党和军队丢脸呢？我真搞不懂他们！

江德福：你搞不懂他们，他们还搞不懂你呢！最倒霉的就是我了！让你们东扯一把，西扯一把的，把我扯得东倒西歪的，站都站不稳了！

江德福装着站不稳的样子，一下子倒进了安杰的怀里，顺势搂住了她。

安杰：干什么你？你这就不给党和军队丢脸了？

江德福：我亲自己的老婆，丢什么脸！

安杰：讨厌！放开我！味死了！

江德福：味什么味！闻久了就习惯了！

安杰：闻一辈子我也习惯不了这个味！你起来！你放开我！

江德福：我为什么要起来？我是你丈夫！我为什么要放开你？你是我老婆！我说老婆，咱们商量一下，以后你别管我那么多了，你按你的习惯过，我按我的习惯过，咱们井水不犯河水，土洋结合着过呗！

安杰：行啊，你离我远点儿，咱们井水不犯河水。

江德福：我这井水还偏要犯犯你这河水！

江德福搂住安杰，不由分说吻住了她的嘴，吻了很长时间。安杰先是挣脱，后来顺服了，再后来又开始挣脱了。

安杰：放开我！放开我！呕！呕！

江德福：你这人毛病真多！这让我怎么跟你过呀！

安杰：不过拉倒，你可以再离呀。

江德福：你这说的什么话？像话吗？

安杰：我不跟你吵，我没劲儿跟你吵。我这是怎么啦？怎么浑身没劲儿呢？

江德福：你就别演戏了，想逼着我听你的，也用不着演这出戏呀。

安杰：我不跟你废话，我是真没力气了。这是怎么啦？我是不是怀孕了？

江德福：什么什么？你说什么？你刚才说什么？

安杰：我什么也没说，你别烦我。

江德福：你怀孕了？是真的吗？

安杰：是假的，我在演戏。

江德福：哎哎，严肃点儿，说正经的，你是怀孕了吗？

安杰：我又不是医生，我怎么知道！

江德福：你刚才不是说你怀孕了吗？

安杰：我是猜的，瞎猜的。

江德福：为什么会猜到是怀孕呢？

安杰：我不是恶心了吗？

江德福：刚才你是真恶心呀？

安杰：你以为我是假恶心，是装的？

江德福：我还以为你是装的呢！恶心就是怀孕了吗？

安杰：你才会装呢，你装什么傻呀，你又不是没结过婚！

江德福：怎么又提这事？不是说好不再提了吗？再说，我结过婚又没孩子，我哪知道怀孕的事！

安杰：你不知道算了！这是常识，不知道还光荣吗？

江德福：也不丢人哪，再说了，我要是知道这些，你还不反了天了？行啦，别说这些了，说正事吧，你是怀孕了吗？

安杰：如果是呢？

江德福：奶奶的，老子太能干了！

安杰：有你什么事呀？你这自夸自大的！

江德福：对了，对了，还有你！你也能干！我是种子好，你是土地肥，咱俩这才真是半斤八两呢！

安杰：去你的！

江德福：哎，你说是儿子还是女儿？

安杰：越说还越来劲了，还不知道有没有呢，你就先儿子女儿了！

江德福：有了，肯定有了！我还敢肯定，肯定是个儿子！

16　白天　医院妇科

医生：恭喜你，你要做妈妈了。

安杰：真的吗？

医生：当然是真的了，这尿里的阳性还能有假。

17　白天　中药房

安杰捂着话筒打电话：你猜呢？

18　白天　值班室

江德福接电话：这还用猜吗？听你的语气就知道了。哎，不会搞错吧？

19　白天　中药房

安杰：你看你问的，怎么会搞错呢？我这化验单上尿里的加号清清楚楚的呢！

20　白天　值班室

江德福：什么号？加号？有加号就是有了吗？

21　白天　中药房

安杰：看你傻的，什么也不懂！对！有加号就是有了！你有没有加号？你当然有了！你是孩子的爸爸，你没有怎么行呀！对！咱俩都要有！

22　白天　厕所

老丁上厕所，听到隔壁口哨声。

老丁：伙计，是你吧？怎么这么高兴？撒尿也要配音乐。

江德福：当然要配音乐了，我这尿里有宝贝！

老丁：我这尿里还有金子呢！哼！除了臊味，还能有什么。

江德福：不懂了吧？不知道了吧？告诉你吧，老子这尿里有加号！

老丁：哈……有加号还美呢？你那是得肾炎了！

23　白天　食堂

中午吃包子。老丁在剥蒜，他看了江德福一眼，故意递给他一瓣蒜：给，敢吃吗？

江德福：少废话！

江德福接过蒜，一口吃下。

24　傍晚　新房

江德福进家，安杰正扎着围裙做饭。

江德福：还是结婚好啊！难怪那些家伙要开小差当逃兵呢。

安杰：为什么？

江德福：因为老婆孩子热炕头哇！

江德福从后边搂住了安杰，低下头吻她的耳朵，安杰却抽起了鼻子。

江德福：你真是长的狗鼻子，这么灵！中午吃包子，老丁非塞给我一瓣蒜，那么多人看着，不吃不好。不过，我嚼了一下午茶叶呀，怎么不管用呢？

安杰：请离我远点儿，我一闻这味就想吐。

江德福：哪有这么严重。

安杰果真"呕呕"地干呕，江德福开始还以为她是装的，等看到她眼泪都出来了，这才吃了一惊：俺的娘啊！你真是闻不得这味呀？我还以为你是装的呢。

安杰有气无力地：我是装的。

江德福：你不是装的，我看出来了，你是真闻不得这些味，好好好，我以后不吃就是了。

安杰：老丁要是硬塞给你呢？那么多人看着呢？

江德福：以后吃饭我躲他远点儿，不跟他一起吃就行了。

安杰：这事要靠自觉自愿。你自己想吃，别人再怎么管你也没有用；你自己不想吃，别人再怎么劝你还是没有用，关键在你自己。

江德福：为了我儿子，我就是再想吃，我也不吃了。

安杰：你看，我在你心里的地位，还不如你没见面的孩子！我说你多少次了，你听吗？你少吃了吗？为了你儿子，你就可以不吃了！

江德福：话是这么说，我主要还是为了你。看你这难受劲儿，我哪舍得呀！

安杰：我这可不是装的呀，我是真难受。

江德福：我知道你是真难受，我也是真舍不得呀！

安杰：就你会说话！

江德福小声地：就你毛病多！

25　白天　操场上

老丁在打篮球，江德福过来坐在场下看。

老丁跑过来一屁股坐到他身边：稀客呀？今天怎么有闲工夫了？

江德福看了他一眼。

老丁：你家老虎呢？

江德福：回娘家去了。

老丁：她怎么老往娘家跑呀？

江德福瞅了他一眼：她往娘家跑，关你什么事？

老丁：我这不是可怜你吗？

江德福：可怜我什么？

老丁：看你像个没娘的孩子似的，没着没落的。

江德福抬手要打，被老丁按住。

老丁嬉皮笑脸：同志，和为贵！和为贵！

江德福：对你这种人，讲和是不行的！

老丁：你老婆好点儿了？

江德福：好什么呀！还是吃什么吐什么，真是愁人！

老丁：女人都这样！有什么可愁的！

江德福：你老婆怀孕的时候也这样？

老丁一愣：也这样吧？大概也这样。

江德福奇怪地望着他。

老丁：你这么看我干什么？我不像你一样，成天围着老婆转！我老婆也没你老婆娇气，生了三个儿子，也没像你老婆这样费事！

江德福叹了口气：唉，这人跟人不一样。

老丁瞪起了眼睛：怎么不一样？不都是女人吗？噢，你老婆是资产阶级的娇小姐，我老婆是劳动人民，她就比我老婆高一等啊？

江德福笑了：我不是这个意思。

老丁：那你是什么意思？

江德福：我的意思是，我老婆是娇小姐，她就活该猛吐。你老婆是劳动人民，人家就什么事都没有！

老丁气得不说话了。

江德福继续说：唉！我主要是心疼那些粮食，哗哗地吐掉，多可惜呀！

老丁看了他一眼，又哼了一声，起身上球场了。

26　白天　安杰娘家

安杰进家，安晨在客厅玩小汽车。

安晨：妈，我小姑来了！

安妻从楼上跑下来。

安妻：小妹来了？妹夫怎么没一起来？

安杰：他有事。（递给安妻一瓶香油）这是我们服务社新进的香油，可香了。

安妻：你们那里都是好东西！好东西都送到你们那去了！

安杰：我哥呢？

安妻：去文化宫看别人下围棋去了。

安杰：他倒挺清闲！

安妻：是呀，自从你结了婚，你哥的心情就好多了，也愿出门了，也愿跟人打交道了！

安杰笑了：是不是我结了婚，离开了，你们就解放了？轻松自在了？

安妻：可不是嘛！托你的福，我们现在也扬眉吐气了，出门也能抬头走路了！

安晨插话：我妈说，以后再也没人敢欺负我们了！

安杰：这是什么话呀？以后你们在孩子面前说话要小心点儿！

安妻赔着笑：知道了，以后注意就是了！

27　晚上　安泰卧室

安泰在床上看棋谱，安妻在梳妆台前卸妆，独自笑出了声。

安泰：你笑什么？

安妻：真想不到，我们倒得了你小妹妹的济。

安泰：……

安妻：人的命真是天注定啊！小妹一看就是有福相的人，不像你大妹。

安泰：我大妹怎么了？

安妻：你大妹的命，比你小妹可就差远了！唉！说来说去，女人这一辈子，摊上个什么样儿的男人最重要了！

安泰：大妹的男人不好吗？

安妻：也不是不好，但比小妹的男人，那是差远了！

安泰：哼！女人见识！吃人家一点儿、喝人家一点儿，就分不清东西南北了！

安妻：我们只是吃人家一点儿、喝人家一点儿了吗？你可真是没数！

安泰：我不是没数，我是提醒你，以后在大妹他们面前，少说这种话！

安妻：你把我当傻子了？这还用你提醒？你自己注意点儿就行了！

安泰：我注意什么？

安妻：你对人家欧阳好一点儿，客气一点儿！

安泰：自己的妹夫，客气什么？

安妻：那江团长也是你妹夫，你怎么对他就那么客气？

安泰：那不一样！欧阳跟人家能比吗？真是的！

安妻：还是呀！我在这儿说了半天，说的是什么！

28　晚上　安杰家

安杰在床上看书,江德福在洗脚。

江德福:你还别说,这每天用热水泡泡脚是挺舒服的。

安杰:舒服吧?听我的没错吧?

江德福:是没错,但也不能什么都听你的,让你糊弄了。

安杰:我糊弄你什么了?

江德福:你说你怀孕尿里有加号,我的也有,差点儿让老丁笑话我。

安杰:谁让你什么话都给老丁去说的?两口子开玩笑的话也能跟外人说吗?还是跟老丁说!

江德福上了床。

江德福:看什么书?

安杰:《安娜·卡列尼娜》。

江德福:你不是说都看了好几遍了吗?这么翻来覆去地看,有什么看头。

安杰:没别的书看的时候,只好看它了。还是有看头的,毕竟是名著嘛。

江德福:什么名著哇,我让你多看看毛主席的书,你也不听。

安杰:毛主席的书能躺在被窝里看吗?

江德福:平时也没见你看哪。

安杰:平时我有时间吗?又要上班,又要做饭,还要给你养孩子,我哪有时间?

江德福:行啦行啦,我说不过你,关灯睡觉吧。

安杰:你怎么上床就睡呀?

江德福:我上床不睡我干什么呀?又不让碰你,你说我能干什么?

安杰:陪我说说话。

江德福:行,关了灯说吧。

安杰:你为什么老要关灯呀?黑着灯怎么说呀?

江德福:说话用嘴说,还用眼说吗?不知道节约电哪!

安杰关了灯:就你会过日子。

江德福:是啊,我跟你不一样,我是过惯了苦日子的人,我知道勤俭持家。

安杰又开了灯:你又来了,我们不是约法三章了吗?我不提你离婚,你不提我出身,你怎么又提开了?

江德福:我哪提你出身了?

安杰:你提了!你含沙射影地提了!

江德福搂住安杰:你真能胡搅蛮缠哪,我算服了你了。好,我错了,咱睡吧?

安杰:不行!陪我说说话!

江德福:行,你关了灯我陪你说。

安杰又关了灯:说吧!

江德福:说什么?

安杰:随便,拉家常也行。

江德福:最近你怎么不往娘家跑了?

灯又亮了。

安杰:你不说我还忘了呢。今天我姐来电话,说我姐夫要调回来了。

江德福:你姐夫要调回来,你激动什么?把灯关了!

灯又灭了。

江德福：你姐夫长什么样儿？跟你姐配吗？

安杰：长得倒挺好的，一表人才的，但我不喜欢那种人。

江德福：哪种人？

安杰：那种……那种……那种特别自以为是的人。

江德福：怎么个自以为是法？

安杰：哎呀，到时候你就知道了，反正挺烦人的。

江德福：挺烦人的？那你姐姐怎么还嫁给他？

安杰：一个人有一个人的眼光呗，我看他不怎么样，我姐却把他当宝贝。

江德福：这点你要向你姐学习。

安杰：学习什么？把你也当宝贝？

江德福：怎么，不行吗？

安杰：哎哟，讨厌！你干什么？不行！现在不行！

29　白天　火车站站台

在安欣的注视下，火车进站了。欧阳懿下了车，安欣高兴地招手。

欧阳懿有些失望：怎么就来你一个人？

安欣：你想全市的人都来接你吗？

欧阳懿：我好不容易调回来了，你们家人总该有个姿态吧？

安欣：什么姿态？都来接你就是有姿态吗？

欧阳懿：都来倒不用，但总该来几个代表吧？

安欣：我哥上班，我侄子上学，我嫂子在家给你包迎客的饺子，你说还有谁呢？

欧阳懿：安杰呢？安杰嫁了个团长，架子就大了？

安欣：人家怀孕了，能来吗？

欧阳懿：哼！他们倒神速！速战速决啊！

安欣站住了：我提醒你，以后这种话要少说，尤其是当着人家两口子，特别是当着人家江团长。

欧阳懿也停住了脚：看你这煞有介事的样子，又是尤其，又是特别的，他有什么了不起？他们有什么了不起的？

安欣：你看你！像要跟谁决斗似的！他们没什么了不起的！但你还是小心点儿好！客气点儿好！

欧阳懿：那个江什么福，是个什么人呢？这么快就把你妹妹给收拾了？安杰不是眼光挺高的吗？不是挺傲的吗？

安欣：这大概就叫卤水点豆腐，一物降一物吧？

欧阳懿：什么卤水点豆腐哇！我看这叫趁火打劫！

安欣又站住了：你怎么就是不听呢？你不知道什么是祸从口出吗？

欧阳懿：看你吓得这个样子！至于吗？

安欣：你呀！你不吃点儿亏，你是管不住你的舌头的！

30　傍晚　新房

江德福回家，看见饭桌上的请柬，问道：这是什么？

安杰：请柬！

江德福：谁的请柬？谁送来的？

安杰：你没长眼吗？你不会自己看吗？

江德福打开请柬：丝订于……

安杰：兹订于！

江德福：差不多。

安杰：差多了！

江德福：好好好，兹订于本周日 12 时，于滨海饭店西餐厅聚餐，恭请光临。安欣，欧阳……

安杰：遇到拦路虎了吧？

江德福：什么拦路虎，充其量是只纸老虎！

安杰：纸老虎也把你难在这儿了，不是吗？

江德福：这些知识分子可真讨厌！名字不就是为了让别人叫的吗？起这些乱七八糟的名字干什么！

安杰：人家的名字可有讲究，那个字念"懿"，是美德的意思。

江德福：那就叫欧美德不就行了，还叫什么一呀二呀的！

安杰：你这人真是的，真是气死我了！人家姓欧阳，不姓欧！欧阳是个复姓，不能单念！

江德福：什么正姓负姓的，老子就叫他老欧，火了就喊他欧美德！

安杰：你为什么不喊他欧美帝呢？火了再把他打倒！

江德福：那也不是不可以！这要看我的心情，也要看他的表现。

安杰：你可真霸道！

江德福：男人嘛，不霸道点儿还叫什么男人！

安杰：那人家欧阳懿也霸道呢？人家就不是男人了？

江德福：他可以霸道呀，他霸道他的，我霸道我的，这有什么不行的！

安杰：那你俩干脆星期天打一架算了，还吃什么饭！

江德福：我没意见，我好久没打仗了，手都有点儿痒痒了。

安杰：是让你打架！不是让你打仗！

江德福：打架和打仗还有什么区别吗？

安杰：打架是打架，打仗是打仗！

江德福：是啊！打架不就是打仗吗？打仗不就是打架吗？

安杰：你真能胡搅蛮缠！

江德福：那也是跟你学的！不是说近红者红，近黑者黑嘛？

安杰：是近朱者赤，近墨者黑！

江德福：是呀，墨不就是黑的嘛！

安杰：江德福！你讨厌！

31　白天　新房

安杰：哎，你穿那套西服吧？

江德福：那也太隆重了吧？又不是出席国宴，不至于吧？

安杰：你什么时候能出席国宴呢？那套西服什么时候能见到天日呢？

江德福：说得也是，我还真没机会穿它呢！花了那么多钱，放在那儿可惜了！

安杰：这不是花了多少钱的问题，而是你敢不敢穿的问题！

江德福：看你说的！不就一套破西服吗？老子有什么不敢穿的！

安杰：你敢穿，为什么结婚的时候死活不穿呢？

江德福：结婚的时候能穿一身白吗？多不吉利呀！

安杰：那现在穿就没什么吉利不吉利的了吧？你敢穿吗？

江德福：你找出来！老子现在就穿！

安杰找出那套白西服，江德福穿上。安杰给他扎领带。

江德福：真搞不懂那些外国鬼子，好好的，扎这玩意儿干吗！

安杰：指着这个提气呢！

江德福：能提什么气呀，跟个上吊绳似的！

安杰用眼白他。

江德福笑了：你快扎吧，扎松点儿，别勒得我喘不过气来。

领带扎好了,安杰退后一步端详着,眼里是满意之气。

江德福:怎么样?密斯特江很不错吧?

安杰笑了:嗯,是不错!

江德福:那你还不快搂着我,说"密斯特江,我爱你"!

安杰上前搂住江德福的脖子,深情款款地:密斯特江,爱拉夫由!

江德福:什么意思?

安杰:你不是能听懂吗?

江德福:我就能听懂那么几句!全都懂,我就进外交部了!

安杰:我说爱拉夫由,我爱你!

江德福笑了:我听成猪大油了!

32 白天 路上

江德福东张西望地走着。

安杰不满地:你贼头贼脑地看什么呀!

江德福:千万别碰到熟人,尤其不能让老丁看到。

安杰:让他看到又怎么啦?让他好好开开眼!

江德福:他倒是开眼了,我就遭罪了!

安杰笑了,故意逗他:哎呀!老丁!

江德福马上站住,惊慌失措:在哪儿?在哪儿?

安杰咯咯笑出了声:那不是吗?

江德福:在哪儿呀?

安杰:都告诉你那不是了,你还紧张什么!

江德福:哎呀,遭这个罪呀!真后悔穿这玩意儿了!我都喘不上气了,你给我扎得太紧了,勒得我喘不上气了。

安杰:别动!别乱动!领带一开,你就不是遭罪的问题了,而是丢人的问题了!

江德福:我真是头脑发热呀!让你一激,激得晕头转向了,穿这破玩意儿出门,又遭罪又丢人!

安杰:丢什么人哪!你没看人家都羡慕地看着你吗?

江德福:那是羡慕吗?我怎么看不出来呢!

安杰:天哪!老丁!

江德福:你别再吓唬我了,再吓我就尿裤子了!

安杰拽住他:真的!你看!

江德福一扭头,果然看到老丁在不远处望着他笑。

江德福拉着安杰:糟了!快跑!

安杰挣脱了他:跑什么呀!再说我能跑吗?要跑你跑吧!

江德福站住了:真是怕什么来什么!

安杰:瞧你吓得这个样儿!至于吗?你怕他干什么!他是老虎吗?他能吃了你吗?你索性大大方方地到他跟前去,看他狗嘴里能吐出什么象牙来!

江德福:只好这样了!象牙狗牙也只好听着了!

33　白天　校门口

江德福和安杰走到老丁跟前。

安杰先下手为强地:丁大哥,出去啦?

老丁倒吭吭哧哧了:啊,对,对,出去买了点儿东西,买了几本书。

安杰:什么书哇?

老丁:棋谱,棋谱。

安杰看了一眼江德福,冲老丁道:那他以后就更下不过你了,是不是?

老丁:是是,啊,也不是,也不一定。

安杰:哎呀,丁大哥真谦虚!哎,丁大哥,你没看见他穿的西服吗?好看吗?

老丁望了江德福一眼,江德福冲他挤眼,倒像他俩之间有什么默契似的,老丁只好跟他默契了:挺好的,挺不错的。

安杰对江德福:你看!丁大哥都说挺好的吧?你还非说人家肯定看不惯!人家丁大哥是有文化的人,哪能看不惯呢?是吧,丁大哥?

老丁只好点头:是!是是!

江德福又冲老丁挤眼,被安杰看见。

安杰:你老挤什么眼呢?你们在捣什么鬼吧?

安杰假装生气,一个人朝前走了。

老丁半天缓不过神来,江德福笑了:你真他妈能说瞎话!这破玩意儿能好看吗?你们这些知识分子,就是能胡说八道!

老丁气急败坏:真他妈猪八戒倒打一耙!你们俩口子这双簧演得,真他妈绝了!

老丁气呼呼地走了,江德福长出了一口气,满意地笑了。

34 白天 马路上

安杰和江德福坐在人力三轮车上,江德福有些坐立不安。

安杰:你又怎么啦?你又怕什么了?

江德福:不是怕什么,而是不得劲儿,心里不得劲儿。

安杰:怎么又不得劲儿了?

江德福:我这个样子,怎么有点儿像地主老财呀?

安杰:地主老财穿西服吗?

江德福:那就是资本家,资本家也不好吧?

安杰用白眼看着他。

江德福嘟囔：这剥削阶级的滋味真不好受。

安杰：什么？你说什么？

江德福：我说，你们剥削阶级的日子也不好过！真不是人过的！

安杰拧他，江德福笑了。

35　白天　饭店门口

安杰一把拉住江德福。

安杰：哎，我都跟你说什么来着？

江德福：哎呀，记住了！我耳朵都起茧了。

安杰：光起茧可不行，你要记住。

江德福：不是跟你说记住了吗？啰唆什么！

安杰：孩子还没给你生出来呢，就嫌我啰唆了？

江德福：我可真服你了！你的办法可真多！我给你重复一遍：叫你姐夫欧阳，不能叫老欧；吃西餐的时候要讲究着吃，不能随便地吃！

安杰：那哪只手用刀，哪只手用叉，你记住了吗？

江德福：哎呀姑奶奶，我都记住了！你再啰唆我可真火了，真进去跟你姐夫打仗了。

安杰：是打架不是打仗！

江德福：我偏说打仗，你能吃了我？

安杰：你那肉又不是唐僧肉，又不能长生不老，我吃它干什么？

江德福：这么说你是白骨精了？还想吃唐僧肉！你还想吃什么？

安杰：我还想吃西餐！快进去吧！

36 白天 饭店门口

江德福拽住安杰：哎，我穿成这样，你那个自以为是的姐夫不会笑话我吧？

安杰：你怕他干吗？他有什么可怕的？再说了，他凭什么笑话你？他有什么资格笑话你？

江德福：人家是知识分子嘛，这衣服本来应该是人家穿的嘛！我穿像什么？

安杰：你穿像绅士！像先生！

江德福：我不是顶多像个乡绅吗？

安杰：穿上西服你就升格了！就像城里的绅士了！

江德福：城里的绅士有什么了不起？还用升格！

安杰：你比城里的绅士都了不起！你还怕他干吗？

江德福：我怕他干吗？用你话讲，他又不是老虎，他还能吃了我不成！

安杰：你是老虎！你要争取吃了他！

第六集

1　白天　饭店内

安杰和江德福到了跟前，安泰率先站了起来，大家都起来了，欧阳懿只好也起来了。

安晨：小姑父，我妈夸你精神！说你的衣服好看！

江德福笑了：是衣服好看，还是人好看？

安泰：都好看，都精神！

安妻：是呀！人精神，穿什么都好看！

安欣撇嘴，被安杰看见。

安杰：你撇什么嘴呀？难道不好看吗？

安欣：你胡说什么呀？我哪撇嘴了？我敢撇嘴吗？

安杰：他穿西服好看吗？

安欣：好看！太好看了！

安杰：姐夫，好看吗？

欧阳懿：好看，好看。

江德福：你看你这个人，简直是在逼迫人家！

大家都笑了。

安杰对安欣：你不介绍介绍吗？

安欣不满地看了安杰一眼，只好照办。

安欣：我来介绍，这是我丈夫欧阳懿，这位是安杰的丈夫江……江团长。

江德福：江德福。她们都嫌我的名字难听，叫不出口。

安欣：我可没这个意思。

江德福：你妹妹有这个意思，我还以为你也有呢。

安欣：她是她，我是我，别把我俩扯到一起。

江德福：你俩是一根藤上的瓜，怎么扯不到一起？是吧，老欧？

安杰在身后拧他。

江德福：你拧我干吗？我叫老欧不行吗？老欧，这么叫你没意见吧？

欧阳懿看了安杰一眼，又看了安欣一眼，只好说：没意见，没意见，叫什么都行。

江德福：你看人家都没意见，你意见这么大干什么？

安杰：你应该叫姐夫，这么没规矩！

安泰：叫老欧也行，不就是个称呼嘛。

安欣：不叫你哥，叫你老安行吗？

安泰：怎么不行？我没那么多的事！

安杰：老安，咱们入座吧！

欧阳懿：对对，请坐吧，都请入座。

大家入座。

安欣：你们喝点儿什么？

安杰：我喝咖啡！我自然是咖啡！我好久没到这喝咖啡了！

江德福：你干吗这么兴奋？我发现你从进来就两眼放光了。

安欣：她是见到久别的亲人了，能不激动吗？

江德福：久别的亲人？在哪里？我也瞧瞧，让我也激动激动。

安杰：这里就是她久别的亲人！以前她是这里的常客，几乎每个星期都来喝一次下午茶。

江德福：下午喝茶还用跑到这儿来喝，真是闲的！

安杰：真是对牛弹琴！阁下喝点儿什么？

江德福：这里除了咖啡还有什么？

安杰：想喝什么有什么！

江德福：你见到你的亲人了，口气也大了。那我就尝尝你过去每个星期都要喝的下午茶。

安杰：那就是咖啡喽？

江德福：不是茶吗？

安杰：先喝咖啡后喝茶！要喝一下午呢，光喝茶怎么行！

江德福：一下午什么也不干，就坐在这儿喝咖啡、喝茶？还每个星期都来？

安杰：是呀，怎么，不行吗？

江德福：是不行！这叫什么生活？

安杰赌气地：这叫资产阶级的生活！

安泰：你胡说什么呀！真是放肆！

安欣：你们说完了吗？可以开始了吗？

江德福手一挥：开始吧！我早饿了！

安杰：又不是你请客！你跟个主人似的！主人，致辞吧！

欧阳懿站了起来：诸位，感谢光临。我先敬诸位一杯酒，感谢诸位平时对内人的关照。先喝为敬，我干了。

安晨:大姑父,你别老诸位诸位的,别人听了,还以为你在喊我们猪呢,一位一位的猪!

大家笑了起来,纷纷起立碰杯,气氛很好。

吃到一半,江德福东张西望,到处乱看。

安杰小声地:你要干什么?

江德福:我要找跑堂的。

安杰白了他一眼,举起了右手,一个服务生无声地走了过来。

服务生:您需要什么?

安杰问江德福:您需要什么?

江德福:你们这里有筷子吗?

服务生一愣。

江德福:没有吗?

服务生:有,有有。

江德福:那麻烦你给我拿双筷子来。

安杰:你干什么?

江德福:你没听见吗?我要一双筷子。

安杰:你出什么洋相?

江德福:怎么是出洋相呢?你没看见我在遭洋罪吗?谁规定吃西餐不能用筷子的?我们学校的苏联专家,吃中餐的时候不会用筷子,急了还用手抓呢,人家洋人那才叫出洋相呢,我哪有资格出洋相啊?!

安杰:你凑合着吃吧,就你事多。

江德福:你不是千叮咛万嘱咐地说吃西餐要讲究吗?怎么能凑合呢?

安杰:讲究你就更不能用筷子了!

江德福：我就偏要用用看，看看用筷子能不能吃西餐！

安晨：当然能了，用筷子什么都能吃。我也要，我也要一双筷子！

安妻：安晨！

安杰起身，准备离开。

安欣：你干什么去？

安杰：我去卫生间。

安欣：我也去。

2　白天　卫生间内

安杰在镜前洗手，安欣从厕所里出来。安杰在镜子里观察安欣。

安杰：你笑什么？

安欣：我笑什么了？

安杰：你没笑吗？

安欣：我笑了吗？

安杰：你笑没笑你自己知道！

安欣：你这人真是霸道，连人家的表情你也要加强。

安杰：你拉倒吧，笑就笑了呗，干吗还不承认！不承认就说明你笑里面有鬼。

安欣：我笑里面有鬼？有什么鬼？

安杰：有什么鬼你自己知道，还用问我！

安欣：你真是神经病！神经过敏了吧？

安杰：我就过敏了，怎么啦？不行吗？

安欣：不行！你以为你是谁呀？

安杰：你说我是谁呀？

安欣：你不就是个团长太太吗？有什么了不起的？等你当了司令

太太再这样也不迟!

安欣摔门走了,安杰望着镜子里的自己,自言自语:我这是怎么了?

3 白天 饭店内

五成熟的牛排上来了。江德福用筷子捅了捅,不烂。再一用力,一股血水渗了出来。他吓了一跳,赶忙去看坐在对面的欧阳懿。

欧阳懿知道江德福在看着他,越发矜持了。他一刀一刀地切着牛排,血水一股一股地冒出来,看得江德福龇牙咧嘴,直皱眉头,看得对面的安晨咯咯笑出声来。

安晨:小姑父,你真有意思,真好玩!

江德福冲他挤挤眼:你敢吃吗?

安晨:我敢吃!哎呀,我不敢吃!真恶心!看着都恶心!

江德福笑了:是吧?

欧阳懿抬头看了他们一眼,耸了耸肩。

安泰招手叫来服务生:请把牛排再拿去加工一下,要七成熟。

江德福:七成也不行,得十成!做熟了!你们这柴不够烧吗?

欧阳懿抬起头来看了江德福一眼,又去看安泰,见安泰不动声色,他只好又耸了耸肩。安泰不满他的动作,瞪了他一眼。

安欣回来了,脸色不好看。

安晨:大姑,我小姑呢?

安欣:不知道!

安晨:你俩打架了?

安欣:我哪有这个胆儿呀!

安杰回来了,笑眯眯地坐下。大家有些奇怪地望着她。

安杰：你们干吗这么看着我？

安晨：你怎么这么高兴呀？大姑怎么这么不高兴呀？

安杰：是吗？你大姑不高兴了？她为什么不高兴呀？

安晨：我也不知道，我还以为你俩打架了呢？

安杰问安欣：是吗？咱俩打架了吗？

安欣哼了一声。

安杰：你哼什么呀？哎呀，姐夫，怎么就给你一个人上牛排呢？没我们的份儿吗？

安晨：小姑父嫌不熟，我爸让重做去了。

安杰说江德福：就你毛病多！做成什么样儿你就吃什么样儿的呗！

江德福：我说你煎鸡蛋老煎不熟呢，原来是跟这儿学的！

安杰：你少说两句吧！好好跟姐夫学学怎么吃西餐吧！

大家都不出声了，都望着欧阳懿吃牛排。欧阳懿越发吃得矜持了，不露齿地抿着嘴吃，安杰都有些看不下去了，在桌子底下踢江德福。

桌子下边，安欣的脚也在踢丈夫的腿。欧阳懿放下刀叉，矜持地用白餐巾一角仔细地揩着嘴角。

安杰的脚又在踢丈夫。

江德福：你老踢我干吗？

安杰大窘：我哪踢你了！

安欣看了她一眼，脸色越发不好看了。

4 白天 饭店内

牛排又被端了上来。江德福又用筷子去捅。安杰见状，又想去踢他。腿抬了一半，又停下了。

安杰对江德福：阁下，请您用刀子好吗？

江德福：看来也只好用刀子了！

江德福大刀阔斧地切着牛排，叮叮当当地响个不停。对面的安晨也学着他的样子，叮叮当当地响成了一片。

安杰用眼白江德福。

江德福吃了一块儿肉，一股油呼的一下滴到了西服上，安杰一声惊叫：哎呀！

江德福：你大惊小怪什么？不就是滴上油了吗，正好！也让人家西服尝尝西餐的味道！你说是不是呀？安晨！

安晨：是！就是！

江德福：这牛肉好吃吗？

安晨：你说呢？

江德福：嗯，不错，挺香的。

安晨：我也觉得挺香的！

江德福：你大口大口地吃，就更香了！不信你试试。

安晨大口吃了起来，嘴里竟吧嗒有声了。安家的大人们望着他俩的吃相，听着他俩嘴里发出的声音，竟不知如何是好了。

5　白天　饭店内

桌子底下，安杰的脚抬了起来，狠狠地踢了过去。谁知江德福早有防备，两条腿早就躲到后边去了。安杰踢出去的脚，没有阻挡地落到了别人的腿上。

欧阳懿冲安欣叫：哎哟！干什么你？！

安欣莫名其妙，安杰笑得趴到了桌子上。

6　夜晚　马路上

安欣两口子坐在三轮车上。

欧阳懿：哼！

安欣：你哼什么？

欧阳懿：好好的一顿饭让他们给搅了！

安欣：……

欧阳懿：你妹也是！刚嫁了才几天呀，就变成这副德行了！

安欣：她变成什么德行了？

欧阳懿：你没长眼呀？没看见她张狂的样子？

安欣：她结婚前就是这个样子，你又不是没见过！

欧阳懿：婚前的张狂还有些可爱，婚后的张狂就让人讨厌了。唉！真是嫁鸡随鸡，嫁狗随狗哇！你看她狗仗人势的样子，真让人受不了！

安欣：哼！

欧阳懿：你哼什么？

安欣：我哼你！你别光说人家了！你也让人受不了！你看你吃牛排时的样子！

欧阳懿：我什么样儿？

安欣：装腔作势的，我都替你脸红！你才让人受不了呢！

欧阳懿：我装腔作势？我牛排从小吃到大，我还用得着装腔作势吗？

安欣：你以为你请人家吃西餐就能镇住人家？没镇住人家，反而让人家给镇住了吧？

欧阳懿：想不到你们家人都让强盗给俘虏了！别说你们姐俩了，就连你那长兄如父的大哥，在人家面前也点头哈腰得像个小舅子！还让人家喊我老欧，说什么不就是个称呼吗？那我不喊他大哥，喊他老安也行吗？

安欣：当然行啦！只可惜你没那气派，不敢喊！

欧阳懿：哼！别把老子惹急了！惹急了照样喊他老安！

安欣笑了：惹急了你才敢喊一声老安，你可比别人差远了！

欧阳懿：连你也狗仗人势了！这是什么世道哇！

三轮车夫回头看了他们一眼，把两人吓得不轻，马上正襟危坐，不再出声了。

7　夜晚　马路上

江德福和安杰慢慢走着，安杰要挽着江德福的胳膊，江德福不让。

江德福到处看着：别这样！别这样！这样影响不好！

安杰偏要挽着他：什么影响不影响！这儿谁认识谁呀？

江德福：不认识就能这样了？

安杰：哪样儿了？

江德福：这样拉拉扯扯的！像什么话！

安杰：我偏要这样！你怎么办吧？

江德福笑了：还能怎么办？没办法呗！

安杰也笑了，不但挽着他，还把头靠了上去，江德福更不自在了，东张西望的。安杰更笑了，索性搂住他脖子，猛猛地亲了他一口。

江德福急了：干什么？干什么？你这是干什么！

安杰笑出声音来：我这是在表扬你呢！我在犒劳你！

江德福：为什么？这到底是为什么？

安杰：为了你的歪打正着！

江德福：歪打正着？我怎么歪打正着了？

安杰：你不知道，这是一次典型的鸿门宴！是欧阳舞剑，意在江公！

江德福：你这说的都是什么呀？乱七八糟的！

安杰：我这是对牛弹琴哪！不过弹得我也挺高兴的。

江德福：你高兴什么？捡到金元宝了？

安杰：我可不就是捡到金元宝了吗？我今天才发现，你还真是个金元宝呢！你跟人家要筷子的时候，不把一切放在眼里的样子，真是有点儿可爱！

江德福笑了：就有点儿可爱吗？

安杰：行啦！你就别蹬着鼻子上脸了！

江德福：你看你这人，好人做到底嘛，再多夸几句呗！

8　夜晚　新房

江德福躺在床上，安杰坐在床边擦手。

安杰：隔壁好像要住人了。

江德福：你不说我还忘了呢，你知道谁要搬过来住吗？

安杰：管他是谁呢，不是鬼就行。

江德福：是老丁！老丁家属要来了，老丁要跟我们做邻居了。

安杰转过身去，吃惊的样子。

江德福笑了：看把你吓的！老丁又不是鬼，你怕他干啥！

安杰：我怕他？我俩还不知道谁怕谁呢！

9　白天　家门口

安杰挺着大肚子，提着篮子买菜回来，路过隔壁，见房门虚掩着，悄悄地推门进去。

10　白天　老丁家

安杰轻手轻脚地进去，见一个人正踮着脚在扫房顶。长长的竹竿上松松垮垮地绑了把半秃的扫帚，划拉一下，扫帚歪一下，一副磨洋工的样子。

安杰看不下去了：哎！你这是在干活吗？你这是在磨洋工吧！

头上扎了条白毛巾的老丁吓了一跳，回头一看，见是安杰，大窘。他一把扯下白毛巾，不知往哪儿藏好，不知说什么好。

安杰先是一愣，然后"扑哧"笑出声来，又觉着不妥，赶忙忍住。忍了一会儿，终于还是忍不住了，"咯咯"地笑着跑掉了。

老丁将手里的竹竿狠狠地丢到地上。

11　白天　安杰家

安杰捂着嘴进家，见江德福脸上盖了本书正呼呼大睡。

安杰用书敲着他的脑袋：好哇！你说要复习考试，闹了半天到梦里去复习了！

江德福惊醒：哎呀哎呀，我怎么又睡着了？

安杰：书本简直就是你的安眠药，一碰上它们你就要睡觉！

江德福：你别说，还真是这么回事呢！你说这是怎么回事呢？

安杰：怎么回事？你跟书本是仇人，相看两厌倦呗！

江德福：也不能这么说。其实我跟书还是挺亲的，闻着里头的味都觉得香。

安杰：所以你就闻着香味睡觉！

江德福：就是，就是。

安杰：你就是什么呀！你还好意思在这儿睡大觉！你的军师在隔

壁扫房子呢，你也不去帮帮忙！

江德福：是吗？这小子吃独食，也不招呼一声！

安杰：我真搞不明白你们，团职军官是挺大的干部了吧？怎么还自己扫房子呢？

江德福：你搞不明白吧？这就是我们共产党人的长处，自己动手，丰衣足食！不像你们，不像国民党，就知道当官做老爷！

安杰用眼白他。

江德福笑了：你老这么斜眼看人，小心眼真斜了。（用手指向隔壁屋子）我过去看看。

江德福走到门口，被安杰叫住：你等等。

江德福：干什么？

安杰：你就这样去呀？像个干活的样子吗？

江德福：我怎么去？我还用扛着镐头去吗？

安杰拿了条白毛巾过来，往江德福头上扎。

江德福：你干什么？你这是干什么？！

安杰忍着笑：人家老丁都扎着毛巾干活，你为什么不能扎？

江德福：老丁头上扎着毛巾？

安杰：我还能骗你？我刚从那边回来，我亲眼看见的！人家老丁头上扎着毛巾，可像个干活的样儿呢！你既然有心去帮人家干，就要有个干活的样子！要不人家还以为你去耍嘴皮子呢！

江德福：你说得有道理，那我就扎上？

安杰：扎上！当然要扎上了！

江德福头上扎着白毛巾，安杰笑得蹲在了地上。

江德福踢了她一脚：有这么好笑吗？

安杰笑得说不出话来。

12　白天　老丁家

老丁正蹲在墙角抽烟，见到扎着白毛巾进来的江德福先是一愣，马上就明白是怎么回事了。

老丁：你那老婆，我算是服了！

江德福：你小子真他妈不知好歹！我老婆把我从床上拖起来，赶着我来帮忙干活，你还骂人家！

老丁：唉！你老婆看我头上扎条白毛巾，笑得差点儿昏过去！她跑回家又给你扎上毛巾，她这是在窝囊我呀！

江德福笑了：怪不得她非让我扎上呢，闹了半天是这么回事！

老丁：唉！我真是打怵跟你家做邻居！我都让她这么耍，等我那没文化的乡下老婆来了，还不得让你老婆当猴耍了？

江德福：哪能呢！你打怵她？她还打怵你呢！她一听说你要搬过来住，吓得嘴巴半天都合不拢呢！

老丁：唉！行了，不是冤家不聚头！我就受着吧！

江德福笑着：哎，我说伙计，你怎么老是唉声叹气的？你还真怕我老婆呀？

老丁：你不怕吗？

江德福：我怕她干吗？她怕我还差不多！

两人正说着，安杰像猫一样悄无声息地进来，老丁看见了她，而江德福背对着她，并没有发现。

老丁：我看不见得。

江德福：耳听为虚，眼见为实。反正你也要搬过来住了，有你见识的！

老丁：但愿吧！

老丁开始清嗓子，江德福莫名其妙：你有咽炎吗？

老丁：你知道的还不少，还知道个咽炎！

江德福：结婚前，我一清嗓子，我老婆就问"你有咽炎吗"。

老丁：你怎么回答？

江德福：我怎么回答？我说"老子没咽炎！你才有咽炎呢"！

老丁：她怎么回答？

江德福：她还敢顶嘴？她就赶紧承认自己有咽炎，赶紧清嗓子。

这时，安杰在他身后清嗓子，吓了他一大跳。

江德福转过身：你什么时候来的？吓了我一跳。

安杰温顺地：我都来了好一会儿了。

江德福：你都听见了？

安杰：我都听见了。

江德福冲她挤眉弄眼。

安杰：你在家里耍威风还不够，还跑到外边宣扬，你以为你那样光荣啊？这下好了，丁大哥要搬过来了，我可有诉苦的地方了。丁大哥，到时候你可要给我撑腰哇！

老丁蹲在地上，一副蹲不稳的样子。

安杰：丁大哥，你饿了吧？一会儿过去吃饭吧，我好好给你补一补。

安杰说完转身往门外走，两个男人目送她出门。

老丁一屁股坐到地上，江德福则蹿到窗台上坐下。

13 白天 窗子外

安杰停在窗外，听江德福吹牛。

江德福的声音：怎么样儿？服了吧？

老丁的声音：服了！服了！你们俩口子才是珠联璧合呢！

江德福的声音：是什么？

老丁的声音：你们俩口子是狼狈为奸！

江德福的声音：老丁呀，你这人哪儿都不错，就是这点不好，见不得别人比自己强。你这是妒忌吧？是妒忌吧？

老丁的声音：我妒忌你？我妒忌你什么？

江德福的声音：你妒忌我把老婆管理得服服帖帖的！我让她朝东她不敢往西，我让她追狗她不敢撵鸡！

安杰弯腰捡起一根树枝，朝江德福的屁股上狠狠地扎了一下，江德福大叫一声，蹦了下去。

14　白天　老丁家

老丁仰望着江德福：怎么啦？让狗咬着尾巴了？

江德福拍打着屁股：有蜜蜂！有蜜蜂！

15　白天　安杰家外屋

江德福和老丁在对斟，安杰在厨房里忙活。

老丁压着声音：我原以为，你娶了个娇小姐，饭来张口，衣来伸手的，还不够你呛！哪想到你小子运气这么好！真想不到，你老婆是小姐的身子，丫鬟的命！

江德福：你别说，这点连我自己都没想到！我老婆！上上下下，里里外外，炕上炕下，确实是把好手！那是真能干！而且还什么都会干！你说怪不怪？

老丁：说你胖，你还喘得厉害了，还炕上炕下！炕上的活还用她干吗？不都是你干的吗？

江德福：那是那是，分工不同，各有侧重嘛！

老丁：你分到的这一块儿，一天也没耽误嘛！我看你老婆走路都困难了，她什么时候生？

江德福：快了快了，就快了，马上就有人喊我爹了！

老丁：你以为你生的是神仙，出来就能喊你爹？美得你！我告诉你，早了！你先听他没完没了地哭吧！等他哭够了，你也听烦了，他才会开口喊你爹呢！哎，给孩子起名了吗？

江德福：还没见面呢，是儿子是闺女都不知道呢，怎么起？

老丁：真是个笨蛋哪！说你笨，你还不服气！你就不能起两个名字？一个临阵，一个备战！

江德福：对呀！我怎么就没想到呢？老丁，你这也是命呀，操心的命！

16 白天 医院走廊里

杨书记和安杰走了个对面。

杨书记：老远我就看着像你，但不敢相信是你。你这也太快了吧？怎么就像气吹得似的，肚子说大就这么大了？江德福的命可真好！

安杰：……

杨书记：什么时候生？

安杰：下个月。

杨书记：你转过身让我看看。嗯，我看像个男孩儿。

安杰：江德福也说是个儿子。

杨书记：他会看什么呀？他那是瞎猜，是在想好事！他们男人都这样，都喜欢儿子，传宗接代嘛，他们要完成任务。哎，孩子起名了吗？

安杰：还没有。

杨书记：起名字你可要把好关，可别让江德福胡乱起。你看他叫的这名字，当初我给你介绍他时，舌头临时在嘴里拐了个弯，我都没好意思介绍他的名字，而是叫他江团长，你还记得吗？

安杰：我记得。

杨书记：所以呀，这名字可不能乱起，尤其是不能让他们这些土包子乱起。他们就认准了福呀、贵呀、龙呀、凤呀这些个字，在这些土得掉渣的字上来回推磨，生怕别人看不见他们头顶上的高粱花子！而且呀，他们一旦给孩子起了名，孩子就得叫上一辈子了，尤其是男孩儿。他们讲究坐不更名、站不改姓呢！

17　晚上　安杰家

安杰在泡脚，江德福拿着暖瓶在一旁兑开水：行吗？要不要再加点儿？

安杰：行啦！你想烫猪蹄呀！

江德福：我想啃猪蹄！一看你这白白胖胖的脚，我恨不得啃上一口呢。

安杰：我这脚哪是胖的？我这是肿的！

江德福：是吗？怎么会肿呢？

安杰：怀孕到这个时候，都会肿的，你摁摁看看，一摁一个窝呢。

江德福蹲下摁安杰的脚：俺娘耶，还真有窝呢！

安杰：不准叫娘！

江德福：不叫娘叫什么？

安杰：叫妈！

江德福：俺那娘吔！亏了俺娘不在了，要是俺娘还活着，听俺不喊她娘，喊她妈，俺娘非把俺头砸烂了不可！

安杰：讨厌！越说你越来劲了！再叫娘，看我怎么收拾你！

江德福：怎么收拾俺？

安杰：把洗脚水泼到你身上！

江德福：俺娘吔！你说俺咋娶了个母夜叉呢？俺咋这么倒霉呢？

安杰：你还倒霉？连杨书记都说你命好呢！

江德福：你以为就她一个人夸我命好？现在夸我命好的人多啦！

安杰：谁还夸你命好了？

江德福：老丁呀！老丁是那轻易夸人的人吗？连他都不得不羡慕我的命好了！那天他在咱家吃饭，把我那通夸呀！酒没把我喝醉，倒让他把我给夸醉了，夸得我都不知道东南西北了！

安杰：这个老丁也是，明明是我做的好吃的，他夸你干吗？

江德福：夸我不就是夸你吗？其实人家老丁很周到，夸完了我，又把你狠狠地表扬了一通。

安杰：表扬我什么？表扬我饭做得好、菜炒得香？

江德福：这个内容也有，他把你全面地表扬了一通。其实表扬还不是主要的，主要是老丁觉得很奇怪。

安杰：他奇怪什么？

江德福：他有些想不明白，他觉得像你这样的资产阶级小姐，肯定是过惯了饭来张口、衣来伸手的剥削阶级生活，肯定是什么也不干、什么也不会干。哪想到，你却这么能干！这么会干！不但会干织毛衣那样的细活，还会干做饭打扫卫生这样的粗活，比他那童养媳的老婆强多了，他简直羡慕得要死！

安杰笑了：人家夸我，表扬我，你这么眉飞色舞的干什么？

江德福：你听我往下说呀。老丁夸完了你，最后又做了总结，说没有梧桐树，引不来金凤凰。归根结底，还是我江德福有福气，是我的命好！

安杰：这不是你的命好，是我的命苦！

江德福：你看你这个人，刚夸了你几句，尾巴就翘到天上了。你的命怎么苦了？嫁给我委屈你了？

安杰：我成天粗活细活地给你当牛做马，我的命不苦吗？

江德福：干点儿家务活就是当牛做马了？人家老丁还夸你呢，说你什么来着？

安杰：说我什么了？

江德福：让我想想，让我想想，噢，对了，说你是丫鬟的身子小姐的命。

安杰：呸！老丁长的是乌鸦嘴吧？说话怎么这么难听？我是丫鬟的身子？丫鬟有我这身子吗？

江德福笑了：没有，确实没有，哪有挺着大肚子的丫鬟呀！让我再想想，好好想想，那是说你是小姐的身子丫鬟的命？

安杰：老丁可真不是个好东西！好吃好喝地伺候着他，倒让他这样胡说八道地糟蹋我！我是丫鬟的命？我是丫鬟那你是什么？你是地主老财吗？

江德福：你看看，说话说得好好的，你怎么说火就火呀？我们还以为你不愿别人说你是小姐呢，不愿当小姐呢！

安杰：我不愿当小姐，我就一定愿当丫鬟了？当丫鬟有什么好？

江德福：当丫鬟有什么不好？劳动人民嘛。

安杰：当劳动人民有什么好？吃苦受累的！

江德福：我提醒你，你又开始信口开河了。你说这话立场有问题呀，你可要注意了，安杰同志！

安杰：你少给我来这套!

江德福笑了：还吓不住你了。

安杰：你想吓唬谁呀？去！给我拿毛巾来!

江德福：奶奶的！拍马屁拍到马腿上了。表扬你几句吧，引出了这么多废话来!

安杰：拍马屁是个技术活，不是谁都能拍的。

安杰接过毛巾，费力地擦着脚。江德福扯过毛巾，蹲了下来：我给你擦吧，你可别窝着我儿子。

安杰：怪了，杨书记也说我肚子里是个男孩儿。

江德福：我早就说是个儿子，你不信，别人说了你就信！

安杰：你又没生过孩子，你知道什么？人家都生了仨了，还生了俩儿子！

江德福：你能生四个儿子，比她多一倍。

安杰：我要那么多儿子干吗？我还要女儿呢！

江德福：那就再生四个女儿，正好生一个班。我当班长，你当副班长，我管行管，你管后勤。

安杰：别想好事了！如果生那么多，我就连丫鬟也做不成了，该当老妈子啦！

江德福亲了安杰的脚一下：你当丫鬟当老妈子我都喜欢。来，起驾！

18　晚上　安杰家卧室

江德福把安杰抱到床上。

安杰：咱们给儿子起名字吧?

江德福：我都起好了！

安杰：你什么时候起的？

江德福双手掐腰：我今天下午上课的时候起的。教员在上边讲课，我在下边开小差，一下子起了两个名儿，一男一女，一个临阵，一个备战。

安杰：起的什么名儿？说给我听听。

江德福：我接受了你姐夫老欧的教训，起名字一定不能起别人不认识的字，千万别难为别人，就起那种又好听又好叫又好认的名字。

安杰：你这个"三洗丈夫"，给孩子起个名儿，也要讲究个"三好"，不简单哪！

江德福：你这是什么意思？有讽刺的味道。

安杰：我还不知道你起的什么名字呢，为什么要讽刺你？你是不是有点儿不自信呢？名字是不是很一般？

江德福：喊！开小差想了一下午的名字，怎么会一般呢？你给我好好听着！

安杰：我听着呢，你快说吧！

江德福：男孩儿就叫他江昌龙，女孩儿就叫她江昌凤，怎么样儿，龙和凤，又好听又好叫又好认吧？关键是大吉大利呀，龙凤呈祥嘛！

安杰放声大笑，笑得眼泪都出来了。

江德福：你笑什么？有什么可笑的？

安杰：太可笑了！还真让人家杨书记给说着了！

江德福：她说什么了？她怎么知道我给孩子起什么名儿啦？

安杰：所以呀！所以我才佩服人家呢！她怎么这么神呢？简直就是料事如神嘛！她今天上午刚跟我说，你很有可能会给孩子起龙呀凤呀这样土得掉渣的名字，你今天下午果然就让孩子龙凤呈祥了！

哎呀！俺那娘呀！笑死俺了！

江德福：她真这样说了吗？

安杰：我骗你干吗？要不我还能笑成这样？

江德福：这个娘儿们，真是欠收拾！都是让校长惯的！别听她的，她懂什么！

安杰：我这次还就是要听她的呢！人家告诉我，别让你给孩子起名字，我还半信半疑呢。让你这么一龙凤呈祥，我还真不能把权力交给你呢！龙和凤？亏你想得出来！那龙和凤是随随便便就能瞎用的吗？还龙凤呈祥呢！那是说人家皇帝和皇后的，兄妹怎么呈祥！真是犯上作乱！

江德福：你要是嫌龙和凤不好，你就换个别的吧，但前边两个字不能动，一个都不能动！

安杰：为什么呢？前边那个"江"字不能动我知道，为什么中间这个"昌"字也不能动呢？

江德福：你怎么连这个也不懂？真是的！这个"昌"字代表了辈分！就像我中间那个"德"字一样，也是代表辈分的！从名字上就知道是哪个辈分的人，这是老祖宗传下的规矩，是不能乱的！自然就不能动了！

安杰撇嘴：什么狗屁辈分呀！还长呀短呀的，我不干！

江德福：你不干也得干！这可不是你干不干的事，这是祖宗传下来的规矩，你能乱改吗？那才真是犯上作乱呢！

安杰：想不到你们连饭都吃不饱，穷规矩还挺多！

江德福：你说什么？

安杰：你干吗跟我瞪眼睛？小心吓着你儿子，吓着江昌龙！

19 傍晚 安家门外

门是虚掩着的,安杰蹑手蹑脚地进去,想给家人们一个惊喜。

安泰的声音:怎么又吧嗒嘴了?

安晨的声音:我哪吧嗒嘴了?

安泰的声音:你还不承认!吧嗒吧嗒的像头猪!难听死了!

安晨:……

安泰的声音:你说什么?你大点儿声!

安晨的声音:我说我小姑父吃饭也吧嗒嘴,你敢说他是猪吗?

安泰的声音:你少扯别人的事!你管好自己就行了!你别像猪一样就行了!

安晨的声音:那小姑父像猪一样就行了?

"啪"的一声响。

安晨的叫声:你干吗打我?

安妻的声音:就是!你打他干吗?吃饭的时候打他干什么!

安泰的声音:你没听他胡说八道吗?

安妻的声音:他说的不是事实吗?

安泰的声音:是事实也轮不到他说呀!

安妻的声音:他不说,这个家里谁敢说?你敢说吗?

安杰听不下去了,扭头就走,将门"咣"的一声关上。

20 傍晚 安家餐厅

听到门响,大家脸色一变。

安妻冲门口喊道:谁呀?

孙妈从厨房里出来:是小姐,没进来,又走了。

安泰两口子对视着,大吃一惊。

21　傍晚　安杰家

江德福和老丁在喝酒。

老丁：还说自己不怕老婆，老婆回娘家不在了，才敢偷偷摸摸地领我来喝酒，让老子做贼似的，喝得这个不痛快！

江德福：你可真没良心！好酒好菜伺候着你，还在这儿说三道四的，什么玩意儿！

老丁：就一盘炒鸡蛋就是好菜了？你可比你老婆差远了！还是劳动人民出身呢，连个饭都不会做！

江德福：正因为我是劳动人民苦出身，我才不会做那好菜好饭呢！你也是个苦出身，怎么这么快就忘本了？炒鸡蛋还不行？你忘了你挨饿的时候了？

老丁：可不是嘛！那时候还吃炒鸡蛋？能捞到煮鸡蛋吃就不错了！

江德福：你还能吃上煮鸡蛋呢，我连生鸡蛋都吃不上呢！有一次我家母鸡刚下完蛋，咯咯咯地叫着出来，我正好饿得不行，就去掏了出来，还热乎乎的呢。我刚在墙上敲破了壳，正想喝下去，就被听到动静出来的俺娘给一把抢了去，还顺手用棍子把我头敲了个鸡蛋那么大的包！

老丁：哈哈……

江德福：听我忆苦思甜，你还笑，真没阶级感情！

老丁：你这忆的谁的苦？忆的你娘啊！

江德福：唉！真想俺娘啊！俺娘要是活着就好了，就可以跟我享福了！

老丁：那也不一定！你娘要是活着，看你娶了这么厉害的老婆，没准儿还不敢跟你们一起过呢！

江德福：俺娘可不是那胆小的女人，她可厉害着呢！你想，她为了一个鸡蛋，能把我打得头上起大包，她怕谁呀？

老丁：那你就倒霉了！光她俩打架就够你受的了！

江德福：你这人真是的！怎么就不盼着人家好呢？她俩为什么就一定要打架呢？

老丁：你不说是你娘厉害吗？两个厉害的女人凑到一块儿，能不干架吗？

江德福：哎，我说你这个人，怎么就一门心思认定我老婆厉害呢？你见过她厉害吗？

老丁：等着吧，有我见识的！纸里还能包得住火？来来，喝酒喝酒！

江德福：喝酒可以，但话要说清楚。你怎么就认定我老婆厉害呢？你要给我说清楚！

老丁：你让我先去撒泡尿，回来再给你细细道来。

老丁进了卫生间，江德福抓起馒头吃了起来。门开了，安杰黑着一张脸进来了。江德福吃惊地望着她，赶忙将口里的东西往下咽，嘴里吧嗒有声，安杰厌恶地斜眼望着他。

江德福：你怎么了？怎么这么看着我？

安杰：真是狗改不了吃屎！

江德福皱起了眉头，压低了声音：老丁在这儿呢！

安杰抬高了声音：老丁在这儿怎么了？你以为我怕老丁呀！

江德福：你吃枪药了？

安杰：你管我吃什么药啦！

安杰径直进了卧室，将门"咣"一声关上。

22　傍晚　安杰家卫生间

老丁吓了一跳，看着自己裤子上的尿渍，苦笑了一下：娘的！老子还真怵她的！

23　傍晚　安杰家外屋

老丁从厕所里出来，抓起军帽要走。

江德福：你干吗走哇？还没吃饭呢！

老丁：我还是自个儿走吧，免得让人家赶走。

江德福：谁敢赶你走？笑话！

老丁：行啦！我就别在这里看笑话了，我赶快走吧！

江德福一把拽住了他：你要这么说，我还真不让你走了呢！我还真让你看看笑话呢！

老丁：行啦伙计，我不笑话你了，你快松手吧！好男不跟女斗，她肯定是在娘家吵架了，气正不顺呢，你可千万别惹她！

江德福松了手：奶奶的！在娘家受了气，跑回来跟老子撒气，什么玩意儿！

老丁：好玩意儿，好玩意儿，宝贝玩意儿！我走了，你慢慢玩儿吧。

老丁走到门口，又折回来，抓起了一个馒头，咬了一口：压压惊！压压惊！

江德福目送着老丁的背影，自言自语：真是个乌鸦嘴！真让他给说着了，还真是纸里包不住火呢！

24　傍晚　安杰家卧室

江德福推门进来，见安杰正坐在床边生气。

江德福：到底怎么啦？谁欺负你了？

安杰：……

江德福：告诉我，我去找他算账！

安杰突然用手捂着脸，呜呜地哭出声来。这下江德福真急了，他蹲下身来，用手摇着安杰的腿，一叠声地问：怎么啦？到底怎么啦？你倒是说话呀！哎呀！真是急死人了！

安杰放下手，泪眼蒙眬地望着江德福，哽咽着：我求求你！你以后吃东西的时候，别再吧嗒嘴啦！

江德福：……

25　早晨　安杰家外屋

江德福不出声地吃着早饭，噎得直抻脖子，安杰吃惊地望着他：你是故意的吧？

江德福：我怎么会是故意的呢？我故意让自己难受哇？

安杰：难受吗？

江德福：当然难受了，东西嚼不烂就往下咽，不难受吗？

安杰：你不会嚼烂点儿吗？

江德福：嘴都不让张，怎么嚼烂！

安杰：谁不让你张嘴了？

江德福：张嘴能不出声吗？

安杰：张嘴就一定要出声呀？

江德福：不信你试试！

安杰试了试，并没出声。

江德福：你那么小口地吃，当然出不了声了。

安杰：你不会也小口点儿哇？

江德福：一个大男人，像猫一样一小口一小口地吃，像样儿吗？

安杰：有什么不像样儿的！

江德福：那我就像猫一样吃饭？

安杰：……

江德福开始一小口一小口地吃东西，把安杰给逗笑了。

江德福：你笑什么？

安杰：我想起了一个人。

江德福：你想起了谁？

安杰：我姐夫，老欧！

江德福：嗯？我这么快就像人家老欧了吗？

安杰笑了：你比他还难受呢！

江德福：真的难受吧？我吃得难受，你看得也难受吧？

安杰：是难受！我比你还难受！

江德福：那可怎么办呢？

安杰：算啦！你爱怎么吃就怎么吃吧！我不管了！

江德福：那怎么行啊！我让你在你娘家受了那么大的委屈，我哪能忍心再吧嗒嘴呀！

安杰：说的比唱的都好听！你爱怎么吃就怎么吃吧！别再到我娘家去吧嗒嘴就行啦！

江德福：好嘞！得令！

江德福大口地吃了起来，嘴里故意地吧嗒直响。安杰斜视着他，他幸福地笑了。

26　白天　药房

有人喊：安杰，电话！你姐姐！

安杰接电话：谁呀？

安欣的声音：别人都告诉是你姐姐了，还问！

安杰：万一不是呢？万一是别人搞错了呢？

安欣的声音：行啦！我不跟你搅！明天是哥的生日，你忘了吗？

安杰：我忘了。

安欣的声音：那我就提醒你！明天是哥的生日，他让我们回去吃饭。

安杰：他为什么不打电话？

安欣的声音：我打还不行吗？

安杰：是你过生日吗？

安欣的声音：行！我让他亲自给你打！毛病！

安杰：谁毛病啊！他让回去我们就回去呀！

安杰放了电话，对电话机旁的人说：再有人打电话找我，就说我不在！

27　傍晚　药房

快下班了，安杰问同事：没有电话找我吗？

同事：没有。

安杰有些失望。

28　晚上　安杰家外屋

饭桌旁，安杰将双脚架在椅子上，江德福腰上扎着围裙在收拾碗筷。

江德福：你这样，还真像个地主婆。

安杰：那你呢？

江德福：我像个长工。

安杰：那咱俩换换！你来怀孩子当地主婆，我来当长工。

江德福：我哪有这种福哇！我生下来就是当长工的命！

安杰：那我呢？我生下来是当什么的命？

江德福：我们有约法三章，我不敢说。

安杰：唉！你爱说不说吧！反正我都这样了，你爱说什么就说什么吧！

江德福：真的？那我可就真说了？

安杰：说呗！反正我也没事，听着解闷呗。

江德福：我有点儿纳闷，怎么我们老家的女人生个孩子那么容易，你生个孩子就这么费事呢？

安杰将双脚放下：怎么，你老家的女人生过孩子了？

江德福一叠声地说着"没有！没有！"赶紧将安杰的双脚又架到了椅子上。

江德福：没吃过猪肉还没见过猪跑吗？我们那儿的女人，白天还在地里收麦子呢，晚上就在炕上生孩子了！比母鸡下蛋都容易呢！母鸡下蛋还直叫呢，她们连哼都不哼一声！

安杰：你这是说给我听的吧？让我生的时候也不哼一声？

江德福：你看你这地主婆，怎么这么厉害呢？咱这不是在拉呱吗？

安杰：哼！听话听声，锣鼓听音！我又不聋！我又不傻！

江德福：你就是太不傻了，所以就老是无中生有。

安杰：我累了，我要上床去躺一会儿。

江德福：行行行行！你躺着去吧！你歇着去吧！

安杰边走边说：哎呀，明天可以睡个懒觉了！我要睡上他一天！

江德福：你可不能睡上一天，咱明天还有事。

安杰：有什么事？

江德福：明天你哥过生日，咱要过去拜寿！

安杰：你怎么知道的？谁告诉你的？

江德福：寿星呗！你哥下午打的电话，让咱们什么也不要带，就带两张嘴过去。

安杰：你怎么说的？

江德福：我说带两张嘴恐怕不行，要带就得带三张嘴去！

安杰：要去你去！你就带你一张嘴去好了，反正我不去！

江德福：安杰呀，给你台阶你就要赶紧下。免得将来没台阶了，你还要往下蹦！何苦呢？

安杰：我往下蹦？我为什么要往下蹦？

江德福：那是你娘家，你难道能一辈子不回娘家了？

安杰：那也说不准儿！

江德福：你就别在这嘴硬了！如果我真让你跟他们划清界限，不准你回娘家了，你又该跟我蹦了。

安杰：我为什么要跟他们划清界限？

江德福：你看看你看看，你要蹦高了不是？

安杰：我蹦高也是为你蹦的！要不是为了你，我能跟他们翻脸吗？

江德福：那我还要谢谢你了？

安杰：不用谢！也不用去！

江德福：谢还是要谢的！想不到你的胳膊肘还能往我这儿拐！不过你也有不对的地方。

安杰：我哪儿不对了？

江德福：你是只许州官放火，不许百姓点灯。许你嫌我吧嗒嘴，就不许别人嫌？

安杰：他们有什么资格嫌你？你不嫌他们就算便宜他们啦！

江德福笑了：安杰呀，我真要谢谢你啦！

安杰：谢我什么？

江德福：你这个地主婆，能替我这个长工说话，不容易呀！

安杰：呸！

29　白天　马路上

安欣和欧阳懿坐在人力三轮车上。

安欣：你也是！干吗非要坐这个呀？坐公共汽车不挺好吗？

欧阳懿：你不是不方便了吗？

安欣：人家安杰比我更不方便，人家都坐公共汽车！

欧阳懿：你干吗事事都要跟她比？

安欣：我哪事事都跟她比了？

欧阳懿：你自己都没意识到吧？我是旁观者清，我可看得清清楚楚的！

安欣：你看清楚什么啦？

欧阳懿：我看清楚了你的心理不平衡。

安欣：我心理不平衡？我不平衡什么了？

欧阳懿：你不平衡什么你心里最清楚！还用得着我说？

安欣：不行，你得说！你得给我说清楚了！我为什么不平衡？我不平衡什么了？

欧阳懿：安欣哪，不光你心理不平衡，连我这心理也不平衡呢！不平衡什么？难道你不知道吗？还非要让我说出来吗？你又不怕祸从口出了吗？

安欣赶紧看了车夫一眼：你快闭嘴吧！

30　白天　公共汽车上

安杰坐着，江德福站着。

安杰拽了拽江德福的衣襟：哎，我跟你说，你去了不用给他们好脸色！

江德福：行！听你的！我虎着脸去！

安杰笑了：你也不用虎着脸，你不笑就行了！

江德福：你看看你，又开始许自己放火，不许别人点灯了！许你这样笑，就不许我笑了？

安杰：你平时就是给他们笑脸太多了，他们才蹬鼻子上脸呢！

江德福：说得也是！你们这种人就是这样，容易得寸进尺！

安杰拧他：谁们这种人？

江德福笑了：他们那种人！你不是他们的人了？

安杰又拧他：你说呢？

江德福更乐了：我说你不是了。

安杰不松手：那我是谁的人？

江德福弯下腰，无限幸福地附在安杰耳边：你是我的人！是我儿子他娘！

安杰又拧他：是妈！

江德福龇牙：是娘！

安杰：妈！

江德福：娘！

安杰：妈！

江德福：娘！

31 白天 马路上

三轮车上,安欣看见安杰两口子从公共汽车上下来。

安欣:坏了!

欧阳懿:怎么啦?

安欣:你看!

欧阳懿:那又怎么啦?

安欣:这不好吧?

欧阳懿:有什么不好的?

安欣:咱们还是等等吧,等他们走远了咱再走。

欧阳懿:这是为什么?这是何苦呢?我们为什么要看他们行事呢?咱们走咱们的!

安欣:你这人真是的!老是这样一意孤行,有你倒霉的时候!

欧阳懿:我现在就够倒霉的了!坐个三轮车也坐不自在!

32 白天 马路上

三轮车在安杰身边停下。

安欣:哎!我还以为你不会来呢!

安杰:哟!是欧阳太太呀!你都驾车来了,我敢不来吗?

安欣:你上来吧?

安杰:我上去坐哪儿呀?

安欣:让他下去!

安杰:他干吗?

安欣:你快下去呀!怎么这么没有眼力!

安杰:就是!还是个绅士呢!

欧阳懿只好下来了,安杰坐了上去。两个男人目送着三轮车远去,一时不知说什么好。

江德福：忙吗？

欧阳懿：忙也是瞎忙。

江德福：怎么是瞎忙呢？

欧阳懿：身不由己地忙，不是瞎忙是什么！

江德福不知说什么好了，不由自主加快了脚步，与欧阳拉开了距离。

欧阳不高兴地望着他，心里说：有什么了不起的！哼！

33 白天 马路上

三轮车上。

安杰：哎呀！还是这种生活好哇！

安欣侧着头看她。

安杰：你这么看我干吗？

安欣：我看你是不是言不由衷！

安杰：我是吗？

安欣：不太像。

安杰：那我就是发自内心的喽？

安欣：也不太像！

安杰：那我像什么？我总得像一样吧？

安欣：你现在界限模糊，让人捉摸不透了。

安杰：这么说，我是个有城府的人喽？

安欣：城府说不上，觉悟倒像有几分了。

安杰：你什么意思？

安欣：我在夸你呢！

安杰：夸我什么？

安欣：夸你越来越像个军属了！

安杰侧着头看她。

安欣：你干吗这么看我？

安杰：我看你这象牙是真的还是假的！

安欣笑了：真的还是假的？

安杰：你说呢？狗嘴里能吐出象牙吗？

安欣去拧她的嘴，安杰大叫，两人大笑。

34 白天 安家餐厅

蛋糕前，安泰在许愿。

安晨：爸爸，你许的什么愿？

安妻：不能说，说了就不灵了。

安杰：迷信，有什么不能说的？说出来听听嘛！

江德福：不能说就是不能说！你为什么非要听呢？

安杰：那让我们来干吗？

江德福：不是让你带着嘴来就行了吗？

安杰：那也没说不让我们带耳朵来呀？我们的耳朵是聋子的耳朵吗？

江德福：就你话多！你少说几句不行吗？

安杰"哼"了一声，果真就不出声了，安欣笑了：真不错！终于有能管得住她的人了！

安妻：可不是嘛！她……

安泰扯了安妻衣袖一下，她马上就不说了。

欧阳懿看见了，开口道：大哥，你为什么不让大嫂说话呢？你这是暴政，是法西斯！

安泰不悦：不让说话就是暴政？就是法西斯了？

欧阳懿还要说话，被安欣一把扯住：你少说两句吧，就你话多！

安杰：姐夫说得没错！为什么不让人家说话！

安欣：你的话也够多了！

安杰笑了：我的话又不是象牙，多点儿怕什么。

安晨：象牙？哪儿有象牙呀？

安杰：你大姑嘴里！你大姑满嘴都是象牙！

安晨往安欣身上扑：是吗？我看看！让我看看！

欧阳懿将安晨拉开：小心点儿！小心点儿！你大姑现在不能碰！

安晨：为什么不能碰？我妈说我小姑不能碰，一碰，她肚子里的小弟弟就会哭！

欧阳懿得意地笑了：你大姑也一样！也不能碰！一碰，她肚子里的小弟弟或者是小妹妹，也会哭的！

一家人又惊又喜，安杰惊喜地扑到安欣身边：真的吗？这是真的吗？

安欣点头，羞涩地微笑。

安杰：你起来！你站起来让我看看！

欧阳懿摁住安欣的肩膀：看什么？现在能看出什么？现在什么也看不出来！

安杰：站起来又累不着你太太！看把你娇惯的！我都这样了，也没人护着呢！

大家都笑了，都去看江德福。

江德福：你们都看我干吗？我有什么好看的？

欧阳懿：你太太埋怨你不会怜香惜玉！

江德福：我太太？我什么时候有太太了？我还会有那玩意儿？

安杰：是呀！你哪配有那洋玩意儿呀？太太是人家老婆当的！我只配给你当糟糠！当贱内！（扭头冲安欣）是吧？欧阳太太？

安欣：那我是应该称呼你江糟糠好哇，还是江贱内好？

安杰：随便！随便你怎么糟蹋着叫！我都这样了，我还怕什么呀！

江德福：老欧，要当爹了，美坏了吧？

安杰：人家是要当爸爸的，当什么爹呀！

江德福：行！他当爸爸我当爹，这行了吧？

安杰：你这话说得有毛病吧？怎么听起来这么别扭呢？

江德福问老欧：这话有毛病吗？

欧阳懿：语法上好像有点儿毛病。

江德福：语法上？

欧阳懿看安泰：大哥，是不是缺主语呀？

安泰不耐烦：缺什么呀？什么也不缺！

安欣不高兴了：你怎么一点儿是非观念都没有！

安杰：你也太小题大做了吧？一个缺少主语的病句有什么是非！别在这儿卖弄了！

安欣：我们卖弄什么了？

安杰：你们卖弄主谓宾了！待会儿你们又该卖弄补定壮了！

安欣不悦：我说军属，你也太敏感了吧？

安杰：在是非面前，不敏感行吗？

安欣：你……

欧阳懿：算啦！算啦！你以前就吵不过她，现在就更不是对手啦!

安杰:姐夫,有你这样拉偏架的吗?真是的!

安泰:你们都少说两句吧!让我说几句!我要宣布一件喜事!

安欣:什么喜事?

安晨:我妈妈要生小弟弟了!也可能是小妹妹!

安杰:是吗?

安欣:真的吗?太好了!嫂子,恭喜你!

安妻:我也恭喜你!但愿咱俩能一起坐月子。

安杰:天哪!真是太好了!我们家怎么一下子就人丁兴旺了呢?

安妻:这要托他小姑父的福!自从人家进了咱安家的门,咱家就好事不断!先是他大姑父调回来了,现在又添丁添口的,咱应该好好谢谢他小姑父才是!

安杰笑了:是吗?这么说,他还是个福星了?

安泰点头:没错!是个福星!咱家的福星,大福星!

安欣两口子对视一眼,不置可否。

35 白天 安杰卧室

安杰摸摸这儿、摸摸那儿,一副很亲切的样子。

江德福:还是你娘家好吧?楼上楼下,电灯电话的!

安杰:当然了!不过……

江德福:不过什么?

安杰:你不是说过嘛,金窝银窝不如咱那土窝!

江德福笑了:咱那土窝好吗?

安杰:好!当然好了!

36　白天　安欣卧室

安欣半靠在床上，欧阳懿在地上踱步：气死我了！气死我了！

安欣：你至于吗？至于这么生气吗？

欧阳懿：你不生气吗？闹了半天，咱们的好事、喜事，全是人家福星给咱们带来的！我调回来，是人家带来的福！你怀孕有了孩子，也是人家带来的福！照这么个说法，没有他，还没有咱们今天这幸福生活呢！

安欣笑了：可不是嘛！没有人家的浴血奋战，哪来咱们今天这幸福生活！

欧阳懿：没有他们，老子今天的生活更幸福！

安欣：你胡说什么呀？你怎么就是管不住自己这张嘴呢！

欧阳懿：看把你吓的！这不是在自己家里吗？我又没跟外人说！

安欣：在自己家里也不行！信口开河惯了，难免会在外边说漏了嘴！再说，这家里也不比从前了，小心隔墙有耳！

欧阳懿：我可万万没有想到，我会跟这种人沾上亲！唉，真不知安杰的日子是怎么过的！

安欣：怎么过的？你没看见人家过得比这家里的谁都幸福吗？

欧阳懿：她能幸福？你说，她怎么可能幸福嘛！

安欣：你没长眼睛啊？你看不出来呀！

欧阳懿：唉！我的眼睛要是瞎了就好了！这是什么世道哇！有什么看头哇！过去我们家里是"谈笑有鸿儒，往来无白丁"，现在可倒好，我跟一个文盲大老粗成连襟了！

37　白天　安家客厅

安泰和江德福在沙发上聊天，安晨在一旁百无聊赖。

欧阳懿过来：大哥，下围棋吧！

安泰看了江德福一眼，马上摇头：不下，我不想下。

江德福：下吧，你们下吧！

安泰：不下，没事，我不下。

安晨跳了起来：大姑父，我跟你下！

38 白天 安家阳台上

安杰和安欣在聊天。

安杰：姐，我真是太高兴了！知道你怀孕了，比当时我知道自己怀孕都高兴，真的！好像是心里一块儿石头落了地似的，又高兴，又轻松，真是太好了！

安欣：你心里怎么会有石头呢？

安杰：谁让你结婚那么久也不怀孕，我们还担心你不能生孩子呢！

安欣感动地：谢谢！

安杰：谢我干什么？

安欣：谢谢你的担心哪！

安杰笑了：姐，这样跟你聊天可真好！咱们多久没这样聊天了？

安欣：有日子了。

安杰：真快呀！我都结婚快一年了！

安欣：是呀，连你都要当妈妈了。

安杰摸着自己的肚子，非常感慨：姐，你说命运这个东西多奇怪，不刮风，不下雨，风和日丽地就把你给捉弄了。有谁能想到，我安杰会嫁给一个一天学也没上过的乡下人？还要给他挺着大肚子生孩子！

安欣：你后悔了？

安杰：谁说我后悔了？我为什么要后悔？

安欣：没后悔你发什么牢骚？

安杰：这是牢骚吗？这是事实！是事实，我为什么不能说呢？说了就变成牢骚了吗？

安欣笑了，没说话。

安杰：姐，你说有多奇怪，我现在觉得很幸福，但幸福得又有些不踏实。有时没事的时候我就想，我这一天到晚的高兴什么？为什么高兴？

安欣：这是烧的，让好日子烧的！

安杰：姐，爱一个人是不是就像发烧一样？

安欣：你现在正在发烧！

安杰：你说我多可怜，孩子都要给人家生了，才开始发烧。

安欣：你行了，你知足吧！有的女人，孩子都生了一大堆了，也没发过烧！

安杰：那是不正常的！哎呀，其实我也不正常，我应该先发烧后结婚，再生孩子的。

安欣：你就感谢上帝吧，起码你还发烧了呢。

安杰：我感谢上帝干什么？又不是上帝让我烧的！

安欣：那你要感谢谁？

安杰：我要感谢党，感谢人民！

安欣撇嘴。

安杰：你撇什么嘴？

安欣：真是近朱者赤啊！

安杰：那没办法，想不赤都不行！

安欣：德行！

第七集

1　白天　安家客厅

安杰和安欣进来，安欣见欧阳懿正跟侄子下围棋，就皱起了眉头：你可真行啊！跟小孩儿你也能玩儿！

欧阳懿：没办法呀！请你哥请不动，只好跟你侄子玩儿了！

安欣回头去看，见安泰正笑容满面地陪江德福聊天，安杰也笑得合不拢嘴，心里不是滋味。

2　傍晚　安家餐桌

一家人在吃饭。

安杰放了筷子：哎呀，撑死我了！

江德福：你没吃多少嘛！

安妻：她在厨房里就开始吃了！

安杰：哎，我差点儿忘了重要的事！我让你们帮忙起名字，你们起好了吗？

安妻：你哥倒起了一个，但我觉得不太好。

安杰：什么呀？

安妻：昌盛，江昌盛，繁荣昌盛的意思。

安杰：这听起来怎么像个鞋店呢？不行不行！（看向欧阳懿）你们呢？你们起好了没有？

欧阳懿：我给你们起好了两个名字，取你们俩人的姓，又好听，又有意义。男孩儿叫江安，女孩儿叫安江！

安杰拍手大叫：哎呀！太好了！太好了！这两个名字我都喜欢！江安！安江！真是太好了！

安晨：叫江安还不如叫招安哪！招安！招安！招甚鸟安！

安泰：这小子正在听收音机里评书说水浒呢，别的没记住，就记住这句粗话了！

家人笑着纷纷离开饭桌，孙妈出来收拾，江德福同情地看了她一眼，正好孙妈也在看他，江德福冲她点点头，慌慌张张地离开了。

3 傍晚 安家大门外

安杰：咱们坐人力车吧？

江德福：不是说好不坐那玩意儿了吗？

安杰：就你毛病多！坐坐怕什么！人家都能坐，我们为什么不能坐！

江德福：咱们又不缺胳膊不缺腿的，在后边坐着，让别人在前边费力地蹬着，你心里不别扭吗？我跟你坐了两次，晚上回去都睡不着觉！

安杰：人家指望这个吃饭呢！大家都不去坐，你让人家喝西北风呀！

江德福：你这是剥削阶级的理论！是剥削有理的理论！

安杰用眼白他。

江德福：你白我也没有用！我还是要说！我给你娘家提点儿意见，以后能不能让人家孙大姐上桌跟大家一起吃饭？

安杰望着他不说话。

江德福：你去跟他们说，否则的话，我就再也不上你们家吃饭了！

安杰：你这是在威胁谁呀？

江德福：我在威胁你们家！不信咱就走着瞧！

安杰：走着瞧就走着瞧，谁还怕你走着瞧！

过来一辆人力车，安杰招手：人力车！

人力车过来了，安杰上去了，坐在车上看着江德福，江德福叹了口气，不得不坐上去。

4 傍晚 马路上

江德福不安，直动屁股。

安杰：你老实点儿！这样人家更费力！

江德福不动了，不一会儿就满头大汗了，安杰奇怪地望着他，小声地：又没让你出力！你出的哪门子汗！

江德福擦了把汗，叹了口气：唉！你还不如杀了我呢！

到了一个上坡，车夫吃力地蹬着，江德福一个高跳了下去，在后边用力地推着。车夫感激地回头看了一眼，江德福不好意思地躲到靠板后边。

安杰：停车！

车夫：不是还没到吗？

安杰：我就在这下吧！

安杰下了车，见江德福用袖子擦汗，掏出自己的手帕：给！用这个擦!

5 晚上 安杰家门口

两口子回来了,江德福在开门,安杰捂着肚子:哎哟!我的肚子痛!

江德福回头:你的肚子怎么了?

安杰:有点儿痛。

江德福吃了一惊,有些紧张。

6 晚上 安杰家

安杰在床上躺着,江德福在地下团团转。

安杰:哎哟!

江德福:咱们还是上医院吧?你"哎哟"得我心惊肉跳的!

安杰:我痛才"哎哟"呢,不痛我能"哎哟"吗?

江德福:我知道你痛,所以才让你上医院呢。你在医院里"哎哟",我心里还踏实点儿。

安杰:离生还有半个月呢,这么早到医院干什么?可能是走路走多了,走急了。

江德福内疚地望着她。

7 晚上 产房外

安杰在里边叫唤,江德福在外边急得来回转。

8 白天 病房里

安杰生了个儿子,安家的人都来了。

安妻：这孩子真是个急性子，不到日子就往外跑。

安杰：他爹说了，这才是他的儿子呢！什么都要提前！什么都要赶早！

安欣：你怎么也叫开爹了？难道你也要当娘了不成？

安杰：那还不一个样儿吗！

安欣：知道了，孩子他娘！

大家都笑了。

9　白天　病房里

杨书记来了，抱着孩子仔细端详：这小子多俊哪！像他妈！

江德福：也有点儿像我！

杨书记笑了：像你也不难看！起名了？叫什么？

江德福：还没想好呢，哎，要不你给起个算了！你是我们的媒人，你再给我们孩子起个名儿，好事就做到底了！

杨书记点头：那好！那我就不客气了！嗯，叫什么好呢？我想想，让我想想！嗯，我想起来了！我看就叫他国庆吧！马上就到国庆节了，举国欢庆，多喜庆的名字！国庆！江国庆！

江国庆哭了起来，杨书记赶忙将他送到安杰怀里。

杨书记：好了！好了！江国庆！别哭了！找你妈去吧！我走了，你好好休息吧！

江德福去送杨书记了，安欣笑了。

安杰没好气：你笑什么？

安欣：我笑这名字起得好！

安杰：好什么呀！你没看连孩子都不乐意嘛！

10　白天　安杰家门口

江德福端着一盆尿布出来,见老丁和学员乙正朝这个方向走,他马上躲到了一棵大树后边。

11　白天　马路上

学员乙捅了捅老丁:哎,伙计,你看你看。

老丁:我又不瞎,我早看见了!

学员乙:他躲我们干什么呀?

老丁:那我们也躲起来看看呗。

老丁和学员乙蹲在一排常青树后边。

12　白天　安杰家门口

江德福从树后边探出头来,见没有老丁他们的影子了,就放心地出来晒尿布了。

13　白天　常青树后边

学员乙:闹了半天他是害臊呀。

老丁:他还知道害臊!

学员乙:这就是找城市老婆的下场!

老丁:真是有得必有失呀,甘蔗没有两头甜。

学员乙:我们去逗逗他。

老丁:算了,他脸皮薄,你别再把他逗火了。

学员乙:火了就火了,我还怕他火了!

学员乙蹿了出去,老丁也只好跟了过去。

14　白天　铁丝架旁

江德福正吹着口哨挂尿布，猛不丁身后有人说话了。

学员乙：老江，忙着呢。

江德福吓了一跳，手里的尿布掉到了地上，老丁弯腰捡了起来。

老丁：镇定，镇定，不要慌。

江德福：我慌什么？我有什么可慌的？

老丁：没慌就好，没慌就好，继续，继续吧。

江德福：你干吗阴阳怪气的！

老丁问学员乙：我阴阳怪气了吗？

学员乙：你没有，绝对没有！是他看错了。老江，他真没有阴阳怪气，真是你看错了！

江德福用尿布抽他们，他们笑着跑了。

15　白天　安杰家卧室

孩子睡着，安杰靠在床头看小说。外屋"咣当"一声响，摔盆的声音。

安杰：干什么你，吓我一跳！

孩子哭了，安杰抱起孩子：看！把江国庆也吓醒了！

江德福阴着脸进来，一声不吭。

安杰：刚才还好好的，出去晒个尿布就成这样了，谁惹你了？

江德福：……

安杰：说话呀？你哑巴了？

江德福：你不说话，没人把你当哑巴！

安杰：哟，真是生气了？你生的这是哪门子气呢？

江德福：赶快找保姆！我一个团级干部哪能天天在家洗尿布！

安杰：团级干部不也是人吗？是人不就要当爸爸吗？你叫唤什么？

江德福：我不跟你啰唆，我让我妹妹马上来！

安杰：你让你妹妹来干什么？来当保姆吗？

江德福：我妹妹带我儿子，有什么不行？

安杰：行是行啊，但能把你妹妹当保姆用吗？

江德福：为什么要把我妹妹当保姆用？

安杰：咱们找的不就是保姆吗？刚才你还说要赶紧找保姆呢。

江德福：别人家的妹妹都能来看孩子，咱们家怎么就不行吗？

安杰：那是别人家不懂事！咱们家不能不懂事！

江德福：就你懂事！懂事得天天让自家男人上外边晒尿布，让人家笑话！

安杰：谁笑话你了？谁笑话你说明谁不懂事！

江德福：别人都不懂事就你懂事！懂事得你天天在床上看小说！

安杰：我坐月子在床上待着你也生气？你不是说要好好伺候月子吗？这还不到一个礼拜你就烦了，不耐烦了？你说你像话吗？

江德福：我不像话，我也不懂事，都是我的错，行了吧？

江德福转身就走。

安杰：你干什么去？

江德福：我能干什么去？我上课去！

16 白天 教室门口

老丁在门口抽烟，江德福阴着脸从他身边走过。

17　白天　教室内

教员在上边讲课，老丁递给江德福一张字条。

江德福打开，字条上写着：对不起，我道歉。

江德福别过头看了老丁一眼，算是接受道歉。

老丁又递来一张字条：你也不对，不该在光天化日下干那种事。

江德福两把将字条撕掉，老丁偷着乐。

18　傍晚　安杰家

江德福进家，见安杰在厨房里。

江德福：你怎么下地了？

安杰：你不是嫌我天天在床上看小说吗？

江德福：我那是怕你看坏了眼睛，我是心疼你！

安杰：我也心疼心疼你，让你吃上一口现成饭！

江德福：不用不用不用，你还是上床去躺着吧，你饿了吧？我去食堂打饭。

安杰：我当然饿了！不饿我还能跑到厨房里来？我来找点儿吃的，饿死我了。

江德福：你等等，你等等，我跑步去跑步回，一会儿你就能吃上热菜热饭。

19　傍晚　安杰家

饭桌上，安杰吃得狼吞虎咽。

江德福：看把你饿的，这样奶能好吗？

安杰：我还以为是心疼我呢，闹了半天，你是心疼你儿子！

江德福：心疼儿子也心疼你，主要还是心疼你。

安杰：得了吧，我还不知道你？你主要是心疼你儿子，其次才心疼我呢。

江德福：这也没什么错吧？你比他大，他比你小，你要让着他。

安杰笑了：去你的！让你这么一说，我俩像姐弟似的。

江德福：在我眼里，你俩就是姐弟俩。

安杰又笑了，笑得很幸福。

江德福：还是让我妹来吧，她来了，你就不会饿成这样了。

安杰：你怎么又来了？你妹能来当保姆吗？我能使唤你妹吗？

江德福：你为什么非要把她当保姆看呢？你就不能把她当成自己的亲妹妹看？

安杰：她比我都大，我怎么把她当亲妹妹看？我好意思说她吗？我敢管她吗？

江德福：你连我都敢管，还管得这么好，还怕管不住一个寡妇吗？

安杰：我就搞不明白，你为什么非要你妹妹来呢？难道我们请不起保姆吗？没有这笔钱吗？

江德福：不是钱不钱的事。

安杰：那是什么事？

江德福：我妹妹在农村太可怜了，我想让她来跟我这当哥的享享福。

安杰：你让人家来看孩子当保姆，是让人家享福吗？

江德福：那也比她一个人在农村强多了。

安杰：我们可以给她寄钱呀，你不是经常寄吗？以后你每个月都寄，寄多点儿。

江德福：我跟你说这不是钱的事！

安杰：那是什么事？

江德福：是我妹妹下辈子怎么过的事！你也知道，我老家就这一个亲妹妹了，她是我唯一放心不下的人了。再说，我当初跟她男人一起出来参的军，也算是战友吧？他男人至今下落不明，大概早就牺牲了，但生不见人，死不见尸的，我妹妹也不好改嫁，她婆婆对她又不好，说她是个扫帚星，她的日子不好过！

安杰：她可以改嫁嘛！现在是新社会了，谁还能不让寡妇改嫁吗？

江德福：谁承认她是寡妇呀？谁都知道她男人肯定不在了，但谁都不提让她改嫁的事，她婆家就更不提了，她怎么改嫁？

安杰：她婆婆不是不待见她吗？干吗还不让她改嫁？

江德福：你不知道农村的事。家里家外的活很多，我妹妹又能干，她婆家能放她走吗？

安杰：你是因为你妹妹能干，才非让她来的吧？

江德福：你看你说到哪去了？我是这个意思吗？

安杰：我看你就有这个意思！

江德福：就算我有这个意思，也不算是坏心吧？对她对我们都是一件好事嘛！等孩子大了，有合适的人了，让她再成个家，你说行不行？让她来吧？

安杰：哎呀，让我想一想吧。

江德福：行，行，你考虑考虑吧。

安杰：倒不是因为别的不想让她来，而是担心她的生活习惯。你们那么不讲究卫生，大人还好说，孩子能行吗？

江德福没吭声，但有些不高兴了。

安杰：你不高兴我也要说，因为这是事实。你看你，出来这么久了，在部队也接受过这方面的教育，你还么不讲究呢。光改造你就把我累得半死，我还要再改造你妹妹，你想把我累死吗？

江德福放下筷子：你改造谁了？

安杰：我改造你了！

江德福：你改造我什么了？

安杰：你忘了别人都喊你"三洗丈夫"了吗？

江德福一拍桌子：你放肆！你还敢跟老子提"改造"这个词！老子没改造你就算好事了，你还想改造老子！反了你了！

安杰并不怕他，也拍了一下桌子，痛得她直甩手：你别在这老子老子的，老子我也不怕你！

江德福笑了：行，你不怕我，我也不怕你！从今以后老子什么也不洗了，恢复老子的本来面目！

安杰：你随便！老子才懒得管你呢！

20　晚上　安杰家卧室

安杰打开箱子找被子，所有的新被子她都不舍得拿出来。她想起了床下铺着的旧军被，掀开床单，使劲往外扯。

江德福：你干什么这是？

安杰：给你找被子盖！

江德福：有新被子，我为什么要盖这旧被子？

安杰：你不是什么也不洗了吗？脏人就该盖旧被子！

江德福：盖就盖！你以为我能屈服吗？

安杰：您可千万别屈服！我就想看看你的本来面目！

江德福：看就看，有你看够的那一天！

安杰:等着瞧吧,看咱俩谁先够!

21 晚上 安杰家

安杰在洗漱,江德福抱着儿子满地吹口哨。

22 晚上 安杰家外屋

江德福脱了袜子,拿到鼻子下闻了闻,直皱眉头。

23 晚上 安杰家卧室

江德福上了床,安杰直抽鼻子。

江德福:你是狗哇,你闻什么?

安杰:你才是狗呢!你是一条脏狗!一条癞皮狗!

江德福:你骂吧,反正我就是不洗!

安杰:不洗拉倒!反正又不是我难受!

江德福:反正我也不难受,谁难受谁知道,谁活该!

安杰:关灯!

江德福:关灯干什么?我这还兴奋着呢,我还要看书呢,我要看会儿小说!

安杰:你看小说?让小说看你吧!

江德福:也行,我俩互相看看吧!

安杰用被子蒙上了头,江德福乐了。

24 白天 篮球场上

江德福在打篮球,满头大汗。

25　晚上　安杰家卧室

江德福坐在床边,犯愁地望着自己脚上的胶鞋。一咬牙,脱了下来。臭味让他自己都捂住了鼻子。他赶紧穿上鞋,起身往外走。

26　晚上　安杰家外屋

安杰在洗脸,抹了一脸的香皂沫,听到了门响。

安杰:你干什么去?

江德福:你管我干什么去!

27　晚上　老丁宿舍

老丁在洗脚,江德福推门进来:稀客呀,你怎么来了?

江德福:这是我的旧居,我回来看看有什么变化没有。

老丁:看你居高临下的样子,像是来访贫问苦的嘛。

江德福:你老婆怎么还不来呀?光打雷,不下雨呀!

老丁:我老婆来不来关你什么事?

江德福:怎么不关我的事?找你办个事,还用再跑这么远的路!

老丁:找我办事?大半夜的,找我办什么事?

江德福:你洗个脚怎么这么磨蹭啊?不就一个脚吗?用得着这么洗吗?你要洗多久?

老丁:你找我办事你就说你的事,你管我洗多久?

江德福:你快洗!洗完了我好洗!

老丁:什么什么?你要干什么?

江德福:我要洗脚!

老丁:你不在家洗,跑到我这儿洗什么脚?让老婆扫地出门了?

江德福:这是部队营房,那是我的家!我没赶她走,就是便宜她了!

老丁:那为什么是你跑出来洗脚,而不是她呢?

江德福:老子愿意!不行吗?你快点儿吧!

老丁:妈的!一个败将,还这么耀武扬威!

老丁擦完脚不动,江德福也不动。

老丁:你又不洗了?

江德福:谁说我不洗了?

老丁:那你快动啊?

江德福:你的意思是让我给你倒洗脚水?

老丁:不行吗?你找我办事,帮我倒个洗脚水怎么就不行了?

江德福弯腰端起了洗脚盆。

28 晚上 老丁宿舍

江德福脱了鞋,老丁捂住了鼻子:好家伙!你这是老美的毒气弹吧!

江德福笑了:这是老子三天不洗脚的战果!

老丁:为什么?为什么就不洗脚了呢?

江德福:这是秘密!军事秘密!

老丁:就你家那点儿破事,还能划上秘密的等级!你不用说,我一猜一个准儿!

江德福:那你猜猜看。

老丁:这叫物极必反,哪里有压迫,哪里就有反抗!你老婆越让你三洗,你越三不洗;越让你讲究卫生,你就越不讲究卫生,对不对?

江德福:对不对都让你说了,你还废什么话!

老丁：那你洗什么呢？你坚持住哇，挺住哇！

江德福：唉！坚持不住了，挺不住了！

老丁：你要妥协了？向人家妥协了？

江德福：不是向人家妥协，而是向我自己妥协！这洗惯了，猛不丁地不洗了，还挺不好受的呢！

老丁：哎呀，你让人家改造得也差不多了！

江德福：什么差不多了？老子就是不当着她的面洗！她还以为老子在坚持呢！

老丁：你这是秋后的蚂蚱，大概也蹦跶不了几天了。

江德福：你快搬过来吧！等你搬来了，我天天蹦跶到你家去洗！

29 晚上 安杰家卧室

江德福上床，故意将书翻得哗哗响。安杰撑起身子去关灯，丰满的胸部压住了江德福的脸，江德福直抽鼻子。

安杰：你是狗哇，你闻什么？

江德福：我闻到一股奶味，甜兮兮的。

安杰：不要脸！

黑暗中，安杰突然大叫：干什么你！

江德福：别叫，别叫。

安杰：把你的臭脚收回去！

江德福开了灯，拿起了书。安杰蒙上了被子，一动不动。江德福长出了一口气，关上了灯。

30 晚上 安杰家

安杰坐在床边给孩子喂奶，江德福站在一边看得入神。

安杰：看什么看？

江德福：我的老婆，我的儿子，我愿意看！

安杰：讨厌！

31　晚上　安杰家卧室

安杰上了床，听到外屋有水声。安杰仔细地听了一会儿，悄悄地出去了。

32　晚上　安杰家外屋

江德福正在刷牙，一嘴的牙膏沫。

安杰：阁下不要本来面目了吗？

江德福吐了口牙膏沫：你以为我就一种面目呀？呸！

安杰：你呸什么呀，你以为多种面目有什么好哇？告诉你吧，那叫变色龙！是一种怪物！

33　晚上　安杰家卧室

安杰靠在床头看小说，江德福上了床。

江德福：我关灯了？

安杰：没看我在看书吗？

江德福：这么晚了，看什么书呀。

安杰：与其让你装模作样把书翻得哗哗乱响，吵得我睡不着觉，还不如我自己看一会儿呢。

江德福：别看了，别看了，躺下咱们说会儿话。

安杰：说什么话？我可跟你没什么话说！

江德福：你没话说我有话说呀，来来，躺下躺下，快躺下吧。

江德福关了灯。

安杰：你关灯干什么？你不是有话要说吗？

江德福：关了灯也能说，关了灯说更方便。

安杰：哎呀，你干吗！

江德福：你别叫，别吵醒了儿子。

安杰：我偏要叫！偏要吵醒儿子，让他好好看看，看看他爹在干什么！

江德福：我干什么？我干革命！

安杰：哎呀，讨厌！讨厌嘛！

34　晚上　安杰家卧室

灯亮了，江德福长出了一口气：唉，舒服啊，好久没这么舒服了。

安杰：还是干干净净的舒服吧？

江德福：都舒服，都舒服！

安杰：你还要你的本来面目吗？

江德福：不要了，不要了！

安杰：你又是"三洗丈夫"了吧？

江德福：又是了，又是了！

安杰：我可以改造你吗？

江德福：可以，可以！

安杰：你接受改造吗？

江德福：接受，接受！

安杰：我以后说的话你都听吗？

江德福：都听，都听！

安杰:那我不想让你妹妹来,行吗?

江德福坐了起来:你不提这茬我还差点儿忘了呢。

安杰:你差点儿忘了什么?

江德福:我说了你可别生气。

安杰:是惹我生气的事吗?

江德福:我想你不应该生气,起码不该乱发脾气。

安杰:什么事呀?到底是什么事?

江德福:我妹妹今天晚上十点半的火车,火车已经走了半个多小时了,明天中午一点十分到,你能到火车站去接她吗?

安杰也坐了起来,胸口起伏地望着江德福。

江德福:啊?你能去接她吗?

安杰从身后扯过枕头,砸向江德福:我不能!

江德福:为什么?人家是头一次登咱家门,你不去接,多不礼貌。

安杰:我去了,江国庆谁管!

江德福笑了,强行把安杰搂进怀里,满意地拍着她的后背。

江德福:我就知道你。

安杰:知道我什么?

江德福:知道你是刀子嘴,豆腐心。

安杰:少给我来这套!我不是!

江德福:那你是什么?

安杰:我是笨蛋!行了吧?你满意了吧!

35 晚上 安杰家卧室

安杰睡不着觉,探身开了台灯。她望着身边睡得呼呼的丈夫,起身下了床。

安杰拿来自己的口红,给江德福涂了个红嘴唇,又涂了个红脸蛋儿。

36　晚上　安杰家卧室

漆黑一团,孩子哭了起来。江德福开了灯,探起身来推安杰:醒醒,醒醒,儿子饿了。

安杰迷迷糊糊地醒来,看见眼前的江德福,吓得叫了起来。

37　白天　火车站

江德花从火车上挤了下来,背着个粗布口袋,胳膊上挽了个粗布包袱。

江德福:德花!

江德花:哎,三哥!

江德福:坐了一天的车,累了吧?

江德花:不累!坐着累啥?困了就睡,醒了就坐着,享福着哩!

江德福:把口袋给我。

江德花:沉着呢。

江德福:沉才给我拿嘛!这拿的啥东西?

江德花:也不是啥好东西,一点儿小米和绿豆,都是新下来的。

江德福:大老远的,带这些来干吗,这里都有。

江德花:俺知道你啥都有,可俺总不能空着手来吧?让新嫂子笑话俺。

江德福:她笑话你什么。哎,你可别叫她新嫂子,孩子都生了,还新什么新。

江德花：俺是叫惯了那个嫂子了，换个人叫，俺还怪别扭呢。

江德福：你可别在这个嫂子面前提那个嫂子的事，不好。

江德花：俺知道，俺这么大的人了，俺连这事都不懂？

38　白天　火车站站台上

江德花：三哥，俺这新嫂子好看吧？

江德福：好看！当然好看了！哎，我都跟你说了，别叫她新嫂子，你怎么还叫哇？

江德花：俺这不是跟你叫嘛，当着她面俺就不叫了。

江德福：跟我你也别这么叫，叫顺了嘴，一秃噜，就当着她面叫了。

江德花：俺这新，俺这嫂子是不是挺厉害呀？俺看你挺怕她的。

江德福：我怕她干什么？她又不能吃了我！

江德花：她能厉害过你吧？你厉害不过她吧？

江德福：哎，我说，你不是来看孩子，你是来挑拨离间的吧？

江德花：俺不是来看孩子，俺是来干啥的？俺是来享福的吗？

江德福：德花呀，三哥就是想让你到三哥这儿来享享福的。

江德花：三哥，俺知道。

39　白天　炮校大院

江德福：马上就到了，就是那排房子。

江德花：三哥，俺嫂子人不凶吧？

江德福：她凶什么凶？你看把你吓的，还没见面呢，你怕她干什么？

江德花：俺也不知道，俺就是有点儿怕，有点儿怵。

江德福:你不用怕,也不用怵,她人很好,不凶也不厉害,顶多是个刀子嘴、豆腐心。

江德花:刀子嘴还不厉害!

江德福笑了:关键她是豆腐心,心眼很好。

江德花:俺怎么听说她是个资本家呢?

江德福:她是个资本家你就更不用怕她了!哎,我跟你说,你在她面前千万别提资本家的事,连这三个字也不要提。

江德花:为啥?

江德福:不为啥。

江德花:不为啥为啥不让提?

江德福:你想资本家愿让人说她是资本家吗?

江德花:那她就是个资本家呀!还不让人家说!

江德福:那就不是你怕她了,是她怕你啦。

江德花:那更好!

40　白天　安杰家门外

江德福拍着门,大声喊:开门!

41　白天　安杰家

安杰抱着孩子,一撇嘴,去开门:看把你爹张狂的,张狂给谁看哪!

安杰开了门,看见江德花,笑容满面:快请进,快请进,火车还挺准点的。

江德福:准时进站,一分钟也没耽误。德花,这是你嫂子!

江德花点点头。

安杰：累了吧？先洗把脸吧？

江德花：不累，俺在火车上洗脸了。火车上有水，能洗脸。

安杰：噢，是吗？那就洗个手吧，洗了手吃饭。

江德福：来，跟我来。

42　白天　安杰家卫生间

狭小的卫生间里，兄妹俩挤在一起洗手。

江德花：一来就嫌俺脏！

江德福：她是好意，让你洗了手好吃饭。

江德花：俺还不知道吃饭要洗手？还用她说？

江德福：她那是随口说的，跟你客气。

江德花：跟俺客气？跟俺客气就叫俺洗手哇！

江德福：你快洗吧，打打肥皂。

江德花：俺手又不脏，打什么肥皂！哎，这茅坑怎么在屋里呀？

江德福：先吃饭，茅坑的事吃完饭再说。

43　白天　安杰家厨房

安杰在盛面条，江德福凑了过去：好香呀，放了不少香油吧？

安杰：是呀，是放了不少香油，好香住你们的嘴，免得你们兄妹在背后说我坏话。

江德福：谁说你坏话了？

安杰：你们！你们兄妹俩！

江德福：我俩什么时候说你坏话了？

安杰：没说我坏话，你们在厕所里小声嘀咕什么？

江德福：我妹妹看见便池很奇怪，问怎么能在家里拉屎撒尿。

安杰：哎呀，真恶心！人家在盛饭，你说这个干吗？

江德福：不是你问的吗？

安杰：我又没问你这个！

江德福：我们又没说你别的！

安杰：看看看看，还是说了吧？还我们我们的！

江德福：你姐姐说得对，你真是神经过敏了！对自己娘家人你过敏，担心人家笑话你；对婆家人你也过敏，诬陷我们说你的坏话，你真是病得不轻！

安杰：我那哪是担心人家笑话我？我那是担心人家笑话你！我是在替你担惊受怕，真是不知好歹！

江德福：他们笑话我什么？他们有什么资格笑话我？

安杰：他们没有别的资格，还没有笑话人的资格吗？

江德福：笑话别人是什么好事吗？有这种资格有什么好！

安杰：行啦行啦，我不跟你吵！让你妹妹听见像什么话！

江德福：你这话说得还挺像话的。我跟你说，我妹妹她挺怵你的，说她有点儿怕你。

安杰：怕我？我还怕她呢！

江德福：你怕她什么？

安杰：她怕我什么？

江德福：她是乡下女人怵城市女人，不知道怎么跟你处。

安杰：你让她放一百个心吧，她不用怕我！她跟她哥哥俩人联起手来，这个家哪有我说话的份儿呀！

江德福：哎，这是个好主意，可以采纳。到底是李鼎铭先生呀，好主意一个接一个。

安杰：快端饭吧！你不饿，你妹妹不饿呀？哎，我还忘了问了，你妹妹叫什么名儿呀？我总不能直接喊她妹妹吧？妹妹，哎呀，假死了！

江德福：她叫江德花，你叫她德花就行了。

安杰：哎呀，叫德花还不如叫妹妹呢！你爹妈也真是的，怎么净起这么难听的名字？好好好，这话算我没说，你别跟我瞪眼，我怕你们！德花就德花！德花，吃饭，这样行吗？

44　白天　安杰家

江家兄妹在饭桌上吃面条。

安杰抱着孩子站在江德花身后，听着她嘴里发出的吧嗒声，安杰望着江德福撇起了嘴。

45　白天　安杰卧室

江德福要去上课了，说道：我真有些担心。

安杰：你担心什么？

江德福：担心你欺负我妹妹。

安杰：这话从何说起？担心从何而来？

江德福：你看你刚才站在我妹妹身后，嘴角都撇到耳边去了。

安杰：是吗？撇得那么厉害吗？以后我注意就是了。

江德福：这不是个注意不注意的问题，这是阶级问题，立场问题！

安杰：你别在这儿吓唬我了！说我嘴角撇到耳边就够夸张的了，还扯到阶级上了！你不知道我怕别人说阶级吗？你让我对你妹妹好点儿你就直说，你犯不着拿阶级来吓唬我！

江德福：你看你这人，怎么这么神经敏感呢？

安杰：我就是神经敏感，你又不是不知道！

江德福：好好好，我以后注意，我注意。哎呀，你就是有这个本事，明明是说你注意的事，最后倒成了我要注意了。

安杰：你快走吧，要迟到了！

江德福：对我妹妹客气点儿，行吗？

安杰：你们可真难伺候，里了也不行，外了也不行，这是来了个什么人呢？是姑奶奶吧？

江德福要亲安杰，安杰不让：小心让姑奶奶看见！

46　白天　安杰家

俩人出了卧室，见江德花正用抹布到处擦，江德福看了安杰一眼，眼里有了得意之色，冲江德花说：德花，你歇一下吧。

安杰：是呀，德华，坐了一夜车，你去睡一会儿吧。

江德花：俺不累，俺也不困。困了俺就会去睡了。

47　白天　安杰家门口

安杰站在台阶上，江德福站在台阶下。

江德福：我说，你刚才叫我妹妹什么？

安杰：德华呀，不对吗？

江德福：人家叫德花，不叫德华！

安杰：我就偏叫她德华，不叫她德花！

江德福：好好好！你愿叫她什么叫她什么吧！只要你别欺负她就行了！

48　白天　安杰家

安杰进家，注意到江德华手里的抹布，说：哎呀！那是厨房用的抹布，不能随便乱用！

江德华看看手里的抹布，又看看安杰，想说什么，但忍着没说。这时孩子哭了，安杰进了卧室。

49　白天　安杰家

安杰在奶孩子，若有所思，然后她伸长了脖子听外边的动静。

50　白天　安杰家厨房

江德华把洗干净的抹布放下，将两只湿手在裤子上来回蹭。她看见门后放着两把笤帚，走过去盯着看了半天，终于选定了一把。

51　白天　安杰家外屋

江德华拿着笤帚出来，刚弯下腰要扫地，又不放心地看了看笤帚，然后她又折回厨房，换了一把。

安杰抱着孩子出来，看见江德华手里的笤帚：哎……

江德华停下来望着她。

安杰：你休息一会儿吧，别干了。

江德华：我是不是用错笤帚了？

安杰：没事没事，错了也没事。

江德华：错了怎么能没事呢？你告诉我，这把是扫哪儿的？

安杰望着她，都不知说什么好了。

52　傍晚　安杰家

江德福回来了，见江德华抱着哭闹的孩子在屋子里焦急地乱转。

江德福：你嫂子呢？

江德华：说是到啥地方打馒头去了。

江德福伸手接过了孩子，孩子竟然不哭了。

江德华：这小兔崽子，连他都欺负俺。

江德福：你不能这么大劲儿地晃他，这么晃连大人都要头晕，别说孩子了。

江德华：就你孩子娇贵，俺在家里都这么哄孩子，也没把谁的孩子哄晕了！

江德福笑了：还习惯吗？

江德华：不习惯！

江德福：长了就习惯了。

江德华：长了俺就让人家训草鸡了。

江德福：她训你了吗？她训你什么了？

江德华：她的毛病可真多！一会儿嫌俺用错抹布了，一会儿又嫌俺扫错地了，俺都不知道在你家该干什么好了！

江德福：她就是这么个人，爱干净，太讲究了，长了你就知道了，知道该怎么干了。

江德华：哎呀，在你这个地方，累不死俺，得把俺愁死！

江德福：你愁什么？

江德华：俺愁的地方多了！俺连叫她嫂子都愁得慌！她看着那么小，俺还得管她叫嫂子，可愁死俺了！

江德福哈哈大笑，安杰回来了：笑什么呢？这么高兴。

江德福：没笑什么。

安杰看了他一眼：没笑什么笑什么？

江德福：我高兴笑，不行吗？

安杰：你笑呗，谁不让你笑了！

第八集

1 晚上 安杰家卧室

安杰进来,江德福已经上了床。

安杰:哎呀天哪!你妹妹睡觉打呼噜,我在外边都能听见。

江德福:她那是累了,坐了一夜硬板凳,能不累吗?

安杰:没听说女的睡觉还打呼噜!

江德福:你那是少见多怪!你是没累过,累极了,你也会打的。

安杰:累死我也不会打呼噜,我又不是没累过!

江德福:你那都叫什么累?

安杰:我又不是没坐过一夜火车!

江德福:你那不是坐火车,你那是躺火车!睡火车!当然累不着了!好了,我不跟你说这些了,一说又要说到阶级上去,又该吓着你了。

安杰:还用你吓?我早就被你妹妹吓着了!

江德福:我妹妹能吓着你?开玩笑吧!

安杰:开什么玩笑,我还有心思跟你开玩笑!你这个妹妹可真厉害,一点儿都不像农村人。

江德福:农村人怎么了?农村人就不该厉害吗?

安杰:该呀,应该呀!我这不是让吓着了嘛!

江德福:她吓你什么了?她有胆吓你吗?

安杰:太有了!你不知她有多厉害。下午她用厨房的抹布到处乱擦,我和颜悦色地说了她一句,哎呀,也不是说她,我是告诉她抹布不能乱用,她就那么看着我,一声不吭,把我都看毛了。

江德福:我妹妹能把你看毛,你说我能信吗?

安杰:你不信拉倒,反正我心里确实是有点儿毛。所以,后来看见她用扫院子的笤帚扫地,我刚哎了半声,就又咽回去了,你猜她怎么着?

江德福:她怎么着了?

安杰:她铁着一张脸问我"你告诉我,这把是扫哪儿的"?

江德福笑了:是呀,人家问你没错呀。

安杰:你看,我说你们兄妹俩会联手吧?真是一笔写不出两个"江"字呀!这个家里有两个姓江的,我还有法活吗?

江德福:你说错了,你还少算了一个呢。这家里有三个姓江的,喏,还有人家江国庆呢!你说你怎么办吧?

安杰:我不活了,我现在就要死!

安杰说着就要用头去撞江德福的胸口,被顺势搂住。

江德福:安杰,我求求你,待我妹妹好一点儿吧,她不容易呀!

安杰:江德福,我也求求你,你让你妹妹对我客气点儿吧,让她叫我一声"嫂子"吧!从她进这个家门,我只听她叫你哥了,还没听她叫我嫂子呢!

江德福:她那是叫不出口,她觉得你长得太年轻了,人家不好意思喊你嫂子。

安杰马上从江德福怀里挣脱出来：闹了半天，她都在你面前告过状了！

江德福：这么说，你是在告状啊。

安杰：我是反映情况，你妹妹才是告状呢！

江德福：哎呀，她刚来还不到二十四个小时，你们就掐上了，我可怎么受得了呀！

安杰：受不了活该！受不了也得受着！我说不能让自己的亲戚来当保姆，你偏不听，偏要让她来，她来了怎么样儿了？矛盾也来了吧？你受不了了吧？活该！

江德福：她来了，矛盾怎么就来了？你不没事找事，能有矛盾吗？

安杰：我怎么没事找事了？

江德福：她用错抹布就用错呗，用错笤帚就用错呗，她不是不知道吗？

安杰：我这不是在告诉她吗？

江德福：你好好地说，你……

安杰：我不是告诉你，我是和颜悦色地说的嘛！不信，咱现在就把她叫起来问问！

江德福：行了，没这个必要，你以后注意就是了。

安杰：你先让你妹妹以后注意吧！

江德福：行，我给她说。以后有什么事，你先不要说她，尽量让我来说。

安杰：那我这个嫂子算什么呢？是外人吧？

江德福：哎呀，你哪是外人呢，你是内人嘛，像老欧说的那样，你是我的内人!

安杰：那你妹妹是你的什么人？

江德福：也是我的内人。

安杰：放屁！你知道内人是什么呀？

江德福：你说谁放屁？

安杰：我说你放屁，怎么啦？

江德福：怎么啦？看我怎么收拾你！

两人在床上滚成了一团，江德福动了性情。

安杰：你要干什么！

江德福：我要干革命！

安杰：昨天不是干过了吗？

江德福：我还要干！

安杰：你哪来这么大的劲儿？

江德福：连续作战是我的强项，你又不是不知道。

安杰：哎呀，哎呀，等一下，等一下，我有个请求。

江德福：什么请求？

安杰：你要站在我这边，跟我一伙。

江德福：什么跟你一伙？

安杰：你别装傻！

江德福：噢，你是说我妹的事吧？

安杰：是，行吗？

江德福：什么行吗？

安杰：你又装！

江德福：噢，是要站在你这边，跟你一伙吧？

安杰：是，行吗？

江德福：行！这有什么不行的！

安杰：你向着我？

江德福：行！我向着你，我肯定向着你！

安杰亲了江德福一下：你说话可要算话呀。

江德福：来吧，你先说话算话吧！

2　晚上　安杰家外屋

江德华出来上厕所，听见哥嫂房间有动静，不由得停下了脚。听了一会儿，她明白是怎么回事了，厕所也不上了，扭头跑回自己的房间。

3　晚上　安杰家卧室

江德福趴在安杰身上，一动不动。安杰的手插在他的头发里，一遍一遍地梳理：舒服吧？

江德福：舒服。

安杰：你说话算话吧？

江德福：什么话？

安杰：什么话你忘了？

江德福：我说的话多了，我哪知道你问的哪句话。

安杰推江德福，推不动：就是你刚才说的话！你想后悔吗？

江德福：你不知兵不厌诈吗？你可真幼稚！

安杰：骗子！你这个大骗子！你起来！你滚开！

江德福滚到了一边，抬起了头，认真地望着安杰：以后不许再叫我骗子了！听见了没有？

安杰望着他不说话。

江德福：安杰呀，算我求你了，你就让着我妹一点儿吧！

安杰的眼狠狠瞪到了江德福的脸上：我凭什么要让着她？

江德福：凭你是她嫂子。

安杰：我是她嫂子吗？她叫我吗？

江德福：我让她叫，明天就让她叫！

4 早晨 厕所

江德福推开厕所门，见江德华在厕所里蹲着，他"哎哟"了一声，赶紧退了出来。

江德福自言自语：怎么不插门哪。

5 早晨 卧室

江德福推门进来，正给儿子换尿布的安杰觉得奇怪：你不是上厕所吗？怎么这么快？

江德福：厕所有人。

安杰：不方便了吧？

江德福：有什么不方便的？等她出来了我再去呗！

江德福憋得团团转，安杰故意逗他：憋不住你就在痰盂里上吧，我们又不是外人！

江德福：哼！

安杰：你哼什么？

江德福：我哼你不怀好意！

安杰：好心当作驴肝肺，憋得活该！

厕所门响，江德福冲了进去。

6　早晨　厕所

江德福冲进厕所，又退了出去。他看了江德华房间一眼，又看了自己卧室一眼，又进了厕所里。

厕所里先是水箱一声响，然后恢复了平静。

7　早晨　安杰家厨房

江德华在忙活，江德福进来了，问道：晚上睡着了吗？

江德华：睡着了，一觉天就亮了。

江德福：那是累的，坐火车累的。

江德华：真是怪事，坐着也能累着。

江德福：这事是有点儿怪，坐着还能累着。

江德华：是吧？

江德福：是呀！哎，德华，给你说个事。

江德华：啥事？

江德福：那个……那什么，你以后上完厕所，冲个水再出来，很方便，不费事的。

江德华有些难为情：俺正想找盆子接水冲呢，你就进去了。

江德福：不用用盆子接水冲，它自己就能冲。你来，我告诉你。

8　早晨　厕所

江德福拉了一下水箱的绳子，水就出来了。江德华先是吓了一跳，又笑了起来：咋这么好呢？这么省事呢？

江德福又拉了一下水箱，水又出来了：就是这么省事，你来拉拉试试。

江德华拉了几次绳子，都拉不出水来。

江德福：你用力拉。

江德华：俺不敢，俺怕把绳子拽断了。

江德福：拽不断，你使劲拽。

江德华终于把水拽下来了，高兴得咯咯直笑：俺娘吔，这茅房真好！

江德福：这不叫茅房，这叫厕所！你可别说茅房了，让人家笑话。

江德华：你是怕俺嫂子笑话吧？

江德福：你不是害愁叫她嫂子吗？怎么又叫了？

江德华：害愁也得叫哇，再说，这不是背着她叫吗？

江德福：当着面你也要叫，怎么她也是你嫂子。

江德华：咋啦？她挑俺礼了？

江德福：她挑你什么礼！她跟我直夸你，说你能干，还说你利索。

江德华：俺一个乡下人，利索什么。

卧室门响，安杰出来了。安杰看见厕所里的兄妹俩，愣了一下。

江德福：你要上厕所吗？

安杰：啊，是呀。

江德福：你愣在那干吗？来上吧。

兄妹俩出去，安杰进去。错身的时候，江德华不好意思地喊了一声"嫂子"，安杰又愣了。

见老婆愣在那里，江德福嬉皮笑脸凑了过去：怎么样儿，咱说话算话吧？

安杰：你出去！女的上厕所，男的进来干吗！

江德福：你又怎么啦？刚才还好好的，叫你一声嫂子，倒把你叫得火冒三丈了。

安杰：你教导你妹妹叫我嫂子，在哪教导不行，偏要在厕所里教导,还教导得嬉皮笑脸的!

江德福:你真是个神经病!我那是在教我妹用厕所,在教她拉水箱!干什么你!

安杰笑了:我上厕所能干什么?请你出去!

9　傍晚　安杰家

安杰站在窗前东张西望,看见江德福回来了,面露喜色,幸灾乐祸。

10　傍晚　安杰家

安杰站在门口迎接江德福,把他吓了一跳。

江德福:你站在这儿干吗?

安杰:等你呗,迎接你呗,还能干吗?

江德福:今天太阳从西边出来了吧?

安杰:今天太阳没出来,暗无天日了。

江德福:暗无天日?什么意思?

安杰:什么意思?你自己看看就知道了!

11　傍晚　厕所

安杰扯着江德福的衣袖,将他推进了厕所。

厕所里一阵水箱响,江德福甩着湿手出来了。

安杰:看见了吧?

江德福:……

安杰:那是什么?

江德福:……

安杰：那是什么呀？

江德福火了：那是屎！怎么啦？

安杰：今天早晨你不是刚教过吗？怎么没教会？你没手把手地教吧？方法不对吧？

江德福：不就是忘了冲水了吗？你至于这样吗？

江德福转身离开。

12　傍晚　安杰家卧室

安杰追了进来：我还没生气呢，你生什么气呀？

江德福：你怎么会这样呢？这样不好！

安杰：我哪样儿了？哪样儿不好？

江德福：唉！我妹妹从乡下来，没用惯这些洋玩意儿，你作为嫂子，要多帮助她，多提醒她。

安杰：你不是不让我提醒吗？你不是说以后有什么事，先不用我说，尽量让你说吗？我照着做了，怎么，照着做也错了吗？

江德福：行！你没错！是我错了！也是我妹妹错了！这样行了吧？你不用不依不饶了吧？我妹妹呢？

安杰：你妹妹打饭去了！

江德福：你怎么能让她去打饭呢？她又不认字，她能用饭票吗？

安杰：她不认识字，她认识馒头吧？我就让她打几个馒头回来，有什么难的？傻子都能干！

江德福真不高兴了：安杰，你太不像话了！

安杰：像画我就上墙上享福去了，还用在这儿看着你们生气！

江德福气呼呼地出了门。

13 傍晚 去食堂的路上

江德福在半路上看到了妹妹。

江德华：三哥！你咋来了？

江德福：你嫂子说你是第一次打饭，让我来接接你。

江德华：她是怕俺笨，打不来饭吧？

江德福：哪的事呀，你嫂子是好心。

江德华：好心俺就领了。这打饭有什么难的？俺又不是没买过东西！

江德福：我是怕你不会用饭票。

江德华：俺嫂子在家里教俺了，红票是打馒头的，绿票是打菜的。一个票打两个馒头，两个票打四个馒头，俺今天打了四个馒头。俺还想打菜呢，嫂子说要一样一样来。

江德福笑了：你这嫂子不错吧？

江德华点头：嗯，还行。

江德福：怎么叫还行呢？

江德华：说还行还不行吗？你想让俺夸你媳妇儿啥？

江德福：那就还行吧。

江德华：三哥，你说这城里人咋都这么会享福呢？什么都不用干，什么都是现成的。食堂里啥都有，干的稀的，光菜就有好几盆子，比咱过年吃得都好！一进去喷香的，俺都馋了，都快流口水了。

江德福：哈哈，想不到你还这么馋。

江德华：俺也想不到你们都过这种日子，真好。

江德福：好就在这儿好好过吧。

江德华：好是好，只是没啥事干。俺跟嫂子俩一天光大眼瞪小眼了，啥活也没有，清闲得俺都不知干啥好了。

江德福：哈哈……清闲还不好吗？

江德华：清闲有啥好的？这么清闲让俺来干啥？

江德福：过几天你嫂子就该上班了，你也清闲不了了。

江德华：那可好了！家里就剩俺一个人了，俺可自在了！

江德福：怎么就会剩你一人呢？还有你侄子呢。

江德华：那也行，就剩俺俩人了，还是俺说了算！

江德福：闹了半天，你是想说了算哪！

江德华：咋啦？不行吗？

江德福：行行，你就说了算吧！

江德华：你说行就行了？哼，我可看出来了，这个家可不是你当，这个家是你媳妇儿当！你说话不算数，得你媳妇儿说话，那才算数呢！

江德福：想不到你眼还挺尖的，刚来一天，你好像什么都知道似的。

江德华：俺又不瞎，俺又不呆，俺什么看不出来？不过，你怕她，俺可不怕她！长得俊有什么了不起的？俺又不是男人，俺不稀罕！

江德福：哈哈……

14 白天 安杰卧室

江德华兴高采烈地抱着孩子：国庆啊！这个家就剩咱俩了！你可要听话呀！你可不能像你娘那样，给俺气受呀！

江国庆哭了，江德华笑了：你这个小兔崽子，还听懂人说话了！说了你娘你还不干了呢！

孩子睡了，江德华在安杰的卧室里到处翻看着。

15 傍晚 安杰家

安杰下班回来,饭菜都好了,不见江德福的影子。

安杰看着江德华:你哥呢?

江德华:隔壁的家人来了,俺哥过去帮忙了。

安杰:是吗?终于来了!你见到那家人了吗?

江德华:光见到男的了,没见到女的。好家伙,有仨儿子呢!都像牛犊子那么壮,也不知是咋养活的!

安杰:你没见到那家女人?

江德华:没见到,光见男人们进进出出的。那家爷们儿长得还挺好的,也不知那娘儿们长得啥样儿。

安杰:你以后别爷们儿娘儿们地说人家,人家听了会不高兴的。

江德华:咋会不高兴呢?他们不是爷们儿娘儿们吗?

安杰:是是是,但不能这么叫人家!这么叫人家不礼貌!

江德华:我当然不会当着人家的面这么叫了,我还不知道礼貌!

安杰:……

16 傍晚 安杰家卧室

安杰在奶孩子,听到江德福回来了。

江德福的声音:快开饭!快开饭!饿死我了!

安杰喊:哎,你进来一下。

江德福进来了。

安杰:哎,老丁老婆长什么样儿?

江德福:我就知道你要问这个!

安杰:知道还不快说!

江德福:哎,安杰,我要先给你打个预防针,你以后可要尊重人家老丁家属!

安杰:这话从何说起?我安杰不尊重谁了?在这座军营里,我敢不尊重谁呢?

江德福:唉,老丁家属情况特殊嘛!

安杰:什么情况?有什么特殊的?

江德福:老丁的家属是个小脚!

安杰:什么?是个什么?

江德福:是个小脚!是三寸金莲!

安杰:啊……

17 晚上 安杰家

安杰和江德福要出门。江德福开了门,安杰突然笑了起来,而且越笑越厉害,最后笑得蹲在了地上。

江德福:你怎么回事?

安杰:我……我……哎呀妈呀,笑死我了……

江德福关上了门:那咱别过去了!你这种笑法,让老丁看见了,还不要了他的命!

安杰笑够了,抹着眼泪站起来:我也不知是怎么回事,一想到老丁的老婆是个小脚,我就想笑。

江德福:笑就笑吧,至于笑成这样吗?再说了,怎么老丁的老婆是个小脚,就这么好笑呢?

安杰:当然好笑了!你想啊,老丁是个什么人物?一天到晚那个劲儿的!你们当中,数他的文化高,怎么数他的老婆封建呢?还裹着小脚!老丁一天到晚反封建、反剥削的,怎么就不反反他自己呢?

江德福:他老婆的脚又不是老丁给缠上的,关他什么事啊?再说了,你以为老丁愿找这样的老婆?他不嫌丢人呀?他要不嫌丢人的话,他老婆早来了!还用拖到今天,让你笑成这样?

安杰:真是太可笑了!想不到老丁的老婆会是个小脚!你江德福的老婆是个小脚还差不多!

江德福点头:真是这样!还真是好汉无好妻,赖汉娶高枝呢!

安杰:你是好汉还是赖汉?

江德福:我娶了你这么高的枝子,我当然是赖汉了!

安杰笑了:这还差不多!咱走吧!

江德福:你笑够了?

安杰:笑够了。

江德福:到那边你可不能再给我笑了。

安杰:那可说不准!

江德福:那咱还是别去了!

安杰:我逗你呢!我不笑了!我保证不笑了!

江德福:你说话可要算话呀,这不是闹着玩的!老丁的脸皮薄,你要当他的面再笑得蹲在地上,他肯定不会在这住了,马上就搬家,马上走!

安杰:这么爱面子的人,干吗还娶小脚女人哪!

江德福:这不是没办法的事吗?父母包办的,再说又是亲戚!

安杰:什么亲戚?

江德福:姑家的表姐。

安杰:他老婆还比他大呀?

江德福:大三岁呢!女大三,黄金日日搬嘛!你又笑!你又笑!

安杰:我不笑,我不笑!我还挺佩服人家老丁呢!

江德福:佩服他什么?

安杰：佩服他始终如一，不像有的人！

江德福：你这是说谁呀？

安杰：说谁谁知道！反正不是说的人家老丁！

江德福：你真是欠揍哇！

安杰：哎，我问你，你跟我说实话，你在老家的媳妇儿，是不是也是个小脚？

江德福：不是！人家的脚大着呢！比你的脚都大！

安杰拧他：好哇！你对她还念念不忘！还记得她脚的大小！

江德福：哎哟！哎哟！你放手，你还真拧啊？

18　晚上　老丁家门口

江德福敲门，老丁的小儿子（五六岁）开的门。

小儿子：恁找谁？（河南口音）

江德福：找你！

小儿子：俺不认识恁！

江德福：俺可认识恁！恁叫丁庚文，对不对？

小儿子：咦！恁咋知道俺的大号咪？

江德福：咦！俺还知道恁的小名呢！恁小名叫三样，对不对？

三样：恁是谁呀？恁咋啥都知道咪？

一个女人在里屋喊：三样，恁在跟谁说话咪？

三样边跑边喊：不认识！俺不认得他，他倒认识俺咪！

江德福放声大笑起来，安杰在后边拧他：好哇！你不让我笑，你自己倒笑成这样！你就不怕让老丁听到了！

老丁扛了个脸盆架子，就在他们身后站着。

江德福：我笑行，你笑就不行！

安杰：为什么你能笑，我不能笑？

江德福：我笑的是他儿子，你笑的却是他老婆！他儿子能笑，他老婆不能笑！你懂不懂！

安杰发现了身后的老丁，吓得目瞪口呆，直拽江德福的衣服。

江德福：你拽我干吗？进去呀！

安杰：哎呀，丁大哥，你回来了？

老丁：嗯。

江德福：怎么是你呀？哎呀，快请进！快请进！

老丁没好气：我的家，还用你请！

江德福：可不是嘛！咱俩像哼哈二将似的，人家可不就进不来嘛！你先进，你先进，你在前边带路！

19　白天　老丁家里屋

老丁老婆王秀娥坐在小板凳上，将一条裤腿高高地卷到大腿根，在大腿上搓麻绳。

老丁：来客人了！

王秀娥：就中了！就中了！就剩这个尾巴了！

老丁：你快点儿起来吧！

王秀娥只好放下手里的活，艰难地起身，没起好，一屁股坐到了地上。老丁的脸色更难看了。

安杰去扶她：大姐，您不要紧吧？

王秀娥拍着屁股：不碍事！不碍事！没那么娇贵！

江德福：你不能乱叫！你得叫大嫂！

安杰：大嫂。

王秀娥：叫啥都中！叫啥都中！恁坐！恁坐！

门外传来叫声：娘！坏了！坏了！

王秀娥：啥坏了？

一个满头大汗的男孩儿（七八岁）闯了进来。

二样：娘！俺哥把暖水瓶给打碎了！

王秀娥：咦！打个水咋就把暖水瓶给打碎了呢？

二样：俺要提一个，他不让，偏要都提着！他怕俺跟他抢，在前边跑，一个劲儿地跑！咣当，摔倒了，水瓶碎了！

王秀娥伸手就打了二样头一下。

二样抱着头：咦！你打俺做啥？

王秀娥：打的就是你！你不跟他抢，他能跑吗？他不跑，能摔倒吗？他不摔倒，那暖瓶能碎吗？

安杰看了江德福一眼，眼睛里充满惊奇。这一切被老丁尽收眼底。

老丁：别嚷嚷了！不就打碎了个暖水瓶嘛，嚷嚷个啥！

王秀娥：咦！看怹说的这叫啥话？咋那轻巧呢？那不是钱哪？怹有多少钱，说这大的话！

老丁：……

一个男孩儿（八九岁）不声不响地进来，手里提着两个空竹壳。

王秀娥眼都圆了：日恁娘的！咋两个都打了！

大样：嗯……

王秀娥转着脑袋四下里找东西，大样见状，丢下两个空壳子就往外跑。王秀娥踮着小脚，一扭一扭地追了出去。

王秀娥：你站住！你别跑！小王八羔子，看老娘怎么收拾你！

安杰想笑，又不敢笑，可怜巴巴地望着江德福。江德福又一次放声大笑起来，把安杰吓的，直冲他挤眼睛，又被老丁看见了。

老丁：你让他笑吧，你让他笑吧，别管他，随便他笑！

江德福笑够了,抹着眼角:好哇!伙计,你也有今天!咱俩半斤八两,谁也不用说谁了,这下扯平了!

老丁有了笑意:我比你可差远了!

江德福:你怎么能比我差呢?你比我,有过之,而,而,而什么来着?

安杰:无不及!

江德福:对!无不及!就是无不及!

安杰:什么无不及?你说什么无不及?

江德福:什么无不及你别管!你不用知道!

安杰:我为什么不用知道?你们俩还有什么秘密吗?

江德福:秘密倒没有,比赛倒有。

安杰:什么比赛?比什么赛?

江德福:比谁老婆厉害!

安杰笑了:谁赢了?

江德福:当然是他赢了,他是有过之,我是无不及!

安杰:你倒挺聪明的,还能举一反三!

老丁:还不是你这老师教的!教得他一瓶子不满,半瓶子晃荡!

安杰:你才是他的老师呢!他那半瓶子醋,还都是你给灌的!

老丁摇头:你厉害!你厉害!我说不过你!

安杰:你家大嫂才厉害呢!她才是有过之,我才是无不及呢!

老丁:这下你俩可好了,可以取长补短了!

江德福:是呀!我怎么没想到这一层呢?如果想到了,说什么也不能让你们搬过来呀!

老丁:你以为我想搬过来?我现在就想搬走呢!

安杰:哎呀!搬什么搬呢!既来之,则安之吧!

江德福：什么意思？

安杰：让你的私塾先生给你解释吧。

江德福：你还以为我真不知道哇？我逗你们玩儿呢！

老丁：那你给我们解释解释吧？

江德福：不就是既然来了，就别走了的意思嘛！

老丁问安杰：对吗？

安杰：当然对了！

20　傍晚　安杰家

安杰下班回家，家里只有江德福一人。

安杰：咦？人呢？

江德福：我不是人哪？

安杰：那两个人呢？

江德福：在隔壁。

安杰：她怎么像长在人家家里似的？她是你妹妹呀，还是老丁的妹妹？

江德福：这话应该我来问你！你是她嫂子呀？还是王秀娥是她嫂子？

安杰：应该王秀娥是她嫂子！我是她嫂子，纯属是个错误！

江德福：什么错误？

安杰：门不当，户不对的错误！

江德福：你的意思是我配不上你？

安杰：哪的事呀！恰恰相反！我的意思是我配不上你！

江德福：这还差不多！这还算是有自知之明。

安杰瞪起了眼：我怎么就配不上你了？

江德福笑了：是呀！我也正纳闷呢！正想问你呢，你哪配不上我了？

安杰也笑了：我的脚配不上你！我的脚太大了！

江德福：你小声点儿！别让人家听见！

安杰：老丁他妹妹又不在，你怕什么！

江德福：唉！真是物以类聚，人以群分哪！什么人跟什么人在一起，那是有定数的！德华那种人，只有跟王秀娥那种人待在一起，才如鱼得水，才自在呢！

安杰：你的意思是，你妹妹跟我待在一起不自在？

江德福：你跟她待在一起自在吗？

安杰：有什么不自在的？我自在！

江德福：你自在个屁！连晚上跟你干点儿好事，你都不自在了！也不敢出声了，也不敢叫了！

安杰：讨厌！

江德福：好好，我讨厌，我讨厌！

二样不声不响地进来，手里端着一碗包子：俺娘让送的，俺娘说让你们尝尝。

两人吓了一跳。

江德福：你小子！哪像老虎，简直就是一只猫！

二样：俺咋是猫了呢？

安杰：你叔叔夸你走路轻，像只猫！

二样：俺才不愿当猫呢！猫是奸臣，狗是忠臣！

江德福：那你愿当狗？

二样：俺也不愿当狗！

江德福：那你愿当什么？愿当老虎？

二样：俺也不愿当老虎，俺愿当人！

江德福吃着包子：好好，你愿当人！你愿当人！咦！你咋还不走咪？

二样：俺娘让俺把碗带回去！俺娘说了，俺家可没恁家那么阔气，有那么多的碗，那么多的盘！俺家一人一个碗！谁打了碗，谁就没碗用！

安杰赶忙将碗腾出来，跑到厨房将碗冲了冲，出来把碗还给了二样。

二样将碗在衣襟上擦着，边擦边往外走。安杰目瞪口呆，用脚踢江德福，江德福不以为然地笑了。

江德福：让你姑姑回来吃饭。

二样：她吃了！早吃饱了！

二样出去又返回来，探进脑袋：江叔叔，你咋讨厌呢？

江德福一愣，被包子烫了一下，油滴了下来。

安杰笑了：你江叔叔就是讨厌！油到处滴！

二样关上门走了。

江德福：他怎么说我讨厌呢？

安杰：那是你自己说自己讨厌，让他听见了！

江德福：你看看，你看看，我让你说话小心点儿吧？

安杰：你自己小心就行啦，不用操心我！

江德福拿着包子：哎，你不吃吗？

安杰：我不吃，我吃不下！

江德福：你不饿吗？

安杰：我饿！但我让二样给顶住了！你没看见他用衣服擦碗吗！

江德福：包子不先给你倒出来了嘛！

安杰：这是习惯！潜移默化的习惯！他家大人不这样擦碗，孩子怎么会这么擦碗！那碗里多脏呀！有多少细菌哪！

江德福：包子蒸过了，什么细菌蒸不死！

安杰：要吃你吃吧，我可不吃！想起王秀娥动不动就往手心里吐唾沫，我就恶心！还能吃得下她做的饭！

江德福：毛病！不吃拉倒！不吃就看着我吃！你可别馋呀！

安杰：喊！狗不理包子我都不馋！我还馋这破包子！

江德福大口大口地吃着，故意吃得无比的香，嘴里吧嗒直响。

安杰不满地望着他。

江德福：哎呀！太香了！不吧嗒嘴都不行！

安杰：有那么香吗？

江德福：真香！真香！想不到老丁还挺有口福的，这王秀娥做饭的手艺还真不错。

安杰：……

江德福：真的，不骗你！人家起码蒸包子的手艺不错，真不错！不信，你尝尝？

安杰：……

江德福：你就放下架子尝尝嘛！

安杰：那你让我吃口馅！我只吃馅，不吃皮！

江德福：你倒不傻，知道什么好吃！

安杰吃了一小口，又吃了一大口：嗯，是挺香的！

江德福：就着包子皮吃就更香了！不信，你尝尝看！

安杰：我不吃！我坚决不吃包子皮！一想她吐唾沫的手，我就恶心！

江德福：万一她的唾沫吐到馅里了呢？

安杰一听,跑进厕所里干呕起来。

21　傍晚　卫生间

安杰蹲在便池旁干呕。

江德福的声音:哎,你不会又有了吧?

安杰站起来,抹着嘴,一拉水箱:有你个鬼!

22　白天　公园里

孩子在学走路,江德华用条旧衬裤拦在他胸前,自己从后边扯着裤腿让他往前走。江德福和安杰在不远处的长椅上看着。

江德福:真快呀,一眨眼他就会走路了。

安杰:你这眼眨的,可真够漫长的,可见你什么也没干!

江德福:你干的也不比我多多少!还不都是德华干的,孩子都跟姑姑亲了。

安杰:他日日夜夜都跟她在一起,还有不亲的!

江德福:你真是得了便宜还卖乖!

安杰:谁得便宜了?是我还是你?

江德福:好好,是我是我,是我得便宜了。

安杰:你得什么便宜了?

江德福:搂着你睡觉便宜了。

安杰:你讨厌!

江德福:不是你问的吗?

安杰:搂着你睡觉才便宜呢!

江德福:都便宜,都便宜,咱俩都便宜。哎,我说,你怎么没动静了?

安杰：什么动静？

江德福：肚子里的动静呀！你以为生一个就完成任务了？你要接着生呀！这个都会走了，下一个你要赶快生呀！你磨蹭什么？

安杰：关我什么事？我磨蹭不磨蹭有什么关系？关键是你别磨蹭！

江德福：我磨蹭了吗？你不还嫌我能折腾吗？

安杰：折腾你也是瞎折腾！哈哈……

江德福：也是，还不如人家老欧呢。人家可倒好，半天没动静，有动静就是大动静，一下整了俩出来，双胞胎，真能干！真了不得！

安杰：人家不光能生双胞胎，人家还会起名字呢！你看人家给孩子起的名字，欧阳安然，欧阳安诺，又好听又洋气，还别有意思。

江德福：有什么意思？

安杰：你看，父亲的姓和母亲的姓都有了，还没意思吗？

江德福：这就有意思了？你想有这种意思，等老二出来，你就叫他江安好啦。

安杰：这怎么行呢？

江德福：为什么不行？

安杰：你想啊，老大名字是三个字，老二的名字是两个字，那好吗？唉，想起来就生气，这个杨书记真讨厌！怎么这么愿多嘴多舌地给别人的孩子起名字呢？

江德福：你还不一个熊样儿！你不也愿多嘴多舌地给别人改名字吗？

安杰：关键是我改得好听不好听，现在不连你也跟着叫德华了吗？

江德福：我不跟着叫行吗？你叫她德华，我叫她德花，这一个人还能叫两个名字吗?连哥俩都不能两个字三个字地乱起名,一个人的名字就能乱叫了?

安杰:你怎么知道是哥俩呢?我要生个丫头呢?我想要女孩儿。

江德福:你想要什么就要什么?这得我说了算!我在数量上比不过老欧,我在质量上再比不过他,我成什么人了!

安杰:你成什么人了?你能成什么人?你不就是个重男轻女的乡下人嘛!

江德福:乡下人就乡下人!你这个城里人有什么了不起?不还得老老实实地给我这个乡下人生儿子吗?

安杰:讨厌!

江德福:你除了讨厌不会说别的吗?

安杰:不会!讨厌!

23　白天　狗不理包子铺

江德华洗完手出来,边走边在裤子上擦手。

安杰用脚踢江德福:哎,你看。

江德福:看什么看,有什么看头!

安杰:没有看头吗?屡教不改没看头吗?

江德福:你这才是屡教不改呢!说了你多少次了,别老这么阴阳怪气!

安杰:怎么一说她,你就像被踩了尾巴,吱吱乱叫呢?

江德华走过来,坐下:谁吱吱乱叫?

安杰一撇嘴:喏,你哥!

江德福:你那嘴还撇,再撇就到耳朵边了。

香喷喷的包子上来了,江德华吃得津津有味。

江德华：真奇怪！这么好吃的包子，怎么叫狗不理呢？

江德福：因为狗不理，人才理呢！

安杰：你这是什么狗屁理论呀？你还不如狗吗？

江德福笑了，江德华望着他撇起了嘴。

安杰：你怎么也学会撇嘴了？别撇了，再撇也撇到耳朵边了！

江德福：那也是跟你学的！近朱者赤嘛！

安杰：你还会说近朱者赤了？她这是近墨者黑！

江德福：这么说你是黑的了？

江德华：你们在说什么呀？什么黑呀黑呀的，谁黑了？哪黑了？

24　白天　院子里

王秀娥在晒衣服，江德华抱着孩子站在一边。

王秀娥：你嫂子又有了吧？

江德华：有什么了？

王秀娥：有什么了？有孩子了呗！

江德华：是吗？你听谁说的？

王秀娥：我猜的。我看她这些日子像个瘟鸡似的，一点儿精神头都没有。

江德华：没精神就是有孩子啦？怀孩子不都是吐吗？也没见她吐过。

王秀娥：那是没到时候！不过，也有不吐的，稀里糊涂地就把孩子生出来了。

江德华：你是说我嫂子真有喜了？

王秀娥：八九不离十。你不会问问她！

江德华：那她为什么不说呢？

王秀娥：那谁知道！城市人花花肠子多，肚子里可能藏事了！

江德华：她藏这种事干吗？她又不是没结婚！

25　晚上　安杰家卧室

安杰和江德福准备睡觉了，江德华不敲门就进来了。

江德福：说过你多少次了，怎么就记不住呢？敲个门就这么难哪？

江德华随手拍了两下门：这行了吧？

江德福：进屋前你要敲敲门，这万一我们要躺下了呢？

江德华：躺下就躺下呗，有什么了不起的？躺下就不能说事了？

江德福：……

安杰：什么事呀？

江德华：让我哥这么一说我，我给忘了。

安杰：你好好想想。

江德华：想不起来了！

江德福：想不起来就想起来再说，明天再说！

江德华出去了，反手将门撞上，江德福和安杰你看看我，我看看你，一点儿脾气也没有。

江德福：娘的，扫了老子的兴。

安杰：扫你什么兴了？

江德福：扫我什么兴你还不知道？明知故问！

江德福说着就要去抱安杰。

安杰躺下：唉！你不累呀？怎么一天到晚这么多的兴呢？我可没精神伺候你，我累着呢！

江德福：你今天干什么了，这么累？

安杰:也不知怎么回事,最近老是浑身没劲儿,老想睡觉。

江德福也躺下:你是不是生病了?

安杰:谁知道呢?

江德福:守着个医院你不会看哪?

安杰:看什么?看我老想睡觉?

江德福:我给你按摩按摩吧?

安杰:不用,谢谢。

江德福:谢什么,这是我应该做的。

江德福动手了,安杰不让:你要干什么?!

江德福:我要干什么你应该知道!

安杰:不行!我累!

江德福:你躺着,不用你动,累不着你。

安杰:讨厌!你讨厌!

江德福:一会儿你就不说我讨厌了。

安杰:哎呀!哎呀!

门外传来敲门声。

江德福:干什么?

江德华的声音:我想起什么事来了!

江德福:我们睡下了,明天再说吧!

江德华:就一句话,就说一句话,就问嫂子个事。

安杰:进来吧。

江德华推开门,倚在门边,问安杰:嫂子,你又有喜了吧?

安杰:有喜?我有什么喜?

江德福:她是问,你是不是怀孩子了。

安杰:嗯?

江德福：嗯？

安杰和江德福对视着，摸不着头脑。

江德福问：你听谁说的？

江德华：你别管我听谁说的，你就说是不是吧！

江德福：我们都不知道的事，谁告诉你的呢？

江德华：嫂子，真的没有吗？

安杰：没有哇？你听谁说的？

江德华：就是嘛！我说这么大的事，你们还能瞒着我？

江德福：你到底听谁说的？谁这么胡说八道？

江德华：是隔壁嫂子说的！她说得有鼻子有眼的，跟真的似的。

安杰：怎么跟真的似的？

江德华：她说你这些日子像瘟鸡似的，一点儿精神也没有，肯定是又怀上了！

江德福哈哈大笑。

江德华：你笑什么？

江德福指着安杰：你看她像瘟鸡吗？

江德华白了他一眼：这谁敢说！

江德华说完走了，门也不知道带上。

江德福只好下床去关门：明天要找个插销安上！

江德福上床。

安杰：你别动我！别碰我了！

江德福：为什么？

安杰：你没听见？我有喜了！

江德福笑了：你信她的？她一个大字不识的女人，知道什么！

安杰：人家说得太对了！我一点儿精神也没有！人家一个外人，

一天也见不着我两面,都看出我没精打采了,你却看不出来!

江德福:你没精打采了吗?你这像没精打采的样儿吗?像只瘟鸡吗?我看你像只要打架的小公鸡!

安杰:去你的!反正你别碰我!听见了吗?

江德福:听见了!关灯关灯!睡觉睡觉!明天要找老丁说说,让他好好管管他老婆,像个半仙似的,什么都知道,能的她!

26 白天 医院走廊

安杰边走边看化验单,心里说:还真是个半仙呢!真神!

27 晚上 安杰家卧室

安杰躺下了,半倚在床头上。

江德福:你今天不累了吧?

安杰:你要干什么?

江德福:你说呢?

安杰:我说不行!

江德福:又不行?你说什么时候行呀?

安杰:等孩子生下来再说吧!

江德福:什么?你说什么?

安杰:你聋了?听不见?

江德福:你再说一遍。

安杰从书里抽出化验单:我懒得再说了,你自己看吧!

江德福盯着化验单看。

安杰:看明白了吗?

江德福:这是真的?又有加号了?

安杰笑了：你的记性倒挺好！

江德福：这个老娘儿们，还真是个半仙呢！还真能得有一套呢！

安杰：不许你这样说人家！哎，你说人家老丁了吗？

江德福：要考试了，一紧张，我给忘了。

安杰：亏了你给忘了，要是你去说人家了，看你怎么收场！

江德福：我还是要去找他说说，问问他，在哪找的这么个老婆，打的什么灯笼找的？

安杰：你也想去找一个？

江德福：我可不想找这么个半仙似的老婆！什么也瞒不住她，这还了得！

安杰：你想瞒什么？

江德福：男人想瞒的事多啦，哪能都让你们女人知道！哎，这次你怎么不吐了呢？

安杰：谁知道呢？大概这次是个女儿吧？

江德福：那坏了！这下可败给那个老欧了！

安杰：怎么会败给老欧呢？你一儿一女，儿女双全，不比老欧强啊！

江德福：还是你有学问。有文化就是不一样，看问题全面。

安杰：没文化也小看不得！人家还料事如神呢！

江德福：所以说你看问题全面嘛，所以我才佩服你嘛！

安杰：去你的！

28 傍晚 安杰家

江德福进家，见安杰正在卫生间里呕吐。江德福进去拍她的后背。

安杰：你真是个乌鸦嘴呀！刚说我不吐，我就吐开了！

江德福：吐得好！吐得好！吐就说明是个儿子！吐得好！继续吐！

安杰：我没东西吐了，再吐就是苦胆了！

江德福：那就一鼓作气都吐出来得了！免得那么大胆子，老跟我作对！

安杰回头瞪他。

江德福笑了：好大的胆子！敢瞪老子！

江德华打饭回来，见到这一幕，直撇嘴。

29　白天　老丁家里屋

王秀娥在床上做棉被，身上都是棉花。江德华坐在床边陪她说话，江国庆在痰盂上解大便。

江德华：你歇歇吧！你不累呀？

王秀娥：咱这种人，哪有那歇着的命呀！

江德华：又没人拿枪逼着你干活，你何苦这么干呢？

王秀娥：都是自家的活，还用人拿枪逼着你干吗？

江国庆：拉完了！

江德华：再拉一会儿！

江国庆：拉完了！

王秀娥：行啦！这都多半天了？再拉，就把肠子拉出来了。

江德华去给江国庆擦屁股。

王秀娥：你嫂子现在怪可怜的，天天有气无力的，还要去上班，也不知在班上怎么干活！

江德华：她那活，累不着！扒拉算盘珠子还能累着！

王秀娥：你可真没良心！我看你嫂子对你不薄，你还这样说她！

江德华：我说她什么了？我什么也没说她！她怎么会有力气呢？吃的那点儿东西都吐出来了！也不知她怎么那么能吐，动不动就呕呕地吐，真是的！

王秀娥：那是她反应大。不应该呀？按说怀第二个孩子不该这样。

江德华：怀孩子都要这么吐吗？我婆家的两个妯娌年年生孩子，也没见谁吐成这样！

王秀娥：人和人不一样，乡下女人皮实。

江德华：城市女人有什么了不起？还不跟乡下女人一样，该生孩子生孩子嘛！还不如乡下女人呢！除了能吐，还能干什么？娇惯什么！

王秀娥：你嫂子可不是一般的城市女人，人家当然娇惯了。

江德华：我知道！知道她家是资本家！资本家就更没什么了不起了，她更不该那么娇气啦！

王秀娥：你哥都不嫌人家娇气，你嫌什么？

江德华：是呀，这世上就没有像我哥这么疼老婆的男人了，我嫂子真有福气！

王秀娥：你哥的福气也不错，娶了那么年轻漂亮的老婆！

江德华：光年轻漂亮有什么用？她一个资本家的小姐，要不是嫁给我哥，能有现在这么好的日子过吗？你看她姐，再看她嫂子，哪一个比她过得舒坦！

王秀娥：她嫂子的娘家是个地主，还是个大地主呢！

江德华：是吗？俺娘吔！地主的闺女也那么能干活？你不知道，她嫂子可能干了！

王秀娥：现在是新社会，她们不干行吗？

江德华：怎么不行？我嫂子不就光吐不干吗？

王秀娥：那是你嫂子！有几个像你哥那么疼老婆的男人？

江德华：就是！她还不知足，动不动就训我哥！

王秀娥：那是你哥愿意！俺家那口子说，他俩是周什么打黄什么，一个愿打，一个愿挨。

江德华：谁愿打？谁愿挨？

王秀娥：不是你嫂子愿打，你哥愿挨吗？

江德华：可不是嘛！我哥也真是的，放着老家那么能干、那么听话的老婆不要，非要娶城里这种又厉害又娇气的女人，还是个资本家，脑袋让驴给踢了！

王秀娥：就是！你哥要不是娶了你这个嫂子，早就升大官了，可不是现在这个官！

江德华：是吗？那能是什么官？

王秀娥：什么官我可说不清，但我知道他是受了老婆的影响，升官命令都要下了，又给收回去了。

江德华：是吗？这是真的吗？

王秀娥：我骗你干吗？又不能当饭吃！不过你千万别回家说去，显得我多嘴多舌地嚼舌头，让俺那口子知道了，又该恼俺了。

江德华：我不会说的，我哪那么傻呢？

30　白天　安杰家

江国庆哭闹，江德华训他：你还有脸哭？你娘把俺哥的前程都给耽误了，你还有脸在这儿哭！

31　傍晚　安杰家

安杰下班回家，拍手逗江德华怀里的孩子：乖儿子，想妈妈了没有？

江德华代答：没有！一点儿也没想！

安杰看了她一眼，跟她开玩笑：没想也是你带的，都赖你！

江德华：赖我干什么？有本事你自己带！

安杰奇怪地看着她，将孩子抱过来。

江德华拿起饭盒：我去打饭了！

安杰：你给我打个清淡点儿的菜。

江德华：又不是我做的饭，我哪知道有没有清淡的菜呀？再说了，我哪知道什么菜清淡，什么菜不清淡！

安杰不高兴了：你今天怎么啦？吃枪药了？

江德华更不高兴：我吃枪药？我还想吃炸药呢！

江德华说完摔门而去，安杰目瞪口呆。

32　傍晚　安杰家门口

江德福回来了，跟江德华碰了个正着。

江德福：打饭去？

江德华：不打饭我能干什么去？

江德福看江德华一脸不高兴，问道：哎，你怎么啦？

江德华：什么怎么啦？打饭呗！不打饭你们吃什么！

江德华说完扬长而去，江德福望着她的背影半天回不过神来。

33　傍晚　安杰家

江德福进家，没注意安杰的脸色。

江德福：你跟德华闹别扭了？

安杰：我跟她闹什么别扭？

江德福：那她为什么火叽叽的？

安杰：我哪知道为什么？我正想问你呢，是不是你惹她了？

江德福：我上了一下午课，我哪有工夫惹她！

安杰：说得是呀！我也上了一下午班，我也没那闲工夫惹她呀！

江德福：大概是想家了吧？

安杰：你不是说，在这个世界上，她只有你这一个亲人吗？亲人就在跟前，她还用想谁呀？

江德福：想家不一定是想人，也可能是想那个地方，想家乡了！

安杰：说得好听！想家乡了，还挺有诗意的！你不是说你们老家穷吗？是兔子不拉屎的地方吗？那种地方有什么想头？我看她是烧的，过好日子烧包烧的！

江德福：你少说两句吧！

安杰：我为什么要少说两句呢？我上了一天班，回到家，又生了一肚子气，我不跟你说，我跟谁说？难道你想让我跟你妹妹说吗？好！等她回来，我跟她说！

江德福：你还是跟我说吧！反正我就是风箱里的老鼠，两头受气也受惯了。

安杰：你这是自找，你是活该！当初不……

江德福：行啦行啦，车轱辘话又开始了，你烦不烦？

安杰：我烦才说呢，不烦我能说吗？

江德华回来了，两口子立马住嘴。

第九集

1　傍晚　安杰家

饭桌上，安杰一看那油乎乎的菜，就捂着嘴上厕所吐去了。

江德福：这菜太油了，清淡点儿就好了。

江德华：有油的菜才好吃呢，才香呢！

江德福：你又不是不知道你嫂子不能吃油腻的，你起码再打个清淡点儿的菜。

江德华：炒菜不用油吗？有不用油炒的菜吗？看见油就腻，那还吃什么菜呢？光吃饭不就行了！

江德福：你今天这是怎么啦？谁惹你啦？

江德华：谁也没惹我，我就是烦！

江德福：你烦什么呢？

江德华：不知道，别烦我！

2　傍晚　安杰家厕所

蹲在厕所里吐的安杰，听到外边的对话，气不打一处来。起身去拉水箱上的绳子,用力过大,水没拉下来,绳子却被拉断了。她更气了,饭也不吃了,直接进了卧室,"咣"的一声关上了门。

3　傍晚　安杰家外屋

饭桌上的兄妹俩面面相觑,江德华撇起了嘴。

江德福:你怎么也学会撇嘴了?

江德华:你老婆能撇,我怎么不能撇!

江德华说完故意吧嗒着嘴继续吃饭,吃得很香的样子,江德福拿她也没办法。

4　傍晚　安杰家外屋

江德华在厕所里大叫:三哥!你过来!你快过来看看!

5　傍晚　安杰家厕所

江德华:老说我上厕所不冲水,你看她!

江德福:唉,你冲了不就得了。

江德华:那哪行啊!不让你看见我能冲吗?我冲了再说你能信吗?

江德福:行了,我看见了,也信了,你冲了吧!

江德华要拉水箱,发现绳没了:咦?怪事!绳呢?

江德华低头发现了地上的绳子,弯腰去捡:这个资本家小姐,破坏捣乱劲儿还挺大!

江德福:你说什么?

江德华:我说得不对吗?她不是资本家小姐吗?我还知道她娘家嫂子是地主家小姐呢!

江德福:你这是听谁胡说八道的?

江德华：人家胡说八道？人家什么都知道，还知道你当不上大官是怎么回事！还不全赖她吗？你真是自找的！

江德福：你给我闭嘴！少在这里胡说八道！

江德华：你就敢跟我厉害，有本事你跟你老婆厉害去！

6　傍晚　安杰家卧室

江德福推门进去，见安杰正横眉冷目地站在门口。

江德福：吃点儿东西吧？

安杰：吃饱了！

江德福：你吃什么了？

安杰：吃气！

江德福：你别跟她一般见识。

安杰：我一个出身不好的人，敢跟谁一般见识呀！

江德福：你耳朵倒挺好使。

安杰：我的嘴忍气吞声的不敢用，我的耳朵再不好使，我还不得让人欺负死！

江德福：有我在，没人敢欺负你！

安杰：现在连你这个大字不识一个的文盲妹妹都敢欺负我了，有你在，有屁用！

江德福：你看你，一个有文化的人，也屁屁地说，多不文明！

安杰：跟你们这些人讲文明，还不如对牛弹琴呢！

江德福：越说越不像话了！

安杰：你就知道跟我厉害，有本事你跟你妹妹厉害去！

江德福：你一个有文化的人，跟一个没文化的文盲学，你说你有出息吗？

安杰：我就是因为没出息，才会受这种窝囊气呢！

7 傍晚 老丁家门外

安杰路过老丁家门口，听到江德华的声音，停下脚步朝里边看，正好看见王秀娥扎着围裙在烙饼，江德华抱着孩子在吃饼，竟然是把饼嚼烂了，再吐出来喂孩子！安杰目瞪口呆，火冒三丈，冲进去喊道：江德华！你出来！

8 傍晚 老丁家

王秀娥和江德华都吓了一跳，王秀娥手里的擀面杖掉到了地上。

王秀娥：娘啊！吓死俺了！

江德华：你怕什么？

王秀娥：你不怕吗？你不怕你哆嗦啥？

江德华：我哪哆嗦了？你才哆嗦了呢！你哆嗦得连擀面杖都拿不住了！

安杰的声音：你听见没有？你还不出来！

王秀娥：俺娘啊！她这是咋啦？

江德华：俺哪知道！

孩子又闹着要吃的，江德华恍然大悟：糟了！糟了！八成是她看见俺嚼东西喂孩子啦！

王秀娥：这可糟了！你嫂子那么讲卫生，还不得跟你拼了！

江德华：拼就拼！谁怕谁呀！

9 傍晚 老丁家门外

江德华抱着孩子出来：干什么？叫我干什么？

安杰望着她,气得说不出话来。她扭头往家里走,江德华跟在后边。

10　傍晚　安杰家外屋

安杰从江德华手里一把夺过孩子:我问你,你是怎么喂孩子的?

江德华:你说我是怎么喂孩子的?

安杰:你是不是嚼东西喂他吃?

江德华:……

安杰:是不是啊?

江德华:是!咋啦?不行吗?

安杰:当然不行啦!你说行吗?

江德华:我说行!所以我才那样喂!

安杰:你那样喂不对!

江德华:咋不对了?

安杰:你说咋对了?

江德华:我们老家都这么喂孩子,祖祖辈辈都这么喂!孩子没牙的时候,就这么吃东西的!

安杰:你还挺有理的?还你们老家,还祖祖辈辈的!这儿是你们老家吗?你别总提你们老家!这儿不是你们老家!

江德华:提我们老家咋啦?提我们老家犯王法吗?没我们老家能有我哥吗?没有我哥能有你吗?能有这儿子吗?还不让提我们老家了!喊!

安杰:什么?你说什么?没你哥能有我吗?你这是哪来的逻辑?

江德华:什么罗鸡罗鸭的!我不知道!我就知道你现在是沾我哥的光,跟我哥享福!没有我哥当军官,你能过现在这种好日子吗?!

安杰:你说什么?你再说一遍!

江德华:再说十遍也是这么回事!你能不认账吗?真没良心!

安杰:真有意思!你以为我现在过的是什么好日子吗?

江德华:当然了!这日子不是好日子什么是好日子?

安杰:对你来说这当然是好日子了,对我来说,这根本就不算什么好日子!

江德华:俺知道你说的是啥意思!你不就是说你家过去的日子好吗?资本家的日子好吗?有能耐你就在你娘家过呗,跑到俺哥这儿来干啥呢?喊!

安杰气得一句话也说不上来。

江德华:你瞪我干啥?喊!

安杰:你喊什么喊?

江德华:我喊我的,气着你了吗?

安杰:你真少教!

江德华:你也没少叫!

安杰气得进了卧室,将门"咣"的一声撞上。

江德华自言自语:就会这一套!

11 傍晚 安杰家卧室

安杰气得将孩子重重地放到床上,孩子大哭。

安杰大吼:哭!哭!一天到晚就知道哭!你哭吧!

门被撞开,江德华冲进来,抱起了孩子:你真有本事,冲孩子撒气!

安杰:他是我儿子,我愿意撒!你管不着!

江德华:他还是我侄子呢,我就管!

安杰：江德华，你厉害，我不敢用你带孩子了，你走吧！回你们老家去吧！

江德华：这又不是你的家，你让我走我就走哇？想好事！要走你走！回你那资本家家里去！过你的好日子去吧！

安杰：行，你不走我走！把孩子给我！

江德华：要走你自己走！孩子不能带走！孩子姓江不姓安，你凭什么带走！

12　傍晚　安杰家门外

老丁在门外倾听，安杰突然冲出来，他很尴尬，问道：出去呀？

安杰理都不理他，扬长而去。

老丁叹气：娘的！早就该有人治治你了！

13　晚上　安家客厅

安杰在泡脚，安欣和安妻站在一旁看。

安妻：你脚有点儿肿吧？

安杰：好像有点儿肿。

安欣：这也不到时候呀，肿得有点儿早吧？

安杰没好气：脚肿还分时候吗？！

安欣：可不嘛，人家都是怀孕后期才肿呢！

安杰：人家的命好，最后才肿呢！我命不好，早早就肿了！

安欣笑了：你的命是一般了点儿，连乡下的小姑子都能把你赶回娘家。

安杰：岂止是乡下！人家还没文化呢！还大字不识一个呢！还是个文盲呢！

安妻：我看你那小姑子，可不像不识字的，真能说，一句接一句的。

安欣：人家不一句接一句地说，还一句接两句地说呀？

安妻：我是说她能说，也会说，根本不像个没文化的文盲。

安欣：文盲是不认识字，又不是哑巴不会说话！一个人能说会道是天生的，跟有没有文化没多大关系。

安杰：你说这话真是太对了，要搁以前，我是不信的。现在我可信了！我那小姑子，还有我那邻居，一个比一个能说！那的确是天生的，你不服不行！

安妻：想不到，这世上还有你能服的人。

安欣：这叫卤水点豆腐，一物降一物。

安杰：想不到我安杰这块儿城里的豆腐，倒叫乡下的卤水给点了！我还活个什么劲儿，死了算了！

安妻：死了可不行！你死了，他小姑父可怎么活呀！

几人正说笑着，听到外边有人敲门。

安妻：是他小姑父吧？说曹操，曹操就到，这人可真禁不住说。

14　晚上　安家门口

安妻开了门：是他小姑父呀，快请进。

江德福：安杰回来了吧？

安妻挤眼：回来了，正在泡脚呢，脚都肿了。

15　晚上　安家客厅

江德福在安杰面前弯下腰：我听说你脚肿了，是吗？让我看看。

安杰：……

江德福：还真有点儿肿，你是走回来的吗？

安杰脚在盆子里跺了一下,水花四溅,溅了江德福一身:滚一边去!

江德福:你干什么?你发这么大火干什么?

安杰:……

江德福:别生气啦,我都知道了,我也说她了。开始她也不听我的,还跟我吵,最后我火了,朝她吼了起来,她老实了,老老实实地跟我认了错。

安杰:你糊弄谁呢?她能老实了?还老老实实地认了错,你这是骗谁呢?再说了,她跟你认错有什么用呀!

江德福:你看,事态都这么严重了,我还能骗你吗?我敢吗?你说我有这个胆子吗?

安杰:你什么胆没有呀?兵不厌诈的教训我还不接受吗?

江德福:真是吃一堑长一智呀,这个教训接受得好!看来这个战术是不能再用了,我得换个战术了。

安杰:你想换什么?

江德福:跟你玩战术,我都不用藏着掖着,敞开了逗着你玩!三十六计我刚用了一计,还多次使用。你说,剩下那三十五计,我得用多少年?

安杰:你给我滚!

江德福:我滚可以,你能跟我一起滚吗?

安杰:想好事!想得美!

江德福:是想得有点儿美。是啊,好事是该多磨的,那我就多来磨几次吧。

安杰:想好事!想得美!

江德福:我说,你除了这两句,你就不会说别的吗?

安杰：我还会说，你给我滚！

江德福：滚就滚，有什么大不了的。哎，我再跟你商量点儿事吧？

安杰：你说！

江德福：行吗？

安杰：……

江德福：滚之前，我给你擦干了脚，行吗？

安杰：滚！

16　晚上　家门口

江德福回来，碰上在门口抽烟的老丁。

江德福：这么晚了，你还不睡！

老丁：闷得慌，出来透透气。

江德福：你闷什么？你有什么可闷的？

老丁：噢，只许你闷，别人就不许闷了？

江德福：你情报还挺灵的，什么都瞒不了你！

老丁：我回来的时候，正碰上你老婆和你妹妹干架，两人的声音，一个比一个高，跟比赛似的！

江德福：她俩谁更厉害些？

老丁：当然是你妹妹了！好家伙！那真是临危不惧呀！你老婆说她一句，她有两句等在那儿，你老婆的声音高八度，她的声音高十六度！总比你老婆多一倍，压着你老婆。我看你老婆一点儿脾气也没有了，只好跑了。

江德福：你不但听得全，你看得还挺全！还看见我老婆跑了！

老丁：隔壁邻居住着，就在你眼皮子底下，你不听也得听，不看也得看哪！你以为我愿意看哪？你老婆虎着脸出来，我跟她打招呼，她连理都不理，一点儿教养也没有！还大家闺秀呢！

江德福：你也是没有眼力见！她都输成那样了，你还跟她打什么招呼？你那不是自找没趣嘛！

老丁：说得也是！想不到你妹妹还真有两把刷子，真厉害！大字不识一个，还能把这个家里的主人从这个家里赶跑！佩服！佩服！

江德福：你佩服什么呀？就她那两把秃毛刷子，没有你那半仙老婆的神刷子帮忙，她还赶跑人家？说不定早被人家赶走了！

老丁：你什么意思？

江德福：既然话说到这儿了，我也只好说说你了。你说你一个大老爷们儿，嘴怎么那么快呢？怎么什么都回家跟你老婆说呢？

老丁：我说什么了？

江德福：你说什么了你不知道？你说我老婆家庭成分怎么怎么不好，我怎么怎么受影响，你说这些干什么？让你老婆原原本本地传达到我妹那了，让她窝了一肚子气，逮到机会，当然嗓门比我老婆高了！

老丁：我说了吗？我怎么不记得我说过呢？

江德福：你不说，谁会跑到你家给你老婆说这事去？谁吃饱了撑的！

老丁：好好，就算是我吃饱了撑的吧！我向你赔礼道歉！

江德福：你也是，怎么什么都和老婆说呢？

老丁：你不也一样吗？你不也什么都告诉你老婆吗？每次我说她的坏话，她都能知道，不也是你告的密嘛！

江德福：咱俩告的不一样！我那是开玩笑，你这是泄密！性质完全不一样！再说了，你不是跟你老婆没话说吗？没话说，就传闲话？

老丁不高兴了：什么叫传闲话？你那是闲话吗？

江德福：对你来说，那就是闲话！你传人家的闲话，你还有理了！

老丁：好好，我不对！我错了！再给你道一次歉，这总行了吧？

江德福：道歉管什么用？

老丁：你说什么管用？

江德福：去把我老婆请回来才管用呢！

老丁将烟头一丢：你回家上床做大梦去吧！

17 晚上 江德福家

江德福在洗脚，心想：奶奶的，没人监督了，还洗什么脚哇！

18 晚上 江德福家门口

江德福去倒洗脚水，卫生间插着门，他只好出去倒，恰好听见老丁家传出吵架的声音。

王秀娥的声音：把她气跑了，你回家冲我发什么气！

老丁的声音：不是你传人家老婆舌头，人家能打起来吗？不打起来，人家能跑吗？

王秀娥的声音：啧啧啧啧！你看你一口一个人家地叫着！人家是你什么人，用得着你这么心疼？

老丁的声音：你胡咧咧什么？神经病！

王秀娥的声音：你以为我是神经病？你以为我什么也看不出来？你肚子里那花花肠子你以为我不知道？老婆是人家的好，孩子是人家的乖！你巴不得跟人家换换呢！你巴不得人家老婆是你老婆呢！

江德福听到这儿，一个激灵，心里说：奶奶的！想不到他还有这花花肠子！

19　晚上　江德福家

江德福进家,见卫生间的门还关着,气不打一处来,他将洗脚盆往地上一丢。

20　晚上　江德福家卫生间

江德华望着镜子里的自己,自言自语:没接回老婆,朝我撒什么气!

江德华出去踹了一脚地上的脚盆。

21　晚上　江德福家卧室

江德福听到声响吓了一跳,从床上坐了起来,冲外边喊:怎么啦?什么响?

江德华的声音:自己出来看!

22　白天　江德福家卧室

江德福在睡懒觉,江德华不敲门就进来,掀起床上的被子。

江德福:你干什么?干什么你?

江德华:今天天儿好,大太阳,晒晒铺盖,人家都在晒。

江德福:人家不晒你不晒!你凑这个热闹干啥?

江德华:人家不晒,我还想不起晒呢!

23　白天　江德福家外屋

江德华扛着被子往外走。

江德福用毛巾擦着脸叫住了她:德华,今天没事,咱去把你嫂子接回来吧？

江德华：她没长腿吗？她不会自己回来吗？还要用八抬大轿抬她吗？再说了，光咱俩也不行呀，咱俩能抬动八抬大轿吗？

江德福：你这张不吃亏的嘴呀，到头来，还不是你自己吃亏。

江德华：吃亏就吃亏，我乐意吃亏！反正我不去接她，谁愿去谁去！

24　白天　马路上

江德福下了公共汽车，看见安欣一家四口坐着三轮车驶过，一愣。

25　白天　安家门口

门是虚掩着的，里边传出欢声笑语。江德福心里说：奶奶的！老子这么难受，他们还高兴成这样！

26　白天　安家院子

江德福推门进来，见安泰、安欣、欧阳懿一人抱着个孩子，说说笑笑。

安泰迎过来：哎呀，来了？快请进，快请进。

欧阳懿小声对安欣说：看你哥这媚态。

安欣不愿听：你少废话！

欧阳懿：是废话，但也是实话。

江德福走过来：你们在这儿嘀咕什么呢？

安欣抢答：我们在夸你呢。

江德福：夸我什么？

欧阳懿：夸你礼贤下士。

江德福没听懂，但他也不问，而是一笑了之，还显得挺大气。

欧阳懿偏要画蛇添足：老兄，不简单哪，能做到礼贤下士不简单哪。

江德福：老弟，你到底想说什么？

欧阳懿有些不悦：你怎么能叫我老弟呢？我是你老弟吗？

江德福：你喊我老兄，我才喊你老弟的，我以为你不愿当老兄，愿当老弟呢。

欧阳懿：我那是泛称，你连这也听不出来？

江德福：听不出来，我的确没听出来。

安欣：行啦行啦，就你废话多，什么泛称统称，你就别卖弄了！

欧阳懿：我怎么……

安欣对江德福：你来得正好，你家属正在卫生间里难受呢，你快去安慰安慰她吧。

江德福：你这当姐姐的，可真不够意思，妹妹在那难受，你还在这儿高兴。

安欣：我哪高兴了？

江德福：没进门我就听见你们的笑声了，你还不承认。

安欣：那是……

江德福：行啦，行啦，别解释了，回来再找你们算账。

安欣冲着他的背影：你找谁算账啊？是谁让她吐的？还不是你嘛！

27 白天 安家卫生间

安杰在马桶前呕吐，江德福进来，上前拍她后背：你看看你，把好吃好喝的都吐到别人家了，也不吐到自己家里！

安杰回头瞅着他。

江德福笑了：也行，吐到娘家也行，肥水不流外人田嘛。

安杰：讨厌，你来干吗？

江德福：我来接你回家。

安杰：接我回家？这儿就是我的家，我哪儿还有家呀！

江德福：也对，你说得也对，娘家当然是你的家啦，还是你的老家！但你忘了你还有个婆家吗？还有一个新家！

安杰：那哪是我的家呀？那是你们姓江的家！我一个外人，势单力薄的，跑那儿受什么气呀！

江德福：……

安杰：你怎么不说话了。

江德福：您接着说，把想说的都说出来。

安杰：我还不说了呢！

江德福：那您接着吐，把能吐的都吐出来。

安杰：我不吐了。

江德福：不吐咱就出去吧，在这儿闹什么味。

安杰呕呕地又吐开了。

江德福拍着她的后背：慢慢吐，咱不着急。

安杰笑了。

安杰在漱口，江德福站在她身后：跟我回去吧？

安杰直起腰来，望着镜子里的江德福，笑了一下。

江德福：你答应了。

安杰一字一顿：想好事！

江德福：我说嘛，哪有这么好的事。

安杰：那你来干什么？

江德福：不是说好事多磨吗？我就来多磨几次呗。

安杰：你随便！

江德福：你注意！

安杰：我注意什么？

江德福：你要注意你的态度，对我好一点儿，客气一点儿，否则的话……

安杰：否则怎么啦？

江德福：否则的话，我就把你丢在这儿不管了！看你怎么办？

安杰：更好，我就拿蒜拌。

江德福：你不是不吃蒜吗？你不是嫌蒜有味吗？

安杰：你不是不嫌吗？我拌给你吃！

江德福：你看看，你看看，都这样了，还想着给我弄吃的，我还不能把你丢在这儿不管了呢！

安杰在镜子里盯着他看，把他看得心痒了，从后边一把抱住她，吻她。安杰挣脱，越挣，江德福搂得越紧。

门咣的一下被撞开，安晨进来了。

安晨边撒尿边问：你们在这儿干什么？

28　白天　安家餐桌上

全家人在吃饭。

安泰：安杰，吃完饭，收拾收拾，回你自己家去。

安杰：这就是我的家。

安泰：你还有另外一个家！你还有丈夫，还有孩子！把孩子丢在家里不管，赖在娘家不走，这算什么事？你不怕人家笑话？

安杰：谁愿笑话谁笑话，反正我不走。

安泰：你不走不行，你今天必须走，你必须回去！我们再留你，就是我们的不对了。你不能让人家三番五次地来领你，给你台阶下就赶快下，否则的话……

安杰一拍筷子：否则的话怎么啦？

江德福：你就别再用否则吓唬她了，我刚才用过了，不管用。

欧阳懿：老弟，她这个样子，都是你给惯的，女人不能惯，这是经验，也是教训！

安欣：你不说话能憋死你吗？

欧阳懿：我发表自己的看法，有什么不行？

安欣：别人家的事，你少插言，少管！

欧阳懿：哎，你这种事不关己、高高挂起的态度可不对。这是别人家吗？她不是你妹妹吗？她这样动不动就往娘家跑的做法对吗？此风不可长！不可蔓延！到时候你跟我吵了架，也往娘家跑，我怎么办？

安杰：闹了半天，你还是为了你自己呀。

安欣：你以为他为了谁？

欧阳懿：我为了谁？我为了人家江团长！

安欣：哎，你什么时候也学会献媚了？

欧阳懿：刚学会的，跟你们学的！

安杰：你献媚谁呀？谁用你献媚？

欧阳懿：我献媚人家江团长，怎么？不行吗？

江德福：行！行！太行了！老兄，太行了！

安杰：你知道什么呀？你就行行行的！

江德福：我知道你不得人心被孤立了！老兄，对不对？

欧阳懿：对对！老弟，太对了！

安杰：想不到，你们俩会狼狈为奸。

欧阳懿：这叫分久必合，合久必分。

安泰：快点儿吃吧，吃完了快点儿走！

安杰：谁愿走谁走，反正我不走！

江德福：不走就不走吧，多在这儿吃几顿，好给咱家省点儿钱。

大家都笑了。

29　白天　安家门口

江德福要走了，欧阳懿出来送他。

欧阳懿拍着江德福的后背：老弟，革命尚未成功，你辈尚须努力呀。

江德福望着欧阳懿：哎，我说老兄，"革命"两个字从你嘴里出来，怎么听着这么别扭哇？

30　白天　校园内

老丁在前边走，江德福在后边追：你跑这么快干吗？也不等等我。

老丁：我现在都不好意思见你了，你老婆一天不回来，我心里一天不安生。

江德福：你看你这个人，我老婆不回来，你干吗不安生？你这么惦记我老婆干吗？

老丁：谁惦记你老婆了？我惦记你老婆干什么？

江德福坏笑：你肚子里那花花肠子，以为别人不知道！

老丁站住了脚：你什么意思？

江德福：你看你这个人，开玩笑都不行了？

老丁：这种玩笑你少开，让我老婆听见了，咱们都别想安生了！

江德福笑了：我就是听你老婆说的，我才说呢！

老丁又站住了：她跟你说什么了？

江德福：看把你紧张的，你以为你老婆傻呀？她跟个半仙似的，精着呢！

老丁：你不是说听我老婆说的吗？她什么时候跟你说的？说什么了？

江德福：说你长了根花花肠子！不过，不是对我说的，而是对你说的，不巧，被我给听到了。

老丁：你缺不缺德呀？听人家两口子吵架！

江德福：这也是没有办法的事，你看，这隔壁邻居地住着，这抬头不见……

老丁：得得得，你打住吧，算我倒霉，跟你家做了邻居。

江德福：怎么是你倒霉呢？你老婆又没跑！分明是我倒霉，老婆也不回来，回家也没啥好吃的，不像你，天天还有酒喝。

老丁：让你说的，我越发欠你的了！好，今晚请你喝酒，不把你喝醉，我算对不起你！

江德福笑了：这还差不多，这还有点儿战友样子！

31　晚上　老丁家

老丁醉了：说句心里话，老子是真不愿跟你做邻居。

江德福：为什么？

老丁：为什么？你眼瞎呀，你老婆什么样儿？我老婆什么样儿，能比吗？

江德福谦虚地：怎么不能比？

老丁：怎，怎么，比？

江德福：怎么比不行？你看你老婆，多能干，这个家哪用你操心。

老丁：你老婆不能干吗？

江德福：还是比你老婆差点儿！你看，她连自己怀孕了都不知道，还是你老婆帮着看出来的！

老丁：她？她就会这些旁门左道，有什么用！

江德福：哎！你用不着这么谦虚，这怎么是旁门左道呢？这是实践出真知！

老丁：什么实践？

江德福：你的实践呗！怎么，你还想赖？来来来，喝酒喝酒。

王秀娥回来了，后边跟着江德华。

王秀娥：咋还喝呢？别喝了！别喝了！都喝醉了！

老丁：谁喝醉了？你，你说谁，谁喝醉了？

王秀娥：我说你喝醉了还冤枉你啦？还说要把人家喝醉，人家没醉，你倒醉成这个熊样儿了！

老丁：你说谁，谁熊样儿？反了你了！

老丁正要拍桌子，拍空了，一下子坐到了地上。

王秀娥和江德华大笑。

江德福把老丁扶起来。

老丁：真是小人与女人难养也！

32 白天 中药房

安杰在低着头算账，没注意江德福来了。

江德福（用家乡话）：同志，俺要买药。

安杰吓了一跳，抬头一看是江德福，将手里的算盘拨拉得直响：讨厌！吓我一跳！

江德福（用家乡话）：同志，你也讨厌，你也吓俺一跳。

33　白天　医院走廊里

江德福：回家吧，难道你就不想孩子吗？孩子可想他娘呢。天天晚上哭个不休，哭得我心都揪得慌。

安杰：三十六计里有胡说八道这一计吗？

江德福：怎么能是胡说八道呢？你要不信，你可以回去看看嘛！

安杰：那不是我的家，我不回去！

江德福：那怎么不是你的家了呢？儿子你都给我生了，难道你还想赖账吗？

安杰：这不是我说的，这是你妹妹说的！你若不信，你可以回去问问江德花同志。

江德福：她怎么又成江德花了呢？她不叫江德华吗？你看你，你也承认她是同志吧？对自己的同志你就不能宽容点儿吗？

安杰：我对她宽容？你回去问问她，她对我宽容了吗？我倒想把她当同志呢，可人家干吗？你再回去问问她，她把我当同志了吗？人家嫌我出身不好，我配当人家的同志吗？喊！

江德福：你怎么也喊开了？

安杰：我乐意！许她喊，不许我喊吗？

江德福：你们喊吧，你们气我吧！你们气死我吧！

安杰：你离死还远着呢，少来吓唬我！

江德福：你们再这么折腾下去，死不来找我，我也要去找死了！

安杰：你少来这一套！

江德福：回去吧，我求你回去吧。

安杰：不回去！

江德福：我都三顾茅庐了，你比诸葛亮的架子还大吗？

安杰：我没法跟人家诸葛亮比，你也别把自己当刘备，你够格吗？

江德福：闹了半天，你是嫌我不够格呀？那你说谁够格？

安杰：刘备够格，你请得着吗？

34　白天　杨书记办公室门口

江德福敲门，里边喊"请进"，江德福推门进去。

杨书记起身迎接，惊讶：怎么是你？稀客呀！

江德福：我来探亲，顺便来看看你这个大媒人。

杨书记：探亲？你探什么亲？

江德福：我老婆不是在你手下工作吗？我来看她，不是来探亲吗？

杨书记笑了：噢，明白了，打架了，人家不回去了。

江德福：想不到她架子这么大，我都三顾茅庐了，还是没用。人家说我不够格。

杨书记：那谁够格呢？

江德福：看来也只有你杨书记够格，你是她的领导，又是她的媒人，恐怕只有你亲自出马了。

杨书记笑了：我怎么这么倒霉呀？把你扶上马，还要送你入洞房，这还不够，你们吵了架，我还要当消防！

江德福也笑了：让你这么一说，你干的工作还真是不老少。

杨书记：当然不少了！

江德福：那就再接再厉，继续前进吧！

35 白天 杨书记办公室

安杰在老老实实地接受杨书记的教育。

杨书记：你不是挺能、挺厉害的吗？不是把江德福改造得有模有样了吗？怎么就斗不过一个农村妇女呢？听说人家还大字不识一个呢！你能让一个文盲从自己家里赶跑，你可真能耐呀！

安杰：……

杨书记：你说话呀，真是因为喂孩子的事闹的吗？

安杰：不是，再说我也没闹。

杨书记：一个人跑回娘家，不管孩子不管家了，这还不叫闹吗？你不是因为孩子的事，那是因为什么事？

安杰：……

杨书记：哎呀！你倒是说话呀！我最受不了有什么话不痛痛快快地说了！家里能有什么大不了的事？有什么不好说的！你告诉我，到底是因为什么事！

安杰：因为我的出身。

杨书记：你出身怎么啦？你那小姑子嫌你出身不好了？她哥都不在意，关她什么事呀？她一个大字不识的农村妇女，管得还挺宽！

安杰：人家嫌我拖了她哥的后腿了，话里话外都是刺，我不走怎么办呢？

杨书记：是挺气人的！但也不该你走哇！要走也该是让她走哇！让她滚蛋！

安杰：我可没这个本事。

杨书记：你把本事都用到江德福身上了吧？我捉摸着她可能是听到她哥那件事了。

安杰：她哥什么事呀？

杨书记：也没什么事，你不用知道。

安杰：杨书记，杨大姐，我想知道到底是什么事。

杨书记：早就过去了，是过去的事了。

安杰：过去什么事呀？

杨书记：哎呀，还不是江德福工作上的事。当初，上边想提拔他到二支队当参谋长，提副师！命令都要下了，因为他非要跟你结这个婚，这事也黄了！哎，他妹妹是怎么知道的？不可能是她哥说的吧？人家连你都没说，能去给他妹妹说？不可能嘛！

安杰：她是听邻居说的吧？

杨书记：这些家庭妇女呀，没别的本事，就是舌头长！一天到晚闲的，就是舌头勤快！

安杰：……

杨书记：行啦！闹几天给她们点儿颜色看看，就行了，给你梯子你就赶快下吧。人家江德福对你够好的了！要不然，他一个孔孟之乡的大男人，能觍着脸跑来求我给你做工作？好了，今晚就回去吧。晚上没事，我可要到你家检查去！

36 晚上 安杰家

三个姓江的人正在吃饭，安杰阴着脸回来了。

江德福：回来了？下班回来了？

安杰一声不吭，进了卧室，将门"咚"的一声撞上。

江德华撇嘴。

江德福：你撇什么嘴？

江德华：我的嘴，我乐意撇！

江德福起身进了卧室，江德华抱着孩子跟了过去。

37　晚上　卧室门口

卧室没关严，江德华在外边偷听。

江德福的声音：还是刘备同志管用呀，她说话你才听，是不是呀？哎哎哎，你怎么了？你哭什么呀？

38　晚上　安杰卧室

安杰坐在床边哭泣，江德福弯着腰哄她。

江德福：挨批了？杨书记说你了？

安杰：……

江德福：别哭了，明天我再找她算账去！

安杰抬起头来：对不起，是我拖累了你。

江德福先是一愣，马上就明白是怎么回事了。

江德福：你看你，孩子都给我生了，还跟我客气！

安杰：真的对不起！

江德福：行啦行啦，越说你还越来劲了！你没有什么对不起我的，我反而还要谢谢你呢！

安杰望着他，不明白的样子。

江德福认真地：真的，安杰，我是该谢谢你，你让我过上这么好的日子！

安杰抱住他的腰，将脸埋在他怀里：我也要谢谢你，你让我这么幸福。

门突然开了，江德华抱着孩子站在门口：你们还吃不吃饭了？不吃我收拾了！

39 白天 商店里

安杰在选围巾,江德福提着东西等候。

江德福:行啦,给她买新衣服了,就不用买围巾了。

安杰:马都买了,还在乎再买个鞍?

江德福:一进商店,你就两眼放光,好像钱都不是钱了,是纸了。你怎么这么愿意花钱呢?钱跟你有仇哇?不花出去,你不舒坦?

安杰:你可真没良心!你看你手里提的东西,有我一样吗?全是给姓江的人买的,哪有一件姓安?

江德福:我就是对这点有意见,要过年了,你总得给你自己买件新衣服吧!

安杰:这里的衣服,我没看上一件!再说,合体的衣服,要去裁缝那儿做,现成的哪有那么合适的。

江德福:闹了半天,你给我们买的衣服都不那么合适呀!我还感动得什么似的,这么说,我不用这么浪费感情了?

安杰:完全不用!反正浪费的也不是什么真感情,我不稀罕!

江德福:你这人可真没良心。

安杰:你有良心!你提着给你们买的新衣服,还要红嘴白牙地说我一顿,你这叫有良心?你的良心让狗给叼走了吧!

售货员抿着嘴笑。

江德福:你看,人家售货员同志都笑话你了。

安杰:笑话我什么?

江德福:笑话你这么厉害,是不是,同志?

售货员:你们两口子可真有意思,真好玩儿。

江德福:主要是她好玩儿。哎,你快点儿玩儿,我的腿都要断了!

40　白天　公共汽车上

安杰坐着，江德福站着。

安杰：你说，你妹妹看到给她买的东西，肯定特别高兴吧？

江德福：那是一定的！如果你以后再不跟她一般见识了，她肯定更高兴了！

安杰：你少来！一个巴掌拍不响，你别老说我！

江德福：你要经常说，她也要老提醒。你俩都不是省油的灯，两张惹是生非的巴掌，要尽量让你们少碰到一起，唉，真让我头痛！

安杰：我这儿不用你头痛，把你的头省给你妹妹去痛吧！你看我，逢年过节给她买这个买那个的，有几个我这样的嫂子？

江德福：在花钱买东西这个问题上，你的确让人没话可说，尤其是在先人后己这个问题上，更让人没话可说。

安杰：去你的！你这是表扬我吗？

江德福：除了表扬，你还听出什么啦？

安杰：我听出你在讽刺我！

江德福：噢，你听出来了？这我就放心了。

安杰：讨厌！

41　白天　安杰家门口

安杰：我们自己开门，给她个突然袭击，给她一个惊喜。

江德福：就你花样多，你可别吓着她！

安杰：你快开门吧！

42　白天　安杰家

俩人进家，见江德华正撩着上衣，让孩子在吃她的奶！俩人目瞪口呆，江德福手里的包都掉到地上了。江德华更是惊慌失措，狼狈不堪。安杰上前一把夺过孩子，孩子哭闹起来，安杰带着孩子一声不吭地进了卧室。

剩下江家兄妹，谁都不好意思看对方。好半天，江德福才开口说话：唉！你这是在干什么！

江德华无言以对，捂着脸进了自己的房间。

第十集

1　白天　安杰家卧室

孩子哭闹不休，安杰怎么也哄不好。正气恼着，江德福进来了。安杰把孩子往床上一丢，孩子哭得更厉害了。

江德福抱起孩子：噢，儿子，儿子不哭。

孩子哭个不休，安杰冷眼看着。

江德福继续哄着：好孩子，不哭，不哭啊！

孩子依然在哭，安杰更生气了。

江德福：好孩子好孩子，别哭了！别哭了！你别哭了！好不好？！

安杰：你冲孩子撒什么气？

江德福：我哪冲孩子撒气了？

安杰：有你这么恶声恶气地哄孩子的吗？

江德福：我怎么恶声恶气啦？他老这么哭，我能不着急吗？

安杰：你着什么急呀？哄孩子急什么！

江德福：要不你来哄？

安杰：我哪有这本事？你应该让你妹妹去哄，她的办法多呀！

江德福：你别这么说话。

安杰：我怎么说话了？难道我说得不对吗？你没见你妹妹都干了些什么吗？你眼瞎了吗？！

江德福：你别这么大声吵吵，别让她听见！她已经够难堪的了，她都哭了。

安杰：她哭了？她哭什么？她有什么可哭的？该哭的人是我！我才应该哭呢！自己的儿子吃别人的奶，这叫什么事呀！

江德福：那不是别人，是孩子姑姑。

安杰：什么？你再说一遍？

江德福：……

安杰：你怎么不说了？

江德福：……

安杰：你好意思再说吗？难道，难道你们老家都是这样哄孩子的吗？

江德福：……

安杰：是吗？

江德福：……

安杰：你哑巴了？是不是？到底是不是？

江德福：……

安杰：想不到哇，想不到你们老家的办法还真的挺多，连这么不要脸的办法都想得出来！

江德福：你说话注意点儿。

安杰：你让我注意什么？

江德福：什么叫不要脸？

安杰：难道那样不叫不要脸吗？一个没生过孩子的人，撩起衣服给别人的孩子喂奶，你说这叫什么事？这叫要脸吗？

江德福：我求你小点儿声！

安杰：我也求求你，求求你让你妹妹走吧！我可真受不了她了！

2　白天　安杰家外屋

江德华听到这里，回到自己房间，泪流满面地收拾自己的东西。

3　白天　安杰卧室

安杰：行！她不走，我走！我没法跟她在一个屋檐下生活！我实在无法再看到她！

安杰开始收拾自己的东西。

江德福抱着孩子一言不发地看着她。

4　白天　安杰家外屋

安杰提着箱子站在门口，看了一眼跟在身后的江德福，似乎在等着他挽留她，但江德福什么话也没说，就那么冷眼看着她。安杰开了门，不得不走了。

5　白天　安杰家门口

王秀娥端着一盆脏水出来，差点儿泼到安杰身上。

王秀娥：哎呀，哎呀，哎呀，你说这是咋搞的！

安杰冷冷地看了她一眼，头也不回地走了。

王秀娥生气地望着她的背影：有啥了不起的？这么傲气，出身不好还有脸呢！哼！

6 白天 老丁家

王秀娥一进家门就摔了盆子：跟这种人做邻居，真是活受罪！

老丁闻声从里屋出来：又怎么啦？谁又惹你啦？

王秀娥：谁？还能有谁？你稀罕的那个资本家小姐呗！

老丁急忙去看外边：你成天胡咧咧啥？要不咱们搬家！

王秀娥：我凭啥搬家？

老丁：我看咱还是搬走算了，免得你成天这么胡说八道。

王秀娥：我才不搬走呢！好不容易碰上德华可以做个伴，我干吗要搬走？没了她每天说说话，我还不得憋死！

老丁：不说废话憋不死！

老丁要进屋。

王秀娥叫住了他：国庆他娘好像又跑了！

老丁：往哪儿跑？

王秀娥：她还能往哪儿跑？还不是往她那资本家娘家跑！

老丁：你少胡说八道！

王秀娥：一说她，你就跟俺急，你急什么？

老丁：又胡说！又胡说！

王秀娥笑了：俺可没胡说，俺亲眼看见的！刚才她气呼呼地走了，手里还提了个包，俺跟她说话，她也不搭理俺，看样儿是气得不轻！

老丁：她就那德行，你少搭理她不就得了！

王秀娥：邻里邻居地住着，抬头不见低头见的，俺能不打声招呼吗？你说，江团长咋娶了这么个主呀？光好看有屁用呀？成天动不动就往娘家跑，惯的臭毛病！

老丁：他那是自作自受，你少管！

王秀娥：哎，也没听见啥动静呀？怎么又跑了呢？

老丁：你操那心干吗？还不做饭，我都饿了！

7　白天　老丁家厨房

王秀娥在和面，眼睛却不住地往外看。终于，她忍不住了，弄干净了手上的面，要出去了。

8　白天　老丁家里屋

老丁在看书，听到外边门响，赶紧丢下书往外走。

9　白天　老丁家外屋

王秀娥都一脚跨出门外了。

老丁：站住！干什么去？

王秀娥：盐没了，俺到隔壁要点儿去。

老丁：你给我回来！没盐就那么淡着吃！

王秀娥：淡着咋吃？吃了咋有劲儿？

老丁：没劲儿拉倒！没劲儿更好！省得你有这么多闲劲儿，跑出去给我惹是生非！

王秀娥：俺啥时候给你惹是生非了？

老丁：你还跟我嘴硬？你忘了你传闲话惹的那烂事了吗？你还过去！你真是记吃不记打呀！

王秀娥笑了：俺就是急得慌嘛！

老丁：你急个啥？

王秀娥：俺就是想知道她家又咋啦！这次是为了啥！

老丁：我看你就是咸吃萝卜淡操心！人家怎么了，关你啥事？

王秀娥：邻居住着，有事咱不该帮把手吗？

老丁：不用你帮！你只会越帮越忙！越帮越乱！

王秀娥：要不你过去看看？看看到底是咋回事！

老丁：快做饭去！你想饿死老子！

王秀娥：一顿饭不吃，饿不死你！

10　白天　江德华房间

江德福抱着孩子在门外站了半天，终于推开了房门。

江德福看到江德华在收拾东西，问道：你这是干什么？

江德华：三哥，俺还是走吧，俺还是回老家吧。俺在这儿，老是给你惹事，哪还有脸再待下去呀！

江德福：你别走，你不用走。

江德华：你别拦俺了，俺死活都得走了！人有脸，树有皮，俺不是那不要脸的人！真的，俺要走了，你给俺打上张火车票，送俺走吧。

11　白天　火车站

站台上，江德华抱着侄子，恋恋不舍。

江德华：说实话，俺就是不舍得俺侄子，俺能带他走就好了！

江德福站在一旁，无言以对。

12　白天　火车上

火车启动了，江德华贴着车窗向外招手。江德福抱着孩子追着火车走，江德华突然用手捂住了脸。

13　白天　站台上

江德福难过地望着捂着脸的妹妹,怀里的孩子突然哭闹起来。

江国庆:姑姑,姑姑,抱!抱!

江德福抱紧了孩子,将脸埋在孩子身上。

14　白天　火车上

江德华看见这一幕,泪流满面。

15　晚上　安家客厅

安欣在沙发上给孩子喂奶,安杰抱着另一个孩子坐在对面沙发上。

安杰:我死活都不明白,你说她是怎么想的?怎么会那么干呢?难道她不害臊吗?不难为情吗?

安欣:我又不是她,我怎么知道她是怎么想的?是有点儿莫名其妙。

安杰:只是有点儿莫名其妙吗?

安欣:那你还想我怎么着?

安杰:难道你不感到震惊吗?当时我都目瞪口呆了,估计她哥也是,他手里的东西都掉地上了!

安欣:你们是做父母的,又是亲眼所见,当然会震惊了。

安杰:你还是姨妈呢,你也应该震惊!

安欣:好好,我震惊!我震惊!我深感震惊!这行了吧?

安杰:这也不行!

安欣:那你还想怎么办?

安杰:这次可不能轻描淡写地放过她,得给她点儿厉害看看了!

上次那么喂孩子,就那么稀里糊涂地过去了,她连个错都没认!你看看,得寸进尺了吧?这次再不给她点儿颜色,以后还不知她会干出什么事来呢!

安欣:她还能干出什么事?还有比这更出格的事吗?

安杰:是出格吧?你也认为她出格吧?

安欣:按说她不该这样。虽说是结过婚的人了,但毕竟是没孩子,跟个姑娘也差不多!怎么能解开怀干这种事呢?真是不可思议!

安杰:就是不可思议嘛!平时她哥多向着她呀,不让说她半个不字!这次好了,什么话都没有了,说不出半个字来了!

孩子在安杰怀里直拱。

安杰:你那还没吃饱呀?你看把这个饿的,直拱我呢!拱得我都有点儿难受了。

安欣抬起头来:哎,你小姑子会不会也是这样?让你儿子拱的,也有些难受了,她才会那样干?

安杰:你别胡说八道了,怎么把责任推到我儿子身上了!

安欣:其实你小姑子人不错,挺好的,挺能干的,里里外外都替你干了,你省了多少心!

安杰:是省了我不少心,但也没少让我堵心哪!

安欣:你就忍忍吧!有这么个人总比没这么个人强,(看了眼安杰的肚子)再说,你又这样了,更离不开人了。

安杰:是呀,说得是呀!其实我没出家门就有些后悔了,我站在门口等着我们家那口子挽留我,可人家什么也不说,抱着儿子就那么瞪着我,我只好出来了!只好硬着头皮跑回来了!

安泰不知什么时候站在她身后。

安泰：你总这样，动不动就往娘家跑，你把娘家当什么地了？

安欣：她把娘家当避难所了！

安杰：怎么？不行吗？你真把我当成泼出去的水啦？

安泰：当然不行啦！你当然是泼出去的水了！泼出去的水，总是倒流，你说合适吗？人家江德福高兴吗？干吗？

安杰：他干不干关你什么事？

安泰：当然关我的事了！你老往这里跑，人家会认为我们在纵容你，包庇你！

安杰：人家可没你这么多的小心眼！你放心！这次我不会在你家里过夜！人家来接我，我就马上走，这行了吧？

安泰：人家还能马上来接你？想得美！

安杰：我的丈夫我还不了解？咱俩打个赌？

安泰：打什么赌？

有人敲门，安家兄妹都笑了。

安杰：你请吃西餐！

安泰：我才不跟你赌呢！你们俩口子串通好的吧！

16　晚上　安家客厅

江德福抱着孩子来了。

安杰：哼！你以为带着人质来，我就能跟你回去呀！

江德福：你不回去算了，但儿子要放到这里。

安杰：为什么？

江德福：没人给你带孩子了，你只好自己带了！

安杰：她呢？你妹妹呢？

江德福：我妹妹终于让你赶跑了！这下你可遂愿了！

安杰：啊……

17 晚上 安家餐桌上

安泰和江德福在喝酒，女人们抱着孩子在吃饭。

江德福：我这个妹妹呀，命不好！她一生下来，我娘就没了。嫁人了，以为日子能好过了，可没一个月，他男人就当兵走了。这一走，就活不见人、死不见尸地没了音讯。人家婆家就更不待见她了，天天不给她好脸色看。她又不能改嫁，因为男人是死是活谁也说不好，也没人敢娶她。再说，她人又能干，婆家也不放她走，她就这么当牛做马地在人家受着！唉！我想呀，瞅着这么个机会，把她接出来，跟我这当哥的享享福。可她的命咋就这么不好呢？干也干不好，留也留不下。我看她在火车上捂着脸哭，我这心里难受什么似的！我这算什么哥呀！连个妹妹都管不好，都护不住，我怎么对得起我死去的爹娘呢？

江德福说不下去了，自己端起酒杯一口干了。

安家兄妹面面相觑，如坐针毡。

安泰：要不过几天再去把她接回来吧？

江德福看了安杰一眼。

安杰马上说：我没意见，让她回来吧。

江德福：唉！算了吧！以后再想别的办法吧！她在这里，我也紧张。成天提心吊胆的，生怕她俩打仗闹别扭。

安杰：我们哪打仗了？

江德福：对，你们没打仗，你们是打架！你们光打架就够我受的了！别来了，天南地北的，我看你俩还怎么打！

安杰：那怎么办呢？她不来咱们怎么办呢？

江德福：你不是一直吵吵着要找保姆吗？你就找吧！你跟保姆再打仗，就不关我的事了！

安杰：是打架，不是打仗！

江德福：你愿打什么就打什么吧，反正不关我的事了！

安杰：那明天怎么办？我还要上班呢？孩子怎么办呢？

江德福：你总不能让我背着孩子上课吧？

安泰：要不，让孙妈到你家去？她儿子订婚了，她回去看看，过几天就回来了。

安杰：这行吗？那你们怎么办？

安泰：你嫂子又不上班，有什么不行的！

安杰：嫂子，行吗？

安妻：你哥说行就行，他说了算！

安杰：那太好了，真是太谢谢你们了！

安泰：谢什么，一家人客气什么！

18　傍晚　安杰家门口

王秀娥出来倒垃圾，碰上下班回来用竹车推着儿子的安杰。

王秀娥：下班啦？

安杰有气无力：啊。

王秀娥：你知道他们今天晚回来吗？

安杰：知道，不是去野外考核了吗？

王秀娥：谁知道野什么去了！到哪儿野去了！你吃什么？

安杰：我不太饿，随便吃点儿什么，对付对付吧。

王秀娥：哎！怎么能随便对付呢？你还带着身子呢！大人能对付，孩子不能对付！来来来，上俺家吃点儿吧？

安杰：不用，不麻烦了！

王秀娥：麻烦啥？有啥麻烦的？俺都吃过了，还剩下些，足够你吃的啦！

安杰：不了！真的不用！

王秀娥：噢，俺知道了，你是嫌俺吃剩下的吧？告诉你吧！那不是剩下的，是俺特意留出来的！俺怕大样他爹回来饿了，特意给他留的！

安杰：你还是留给丁大哥吃吧。

王秀娥不高兴了：你看看你这个人，咋这么别扭呢？一点儿都不实在！你不但跟你小姑子没法比，你跟你家江团长也没法比！

安杰：我……

王秀娥：你痛快点儿！你倒是吃还是不吃！

安杰：那好吧。

王秀娥笑了：这还差不多！这还像个邻居样儿！

19　傍晚　老丁家

王秀娥给安杰摆下吃饭的小桌子，用抹布认真地擦着：俺知道你爱干净，讲卫生，俺仔细点儿就是了。

王秀娥放下抹布，端上来热腾腾的饭菜：两张油饼、一碗稀饭、一个咸鸭蛋。我给你看着孩子，你快吃！

王秀娥抱着孩子在安杰对面坐下，撕了块儿油饼，塞进孩子手里。

安杰：他吃过了，在托儿所吃过了。

王秀娥：吃过了再吃点儿怕啥？

安杰：他……他没洗手。

王秀娥：小孩子手又不脏，不碍事！你吃你的，你别管他！

安杰只好硬着头皮吃了，先吃了一口油饼，觉得好吃，不由得大口吃了起来。

王秀娥：你别光吃饭，吃咸鸭蛋呀！

安杰：不用了，这油饼就很好吃了。

王秀娥有些得意：好吃吧？俺大样他爹说，俺烙的饼，比馆子里的饼都香！你再尝尝俺腌的咸鸭蛋，也好吃着呢，全是油！

王秀娥不由分说，将鸭蛋敲碎，塞进了安杰手里，问道：咋样儿？香吧？

安杰：嗯，香！真香！

安杰吃得很香，王秀娥看得很满意。

王秀娥：啧啧啧！还说不饿呢！上了一天班，还带着这么重的身子，能不饿吗？

安杰不好意思地笑了，王秀娥更满意了。

王秀娥：德华来信了没？

安杰：没有。

王秀娥：她那是还在生恁的气呢！

安杰看了她一眼。

王秀娥改口：那就是还拉不下脸来！

安杰：……

王秀娥：其实那有啥呀？不就是喂孩子口奶吃吗？又不是外人，是自己的亲姑！那还不像亲娘一个样儿嘛！女人的奶子，不就是让孩子叼的吗？你又不在家，孩子叼不着，不净哭闹吗？他姑哄不住他，急得什么似的，满头大汗，是俺给她出的主意，让孩子叼叼她的奶！开始她还不干，撩不开自己的怀，毕竟没生过孩子。后来，这小祖宗哭得什么似的，也满头大汗了，他姑没脾气了，解开了扣子，撩起了怀。你猜怎么着？

王秀娥说得激动地拍了一下桌子，安杰的筷子掉到了地上。

20　晚上　安杰家卧室

安杰睡得迷迷糊糊，江德福上了床。

安杰：回来了？

江德福：我是小心又小心，还是把你吵醒了。

安杰：考试过了吗？

江德福笑了。

安杰：你笑什么？

江德福：我笑这老婆和老婆就是不一样。我回来，你第一句话就问我"考过了吗"？人家老丁老婆第一句话就问"你饿了吧"？

安杰：那老丁老婆有第二句话吗？

江德福：有，但我忘了。

安杰：我的第二句话，你可不许忘。

江德福：你第二句是什么话？

安杰：你饿了吧？

江德福笑了：晚了！你问晚了！我在人家老丁家吃了！不饿了！

安杰：你怎么那么馋呢？你不会回家吃呀？

江德福：回家吃？你给我留饭了吗？我能吃上现成的热乎饭吗？我听说，你还是在人家蹭的晚饭呢！

安杰：怎么是蹭的呢？是大嫂非拉我吃的！不吃都不行！还把我跟你们做了比较，说你们实在，我不实在！

江德福：老丁家真是太实在了，实在得你不实在都不行，她都不答应!

安杰：的确是这样，真是挺可爱的。

江德福：她可爱吗？你不嫌人家脏了？你不怕她往手心里吐唾沫了？听说你吃得还挺香的，还挺能吃!

安杰笑了：把我饿得，前腔都贴后腔了，早把那些忘到脑后了!

江德福：你们这种人哪，就是虚头巴脑的！明明饿得前腔贴后腔了吧，还偏咬着牙说不太饿！结果怎么样？狼吞虎咽得露馅了吧？

安杰：她说我狼吞虎咽了？

江德福：她哪说得出狼吞虎咽这样的话呀！这话是我说的，我想象的！不过，你到人家吃一顿饭，把人家高兴得什么似的！围着饭桌直叨叨这件事，好像捡了个金元宝似的!

安杰：是吗？所以说她可爱嘛!

江德福：你用这种口气说人家，可不太好。

安杰：怎么不好了？

江德福：反正听着别扭，不舒服!

安杰：怎么别扭了？怎么不舒服了？

江德福：算了，困了，明天再说吧!

安杰：我明天还不说了呢!

江德福：那你这人可太不地道了，吃了人家的好吃的，隔夜就忘。关灯，睡觉!

灯熄了。

安杰：你还没说你考得怎么样呢？

江德福已经打起了呼噜。

21　白天　安杰家

安杰要出门了,又想起什么,问道:差点儿忘了!我脑子现在怎么这么忘事呢?

江德福:什么事?

安杰:孙妈回来了,今天就能过来了。

江德福叹了口气。

安杰:你叹什么气?难道你不愿让孙妈回来吗?你不高兴吗?

江德福:我高兴!我高兴咱们家终于也用上保姆了!

22　傍晚　安杰家

江德福进家,见孙妈正在厨房里忙活。

江德福:大姐,你来了?

孙妈:我来了,刚来不一会儿。

江德福:刚来你就忙活,你快歇歇吧!

孙妈:我不累,不用歇。

江德福:安杰呢?

孙妈:小姐去买饭了。

江德福:小姐?你叫她小姐?

孙妈:哎呀,我从前这样叫惯了,小姐都结婚了,该改口了。

江德福:是该改口了,不能再叫她小姐了!倒不是因为她结婚了,而是因为现在是新社会了,那些旧社会的老称呼不能再用了,绝对不能再叫她小姐了!

孙妈:不叫了,不叫了,我不叫了。

江德福:那你准备叫她什么?

孙妈:我……我也不知道该叫什么了。

江德福:你叫她同志!你就叫她同志!

孙妈:同志?这行吗?

江德福:怎么不行?叫同志不行叫什么行!你还可以叫她小安,叫同志叫小安都行!

孙妈:那……那我是不是也该叫您同志?

江德福:那当然啦!叫江同志也行,哪个顺口你叫哪个!

孙妈:哎,行,同志,江同志。

23　傍晚　安杰家卧室

江德福进来,儿子正好醒了,江德福抱起儿子:儿子,知道吗?你娘又成小姐啦,真是乱弹琴!

24　傍晚　安杰家厨房

安杰买饭回来,孙妈悄悄地跟她说话。

孙妈:小姐,姑爷回来了。

安杰:是吗?你见到他了?他跟你说什么了?

孙妈:他不让我叫你小姐,让我叫你同志,叫你小安也行。

安杰:哈哈……他是不是也让你叫他同志了?

孙妈:是呀,说叫同志也行,叫江同志也行,说怎么顺口怎么叫。

安杰:那你叫什么顺口?

孙妈:都不顺口。同志是该我叫的吗?怎么这么别扭呀?

安杰:别扭也得这么叫哇!你叫我个同志试试。

孙妈:那我叫个试试?

安杰:你叫吧。

孙妈:同志。

安杰笑了：是别扭。

孙妈：那……那叫你安同志呢？

安杰：也别扭！同志，安同志，安同志，同志。哎呀，都够别扭的了！那还是叫安同志吧，有个姓在前边挡一下，总归还好一点儿。

25　傍晚　安杰家卧室

安杰进来，江德福抱着儿子上下打量她。

安杰：你这么看我干吗？不认识了？

江德福：请问你是谁呀？

安杰：你说我是谁呀？

江德福：你是安小姐吗？

安杰：是呀，同志，江同志。哈哈——

江德福：我警告你，不许你再让人喊你小姐了！这个家里没有小姐！不许有小姐！让外人听见了可不得了！你听见了吗？

安杰：听见了！同志！江同志！我顺便请教一下，我该叫人家什么呢？我再喊人家孙妈也不行了吧？

江德福：是不行了！你不能再这样喊人家了，这明显是喊用人的，这不好，很不好！

安杰：你们就这点不好！很虚伪！明明就是用人嘛，你们偏偏不承认！这跟挂着羊头卖狗肉有什么两样？

江德福：你这舌头，真该给你割了去！成天不知轻重地乱讲话！结婚前给你改得差不多了，怎么老毛病又犯了？让老欧传染的吧？叫人家什么？这还不简单，人家比你大，你就喊人家大姐！

安杰：喊她大姐？

江德福：怎么了？不行啊？我都能喊，你怎么不能喊！

孙妈在门外喊：江同志，安同志，请出来吃饭吧。

安杰扑到床上大笑。

江德福拍了一下她的屁股：安同志，快请吧！

安杰坐起来，抹着眼泪：江同志，您先请！

26　傍晚　安杰家饭桌上

正吃着饭的安杰突然笑了起来。

孙妈：小，安同志，你笑什么？

安杰笑得更欢了，江德福用筷子敲了她头一下：快吃饭！好好吃你的饭！

安杰笑得手里的馒头都掉地上了，孙妈赶紧捡了起来，给她换了一个。江德福又给她换回来了。

江德福：换什么！又不是不能吃！

安杰白了他一眼，只好扒皮吃。

江德福：地上又不脏，扒什么皮！吹吹就行了。

安杰将馒头塞给了他：你吹吹吃了吧！

江德福：我吃就我吃，给你做个表率！

27　傍晚　安杰家厨房

孙妈在刷碗，安杰在一旁帮忙收拾。

孙妈：小姐，你出去吧，这里不用你。

安杰：怎么又叫我小姐？叫我安同志！

孙妈：就咱俩，私下里叫叫，没事。

安杰：私下里也不行！让他听见了，可不得了！

孙妈：你还怕他吗？

安杰：你看呢？

孙妈：我看你不怕。人家江同志对你可真好，这点我也看出来了。

安杰：哎呀，不就是替我吃了个脏馒头嘛！

孙妈：单这一件事，就看出他心好来了。他那是疼你！小姐，你的命好哇！

安杰：又来了！不是小姐，是同志，是安同志，大姐！

28 白天 安杰家

孙妈在拖地，王秀娥轻手轻脚地进来。她在后边上下打量着孙妈，眼看孙妈要撞上她了，她也不躲。孙妈吓得手里的拖把也掉了。

王秀娥哈哈大笑起来。

孙妈：请问？你找谁呀？

王秀娥笑够了：俺谁也不找！俺就是来看你的！

孙妈：……

王秀娥：俺住在隔壁，是邻居！以后咱就抬头不见低头见了！

孙妈：是吗？好哇好哇！

王秀娥：你姓个啥？

孙妈：我姓孙。

王秀娥：姓啥？

孙妈：姓孙！

王秀娥：哦，孙子的孙哪！这姓好记！

孙妈不悦，王秀娥继续上上下下打量孙妈。

孙妈更不乐意了：你这么看我干吗？

王秀娥：咦！恁这利索个人，咋想着给人家当保姆咪？

孙妈：……

王秀娥：以前她家里是小姑子看孩子，跟我处得可好了，可跟她嫂子处不来，你说，这胳膊哪拧得过大腿呀！这不，哭哭啼啼地回老家了，可怜呢！她是个寡妇，哎呀，比个寡妇还不如呢！寡妇还能改个嫁呢，她就不能！你知道为个啥吗？

孙妈：为啥？

王秀娥：她男人打仗的时候失踪了！生不见人，死不见鬼！可倒霉了！连个烈士都不算！俺家大样他爹说，就数这些失踪的人窝囊！你说他们窝囊不窝囊？

孙妈无奈：是挺窝囊的。

王秀娥：咋是挺窝囊呢？是太窝囊了！自己死得不明不白不说，家里连个烈属也捞不着！

外边有孩子大叫：娘！娘！你在哪儿？

王秀娥大叫：你娘在这哪！

孩子喊：你快回来吧！俺哥跟人家打架，把人家头给打破了！

王秀娥：啊！这个兔崽子！一天不给老娘惹祸，一天就不舒坦！

王秀娥一溜烟跑了，孙妈望着她的背影，面露不屑。

29　傍晚　安杰家厨房

安杰在喝汤：哎呀，好久没喝过这么好喝的鸡汤了！大姐，还是你做饭好吃呀！

孙妈：你快生了，需要好好补一补。

安杰笑了：这我没意见，我同意。

孙妈：哎，隔壁住的是什么人哪？是个军官吗？

安杰：是呀，你问这个干吗？

孙妈：哎呀，想不到还有这样的军官太太！

安杰笑了：你是说的隔壁大嫂吧？你见过她了？

孙妈：她自己跑来了！哎呀，她可真能说呀！一点儿都不认生，呱呱呱的什么都说！

安杰：她都说什么了？

孙妈：她说你和小姑子的事了。

安杰有些紧张：说她什么事了？

孙妈：也没说什么事，就说你跟她合不来，还说她是哭哭啼啼走的。噢，对了，还有……

安杰：还有什么？

孙妈：还说她可怜，男人失踪了，生不见人，死不见鬼，她连个寡妇都不如！

安杰不高兴了：她说这些干什么！

孙妈：就是嘛！我也不能堵她的嘴呀！我就想，怎么还有这样的军官太太呀！

安杰：这样的军官太太多着呢！待长了，你就不会大惊小怪了！

孙妈：我就不明白了，那么大的军官，怎么会找这样的老婆呢？

安杰：这样的老婆都是在农村老家娶的，丢又丢不掉，只好带出来了。

孙妈：这么说，人家这些军官还真有良心，不像那陈世美，进了城市，就喜新厌旧。

安杰一下子被呛着了，咳得厉害。

孙妈：你慢点儿喝！你又不是没喝过鸡汤，过去不是天天喝吗？

安杰没好气：你真能胡说！我过去哪天天喝鸡汤了！

孙妈有点儿慌：我的意思是，是经常喝。

安杰：经常是天天吗？你以后不要乱讲！另外，你以后少跟外人接触！尤其是隔壁那个王秀娥！

30　傍晚　安杰家

江德福进门，进来就抽鼻子：哎呀，什么味这么香呀？

孙妈出来：江同志回来了？我今天炖了只老母鸡。

江德福：从来没闻过这么香的鸡味，一定很好吃。

孙妈：您先回屋歇歇，饭好了我叫你们。

孙德福：好好好，那你辛苦了。

孙妈：辛苦什么！不辛苦！

31　傍晚　安杰家卧室

江德福进来，安杰冷眼望着他。

江德福又开始抽鼻子：哎，外边是鸡汤味，里边这是什么味呀？

安杰没好气：什么味，能有什么味？

江德福：好像是鸡屎味！

安杰：你才是鸡屎味呢！

江德福笑了：你又怎么啦？谁又惹你啦？

安杰：你看你，问得这个轻松劲儿！

江德福：我是挺轻松的。要搁以前，我妹在的时候，我见到你这个样子，腿早就软了！

安杰：你现在就不软了？

江德福：我现在软什么？我丑话早就说头里了，找了保姆，你再跟人家搞不到一起,就不关我的事了!你们就是打破了天,也没我什么事!

安杰:看你说得轻巧!这次还真有你的事呢!你还是难脱干系!

江德福:又有我什么事了?我连面都没跟你们照,能有我什么事?

安杰:你以为你不照面就没事了?你这个陈世美!就是到了天涯海角,也有人戳你的脊梁骨!

江德福不高兴了:你忘了约法三章了?

安杰:你光跟我约法三章有屁用?有本事你跟全国人民去约法三章!

江德福:你看看你,现在都变成什么样儿了?屁屁屁的!还是小姐吗?

安杰:哟,我又是小姐了?您不是反对我当小姐吗?

江德福:我反对你当小姐,我也没鼓励你当泼妇呀!你看看你,越来越像王秀娥了!

安杰笑了:邻里邻居地住着,抬头不见低头见的,我能不学坏嘛!

江德福:也不是什么坏,就是不讨人喜欢!

安杰:就是!是不让人喜欢!今天下午她跑到家里来,跟大姐说了一大堆乱七八糟的东西!连大姐都看不起她了,刚才问我,她是个军官太太吗?怎么还有这样的军官太太!

江德福皱了眉头:军官太太该是什么样儿?

安杰拍着胸:军官太太该是我这样!小姐样儿!

江德福:什么小姐样儿?什么屁样儿?

安杰笑了,抬起脚来要踢他。

江德福：哎……你别动！你别动！你别把孩子给我提前踢下来！

安杰：哎呀，好受点儿了，刚才我是真生气啦！

江德福：你为什么生气？谁惹你了？

安杰：谁能惹我？你呗！刚才大姐问老丁怎么会娶王秀娥这样的女人做老婆，我说，是在老家娶的，没办法！人家大姐就夸老丁仁义，有良心！完了又指责那些喜新厌旧的陈世美……

江德福：行啦行啦！我的情况跟陈世美不一样！我不是陈世美！

安杰：你当然不是陈世美啦！你老家那个媳妇儿不叫秦香莲，我也不是什么公主，你……

孙妈在门外喊：江同志，安同志，饭好了，请出来吃饭吧！

江德福：有保姆还真是挺好的，真是挺舒服的！

安杰：挺好的吧？

江德福：挺好的。

安杰：挺舒服的吧？

江德福：挺舒服的。

安杰：资产阶级的生活好吧？

江德福吓了一跳：好个屁！

安杰一耸肩膀：真虚伪！

32 傍晚 老丁家

老丁一家人吃面条，呼呼噜噜地响成一片。

二样：娘。再给俺盛一碗！

王秀娥给老二盛了一碗，大样又伸过碗来！

大样：给俺也盛一碗！

三样：还有俺！俺也要吃完了！

王秀娥：日恁个娘！恁是饿死鬼托生的呀？

老丁敲了敲碗：给你说多少次了？别说脏话！别骂人！你咋就不听呢？

王秀娥：俺啥时候骂人了？啥是脏话？

老丁：日恁个娘就是脏话！谁是他们的娘？不是你吗？你不是骂的你自己嘛！

王秀娥笑了：让你这么一说，俺啥话也不能说了！都是脏话，都不干净！

老丁：你不说话才好呢！让我耳根子清净清净！

王秀娥叹了口气。

老丁：你叹什么气。

王秀娥：这一天到晚也没个说话的人！那隔壁的保姆，像个哑巴似的，光听不说！唉！憋死俺了！也不知德华现在在干啥？还来不来了？

33 白天 安杰家

有人敲门，孙妈抱着孩子开了门。风尘仆仆的江德华站在门外，两个女人互相打量着。

孙妈：请问，您找谁？

江德华：你是谁呀？

孙妈：我是……

江德华：噢，俺知道了，你是他们找的保姆吧？

孙妈有些不悦：那你是谁呀？

江德华径直往屋里走：俺是谁，还用你管！

孙妈拦着江德华：你看你这个人，我不知道你是谁，我怎么能把你放进家里来。

江德华:这是俺哥的家!也是俺的家!俺进来,还用你放?!

孙妈:噢,您是,您是国庆的姑呀!

江德华:是呀,俺是他姑,怎么啦?

江德华说着就抱起孩子挨个屋子转,孙妈像防贼似的盯着她。

江德华:家里也没变样儿,还是那个样儿!

孙妈:是呀,还那样,没变样儿。

江德华:收拾得还挺干净!

孙妈:干净什么呀,凑合吧。

江德华:咦,你当保姆,怎么能给人家凑合呢?这像什么话!

孙妈:……

34 白天 保姆房间

见房间换了主人,江德华不高兴了:你住这儿,我住哪儿?

孙妈:这我就不知道了。

江德华:俺也没问你!

孙妈转身走了,江德华一屁股坐到了床上,自言自语:她在这儿,俺咋办呢?

35 白天 安杰家外屋

王秀娥兴冲冲地进来了:听说德华回来了,是真的吗?

孙妈拄着拖把:是真的。

王秀娥:在哪儿?她在哪儿?她人呢?

江德华提着裤子从卫生间冲了出来:俺在这儿!俺在拉屎呢!俺一听见你的动静,连屎都没拉完!

王秀娥笑了：你连水都没冲吧？咋没听见水响！

江德华：哎呀，可不是嘛！这要是让俺嫂子知道了，又该有话说了！

王秀娥冲她挤挤眼睛，被孙妈看见。孙妈弯下腰继续拖地，边拖边撇嘴。

江德华进卫生间冲水，王秀娥跟了过去：咋想着回来了呢？

江德华：哎呀，俺心里放不下俺侄子！半夜醒了，伸手一摸，摸不到俺侄子，俺那泪呀，哗哗地淌，半个枕头都是湿的。

王秀娥：嗯，这话俺信！

江德华：嫂子，不瞒你说，俺也挺想你的。

王秀娥：这话俺也信！你不知道，俺心里也老惦记着你呢！你要不信，你问你哥！问你嫂！俺老问他们，德华啥时间来，啥时候再来！

江德华：他们咋说的？

王秀娥冲她挤眼，又冲孙妈撇嘴。

江德华傻了吧唧地看不明白，继续问道：俺嫂子咋说的？她不愿让俺来吧？

王秀娥边挤眼边说：你嫂子可没那样说！人家是上过学的人，咋会那么不明事理呢！

江德华：她愿不愿让俺来算什么呀！这是俺哥的家，俺是俺哥的亲妹子，是俺侄的亲姑！俺愿来就来，愿走就走，碍她什么事！

王秀娥急得又挤鼻子又挤眼的。

江德华：嫂子，你这是干啥呢？你直挤什么眼呀？

王秀娥：哎呀！我哪挤眼了！哎呀！你帮俺看看，俺眼里是不是进虫子啦？

孙妈挤进来，将拖把放进池子里，将水龙头拧到最大，开始冲拖把。水珠子四溅，王秀娥将江德华拽了出来：咱别在这儿碍事了，咱到俺家待会儿去！

36 白天 家门口

一出门，王秀娥就说江德华：你咋回事？你回老家待傻了？那么冲你挤眼睛，你没看出来呀？

江德华：你不是眼里进虫子了吗？

王秀娥笑了：你眼里才进虫子了呢！俺那不是让你弄得没啥说的了吗？只好说眼里进虫子了呗！你们家能有啥虫子？俺只好那么瞎说！哎，你不知那个保姆有多精！

江德华：啥！她一个看孩子的保姆，你怕她干啥！

王秀娥：你不知道！人家可不是一般的保姆！她跟你嫂子的关系可不一般！

江德华：是吗？她们是啥亲戚？

王秀娥：亲戚倒不是，她是你嫂子娘家过去的用人，在她娘家待了十多年呢！

江德华：哎呀，吓我一跳！俺还以为是什么亲戚呢！不就是个用人吗？还能跟她一条心？俺村里的地主家的丫鬟老妈子，新中国成立后斗地主的时候，那个恨哪！跳到台子上，一把鼻涕一把泪地骂他们，急了还上去扇他们的嘴巴子呢！

王秀娥：说得也是！按理说她们应该恨他们！可你家这个保姆可不恨你嫂子，安同志长、安同志短地叫得可亲热了！

江德华：那俺嫂子呢？俺嫂子叫她啥？对她好吗？

王秀娥：好！对她可真不孬！一口一个大姐地叫着，可和气了！

江德华：比对俺都和气？

王秀娥：差不多，你俩差不多。

江德华不高兴了：这么说，她是一直把俺当保姆了吧！

王秀娥一愣：你别说，还真是这么回事呢！

江德华：哼！想把俺当保姆？没门儿！俺可不是好欺负的！

王秀娥：你以后在家里小心一点儿就是了，人家俩人是一条心的，你斗不过人家！

江德华：她俩一条心有屁用啊？俺还跟俺哥、俺侄子一条心呢！三条心还怕斗不过她们两条心？！

王秀娥：哎？你哥咋没去接你呢？你咋自己来了呢？

江德华：俺没告诉他！俺谁也没告诉！俺就自己来了！

王秀娥：真有你的！换了俺，俺可不敢！俺可没有这胆子！

37　白天　安杰家

江德华抱着孩子回来了，孙妈从厨房探出身子打招呼：回来了？

江德华气呼呼地"哼"了一声，进了安杰的卧室，"咣"的一声将门带上，孙妈的脸沉了下来，心里说：这是个什么人哪？

38　白天　安杰卧室

江德华东翻翻、西看看，自言自语：也没见收拾出啥花样儿来，还用人呢！

39　白天　安杰家厨房

孙妈正在忙活，江德华悄悄凑了过去：你干啥呢？

孙妈吓了一跳，手里的铲子掉到了地上：吓我一跳！

江德华：俺干啥了，吓你一跳。

孙妈看了她一眼，没说话。

江德华：哎，听说你过去是俺嫂子娘家的用人？

孙妈点头不是，摇头也不是，比较尴尬。

江德华：是不是呀？

孙妈只好点头：是。

江德华：那俺上她家的时候，咋都没见过你呢？

孙妈：可能都赶上我回家了。

江德华：哼！她们对你可真不孬，老给你放假！

孙妈：是呀，她们人好，待我很好。

江德华：俺村地主家可不这样！不光是俺村，别的村都一样！地主老财没一个好东西！他们家的丫鬟老妈子说起他们来，没一个不恨得牙痒痒。

孙妈：……

江德华：你怎么不放声了？

孙妈笑笑，还是不说话。

江德华：这俺就闹不明白了，难道乡下的地主老财和城里的资本家不一样？

孙妈：大概不一样吧？

江德华瞪起了眼睛：咋会不一样呢？不都是剥削人的吗？！

孙妈干笑：这，这我就不知道了。

江德华：什么不知道哇！我看你还是让她们家剥削轻了！

江德华转身就走，孙妈真的生气了，心里骂道：什么玩意儿！人事不懂！

40　傍晚　安杰家

江德福回到家,只见孙妈,不见孩子,有些奇怪。

江德福:大姐,国庆呢?

孙妈:江同志,孩子他姑来了,让他姑抱着出去了。

江德福:谁来了?

孙妈:她说她是您妹妹,是孩子的姑。

江德福:……

第十一集

1 傍晚 家门口

江德福在东张西望,神情焦急。江德华终于抱着孩子出现了。

江德华:三哥!你在这儿等谁呀?

江德福:等谁?等你呗!你怎么来的?

江德华:俺怎么来的?俺坐火车来的呗!咋啦?不行啊?不让啊?

江德福:怎么不行!我是说,你也不拍个电报,我好去接你!

江德华笑了:花那个钱干吗?俺又不是没来过!俺又不是不会坐火车!

江德福:来了就好!来了就好!

江德华:好什么呀!俺的铺都让保姆给占了,俺睡哪儿呀?

江德福:哪能没你睡的地儿,会有地方的。

江德华:俺都来了,还用保姆干什么?花那个钱!显你家钱多呀?

江德福:再商量,再商量吧。

江德华：跟谁商量呀？不就是跟你老婆吗！

江德福：那也得商量吧？人家这个大姐刚来没半个月，干得好好的，怎么跟人家说呀？

江德华：说她干得好好的，那意思是说俺没好好干了？不想让俺干了？

江德福：我哪有这个意思？你又不是外人。怎么能跟外人比！我的意思是，不好随便打发人家。

江德华：有什么不好打发的，不就一个保姆吗？给她点儿钱不就打发了吗？人家胖胖他家，保姆像走马灯似的，今天一个明天一个的，人家就没那么多事！

江德福：你知道什么！这个大姐，可不是随便打发的，人家过去在你嫂子家干了十几年了，是老熟人了，我们刚把人家请过来，又要打发人家走，说得过去吗？

江德华：过去？过去是什么时候？过去不就是旧社会吗？她们还敢提过去？敢提旧社会？不是我说你们，你们的胆子可真大，还敢用资本家家里的用人当保姆！你们吃了豹子胆了吧！

江德福目瞪口呆，不认识似的望着江德华。

江德华：你这么看着俺干啥？不认识了！

江德福：你行啦！你快回家吧！刚来就到处乱串！不是不让你瞎串门吗？这毛病怎么就改不了呢！

江德华：俺都来了，能不去跟大家伙打个招呼吗？

江德福：你以为大伙都盼你来呢？哼！

江德华：人家大伙可比你有良心！人家见了俺都可高兴了，不像你，还哼哼的！

江德福转身要走，江德华叫住了他：你干吗去？

江德福：我干吗去还用跟你汇报？

江德华：俺还不知道你！哼！

江德福：你哼什么哼？

江德华：许你哼不许俺哼呀？俺偏要哼！哼！哼！

江德华说完转身就走，江德福望着她的背影自言自语：她怎么变成这样了？

2 傍晚 马路上

安杰坐在三轮车上，远远地看见江德福，心想：哎呀！坏了！坏了！他怎么在这儿待着呢！

安杰：哎！停车！快停车！

车夫：炮校还没到。

安杰：我就在这儿下！你快停车！

安杰见江德福正向这边张望，就躲在车夫身后不敢下车。

车夫：你怎么又不下了？

安杰：等一会儿，我等一会儿再下。

江德福发现了安杰，朝这边走来。安杰吓得不知往哪儿藏了。

江德福：你躲什么呀？

安杰看了江德福一眼，不好意思地：谁躲了？我在这儿付钱呢！

江德福：还没到呢，你付什么钱！

安杰：我愿在哪付钱就在哪付钱，你管得着嘛！

江德福笑了，笑眯眯地看着她付了钱。

安杰下车时，江德福搭了把手：慢点儿，慢点儿！

车夫走了，安杰长舒了口气，以攻为守：就你话多！

江德福：就你毛病多！坐车就坐车吧，你躲什么？偷偷摸摸地干什么!

安杰:还不是怕你说我!

江德福:我说你什么?

安杰:你说我资产阶级思想!说我贪图享受欠改造!

江德福笑了:行了!以后你不用偷偷摸摸的了,你可以大摇大摆地坐!

安杰:真的可以吗?

江德福点头:真的可以!

安杰:为什么?

江德福:因为你的肚子!因为肚子里的孩子!

安杰笑了:我说嘛!闹了半天是沾别人的光!哎,你来干什么?

江德福:我来迎接你。

安杰:得了吧,太阳又没从西边出来!

江德福:你不知道吗?太阳今天就是从西边出来的!

安杰:出什么事了?

江德福:你可真聪明!我还什么都没说呢,你就知道出事了。

安杰急了:哎呀,怎么啦?出什么事了?是不是孩子生病了?是不是我们家那边又有什么麻烦了?

江德福:你看看你,都嫁给解放军这么久了,怎么还这么沉不住气呢?

安杰:哎呀!你快说呀!急死我了!

江德福:也不是什么大事,你也用不着急。

安杰:那是什么事呀?

江德福:你要有个思想准备,我说了,你可别生气。

安杰:只要不是什么要命的大事,我生什么气!再说了,生气也比着急好哇,是不是?

江德福:是什么呀!你着急生气都不好,我都不愿看到。

安杰笑了:就你会说!花言巧语的!说吧!什么事?天塌下来我也不着急,我也不生气了。

江德福:天倒没塌下来,你小姑子倒来了。

安杰:我小姑子?

江德福:是呀,就是我那苦命的妹妹呀!

安杰:行啦!你用不着使这种哀兵战术了,三十六计你用了两计了!还剩下三十四计了!

江德福:你没生气呀?你不生气呀?

安杰:你那苦命的妹妹来了,我敢生什么气呀!我生气你干吗?你能不跟我生气吗?

江德福笑了:这我可不敢保证。安同志,你的阶级觉悟确实提高了。哎,你是怎么提高的?

安杰:好啦!你别给我灌迷魂汤了!你不批我的资产阶级思想我就烧高香了!

江德福:资产阶级思想还是要批的!你看,你现在这无产阶级的觉悟,不就是批出来的吗?

安杰:我不跟你废话!我问你,孙妈,噢不,大姐怎么办?

江德福:是呀,我这不也在发愁吗?

安杰:你不用愁!一切以你那苦命的妹妹为主!

江德福:这是当然的了,这还用说吗?

安杰:那你还愁什么?

江德福:我是愁大姐怎么办?

安杰:怎么办?请人家回去呗!虽说是请佛容易送佛难,但也得送啊!要不怎么办?

江德福:说实话,我还真是不舍得让大姐走呢。大姐在这儿,省了我们多少事!里里外外的,全都不用我们操心。说句不该说的话,比我妹可强多了!不说别的,光那饭做的,就比她强到姥姥家了!这样的保姆,你上哪儿找哇!

安杰:还不是得上我家找!

江德福:就是!你们这种家庭,别的本事没有,调教用人的本事还是不错的。哎呀,你说这叫什么本事呀?剥削人的本事嘛!

安杰站住了,斜眼望他。

江德福:哎呀,你也别不愿听,这是事实嘛。

安杰:我不是不愿听,我是不敢听!我是害怕听!

江德福:害什么怕,有我呢!

安杰:别说这些没用的了,你快说说怎么办吧!

江德福:我是这样想的,你看行不行。先让我妹妹住下,也别急着让大姐走,让大姐带带她也好哇,你说是不是?再说你也快生了,有她伺候月子,我也放心点儿。你说是不是?

安杰:是不是都让你给说了,我还说什么!也只好这样了!可她们怎么住呢?

江德福:这好办,明天我到营房科去换个双人床。

安杰:那今天晚上呢?

江德福:只好麻烦你跟她凑合一夜了。

安杰:那你呢?

江德福:我只好去学员宿舍凑合一夜了。

安杰:凑合凑合!咱就这么凑合着过吧!

3　晚上　老丁家

老丁在洗脚，王秀娥在铺床。

王秀娥自言自语：也不知那边怎么样了？

老丁：什么怎么样了？

王秀娥：我害怕他们家打起来！

老丁：哼！

王秀娥：你哼啥？

老丁：你害怕人家打起来？我看你是盼着人家打起来！

王秀娥：你咋这么说俺呢？你看俺是那种人吗？

老丁：我看你就是那种人！唯恐天下不乱的人！

王秀娥：咋一说到她身上，你就跟俺犯急呢？她是你啥人呢？你这么护着她！

老丁：又来了！又来了！又开始犯浑了！

王秀娥：我犯浑？你才犯浑呢！你吃着自家碗里的，看着人家锅里的！小心人家男人打断你的腿！

老丁一脚将脚盆踢翻：娘的！这日子没法过了！

王秀娥：你心早空了！早就不在咱娘几个身上了！你还猪八戒倒打一耙！

老丁脚也不擦，直接穿上棉鞋往外走。

王秀娥在身后喊：你死哪儿去？

老丁开了门。

王秀娥从床上跳下来，光着脚追了过来，一把扯住老丁的衣袖：这么晚了，你要上哪儿？

老丁：你管老子上哪儿！放手！

王秀娥乖乖地松了手，眼睁睁地看着老丁出了门。

王秀娥：日恁个娘吔！不把俺气死，你不算完呢！

4　晚上　学员宿舍

老丁推门进来，开了灯，看见床上的江德福。

老丁一愣：奶奶的！你咋在这儿？

江德福乐了：奶奶的，你咋来了？

5　晚上　学员宿舍

熄了灯，漆黑一片，两人辗转反侧，都睡不着。

江德福的声音：伙计，怎么还不睡？

老丁的声音：你不也没睡嘛！

江德福的声音：睡不着！睡不着！

老丁的声音：你还有睡不着的时候！

江德福的声音：娘的！这不就睡不着了嘛！

老丁的声音：不搂老婆睡，就睡不着了？

江德福的声音：有这个因素，但也不全是。

老丁的声音：那还有什么？

江德福的声音：我这心里七上八下的，真担心她俩睡在一张床上打起来。

老丁的声音：她俩要是打起来，我老婆就有事干了！

江德福的声音：为什么？她有什么事干？

老丁的声音：她要劝架啊！她要跑过去劝架呀！

江德福笑了：那可糟了！你老婆还不得拉偏架！那我老婆可要吃亏了！

老丁的声音：看你这没出息的劲儿！光想着老婆了！咋就不想想

你妹呢!

江德福:我妹有你老婆帮着,吃不了亏!哎,你小子,是不是跟老婆打架了,才跑出来的?

老丁:……

江德福的声音:我没说错吧,为什么?

老丁:……

江德福的声音:到底为什么呀?

老丁的声音:睡你的觉吧!管人家两口子的事!

江德福的声音:哎,你这个人!刚才管我家的事,不是管得挺来劲的吗?怎么就不让别人关心关心你家的事呢?

老丁的声音:我家的事不用你关心!你还是操心操心你老婆和你妹妹打没打起来的事吧!

江德福的声音:老丁,你可真不是个东西!我这心里刚好受点儿,你又提!

老丁的声音:行啦,你的心里还有好受的时候!我这心里连好受的时候都没有呢!

江德福拉开了灯,探起了身子:伙计,怎么啦?事态很严重?

老丁:关灯!

6 晚上 安杰卧室

安杰听着江德华的呼噜声,辗转反侧地睡不着,索性探起身子来,盯着江德华看。

江德华一睁眼吓了一跳:俺娘!你干什么?

安杰也吓了一跳:我,我睡不着。

江德华没好气:你睡不着看我干什么!

安杰无话可说了：我……

7　白天　安杰家

江德华抱着孩子回来了：哎，孩子饿了，你给蒸个鸡蛋羹吧。

孙妈：我正忙着呢，你蒸吧。

江德华：你没看见我抱着孩子吗？

孙妈：你就不能把孩子放到车里待一会儿？

江德华：哎，你这个人有意思！你怎么不把你手里的活放一会儿？孩子放下会哭，你手里的活放下会哭吗？

孙妈气得放下洗了一半的床单，进了厨房。

8　白天　安杰卧室

江德华喊：好了吗？这么长时间了。

孙妈的声音：你不能自己去看看吗？

江德华生气了。

9　白天　安杰家外屋

江德华抱着孩子站在孙妈身后：我说你这人可真有意思！让你干点儿什么，你总要推给我！我替你看孩子还不行吗？够可以了吧！

孙妈：你怎么是替我看孩子呢？

江德华：怎么不是替你看的？我要是不来，孩子不得你看吗？不得你抱着吗？

孙妈：你要是不来，孩子我也不用天天抱着！

江德华：孩子又不是你家的，你当然不会天天抱着了！

孙妈：……

10　白天　安杰家厨房

孙妈进了厨房，用围裙擦着眼角。掀开锅，拿出了鸡蛋羹。

11　白天　安杰家外屋

孙妈将鸡蛋羹放到了饭桌上。

江德华：哎，怎么就蒸这么点儿，这够吃吗？

孙妈：两个鸡蛋，够孩子吃了，如果你也吃，那是不太够。

江德华：你说这话啥意思？

孙妈：我说两个鸡蛋够孩子吃了！

江德华：后边呢？

孙妈：后边说，如果你也吃，那就不够了！不对吗？

江德华：对个屁！

孙妈：你怎么骂人呢？

江德华：谁让你说我吃鸡蛋羹了？

孙妈：你没吃吗？

江德华：我哪吃了？我啥时候吃了？

孙妈：你每次都吃！而且都是吃第一口！你以为别人眼瞎，看不见？

江德华：我那是吃吗？我那是尝尝咸淡！

孙妈：有你那么尝咸淡的吗？一尝就是一大口！

江德华：我就那么尝！你管得着吗？这是俺家的鸡蛋，俺爱怎么尝就怎么尝！不用你管！

孙妈：你承认你吃了就行了！谁稀得管你！

门外传来王秀娥的声音：这又是咋啦？咋又吵吵上了？

王秀娥推门进来,江德华迎了上去:嫂子,你来得正好!你给评评理!俺替孩子尝尝咸淡,她非说俺偷嘴吃!

　　孙妈:我什么时候说你偷嘴了?

　　江德华:你就是这个意思!你还想赖!

　　王秀娥一拍大腿:咦!这就是你的不对了!这是姓江的家,人家姓江的吃什么不中?咋叫偷吃呢?说你偷吃还差不多!

　　孙妈气得声都变了:你!你说什么?我什么时候偷吃了?

　　王秀娥:俺这是打个比方,俺又没说你偷吃!你急啥!俺是说,人家自己家的人,在自己家里,怎么着也不算个事!不像外人!你说是这个理不是?

　　孙妈将床单一丢,起身进了自己房间。

　　王秀娥冲江德华挤眼,江德华笑了。

　　王秀娥:走,到俺家去!

　　江德华看着碗里剩了一大半的鸡蛋羹,喂了江国庆一大口,噎得孩子都吐了出来。

　　江德华:小祖宗!怎么越忙你越添乱呢!

　　王秀娥:剩下一口了,你吃了算了!

　　江德华看看碗里,又看向孙妈的房间。

　　王秀娥笑了:咋啦?让人家说怕了?

　　江德华:我怕啥!我怕谁!

　　江德华说完一口吞下剩下的蛋羹。

12　白天　孙妈房间

　　孙妈坐在床上抹眼泪。

13 白天 老丁家

王秀娥和江德华笑成了一团。

江德华：哎呀！真是太解气了！

王秀娥：你也是个孬种！平时你不是挺厉害的吗？连你嫂子都不得不让你三分，咋就让一个保姆欺负了？

江德华：俺哪让她欺负了？俺欺负她了还差不多！

王秀娥：那你还让俺评什么理！

江德华：俺哪是让你评理呀？俺那是让你帮俺说话！

王秀娥笑了：咋样儿？俺帮你说得不孬吧？

江德华也笑了：当然不孬了！看把她气的！

王秀娥：你说，咱这叫啥本事嘛！俩人欺负人家一个！

江德华：在俺家里也是俩人欺负一个！是她俩欺负俺一个！

王秀娥：那你哥不管哪？

江德华：他？哼！他还敢管老婆？早就被老婆管住了！

王秀娥：该！这就是娶城市老婆的下场！光图人家的脸蛋儿了，顾不上人家的脾气了！

江德华：就是！男人就是贱！

王秀娥：这话没错！一点儿没错！

江德华：不过，你家大哥还是挺好的，挺不错的！

王秀娥：好个屁！不错个屁！也是个吃着自家碗里、看着人家锅里的玩意儿！

江德华：是吗？丁大哥可不像这种人！他看谁家锅里的了？

王秀娥：谁家锅里的？反正人家锅里的都香！都比自家碗里的强！

江德华笑了：俺哥就不这样！他就看他自己碗里的好，吃得也香!

王秀娥:是啊!世上有几个你哥那样有福气的男人?引得人家的男人都盯着他手里的碗流哈喇子!

江德华大笑:俺丁大哥也流吗?

王秀娥:他敢!你哥还不撕烂他的嘴!

江德华又笑,笑得很得意,王秀娥看着很不舒服:哎,你哥到底为啥离婚?

江德华:谁知道哇!抽风呗!

王秀娥:你以前的嫂子不好看吗?

江德华:不好看,但也不难看!

王秀娥:那为啥跟人家离?

江德华:……

王秀娥:要是我,打死我也不离!看他们能拿我有啥法!

江德华:……

王秀娥:你咋老不说话呢?是不是有啥事瞒着?

江德华:有啥事瞒着?

王秀娥:你哥离婚的事,你哥为啥离婚?

江德华:唉,俺真不大清楚,俺也直纳闷呢。第一天回的家,第三天就把婚给离了,俺那个嫂子也没吵,也没闹,就那样乖乖地回娘家去了。

王秀娥:会不会是你嫂子干了啥缺德的事了?(看着江国庆)哎呀,小兔崽子,你咋往床上尿哇!

江德华:哎哟!哎哟!忘了把他尿了。这可咋办哪!

王秀娥:咋办?你赔呗!

江德华:我给洗洗吧。

王秀娥：嗐！洗什么！小孩子的尿又不脏！谁像你嫂子那么穷讲究！床单三天两头地洗！外边铁丝上见不到别人家的床单，全是你家的！你嫂子家有钱，床单不怕洗！洗烂了再买新的！

江德华：就是！数她毛病多！床上不让坐，说身上有细菌！她不让坐俺就不坐了？她上班不在家，俺天天跑到她床上坐着去！俺也没见细菌吃了她！

14　傍晚　安杰家厨房

安杰下班，进了厨房直抽鼻子：大姐，做的什么好东西，这么香！

孙妈：我蒸的扣肉。

安杰：哎呀！太好了！我都流口水了！

孙妈：那你就多吃点儿吧，反正也吃不了几顿我做的饭了。

安杰：大姐，你什么意思？

孙妈：小姐，我有点儿想家了，我想回去了。

安杰：想家你就回去看看呗，干吗不回来了？

孙妈：国庆他姑在这儿，这儿也不缺人，我还是走吧。

安杰：她是不是跟你闹别扭了？

孙妈：小姐，没有。

安杰：哎，大姐，你今天这是怎么啦？怎么又叫开我小姐了？

孙妈：我也不知道怎么了，心里怪难受的，就想这样叫叫你。

安杰：大姐……

孙妈：你也别叫我大姐了，你还像以前那样，叫我孙妈吧。大姐有的是人叫，孙妈再也没人叫了。

安杰：孙妈。

孙妈：小姐。

外边传来孩子的哭声,俩人吓了一跳。

15　傍晚　小路上

江德福和老丁往家走,半路上被江德华堵住。

江德福:你怎么在这儿?

江德华:我在这儿等你!

江德福:你等我干什么?

江德华:我等你说点儿事!

江德福:说什么事?你能有什么事?

江德华看了一眼老丁,意思很明白。

老丁笑了:肯定又是恶人先告状!

老丁说完一个人先走了。

江德福:什么事?说吧!你是不是跟谁又闹别扭了?

江德华:我哪敢哪!人家小姐和老妈子的,人家是一伙的!我哪斗得过人家呀!

江德福:你干吗动不动就要跟人家斗呢?你不斗不行吗?

江德华:我不斗行吗?她俩在家里偷偷摸摸的,你叫我一声小姐,我叫你一声孙妈的,像什么话!这要是传了出去,不又得害了你吗?

江德福没好气:你不传出去,谁能知道?

江德华:怎么又赖到我头上了?

江德福:我警告你,家里的事,不许往外乱说!

江德华:俺知道!俺不说!对你不好的事,俺从来都不说!

江德福在前边大步流星地走着,江德华在后边一溜小跑地追着。

江德华:三哥!你慢点儿!等等俺!三哥,你让那孙妈赶紧走吧,留着她是个祸害!

江德福:说你多少次了,让你叫大姐、叫大姐,你为什么就是不叫呢?老是哎哎地叫人家,现在又叫人家孙妈,孙妈是你叫的吗?

江德华:俺知道!孙妈不是俺叫的!是你老婆叫的!是那个资本家的小姐叫的!行了吧!

16 傍晚 安杰家

江德福回来了,安杰从厨房出来:回来了?

江德福"嗯"了一声,径直往卧室走。

孙妈从厨房探出身来:安同志,可以开饭了吧?

江德福回头看了她俩一眼。

安杰:江同志,可以吗?

江德福没好气地:可以!

晚饭吃得很沉闷,除了孩子的哭闹声,大人们谁都不说话。

17 晚上 安杰卧室

江德福吃完晚饭回到卧室,安杰也跟了进来:是不是你妹妹跟你说什么了?

江德福:是不是大姐又叫你小姐了?

安杰:……

江德福:是不是你又叫大姐孙妈了?

安杰:她都听见了?

江德福:她又不聋,怎么听不见!

安杰:我们以为她不在家,以为家里面没人。

江德福:跟你说了多少遍了!你怎么就是不听呢?怎么就不知

厉害呢？

安杰：我知道。我们从来都没叫过，就是今天，大姐心情不好，叫了一声"小姐"，我一感动，就叫了她一声"孙妈"。

江德福：叫你一声"小姐"你就感动了？这说明你还是愿意做你的大小姐！是不是？

安杰：是不是都让你给说了，我还能说什么呀！哎呀，别说这些没用的了，说点儿要紧的吧！

江德福：什么要紧的？

安杰：人家大姐想走了，不想在这儿待了。

江德福：为什么？

安杰：因为德华老欺负人家。

江德福：什么？谁欺负她？

安杰：江德华！你妹妹！你那苦命的妹妹！

江德福：这是谁说的？

安杰：这是人家大姐今天亲口对我说的！

江德福：她说德华欺负她了？

安杰：对呀！千真万确的！

江德福：还千真万确的，人家江德华还说你俩欺负她呢！

安杰：什么？我俩欺负她？

江德福：是呀！也是千真万确的！人家说你俩是一伙的，你们主仆二人一起欺负她一个人，人家还委屈得要命呢！

安杰：哎呀，哎呀，这可真是恶人先告状呀！

江德福：你那孙妈也不是什么善人，她不也在告状吗？

安杰：人家那不是告状！人家是跟我提出要走，我非问她为什么，人家才说的。

江德福：她说德华欺负她了？

安杰：没错，她是这么说的！

江德福：你信吗？

安杰：开始我不信，后来我信了。

江德福：你为什么信了？

安杰：人家说得有鼻子有眼的，我能不信吗？

江德福：有什么鼻子有什么眼？你说给我听听。

安杰：比如，她老是指使大姐干这干那的，明明大姐手上有活，明明她在那什么事也没有，她还是要指使大姐干。

江德福：这就叫有鼻子有眼吗？鼻子在哪儿？眼在哪儿？

安杰：您真是她的三哥呀！您是她的亲哥哥！再比如，今天下午，大姐明明在洗床单，她什么事也没有，却偏让大姐给孩子蒸鸡蛋羹。大姐说，你能不能自己去蒸，她说大姐有意思，说我帮你看孩子了，你还得寸进尺。

江德福：德华能说得出得寸进尺这样的话？

安杰：得寸进尺是我加的，她就是这个意思吧！她的原话是，我要是不来，这个孩子不也得你看吗？

江德福：什么混账话！

安杰：混账吧？

江德福：你别得寸进尺！

安杰：怎么又赖我了呢？

江德福：你们没一个好东西！三个女人一台戏，你们这都演些什么乱七八糟的破烂戏！真烦人，烦死人了！

安杰：何止是三个女人哪！是四个女人！这破烂戏是四个女人演的！你不知道吧？

江德福：还有谁呀？

安杰：这还用问吗？长脑子干吗！近水楼台的人呗！人家都是近水楼台先得月，她倒好，是近水楼台地乱搅和！

江德福：你是说老丁家属？

安杰：这还用问吗？不是她是谁！除了她，谁会有这份儿闲心！她一直都在给德华帮腔，话里话外地呲人家大姐。她今天又跑过来了，干脆就说起人家大姐的不是了！有一个德华就够大姐受得了，这半路又跑出这么个程咬金来，你说大姐能受得了吗？不走干什么？让我也得走哇！

江德福笑了：我还以为，你们主仆二人欺负我妹妹一个人呢，我这心里还怪不是滋味的。这下好了，有个程咬金帮她了，你们也算扯平了，二比二，势均力敌，谁也没占便宜，谁也没吃亏！

安杰生气了：你这人怎么这样？你这不是在和稀泥吗？什么是势均力敌呀？我白天上班不在家，就大姐一个人，能是势均力敌吗？

江德福：那你晚上回来，人家德华不又成了一个人了吗？你们还是扯平了呀！

安杰：扯平什么呀！更扯不平了！你回来了，谁敢怎么着她呀！

江德福：你看看，你看看，一急就说漏嘴了吧？我不在家，你们还是欺负我妹妹了吧？

安杰：谁欺负你妹妹了？还你们你们的，我们是谁呀？

江德福：你们是主仆二人，这你可不能不承认吧？

安杰：我们怎么又成了主仆二人了呢？你不是说，在革命队伍里，只有分工不同，没有高低贵贱之分吗？你不是说，大姐来咱们家，是来帮忙的，不是来当用人的吗？不是什么保姆，而是自家人吗？怎么现在又成了仆人了呢？我是主人你是什么？你不也是主人吗？

是男主人！这么说，你跟人家也是主仆关系喽？

江德福：小声点儿，你小点儿声！你怕外人听不见哪？你怕人家忘了你的出身哪？主人仆人的，你还没完了！

安杰：你才是只许州官放火，不许百姓点灯的浑蛋呢！许你说主仆，不许别人说主仆！

江德福：我说主仆是批判着说，不像你！

安杰：我是怎么说的？

江德福：你是怀念着说！

安杰顺手抄起扫铺用的扫帚，朝江德福身上砸去，江德福笑着躲开了。

江德福：哎，君子动口不动手！你也别生气了，我去说说德华，让她以后注意！大姐不能走，尤其这个时候不能走！我们这种家庭，哪能让人家受着委屈走呢？这不是我们这种家庭该干的事。

安杰：你什么意思？这是哪种家庭该干的事？

江德福笑了：你可千万别多心！我没有那个意思！好了好了，我这就去找德华谈谈去。

安杰：你光找德华谈恐怕还不行，你最好也去找找那个程咬金谈谈去！让她以后少掺和这边的事！

江德福：我是铁路警察，管不了那一段！那一段让老丁管吧！

安杰：那你得跟老丁说说呀！

江德福：这话怎么说？这不是让人家两口子打架吗？我看老丁最近跟他老婆老干架，老丁的心情也不太好，我看还是不说的好。

安杰：有那样的老婆，谁的心情能好哇！

江德福：你别老说别人，说说你自己吧！

安杰：我怎么了？我有什么可说的？

江德福：你有什么可说的？老子现在的心情就很不好！你说你有什么可说的？

安杰又在满床找东西。

江德福将扫铺扫帚丢了过去：别找了！在这儿呢！快铺床吧，我今天有点儿累，想早点儿睡。

安杰：你不跟你妹妹谈好了，你就别想睡！

江德福：唉！有你这样的老婆，我的心情能好吗？

安杰：那你跟老丁换换！

江德福：嗯？你什么意思？

安杰笑了：你不愿意吧？

江德福不笑：这么说，你愿意？

安杰大声地：我更不愿意！

江德福笑了：这还差不多！

18　晚上　安杰家外屋

孙妈在厨房忙活，江德华抱着孩子在外屋乱转，想去偷听哥嫂在说什么，又怕孙妈看见，因此焦躁不安。

江德福出来了，江德华担心地望着他。

江德福：德华，你来一下，我跟你说点儿事。

江德华不愿意：你跟我说什么事呀？在这儿说不行吗？

江德福眼一瞪：让你进来你就进来，啰唆什么！

江德华吓了一跳，神情紧张但又不情愿地跟着江德福进了自己的房间。

孙妈拿着抹布，担心地望着他们关上了房门。

安杰出来了，孙妈想跟她说什么，被安杰示意着制止了。安杰也担心地望着关死的房门,一个劲儿地拍胸口。

19　晚上　老丁家外屋

王秀娥端着洗脚水从里屋出来,老丁堵在家门口坐着翻报纸。

王秀娥:你像个门神似的堵在这儿,别人就不出门了?

老丁:我说过了,今晚上谁也别想出这个门!

王秀娥:我要出去倒洗脚水!

老丁:倒厕所里!

王秀娥:厕所里有人,大样在拉屎!

老丁:那就等一会儿倒,正好可以冲屎!

王秀娥猛地将盆往老丁脚下一放,水花四溅,老丁急忙将双脚抬起,小马扎一歪,差点儿摔倒。王秀娥见状,吓得赶紧往里屋跑,刚跑几步,就听隔壁传来江德华的叫声。王秀娥马上驻足,聚精会神地侧耳倾听,可惜声音模糊,听不清楚。

王秀娥:这是德华的声音吧?

老丁:……

王秀娥:咋就她一个人的声音呢?

老丁:娘的!你就是唯恐天下不乱!你想听几个人的声音?你是不是盼着那边的声音全出来,打成一锅粥?

王秀娥:俺哪是这意思?你把俺想成啥人了?俺是怕德华吃亏!她一个人,怪可怜的!

老丁:她可怜?你听她这动静可怜吗?谁的声音也没她的高,像个泼妇!

王秀娥:你们都是些啥人呢?怎么胳膊肘净往外拐呢?

说着说着,传来江德华的哭声,两口子对视着都不说话了。

20　晚上　安杰卧室

江德福和安杰躺在床上。

安杰有些不安：哎呀，我这是第一次看见她哭，怪可怜的。

江德福：……

安杰搂住江德福：谢谢你，难为你了。

江德福扒拉掉安杰的手，转过身去。

安杰对着他的后背，柔声柔气地问：你生气了？

江德福粗声粗气地说：关灯，睡觉！

21　晚上　江德华房间

孙妈轻手轻脚地进来，见床铺被江德华占去了一大半，想让她往里边靠靠，又不敢，只好叹了口气，忍气吞声地侧着身子躺下了。

江德华等了半天，也没听见孙妈的动静，转过身来一看，孙妈可怜地缩着身子躺在床边上。江德华撇了撇嘴，自己往里边靠了靠。

江德华：哎！

孙妈吓得一哆嗦，差点儿掉到地上。江德华咯咯地笑了起来。

孙妈恼怒：你要干什么？

江德华也吓了一跳，不高兴了：我要干什么？我想让你往里边点儿！好心当成驴肝肺！

孙妈小声嘟囔：你还会有什么好心！

江德华大声地：你说什么？你大声点儿！

孙妈：别吵了，这么晚了！

江德华：我问你刚才说的什么？你说什么了？

22 晚上 安杰卧室

安杰推醒了江德福：哎，你听。

江德福迷迷糊糊地：听什么？

安杰：你妹妹好像跟孙妈打起来了。

江德福一下子坐了起来，侧耳倾听。听不见孙妈的声音，只听见江德华的声音，一声比一声高。

江德华：你以为我没听见呀？你以为我耳朵聋呀？

孙妈：……

江德华的声音：你以为有人护着你，我就怕你了？

孙妈：……

江德华的声音：你本来就是个老妈子嘛，你还怕别人说！

安杰不高兴了：你听听，这叫什么话！

江德福：你给我闭嘴！

安杰惊愕地望着他，见他掀开被子，蹦到地上，连鞋也没穿，就冲了出去。安杰缓过神来，急忙穿上衣服下了地，走到门口，又折回来，弯腰拿起了江德福的拖鞋跟了出去。

23 晚上 江德华房间

江德福光着脚，掐着腰站在门口，训江德华：你也是劳动人民出身，你怎么能说出这种混账话呢？大姐也是苦出身，你俩是一根藤上的苦瓜，你俩应该团结一心才对！

安杰站在江德福身后沉下了脸。

孙妈：江同志，您别生气了，都是我不好，您回去睡吧，小心着凉。

江德华：哼！就会做好人！

江德福：你给我闭嘴！我给你说的那些话，你怎么记不住呢？你当是放屁呀!

江德华:你就会说我!就会冲我厉害!有本事,你别在这儿跟我厉害!你应该跟你老婆厉害去!

江德福气得一时不知说什么好,安杰也气得听不下去了,她将拖鞋往江德福跟前一丢,转身要出去。

江德福看见地上的拖鞋,弯腰捡起来,冲着江德华就扔了过去。

江德华:好哇!你打我!你打我!你敢打我!

安杰闻声转过身来,见江德华正在穿衣服,似乎是要走。

安杰急忙进去劝她:德华,你别生气,消消气。你哥他是在气头上,你千万别……

江德华:你别在这儿装好人!拖鞋是你给他的!是你让他打我的!呜……

安杰:这……这……

24 晚上 老丁家卧室

老丁躺着,王秀娥坐着,两人都在听隔壁的动静。

王秀娥:你听,德华哭了。

老丁:我又不聋,我听见了!

王秀娥:那你还不让我过去劝劝去!

老丁:不用你劝!你只会火上浇油!我还不知道你!

王秀娥:那我不过去,你过去!你过去劝劝去!

老丁:我也不过去!劝什么劝!人家自己的事,自己解决!用得着外人瞎掺和!

王秀娥:那咱总不能看着德华吃亏吧?

老丁:她吃不了亏!

王秀娥：都哭成这样了，还吃不了亏？

老丁：让她吃点儿亏也好，免得不长记性！

王秀娥：你！你……

老丁：你什么你？关灯！睡觉！

门被"咚咚"地敲响。

王秀娥开了灯，脸都探到老丁的脸上了：肯定是德华！咱能不开门吗？

老丁叹了口气：看把你兴奋的，开去吧！

25　晚上　安杰家卧室

安杰坐在床上，江德福在地上穿衣服。

安杰：要不，要不就让她在那边睡一夜吧？

江德福：……

安杰：她气成那样了，能跟你回来吗？

江德福一屁股坐到床上：我怎么能动了手呢？唉！真不像话！

安杰：你是在气头上。

江德福扭过头来：你也是！早不丢拖鞋，晚不丢拖鞋，偏等到我气头上，你的拖鞋扔过来了！你说这跟炮弹似的，我能不抓起来用吗？！

安杰：怎么又赖到我头上了？我给你拖鞋，是让你穿的，又不是让你打人的！真是的！

江德福：唉！说什么也没用了！连德华都认为是你让我打她的，咱们说什么也没用了！人家外人是信咱们的，还是信她的？

安杰：那肯定是信她了，还能信咱们！

26　晚上　老丁家卧室

江德华坐在床上跟王秀娥哭诉，老丁披着大衣在地上抽烟。

王秀娥：啧啧，真不是东西！咋能动手呢？像个当哥的嘛！你那嫂子也不是个东西！人家都是拉着男人不让动手，她倒好，还给男人递家伙！什么玩意儿！

老丁：你不要乱说！不要乱骂人！

王秀娥：咦！咋一说到她，你就不让了呢？她到底是你的啥人哪？

江德华也不哭了，奇怪地看着老丁。

老丁气急败坏，丢掉抽了一半的烟，摔门出去。

27　晚上　家门口

老丁出来，见江德福穿着军大衣站在自家门口。

老丁：你待在这儿干吗？怎么不进去？

江德福：她好点儿了吗？

老丁：没好多少！

江德福：还在哭？

老丁：快不哭了。

江德福：那你跑出来干什么？不在里边劝劝她！

老丁：我才懒得劝她呢！说的都是些歪理，还理直气壮的！你这妹妹真该打，打得还太轻！

江德福：我没打她！我哪打她了？

老丁：那她哭什么？还哭得那么凶！

江德福：我在气头上，扔了一只拖鞋过去，根本就没打着她！

老丁：亏了你还是个战斗英雄！枪法怎么这么不准呢！

江德福：去你的！幸亏没打着她，要是打着了她，她还不跑到校长家去！

老丁笑了：这么说我的级别不够，只能处理处理脱靶的事？哎，听说你的武器是你老婆递给你的？

江德福：别听她胡说八道！我老婆能干这么没水平的事吗？

老丁：嗯，你俩口子水平倒是挺高的，害得我连个睡觉的地方都没有了！走！你陪我回宿舍睡去！

江德福：行行行！你等等我！我回去打声招呼。

老丁：看你这份儿出息！你把对你老婆这种劲头，拿出一半对你妹妹，我也不会大半夜跑出来睡！

28　晚上　安杰家卧室

安杰关切地：那你多穿点儿，别冻感冒了。

江德福张开大嘴，打了一个大大的喷嚏。

江德福：奶奶的，我现在就感冒了！

安杰：对不起。

江德福：不用对我这么客气！你以后对我妹妹客气点儿就行了！

29　晚上　安杰家卧室

灯亮了，安杰一脸痛苦地坐了起来，肚子痛得大喊：大姐！大姐！

孙妈那边没动静。

安杰又喊：大姐！大姐你醒醒！

孙妈还是不醒。

安杰再喊：孙妈！孙妈！

孙妈醒了，慌慌张张地跑了进来：小姐，小姐你喊我？

安杰有气无力地：你别叫我小姐，我不是小姐了。

孙妈：安同志，安同志你怎么啦？是不是哪儿不舒服？

安杰：我肚子疼得厉害，大概要生了。

孙妈：啊？离生还有半个月呢！怎么会呢？

安杰：就是要生了！我知道！就是这么个痛法！

孙妈：江同志呢？江同志到哪儿去了？

安杰：他去学员宿舍睡去了。

孙妈：小姐，噢，安同志，对不起，给你添了这么大的麻烦。

安杰：这不是你的事。哎哟，痛死我了！

孙妈：这怎么办呢？上哪儿找他去呀？

安杰：你先上隔壁把德华叫回来，她大概知道她哥他们在哪儿。

孙妈：哎，好！我这就叫她去！

30 晚上 老丁家卧室

王秀娥和江德华被一阵敲门声惊醒。

江德华：谁呀？吓死人了！

王秀娥：你听，好像是你家保姆！

孙妈的声音：德华！德华！快起来！你嫂子肚子痛！你嫂子要生了！

江德华：啊！要生了？不是还早呢吗？

灯亮了，两个女人一起从床上跳下来，手忙脚乱地穿衣服。

江德华：不会是让我气的吧？

王秀娥：很可能！让你气得动了胎气！

江德华：这可咋办呢？她要是有个三长两短的，俺可担待不起呀!

王秀娥:可不嘛!你哥还不跟你拼了!

江德华一屁股坐到床上:你吓唬俺干啥?俺的腿都软了!

王秀娥:现在知道腿软了?早干什么了!要不是你惹事,你嫂子能这么早就动了胎气吗!

江德华:怎么又赖俺了呢?你到底跟谁一伙?

王秀娥:谁有理俺跟谁一伙!唉!你嫂子也够可怜的!挺着大肚子,还天天起早贪黑地去上班,可真不容易!人家还是小姐呢!还是资本家的小姐呢!

江德华奇怪地望着王秀娥。

王秀娥:哎呀!你咋穿俺的袜子了!

第十二集

1 晚上 安杰家卧室

几个女人在地上急得团团转。

江德华:娘啊!俺哪知道他们的宿舍在哪儿呀!

王秀娥:你天天抱着孩子往外边跑,还以为你哪都知道呢!

江德华:俺哪天天往外跑了?

安杰:哎哟!痛死我了!我还是起来上医院去吧!

王秀娥:这外边黑灯瞎火的,你怎么去呀?再说,我们都不认识医院,往哪儿走哇?

安杰爬起来穿衣服:实在不行,你们去找个电话,往校长家打个电话,找杨书记帮忙。

王秀娥:俺娘哪!往校长家打电话?这半夜三更的,谁敢呀?

江德华:我敢!我去!

安杰大叫一声,低头去看自己的脚下,一股血水从她裤腿里流了出来。

江德华:哎呀!嫂子!你这是怎么啦?你憋不住啦?

王秀娥：娘吔！孩子要出来了！

江德华：你咋知道的？

孙妈：小姐，噢不，安同志的羊水都破了！

江德华：啥破了？哪儿破了？

王秀娥：哎呀！你可真烦人！你快别问了！快扶你嫂子躺下！把她裤子扒下来！

江德华：扒她裤子干啥？不上医院了？

王秀娥：扒她裤子干啥？不扒下裤子能生孩子吗？你说的！

江德华：不是上医院生吗？

王秀娥：羊水都破了，咋上医院呢？你想让孩子生在半路上啊？你想要他娘俩的命呀！

江德华没了主意：这可咋办哪？这可糟了！娘啊！俺魂都吓没了！

孙妈也迟疑：这行吗？在家生行吗？

王秀娥火了：在家生不行，在大马路上生行啊？

孙妈：我是说，我是说没个医生，行吗？

王秀娥：不行也得行啊！要不，你去请个医生来！

孙妈：我哪知道医生在哪儿呀！德华，你……

江德华：俺来这儿也没生过病，连医生的影子都没见到过呢！

安杰又开始大叫。孙妈扑过去安抚她，给她擦汗。

江德华小声问王秀娥：怎么一阵一阵地叫哇？

王秀娥没好气：一阵一阵地痛，可不就一阵一阵地叫呗！

江德华：那咋办呢？现在咋办呢？

王秀娥：俺也不知咋办好了！裤子你们又不让扒！医生你们又找不来！黑灯瞎火的又没个车！俺是没招了！

江德华：那就扒吧！扒裤子吧！可扒了裤子又咋办呢？

王秀娥：笨蛋！扒了裤子就生孩子呗！要不扒裤子干啥！

安杰哭了，泪流满面：你们别吵了，快帮我看看，孩子是不是要出来了？

王江二人七手八脚地将安杰的裤子扒下，争着往里看。

王秀娥推开了江德华：你看什么？你又没生过孩子，看也是瞎看！

江德华小声嘀咕：俺看看怕什么。

王秀娥大叫起来：俺娘吔！都看见头发了！漆黑漆黑的！快！赶快！

江德华犯傻：头发？看见谁的头发了？

王秀娥生气了：看见你的头发了！你咋这么傻呢？滚一边去！

孙妈过来看了一眼，大惊失色：哎哟！真的！都看见孩子的头顶了！

王秀娥：俺啥时候说过瞎话！快！快端盆热水来！还有，还有纸，草纸！还有，还有什么来着？哎呀！你俩盯着我干吗？快去打水找纸去呀！

水来了，纸也来了，江德华见王秀娥正在挽袖子，赶忙拽住了她：你要干啥？

王秀娥：俺要干啥？废话！这还用问？接生呗！晚了就来不及了！

江德华：你，你行吗？

王秀娥：行！在老家俺就常看别人接生！再说了，俺自己都生了仨了，都是在自家炕上生的，没一个上医院，哪一个生得孬？

孙妈：看来也只有你了！要不，你先去洗个手？

王秀娥：俺手又不脏，洗什么！

江德华拖她：洗洗吧！你还是去洗洗吧！

王秀娥：好好好！俺洗！俺去洗！就你家臭毛病多！

2　晚上　安杰家卫生间

王秀娥在洗手，江德华也挤过来洗。

王秀娥：你洗什么手，又不用你接生！

江德华：俺也洗洗吧，好给你打下手！

王秀娥笑了：你别添乱就谢天谢地了！

王秀娥洗完了手，江德华又拖住了她：哎，你还没打肥皂呢！

王秀娥：打什么肥皂！来不及了！

江德华：要打！你非得打！

王秀娥只好打肥皂：俺算服了你家的人了，怎么连你也变成这样了！

王秀娥甩着湿手就往外跑，边跑边往裤子上擦。

江德华：你用毛巾擦！你那不白洗了！

王秀娥：毛病！臭毛病！

江德华自言自语：她行吗？

3　晚上　安杰卧室

王秀娥冲进来，弯腰一看，又开始大叫：老天爷呀！头都要出来了！

江德华凑过来：娘吔！可不是嘛！你快动手哇！你快接生啊！你干吗站着不动啊！

王秀娥爹着两手不知干什么好了，但嘴还硬：现在知道催俺！刚才又让打肥皂，又让擦手的！

江德华：姑奶奶！别说了！快点儿给俺嫂子接生吧！

王秀娥：孩子还没出来呢，你让俺咋接？俺总不能薅着头发把孩子薅出来吧！

孙妈：孩子出来了，要铰脐带吧？

王秀娥双手一拍：可不是咋的！俺咋把这给忘了呢？快！快去找把剪子来！

江德华：剪什么的剪子？

王秀娥：剪脐带的剪子！

江德华：俺家没有剪那啥带的剪子。

王秀娥：姑奶奶！你家有剪啥的剪子？都行！都中！

江德华找了把剪子来，王秀娥拿在手上咔嚓咔嚓地试着：嗯，行，挺快的。

孙妈：得消消毒吧？

王秀娥：嗯，对，是得弄干净点儿！

江德华：给俺！俺去洗洗去！

孙妈：光洗可不行，得用开水煮煮！

王秀娥：那多耽误事！你水还没煮开呢，孩子就出来了，你用啥铰下来？

江德华：那咋办呢？

王秀娥：那咋办！那咋办！你就会那咋办！去！找瓶辣酒来！

江德华：找辣酒干啥？你喝呀？

王秀娥：你啰唆个啥？让你找，你就快点儿找！

4 晚上 安杰家厨房

江德华开始翻箱倒柜，终于找到一瓶茅台酒。

5　晚上　安杰卧室

江德华抱着茅台酒进来：这个行吗？

王秀娥：是辣酒就行！

王秀娥喝了一大口酒，含在嘴里，扑哧一声吐到剪子上，又自言自语：还要再来上一口。

王秀娥又如法炮制地给剪子消毒，恰巧被安杰看见，安杰大惊失色：你，你这是要干什么？

王秀娥：消毒！给剪子消毒！俺老家都这么……

江德华大叫：不好了！孩子出来了！

王秀娥手握剪刀上来了。

江德华大叫：你把剪子放下！你想伤人哪！

王秀娥听话地放下了剪子，上去托住了孩子的头。

王秀娥喊：你再使点儿劲儿，孩子就要出来了！

安杰带着哭腔：我没劲儿了，实在没劲儿了。

王秀娥：怎么会没劲儿了呢？吃了那么多饭，都吃到哪儿去了！使劲儿！像拉屎那样使劲儿！

江德华：你会接生吗？怎么什么都说呀！

王秀娥：滚一边去！你懂什么！你又没生过孩子！使劲儿！再使点儿劲儿！

突然间，一个婴儿的哭声出现了，声音嘹亮。

王秀娥惊喜的声音：娘啊，又是一个大胖小子！

6　早晨　操场上

早操的队伍解散了，江德福解下武装带，老丁过来了：别回去了，到食堂吃算了。

江德福：我还是回去看看吧。

老丁：瞧你这点儿出息，跟老婆还早请示晚汇报的。

江德福：我老婆都那样了，该关心还是要关心的。

老丁：离生还早呢，你紧张什么？

江德福：这可说不准。我儿子就提前了十多天出来，万一这个再提前了呢？

老丁：这说明你家都是些急性子，所以才打成一锅粥了呢！

江德福：你不说我还差点儿忘了呢，这更要回去了，万一家里的锅再煳了呢？

老丁：你回去，我也得回去了。

江德福：你回去干吗？你家的锅又煳不了！

老丁：唉！我家那口凉锅，让你家的热锅比的，成天拿我跟你比，把我比得一无是处！

江德福笑了：说实在的，你跟我比，差距是挺大的。

老丁用武装带抽他。

7 早晨 家门口

俩人走到家门口，隐隐约约听到婴儿的哭声。俩人你看看我，我看看你，都觉得奇怪。

老丁：这是什么声？

江德福：好像是小孩儿哭，而且是月子里的小孩儿。哎？不会是我老婆生了吧？

老丁：你在说梦话吧？你老婆那么娇惯，能在家里生孩子吗？

江德福：那这是什么声？

老丁：猫叫吧？

江家的门开了，孙妈提着暖瓶出来了。

孙妈：江同志，恭喜您，您又得了个大胖小子。

江德福大惊：什么？你说什么？

孙妈笑了：你听，孩子在哭呢，动静多大！

江德福一个高蹦回家了。

老丁笑了：奶奶的，比兔子蹿得还快！

8 早晨 老丁家厨房

王秀娥在做饭，老丁甩着武装带探进头来：哎，告诉你，隔壁生了，又是个儿子。

王秀娥依然忙着，似乎没听见，老丁有些奇怪。

老丁提高了声音：你没听到？隔壁生了个儿子！

王秀娥转过身来：恁这大声做啥？俺又不聋，又不是听不见！

老丁越发奇怪了，上下打量着她。

王秀娥：恁这样瞅俺做啥？不认识俺了？

老丁：有点儿，恁是谁呀？

王秀娥：俺是恁老婆！咋啦？想不认账？

老丁：想不认账也晚了！

王秀娥乐了：恁有这胆！不认账试试！

老丁：跟你说正事呢，隔壁生了，你没听见？

王秀娥：人家隔壁生了，关你什么事呀？看把你高兴的，一遍又一遍的！

老丁举起了武装带：你是不是皮紧？是不是找抽？

王秀娥凑了过来：你打，你打，你打一个试试！

老丁连连后退,退到门边,差点儿绊倒。

王秀娥大笑起来,笑得用围裙擦眼泪。

老丁:神经病!

王秀娥:俺是神经病?神经病还能给人家接生?

老丁:什么?你接生?你给谁接生?

9　早晨　安杰卧室

江德福目瞪口呆,半天说不出话来。

江德华笑了:三哥,你傻了?高兴傻了?

江德福缓过神来,弯下腰,解孩子的小被子。

江德华:你干什么?

安杰明白了:你哥要检查。

江德华:不缺胳膊不少腿的,检查什么?

江德福:你们的胆子可真大!敢在家里生孩子!还敢让她接生!

江德华:你说这话可真没良心!要不是人家大嫂,这孩子没准儿就生到马路上了!

江德福检查完孩子,又抬头问安杰:你没事吧?

安杰撇嘴:现在才想起问我有没有事,你说呢?

江德福笑了:看见你撇嘴,我就放心了!

江德华在一旁撇嘴。

江德福训她:你撇什么嘴?你以为撇嘴好看呢!

10　傍晚　安欣家

欧阳懿下班回来,进卫生间洗手,安欣追了进去:给你说件稀奇事,安杰生了,又生了个儿子,你知道吗……

欧阳懿：又生了个儿子有什么稀奇的？我还以为生了个龙凤胎呢！

安欣：又来了！知道你有本事！不生则无，一生就生俩！

欧阳懿：这难道不是本事吗？省了你多少事？省了你十月怀胎的辛苦！你看她们，一个一个地怀，一个一个地生，费那个事！

安欣笑了：你也就这一件事上占了上风，看你这没完没了的！

欧阳懿：就这一件事就够了！够他江德福追一阵子了！

安欣：人家这不追上了？

欧阳懿：数目上是追上了，质量上可差远了！双胞胎呀！你让他们生个试试！

安欣转身就走，走了几步又折了回来：我还没说稀奇事呢。

欧阳懿：有什么稀奇的？不就又生了个儿子吗？

安欣：你知道她是在哪儿生的孩子吗？

欧阳懿奇怪地望着安欣。

安欣：在家里！

欧阳懿不相信：在家里？

安欣：想不到吧？还有更稀奇的呢！你知道是谁给她接生的吗？

欧阳懿更奇怪了：谁接生的？难道不是医生吗？

安欣：要是医生接生，那还叫稀奇吗？告诉你吧，是她家的邻居！那个大字不识一个、连孙妈都看不起的军官太太！

欧阳懿：你妹妹没事吧？

安欣：没事！人家母子平安！什么事也没有！连医生看了都没挑出毛病来！怎么样，稀奇吧？

欧阳懿点头：是够稀奇的！

欧阳懿又摇头：哎呀！真是无知者无畏呀！他们那些人，是傻大胆办傻事，傻人有傻福！可怜你妹妹了，那么个心高气傲的人，嫁到那种地方，也只好凭天由命了！唉！可怜哪！

11　中午　操场边的大树下

江德福抱了本书，倚在树下睡着了。路过的老丁看见，上前踢醒了他：哎，醒醒，醒醒。

江德福醒了，用手抹着嘴角。

老丁笑了：睡得还挺香！

江德福：哎呀，我家那个江军庆呀，黑白睡颠倒了，白天睡，晚上哭，可把我哭草鸡了！

老丁：那是夜哭郎！我们老家碰上这样的孩子，就在村口贴个告示，上边写着"天惶惶，地惶惶，我家有个夜哭郎，过往君子念三遍，一觉睡到大天亮"。你不妨试试。

江德福：试什么呀，那是迷信！我看哪，还是让你的名字给起坏了！自从你给起了江军庆这个名字，我儿子就夜夜哭，日日闹的，我看他八成是不愿叫这个名字！

老丁：不愿叫就别叫！谁拿枪逼着你们叫了吗？

江德福：你费事巴拉地起了，我们好意思不叫吗？

老丁：我老婆也是，给她个棒槌，她就当针！你们跟她客气，让她给起名字，她像立了功、受了奖似的！天天追着我，硬让我起！好像给我挣来了什么待遇似的！

江德福：那你也得给起个好听点儿的名字啊！江军庆这个名字太一般了，还不如江国庆呢！

老丁：你的意思，不就是我起的名儿不如校长老婆起的名儿好吗？那没办法，谁让校长老婆把调子都给定了呢，你生了孩子就要庆祝！国庆完了可不就该军庆了嘛！

江德福：那军庆完了呢？

老丁：那就民庆呗！

江德福：也行！那我就敲锣打鼓继续往下生！

老丁：你随便。

江德福：你呢？生完了三样怎么就不往下生了呢？

老丁：这我咋知道？你该问老天爷去！哎，说得也是，咋就没动静了呢？

江德福笑了：我是敲锣打鼓地生，你是一样一样地生！

老丁：再生个丫头我就不生了，生了丫头我就叫她小样，就此打住了。

江德福：想得还挺周到！

12　白天　校园内

安杰下班回来，见一群人正围着一棵大树，仰着头在看什么，于是紧走几步，凑了过去。

树干上贴了一张纸，有人正念出声来。

路人：天惶惶、地惶惶，我家出了个夜哭郎，过往君子念三遍，一觉睡到大天亮。夜哭郎叫个江军庆。

身后有人拍安杰，安杰吓了一跳，回头一看，是江德福。

江德福冲她挤挤眼，两人离开了。

安杰：这是你干的吗？

江德福笑了：我还以为是你干的呢！

安杰：我哪有这个聪明才智呀！肯定是他们干的！

江德福：他们？他们是谁呀？

安杰：他们是王秀娥和老丁，还有你那苦命的妹妹江德华！

江德福摇头：这不是老丁的字。

安杰：那会是谁呢？

江德福：肯定是那俩人求别人写的呗！你别撇嘴，人家这是好心好意，你别不知好歹！

安杰：那麻烦你代表我去谢谢她俩！

江德福：你长嘴干什么？光会得罪人、不会感谢人！

江德福转身就走，安杰追了上去，看见他后背上的青草。

安杰大叫：你站住！你干什么坏事了！

江德福：我干什么坏事了？

安杰：没干坏事你后背上哪来这么多草？

江德福伸手去划拉后背，安杰从他背上扯了一根草，举着。

安杰：晚了！铁证如山！

江德福：什么铁证，还如山！要毕业考试了，大家都各自找地方背题。我也不敢到宿舍去背，怕一见到床，就忍不住要上去睡觉。所以我就跑到操场上，心想在光天化日之下，我总不能再犯困睡觉吧？谁知道……

安杰：又睡着了？

江德福：唉，天当房，地当床，又有那么好的太阳，你说我能不睡吗？而且……

安杰：而且什么？

江德福：而且这样我也睡惯了，战争年代，行军打仗，我们经常这样睡！

安杰撇嘴：别光顾睡觉了，考试考砸了！

江德福：这是不可能的事！你也不看看我是谁？

安杰：你是谁呀？

江德福：我是过目不忘的天才呀！

安杰：那你也不能掉以轻心了，要留校的人，考不及格可说不过去。

江德福：谁说我要留校了？

安杰：就你的嘴严！人家杨书记今天到我们药房，人家告诉我的！

江德福：还没最后定呢，刚征求了我的意见，我还没同意呢！

安杰：你说什么？你还没同意？你什么意思？

江德福：我的意思是我不适合在院校工作！

安杰：那你适合在哪儿工作？

江德福：我还是适合到部队去，干我的老本行，带兵去！

安杰：我不管你干什么，反正你别离开这个城市就行，你看着办！

江德福：这哪是我看着办的事？这是组织看着办的事。我是毛主席的战士，最听党的话！

安杰站住了，望着他不说话。

江德福笑了，边走边唱：毛主席的战士最听党的话，哪里需要哪里去，哪里需要哪儿安家！

13 白天 公共汽车站

安杰在等车，杨书记来了。

安杰：杨书记，您不是骑自行车吗？

杨书记：胎扎了，只好坐车了！哎，你为什么不骑自行车呢？

安杰：我不会……不会骑。

杨书记：学呗！骑车子有什么难学的！

安杰：摔了几次，我就懒得学了。

杨书记：你太娇气了！

安杰：……

杨书记：哎，你要跟江团长一起进岛吗？

安杰：进岛？进什么岛？

杨书记：你难道不知道？江团长毕业分到松山岛去了！提升了，到守备师当参谋长了！

安杰瞪大了眼：他，他不是留校了吗？

杨书记：炮校的庙太小了，留不住人家！人家不干！推荐你家的邻居留下了。

安杰：我家的邻居？是老丁吗？

杨书记：我不知道姓什么，我只知道是你家的邻居，他老婆不是给你接的生吗？

安杰：……

杨书记：其实挺好的，我看江团长也不适合留校，他是个带兵打仗的料，留在学校可惜了。

安杰：都解放了，还打什么仗啊！

杨书记：解放了，就能刀枪入库吗？那国家还养军队干什么？解散得了！

安杰：……

杨书记：小安哪，我先给你打个预防针，到时候你可不能拖江团长的后腿！

安杰：……

14　白天　公共汽车上

杨书记睡着了，安杰提前下了车。

安杰招手叫停一辆三轮车，坐了上去，心里骂道：骗子！骗子！全是些骗子！

15　晚上　安家客厅

安家的人脑袋挤在一起仔细研究一本地图册。

安杰：在哪儿呀？怎么找不到哇？

安泰：再找找！再找找！再好好找一找！

安杰：都找这么半天了！还这么多眼睛！

安欣：少安毋躁，只要是中国的领土，就一定能找到。

欧阳懿：那可不见得！不是中国所有领土，中国地图上都能找得到的！

安泰不高兴了：你这是什么话？中国的领土，中国的地图上找不到？那它到哪儿去了？被你割让出卖了吗？

欧阳懿：你这么激动干吗？你何必这样感情用事呢？我的意思是，地方太小了，地图上未必标出来。你看这地图上有陈庄、李庄、张家庄吗？

安泰：怎么会小呢？能驻扎一个师，地方能小吗？

欧阳懿：那可说不准！说不定……

安欣：你就少说两句吧！没人把你当哑巴！

安妻：会不会不在咱们省？在外省？

安欣：有道理！人家军队里讲究五湖四海，说不定就调出省了！咱一个省一个省地好好找找。

欧阳懿：你这不是大海捞针吗？能捞上来吗？

安欣：你怎么老在这儿泼冷水？又没让你捞，不愿捞到一边待着去！

安泰：哼！

欧阳懿：大哥，你哼什么？

安杰：都别吵了！也别找了！还大海捞针呢，就是捞出金子来，我也不稀罕！要去他自己去，我不去！

安泰：你不去怎么行？

安杰：不去怎么不行？可以两地分居嘛！大不了离婚嘛！

安泰：说得轻巧！什么话都张口就来！

安妻：你急什么？小妹不过是随便说说。

江德福不声不响地进来了：谁要离婚呢？

安家人都吓了一跳，不安地望着他，唯独安杰冷着脸。

江德福问安杰：是你要离婚吗？

安杰：对！没错！是我要离婚！

江德福：你为什么要离婚？

安杰：我不能跟骗子在一起生活！

江德福：谁是骗子？

安杰：你是骗子！你是个大骗子！

江德福笑了：我怎么是骗子了？还是个大骗子？

安杰：你不是说要留校吗？不是说要留在这里吗？

江德福：我什么时候告诉你我要留校了？

安杰一愣：杨书记说的！杨书记亲口告诉我你要留校的！

江德福：那应该杨书记是骗子呀？怎么连我也一起骂了？还要跟我离婚！

安杰：你不留校就离婚！

江德福：留不留校又不是我说了算。我是个军人，军令如山，我不服从行吗？

安杰：我不管那些，你要走你走！反正我不走！

安泰：安杰！

安杰：你叫我干什么？

安泰一时语塞，不知说什么好。

欧阳懿：小妹，说两句就行了，没完没了就不好了。

安杰：谁没完没了了？我家的事你少管！

安欣：怎么能这么说呢？这要是光是你家的事，你跑回娘家来干什么？还打电话把我们都招了来！

安杰没话可说了，气呼呼地望着大家。

江德福反而出面当和事佬了：这就叫得道多助、失道寡助吧？你看你，都是泼出去的水了，还跑回娘家来耍横，你以为你是谁呀？

安杰：我是谁？我还能是谁？我不就是个骗子的老婆吗？

江德福笑了：你承认就行。

安杰：那你承认你是骗子了？

江德福：这我可不承认！不过你要是愿意当骗子的老婆，我也没办法，以后我只好多配合配合你了，多骗你几次，好让你名副其实。

大家都笑了，唯独安杰不笑。

江德福：大家都笑，你也笑笑呗，要不显得多不合群。

大家更笑了，欧阳懿上前拍打着江德福的肩膀：老弟，她这个样子，可都是你惯的！

江德福：这是惯得还不够，还没惯好，不赖她，赖我！

欧阳懿：听说你要提升了？要当参谋长了？

江德福问安杰：你都传达了？不用我费事了？

安杰白了他一眼,扭过身去。

江德福看见了摊开的地图:这是?

安家的人一时都不知说什么好,欧阳懿挺身而出了:我们在找松山岛,可怎么都找不到。

江德福微微一笑,什么都没说,欧阳懿越发好奇了:老弟,这地图上怎么找不到松山岛呢?

江德福:老兄,知道什么叫军事重地吗?

欧阳懿点头:知道。

江德福:知道还问?连这点都不明白,亏了你还是个大知识分子!

安泰:什么时候走?

江德福:很快,顶多十天半个月。

安泰:她们一起走吗?

江德福:我哪知道哇?人家不愿跟我走,难道我能捆着人家走?

安泰:她的工作我们来做,你放心。

安杰起身:我的工作没人能做!别这么没数!

安泰脸色难看,江德福安慰他:革命靠自觉,咱们等她自己觉悟吧!

16 晚上 安杰卧室

江德福把一张大比例的军用地图摊在床上,跑到门口叫安杰:哎,过来一下!

安杰:干什么?

江德福:别问了,进来就知道了。

安杰擦着手进来,江德福做了个请的姿势,她看见了军用地图,问道:这是什么?

江德福:这是地图!军用地图!

安杰:我还不认识地图!我是问你干什么!

江德福:你不是想看看松山岛吗?

安杰扑了过去。

江德福:知道地图怎么看吗?

安杰:用眼看!

江德福笑了:奶奶的!真厉害!不会的东西也这么理直气壮!

安杰推了他一下:少废话!快给我找松山岛!

江德福:少啰唆,你自己找!

安杰:我找不到!

江德福:你找不到,说明你笨!

安杰用眼白他。

江德福又笑了:好吧笨蛋,我教你怎么看地图!知道上北下南左西右东吗?

安杰:不知道!

江德福:那知道哪儿是左哪儿是右吗?

安杰:不知道!

江德福:不知道,不知道!不知道你倒是虚心点儿呀?还这么厉害!你往左边看。

安杰的头探到了地图左边。

江德福:看到了吗?

安杰:在哪儿呀?我怎么看不见?

江德福:你是个笨蛋呗!往左下角看!

安杰吃惊地张大了嘴:天哪!怎么这么大?

江德福忍住笑：就是这么大！

安杰：那怎么……怎么在我家的地图上找不到呢？

江德福：你家的地图是民用地图，怎么会标这种地方呢？

安杰：这种地方？这是什么地方？

江德福：这是要塞！你知道什么叫要塞吗？

安杰认真了：不知道。

江德福：要塞，要塞，就是非常非常重要的军事重地！你要不是嫁给了我，就你这出身，别说去了，你连知道都没资格！

安杰又白他。

江德福笑了：你就是把黑眼珠都藏起来，也没有用！军事重地，闲人免进！更别说你这种出身的人了！

安杰：不让进就不进！你以为谁稀罕进哪！

江德福：别的人不能进，你能进！

安杰：我怎么能进了？我不是出身不好吗？

江德福：别的人是闲人，不能进！你是内人，当然能进了！你放心，有我带着，没有你不能去的地方！

17　白天　小路上

江德福挎着作战包在前边吹着口哨走，老丁一路小跑追了上来。

老丁：怎么样？解决战斗了？

江德福：你说呢？

老丁：这么容易就解决了？

江德福：对付一个手无寸铁的老娘儿们，你说能费什么事？

老丁：你瞒得了一时，瞒不了一世。

江德福：先瞒一时算一时吧！先把她骗进岛再说！

老丁：等她上了那兔子不拉屎的岛上，还不给你闹翻了天！

江德福：闹闹是可能的，闹翻天是不可能的！她孤身一人到了那个地方，叫天天不灵，叫地地不应的，她只有听天由命了！

老丁：听你这么说，你怎么像个骗子啊！

江德福笑了：你这个想法跟我老婆的想法，简直是不谋而合。

18　白天　图书馆

欧阳懿在单位图书馆，拿了把放大镜在地图上仔细寻找着。

放大镜下出现了"松山岛"三个字，欧阳懿笑了，自言自语：还要塞呢！一个针鼻大的要塞！

19　白天　家门口

老丁和王秀娥在门口拧床单，安杰家隐约传出争吵声，王秀娥侧耳倾听，停下不动了。

老丁：干什么你？！

王秀娥：你听，你听！

老丁：听什么听，干你的活！

王秀娥：这邻里邻居的……

老丁：干你的活！别管人家的事！

突然传出安杰的爆发声：骗子！你这个骗子！你这个大骗子！

王秀娥兴奋了：娘吔！她说谁是骗子？

老丁生气地望着她。

20　白天　安杰家外屋

厨房里，孙妈在刷碗，拿着碗不动，在仔细地听。江德华抱着孩子，耳朵几乎贴到了门上，在偷听。

21　白天　安杰卧室

安杰有些蓬头垢面，坐在床上情绪激动。江德福站在床边，一副好言相劝的架势。

江德福：谁是骗子啊？谁骗你了？

安杰：你！你是骗子！你们都是骗子！是彻头彻尾的大骗子！

江德福：你说说看，我骗你什么了？

安杰：还要塞！还军事重地！骗鬼去吧！

江德福：的确是要塞！的确是军事重地！我能拿军事机密开玩笑吗？

安杰：你还骗我！还在骗！有针鼻大的要塞吗？有针鼻大的军事重地吗？

江德福：怎么是骗你呢？怎么是针鼻大呢？那天的地图你也看了，那是针鼻大吗？

安杰：你拿张假地图来骗我！糊弄我！什么东西！

江德福：假地图？那是假地图吗？你没看见上边标着"机密"两个字吗？我连机密的东西都拿给你看了，你还得便宜卖乖！

安杰：我得什么便宜了？

江德福：你说你得什么便宜了？那么机密的地图该你看吗？你有资格看吗？

安杰：你以为我愿意看吗？还不是你让我看的吗？还不是你教我看的吗？

江德福：是我让你看的不假，但那是假地图吗？我哪来的本事去弄那么张假地图呢？

安杰：你们什么本事没有哇？你们什么东西弄不出来呀？明明是针鼻大的地方，你们却把它画得比鹅蛋都大！你说，你们不是骗子又是什么！

江德福：唉！跟你说地图上的事，真是对牛弹琴！不过也好，平时都是你对牛弹琴，现在终于我也捞着对牛弹琴的时候了。这么对你说吧，松山岛的确不大，但绝对比针鼻大！岛上连一个守备师都放得下，还放不下你一个随军家属吗？

安杰：随军家属？谁是随军家属？

江德福：你呀！你不是家属吗？你不随军吗？

安杰：我随军？谁告诉你我要随军的？

江德福：你不随军你要干什么？你想干什么？

安杰：听你说话的口气，好像我不随军就死路一条似的！

江德福：哪有这么严重？又不是谁离不开谁！我主要是担心你，我倒没什么，拍拍屁股，打起背包就走人了，你怎么办呢？带着两个孩子怎么办呢？

安杰：地球离了你不转了？照样转！我一个人带着孩子，照样过！

江德福：你一个人能带两个孩子？要是没有德华和大姐帮忙，你一个人能照样过？

安杰：怎么不能过？过不好，还过不赖吗！

江德福：行！你过一个试试！我明天就让她们走！

22　白天　安杰家外屋

江德华一惊，紧张地望着紧闭的房门。

孙妈一惊，一失手，打了一个盘子，江德华跑了过来，没好气地：

什么打了?

　　孙妈歉疚地:盘子打了,我不小心……

　　江德华:你干吗不小心点儿!一个盘子多少钱哪!

　　孙妈:……

　　安杰的声音突然高了起来:滚!你给我滚!

　　江德华和孙妈又吃了一惊,互相看了一眼,又都竖起了耳朵。

　　江德福的声音很模糊,江德华生气了:滚?她让谁滚呀?该滚的人是她!

　　孙妈不好附和,又不好反对,只好笑笑。

　　江德华:你笑什么?

　　孙妈:我哪笑了?

　　江德华:你就是笑了,你还想赖!

　　孙妈:好!就算我笑了,笑也犯法吗?

　　江德华:当然犯法了!

　　孙妈:犯了哪家的法?

　　江德华:犯了俺家的法!

　　孙妈:你家还有法?

　　江德华:国有国法,家有家法,俺家当然有法了!

　　孙妈:你家连饭都吃不饱,还配有法!

　　江德华:你!你放屁!你一个用人,还有脸笑话俺!

　　孙妈:用人也不是你的用人!还轮不到你在这儿冒充主人对我说三道四!

　　江德华:你当资本家的用人还光荣啊?还有脸说啊!

　　孙妈:用人也是劳动人民!是受剥削的!有什么丢人的!

　　江德华:谁剥削你了,你跟谁去吵!跟我吵什么?

23 白天 家门口

王秀娥又停了下来：她俩咋又吵上了？

老丁摇头：唉，真是此起彼伏哇！

王秀娥：你说啥？

老丁：快干你的活吧！干完了回家！

24 晚上 安杰卧室

地上的柳条箱大开着，墙边的樟木箱也大开着，江德华站在那儿犯愁。

江德华花自言自语：俺知道都带些啥呀！

安杰抱着孩子进来拿东西。

江德华：嫂子，都带点儿啥呀？

安杰：又不是我去，我哪知道带什么！

江德华：俺哥说，你早晚也得去。

安杰：哼！他那是白日做梦！（停了会儿，又补了句）痴心妄想！

安杰出去了，江德华从樟木箱子里往外抽衣服，一件件往柳条箱里丢。

江德华扔进一条毛衣：你才是白天做梦呢！（又扔进一条毛裤）你才是痴子乱想呢！

江德福进来了。

江德华：三哥，你的衣服都带走吗？

江德福：都带走！能带走的都带走！

江德华将压箱底的白西服拿了出来，扔进了柳条箱里。

江德福：哎！你拿它干吗！

江德华：你不是说能带的都带走吗？

江德福：我是说，能穿的都带走！

江德华：这衣服不能穿吗？

江德福：不能穿。

江德华：不能穿，买它干啥？

江德福：结婚时买的，就穿了一次。

江德华：俺娘吔！这是结婚的衣服？俺还以为这是孝服呢！

江德福：你懂什么？这是孝服？有这么高级的孝服吗？这是西服！

江德华：戏服？你又不唱戏，买戏服干啥？

江德福：行啦！你快收拾吧！

25　晚上　安杰家外屋

安杰抱着孩子在门外偷听，听到这儿，撇着嘴笑。

26　晚上　安杰卧室

江德福准备出去，突然发现门外有人影，马上就明白是安杰在偷听。

江德福抬高了声音：德华呀，我走了，你可要跟你嫂子搞好团结呀！

江德华：这俺可做不到！你那老婆，谁能团结得了？你能吗？

江德福：我怎么不能？我跟你嫂子团结得不好吗？

江德华：好！团结得好！团结得这么好，人家咋不跟你走呢？

江德福：这是暂时的！过不了几天，她就会追过去的！

江德华:哼!你别在这儿白天做梦了!别在这儿痴子瞎想了!这都是你老婆说的,她说你白天做梦,痴子瞎想!

江德福:哪能呢!你嫂子哪能说这么没水平的话呢?

江德华:难不成是我瞎说的?你有胆量你不信去问问她!

江德福猛地拉开门:问问就问问!

安杰措手不及,生气地望着江德福。

江德福笑眯眯地问:你说了吗?

安杰故作听不懂:我说什么了?

江德福:你听了这么半天,都白听了?

安杰扭头就走。

江德福:你说的是白日做梦吧?

安杰转过身来:对!我还说痴心妄想了!

江德福还是笑眯眯地:这有点儿难,我没猜出来。

27　白天　老丁家外屋

江德华在洗头,王秀娥在一旁用舀子给她冲水。

江德华:你多倒点儿!水又不要钱!

王秀娥:谁说不要钱?打开水不用钱吗?

江德华:行行行!等一会儿,我给你钱!

王秀娥:你嫂子可真够绝的,说不去,还真不跟着走。换了我,我可做不出来!

江德华:你当然没事了!你从农村出来,再到海岛上去,有什么大不了的?我嫂子就不一样了!

王秀娥不愿听:她咋不一样了?她长了两个脑袋四只眼啊!

江德华:你是农村妇女,人家是城市小姐!你能跟人家一样吗!

王秀娥用笤子敲她的头:我是农村妇女,你不是农村妇女吗?你咋不跟着去呢?

江德华:我是来看孩子的,又不是来看大人的!孩子不去,我咋去?我去干什么!

王秀娥:这下你家可清静了!你哥要走了,保姆也要走了,就剩下你跟你嫂子了!

江德华:还有俺俩侄儿呢,他俩不是人哪!

王秀娥笑了:就是,咋把小的给忘了。

28 傍晚 老丁家厨房

王秀娥立在厨房窗前,竖着耳朵听窗外的老丁和江德福聊天。

老丁:你老婆这个毛病可不好,动不动就往娘家跑!惯的毛病!换了我,哼!

29 傍晚 家门口

江德福:换了你怎么办?

老丁:老子早把她的腿打断了!还能让她跑!

江德福:得了!你也就是给嘴过过年!也没见你把老婆收拾得多老实!

老丁:起码她不敢乱跑吧?

江德福:她那是不敢,万一跑丢了呢?

老丁:去你的!哎,说正经的,你老婆怎么办呢?

江德福:什么怎么办?

老丁:她不跟着走,你怎么办?

江德福:我能怎么办?我能捆着人家走吗?

老丁：你不是能骗吗？怎么，骗不了了？

江德福：事太大了，骗不动。

老丁：哎，你老婆不是怕校长老婆吗？你请她出个面，没准儿能行呢。

江德福：革命靠自觉，哪能老用这些歪门邪道！进岛又不是一天两天的事，人进去了，心没进去，三天两头地折腾我，我更受不了！

老丁：也是！只好委屈你了，先两地分居吧！

江德福：两地分居也挺好！好久没过单身生活了！过过也不错！

老丁：老弟，说实在的，这些日子我心里很不得劲儿，怪不是滋味的。

江德福：为什么？

老丁：总觉得是我把你们搞得妻离子散似的。

江德福：你少扯淡！你哪有这本事！看把你能的！

老丁：本来应该你留校……

江德福：我不愿留校，你又不是不知道。按说应该我心里不得劲儿，害你留校当了教员。

老丁：当教员有什么不好？一日为师，终身为父嘛！

江德福：咱可说清楚了，你可不是我的老师！

老丁：你老婆不是说，我是你的狗头军师吗？

江德福：她那是胡说八道！

老丁：唉！你走了，还真不知怎么跟她处呢！我是真的怵她，打心里怵她！

江德福：你怵她干什么？我还打算拜托你好好关照她们呢！

老丁：关照是可以，就是不知道该怎么关照！

江德福：你怎么关照你老婆，就怎么关照我老婆！

老丁笑了：老弟，这可是你说的？

江德福：是我说的！我连这点儿自信都没有，还能两地分居？

老丁：那好！你就放心吧！我会替你照顾她们的！

30　傍晚　老丁家厨房

王秀娥神色不安地听着，一只苍蝇飞进来，她顺手抄起苍蝇拍，拍打起来：我让你飞！我让你跑！想好事！想得美！

31　白天　家门口

一辆吉普车停在门口，江德福在话别。

王秀娥用碗端着几个鸡蛋跑了出来：他江叔，给你煮了几个鸡蛋，路上饿了吃。

老丁：你这是干什么？路上饿不着他！

王秀娥：哎，在家时时好，出门处处难！你们不知道出门的难处！

江德福：好好好，我拿两个带上。

江德福拿了两个鸡蛋放进口袋里，王秀娥不由分说地把剩下的鸡蛋往他口袋里塞。

老丁：你干什么！你出什么洋相！

王秀娥：俺怎么出洋相了？俺又给你丢啥人了！

江德华：嫂子，不用带那么多，带多了也吃不了。

王秀娥：还能光他一个人吃？路上分给别人吃点儿，别人也好照应他！

江德福：你塞我口袋里也不是个事呀，这还不都挤烂了。

王秀娥顺手从江德福口袋里扯出条手绢，铺到地上，将鸡蛋放上，仔细地包了起来。

江德福：你不用对我这么好，你把你的好，多用点儿在我老婆身上！

江德华：你可真够呛！人家连门都不出来，你还在这儿替人家瞎操心！

王秀娥：就是！你上辈子欠她了？

老丁踢了王秀娥一脚：你不给老子惹事就不舒坦啊？

江德福笑了：老兄，有你这态度，我就放心了。

老丁：我什么态度？

江德福：比较公正，不拉偏架。

老丁：你是不是特别希望她们打起来？

江德福：我是特别担心她们打起来！她俩要是联起手来，我老婆还招架得了吗？

王秀娥：啧啧啧！真是娶了媳妇儿忘了娘啊！

江德华：他早没娘了！

王秀娥：那忘了妹子也不应该呀！

江德华：俺不是他妹！他也不是俺哥！

江德福笑了，往自家窗下走。

王秀娥扯了江德华一把：哎，你看！

江德华没好气地：我又不是没长眼！

江德福敲了敲玻璃：哎，我走了。

32　白天　安杰卧室

窗帘拉着，安杰抱着儿子立在窗前，听到江德福的告别声，潸然泪下。

听着屋外汽车发动的声音，人们喊再见的声音，安杰掀开窗帘一角，看见了开走的汽车，泪流满面。

33　白天　安杰家外屋

江德华气呼呼地进家，盯着卧室紧闭的房门，胸口起伏着。

里边传来孩子的哭声，江德华有了进去的理由。

门被江德华狠狠地推开，正在哄孩子的安杰吃惊地抬起泪流满面的脸。

江德华看见安杰的泪脸，吃惊地立在那儿，一时不知说什么好。

34　早晨　老丁家

王秀娥躲在门后，偷听门外说话。

老丁的声音：上班去？

安杰的声音：是，上班去。

老丁的声音：这天儿看样要下雨，带把伞吧。

安杰的声音：谢谢，带着呢。

两人走了，王秀娥朝地上呸了一口：人家带不带伞，关你啥事！黄鼠狼给鸡拜年，没安好心哪！

35　半夜　老丁家

老丁被敲门声吵醒，他推醒了王秀娥：哎，醒醒，快醒醒。

王秀娥眼都没睁：干啥？

老丁：你听，德华在叫门。

王秀娥一下睁开了眼，仔细地听。

"咚咚"的敲门声，还有德华的叫声：开门！快开门！

王秀娥一下子坐了起来：哎呀！八成又打架了！

老丁：你咋就不想人家好呢！

王秀娥：三更半夜地敲人家的门，能有什么好！哎，来了！来了！

王秀娥跑出去开门，不一会儿，她又冲了进来：糟了！糟了！那娘俩八成是掉坑里了！

老丁：你说什么呀？没头没脑的！

王秀娥：军庆发烧了，他娘抱着他去卫生所了，都一个多小时了，还没回来，外边黑咕隆咚的，她又没拿手电，德华说他娘俩八成是掉坑里了！

老丁一个高蹦下床：我去找找去！

王秀娥：快去！快去！

36　清晨　江德华房间

江德华和衣缩在床上睡着了，门外传来敲门声。

江德华开了门，原来是王秀娥。

王秀娥：德华，你嫂子回来了吗？

江德华：哎哟！

江德华转身往里屋跑，探头看了一眼：老天爷呀！咋还没回来？丁大哥回来了吗？

王秀娥：废话！回来了我还能来找嘛！

江德华目瞪口呆，望着王秀娥说不出话来。

王秀娥自言自语：这三更半夜的，孤男寡女的，啥事呀！

江德华听出话外音来，不高兴了：嫂子！你这说的是啥话？像话吗？

王秀娥白了她一眼：你懂个屁！

王秀娥扭头就走,江德华追了出去。

王秀娥开开门站在那儿不动了,江德华走过去,看见老丁抱着孩子在前边走,安杰有气无力地跟在后边,活像一对儿夫妻。

王秀娥扭过头来意味深长地看了江德华一眼,江德华被王秀娥的眼神弄得也不自在了。

老丁抱着睡着了的孩子进来了,两个女人一声不吭地侧身让出路来,好像在夹道迎接他们。

老丁将孩子放到安杰床上,回头看了安杰一眼:好好睡一觉吧。

安杰点点头。

跟着进来的王秀娥又看了身边的江德华一眼,江德华更不自在了。

37 白天 菜地里

王秀娥正在给菜苗浇水,江德华抱着孩子一声不响地来到她身后。王秀娥脑后像长了眼睛似的,头也不回:还睡呢?

江德华:嗯。

王秀娥:真能睡!

江德华:嗯。

王秀娥:孩子看个病能看一夜,你信吗?

江德华:哪是一夜,是半夜。

王秀娥放下水舀子,回过头来:半夜就行了?半夜也不行!

江德华:……

王秀娥:说是往孩子血里打药,打了一瓶子药,你信吗?

江德华:谁给你说的?

王秀娥:你说谁给俺说的?你嫂子没给你说?

江德华：她回来就睡了，现在还没醒呢！

王秀娥：你不说俺还忘了呢！你想着了吗？俺家那口子对你嫂子说的话？

江德华：说什么话了？

王秀娥：让她好好睡觉！你忘了吗？俺那口子放下你侄子，对你嫂子说，好好睡一觉吧！

江德华：那又怎么了？

王秀娥一抬大腿：那又怎么了？俺都跟你丁大哥睡了快十年了，他可从没让俺好好睡一觉！俺也从来没听到他用那么种动静跟俺说话！（学老丁）"好好睡一觉吧。"哎呀！俺鸡皮疙瘩都起来了！

江德华：……

王秀娥把手里的舀子往水桶里一扔，双手在裤子上擦着：德华，反正你也不是外人，知道了也没啥！俺就不藏着掖着啦！实话跟你说吧，俺那口子惦记你那嫂子可不是一天两天了！你哥在的时候就惦记上了！你哥还傻了吧唧地把你嫂子托付给他，那不是用肉包子打狗吗？

江德华目瞪口呆。

王秀娥：你不信吗？

江德华先摇头，又点头，又摇头，也不知该信还是不信。

王秀娥：信不信由你！你想啊，俺能往自己男人身上泼脏水吗？俺又不傻，俺又不呆，俺能吗？唉，俺那口子就喜欢那识文断字的女人，老嫌俺不识字，是个睁眼瞎！你嫂子又有文化又漂亮，你说俺那口子能不动心吗？

江德华不知所措地又是摇头又是点头。

王秀娥又叹了口气：唉！俺还以为得有段日子呢，哪想到人家这么快就搞到一块儿去了！一待就是大半夜，气死人了！

江德华：你咋知道他们搞到一块儿去了？是你男人惦记俺嫂子！俺嫂子能看上你男人？

王秀娥抬头看了江德华一眼：这一个巴掌拍不响！一个巴掌想拍另一个巴掌，是啥难事吗？

王秀娥示范性地拍了下巴掌，拍得很响。

王秀娥：就算昨晚上他们没拍上，这邻居隔壁地住着，抬头不见低头见的，两个巴掌早晚要拍到一起！

江德华：那咱俩看严点儿！

王秀娥笑了一下：傻妹妹，咱俩个大字不识一个的睁眼瞎，想看两个识文断字的精明人，你说能看住吗？

江德华：那怎么办？

王秀娥：我要知道怎么办，还能愁成这样？

38　傍晚　炮校院内

安杰下班回来，碰到老丁：下班了？

老丁：下班了。

老丁从报纸里抽出两封信：给，丰收了。

安杰看着信封，一封是江德福写来的，一封是她写给江德福的，被退了回来。

安杰奇怪地：怎么回事？地址没错呀？

老丁在一旁"嘿嘿"直笑。

安杰：你笑什么？

老丁：你不知我笑什么吗？你看看你写的信封！

安杰看了看自己的信封，上边写着"江德夫收"。

安杰不好意思：我是跟他闹着玩儿的。

老丁：他也是跟你闹着玩儿的。你没看见"查无此人，原址退回"几个字也是他写的吗？

安杰笑了：噢，还真是呢！

老丁：他肯定把信看了，又封上了，才原址退回的，这是他一贯的风格！

安杰笑了，笑得很开心。

不远处，站着推着竹车打饭回来的江德华。

39　傍晚　安杰家

安杰和江德华前后脚进家，安杰很高兴，江德华却很生气。

安杰：哎，你怎么了？

江德华虎着脸不吭声。

安杰：谁又惹你了？

江德华望着她，心里说：还能有谁？你呗！还有那不要脸的老丁！

安杰：你说话呀！你哑巴了？

江德华：哼！我哑巴了，我瞎了才好呢！

江德华说完摔门出去。安杰莫名其妙，她跑到窗前，看见外边晾的床单下的两双脚，是江德华和王秀娥的。安杰不禁皱起了眉头。

40　白天　安杰家门口

王秀娥在洗衣服，江德华在看孩子，俩人都不说话，一副心事重重的样子。王秀娥先叹了口气，江德华也跟着叹了口气。

王秀娥：你叹啥气？

江德华：你叹啥气？

王秀娥：你说呢？

江德华：俺不说！

王秀娥：你不说俺说！唉，你说这事可咋办呀？

江德华：都赖你家大哥！跟俺哥那么好！还勾引俺哥的老婆！

王秀娥：这事也不能全赖他！苍蝇不叮无缝的蛋！你嫂子也是个臭蛋！换了别人，你让他叮叮试试！

江德华：换了谁呀？

王秀娥：换了你！换了我！咱能干那事吗？你说呢？

江德华：是呀，我可做不出来。

王秀娥：你当然做不出来了！你不是那种人！你要是那种人，还能守到现在？

江德华叹了口气：唉！俺哥最倒霉了！他把学校的位子都让给你家大哥了，你家大哥还嫌不够，还想占他家里的窝！真没良心！真不是东西！

王秀娥：这不是刚开始吗？不是还没占上你哥的窝吗？

江德华：等占上就晚了！俺哥这个家就散了！

王秀娥：俺家就不散啊？

江德华：你家俺可管不着！俺在这儿替俺哥看孩子，俺可要替他看好这个家！

王秀娥：你可真没良心！俺对你这么好，你还说这种话！

江德华：还不都赖你男人！俺不说你就行了，你还说俺！

王秀娥：咱俩在这儿叮当没有用！咱得想想法子啦！

江德华：想什么法子？你管好你男人就行了！

王秀娥：他又不是小孩子，我又不能天天看着他！

江德华：那还有啥法子？

王秀娥：剩下的法子，就是让你嫂子走，让她到你哥那去，让你哥看着她去！

江德华：你说得倒轻巧！她要是愿走，还用等到现在？真是的！

王秀娥叹了口气：唉，咋能让她走呢？

杨书记提着一捆粉条来了：请问，安杰同志在家吗？

江德华：不在！你是谁？

杨书记：我是她同事，我姓杨。

江德华站了起来，把王秀娥也拽了起来：那，那什么，俺嫂子不在家，回她娘家去了。

杨书记：不在算了。我们老家带了点儿粉条来，很好吃，给你们送点儿尝尝。

江德华：这是怎么说的，咋还能吃你家的东西！

杨书记笑了：我家的东西又没毒！怎么就不能吃了？

江德华：俺不是那意思，俺是说，是说……

杨书记：什么也别说了，收下就行了！我走了！

杨书记刚要走，王秀娥开腔了：杨书记。

杨书记回过身来望着她。

王秀娥：杨书记，你是她嫂子的领导吧？

杨书记点点头。

王秀娥：你就不能管管她嫂子吗？

杨书记：我管她什么？

王秀娥：你就不能让她随军去？这秤杆和秤砣老分着，也不是个事呀！

杨书记笑了：是不是个事，但人家不愿去，我总不能赶她去吧？

王秀娥:你是她领导,她敢不听你的话?

杨书记:她要是听我的,她早就去了!

王秀娥和江德华对视着,一副不知所措的样子。

杨书记盯着江德华:你这么能干,在这儿又给她带孩子又帮她管家的,她更不会去了!

江德华发着愣,王秀娥替她说:你的意思是,让她走?

杨书记点头:你先离开一段时间,看你嫂子还能坚持多久。

江德华:那……那要是她再把孙妈给叫来呢?

杨书记:孙妈?哪个孙妈?

王秀娥:就是她家的保姆!她家的用人!

杨书记皱眉,看着江德华:你们家还有用人?

江德华:不是俺哥家的用人,是俺嫂子娘家的用人。

杨书记:那她就更不能来了!这是什么地方?哪是用用人的地方?真是乱弹琴!

41 白天 学校门口

王秀娥推着竹车,江德华依依不舍,她亲亲江国庆,又亲亲江军庆,不舍得离开。

王秀娥:行了!你快走吧!舍不得孩子套不住狼!

江德华:嫂子,俺是舍不得走,要不是为了俺哥……

王秀娥:知道!知道!谁不是为了你哥呀!

江德华:你哪是为了俺哥呀!你是为了俺丁大哥!

王秀娥:为了你丁大哥,不也是为了你哥吗?要不然鸡飞蛋打了,看你哥咋办?还能再离呀!

江德华不高兴了:他家鸡飞蛋打了,你家就不鸡飞蛋打了!

王秀娥：鸡飞了还能再回来！反正我是不离婚！你哥能吗？

江德华不说话了，看了看车里的孩子，扭头就走。

孩子们哭了起来，伸着小手要江德华抱，江德华刚要抱他们，王秀娥一把推开她：别磨蹭了！再磨蹭就误了火车了！

江德华抹着眼泪，一步三回头地走了。

42　傍晚　家门口

老丁下班回家，听到自家有孩子的哭声，还有王秀娥的叫声。

王秀娥的声音：别哭了！老天爷！活祖宗！求求你们，别哭了！

43　傍晚　老丁家

老丁进家，见江家的竹车停在屋子中间，车子里俩孩子哭得上气不接下气，王秀娥急得满头大汗。

老丁：他姑呢？

王秀娥：走啦！

老丁：走啦？走哪儿了？

王秀娥：回自己家啦！回老家啦！

老丁：嗯，为什么？她们打架了？

王秀娥：你还说我呢！你咋也不盼人家好呢？人家为啥打架？人家姑嫂现在好着呢！

老丁：那怎么走了？

王秀娥：来电报了，说她婆婆快死了！让她快点儿回去！

老丁：她嫂子知道吗？

王秀娥：顾不上说了，到车站打上票就走了！

老丁：至于这么急吗？

王秀娥：怎么不急？要死的人了，还不说闭眼就闭眼啊！

老丁：她婆婆不是对她不好吗？

王秀娥：她不仁，咱不能不义呀！

老丁吃惊地上下打量王秀娥。

王秀娥：你这么看我干啥？

老丁：我看你什么时候变得这么会说话了！还知道她不仁，咱不能不义！

王秀娥刚要说什么，两个孩子又一起哭闹起来。

王秀娥：小祖宗！活祖宗！你俩能不能歇口气呀？娘呀！你们那娘这是到哪儿去了呢？怎么这个点了，人还不回来！

第十三集

1 晚上 安泰家

安欣和安杰回来了,一家人坐在客厅,愁眉苦脸。

安妻:平时就他姑父话多,这下闯大祸了吧!

安泰瞪她:你话不多?你啰唆什么!

安杰:别吵了,烦死人了!

安泰问安欣:你打算怎么办?

安欣:还能怎么办?跟他一起走呗!

安杰:姐!

安欣:什么都别说了,说什么都没用了。我已经辞掉工作了,收拾收拾就上路了。

安泰:有什么要帮忙的?

安欣:没什么,就是有些东西带不走,恐怕要搬回家里来。

安泰点头:行行,你尽管搬吧。

2　晚上　安杰家门口

安杰无精打采地回来了,看见自家黑着灯,锁着门,又听见儿子在老丁家里哭,叹了口气,推开了老丁家的门。

3　晚上　老丁家

王秀娥看见安杰,喜出望外:俺那娘吔,你可回来了!

安杰:德华呢?

王秀娥看了老丁一眼,不知说什么,老丁只好替她说:德华走了,回老家了,来电报说她婆婆病危了。

安杰吃了一惊:什么?回老家了?什么时候走的?

王秀娥:今天下午走的,来不及跟你说了。

安杰:至于这么着急吗?连个招呼也不打!

王秀娥:人都要死了,当然着急了!

安杰:谁送来的电报?

王秀娥:是……一个,是个解放军,是解放军送来的。

安杰:你见了?

王秀娥:我见了。

安杰:大嫂,你们在给我开玩笑吧?

王秀娥:谁跟你开玩笑?她真走了!不信你回家看看去,衣服都收拾走了!

安杰脸沉了下去:什么病危呀,骗鬼去吧!

王秀娥吃惊:骗,骗什么呀?谁骗人了?俺们没骗人。

安杰:哼!骗没骗人,我到传达室查查电报不就行了!

王秀娥:查电报?你,你查电报干啥?

安杰:查电报看看是不是骗人!看看到底有没有电报!

安杰把孩子放进车里,孩子又一起放声大哭,安杰气呼呼地推着车子走了。

老丁疑惑地看着王秀娥。

王秀娥:你干吗这个眼神看俺?

老丁:有电报吗?没有吧?

王秀娥:她真能查出来吗?

老丁:你以为她是好骗的?你们能骗得了她?

王秀娥:……

老丁:走就走呗,干吗编瞎话骗人!

王秀娥:不编瞎话她能走吗?她让她走吗?

老丁:干吗忽然要走呢?又闹矛盾了?

王秀娥:这次倒没有,德华是想帮他哥,逼她嫂子到她哥那儿去!

老丁:是你出的点子吧?

王秀娥:俺咋这么能呢?俺要有这个脑子,早就让她走了,还能拖到今天!告诉你吧!是杨书记!是你们校长他老婆出的点子!

老丁笑了:我说嘛,你还能想出这么好的点子,生姜还是老的辣呀!这个女人不简单!

王秀娥:哪个女人不简单?

老丁:我们校长的老婆不简单!

王秀娥:哎,她要真去查咋办?

老丁:查就查呗!人都走了,还怕她查个六啊!

王秀娥啧嘴:她可真精啊!把你都蒙住了,她咋就不信呢?

老丁点头:她还真是个人物。

王秀娥:你说,她能走吗?

老丁：我看她是秋后的蚂蚱，也蹦跶不了几天了！

王秀娥：你舍得她走吗？

老丁瞪眼。

王秀娥：俺还以为你不舍得呢！

老丁抓起笤帚，举了起来。

王秀娥笑了：你打！你打！俺让你打！

4　白天　火车站

火车即将进站，安欣和欧阳懿一人抱着个孩子，在站台与安泰和安杰挥泪告别。

安杰和安泰往车站外走。

安泰：你还好吧？

安杰：还行吧。

安泰：孩子在幼儿园还适应吧？

安杰：还行。

安泰：你们单位运动搞得怎么样了？

安杰：你问这个干什么？

安泰：你要小心点儿，嘴上要安个把门的了！咱家可不能再出"右派"了，那可要命了！

安杰：我怎么可能成"右派"呢？

安泰：你还是小心点儿好！我们单位也有个军人家属，刚刚被打成"右派"的。军人家属又不是护身符！再说，妹夫又不在这里了，他是鞭长莫及呀！我说，你干脆还是随军去算了！免得在这里让人不放心！

安杰：……

5 白天 老丁家

王秀娥在哼着歌纳鞋底,老丁在床上跷着二郎腿看报纸。安杰来了。

王秀娥:你咋来了?快坐快坐!

安杰:我不坐了,我来跟丁大哥打听个地方。

老丁:什么地方?

安杰:你知道小黑山岛吗?

老丁:知道呀,这个岛很小,这头说句话,那头都听得见!岛上还没有淡水,要靠外边运,条件很不好。哎,你怎么想起问这个了?

安杰:我有个熟人,要到那儿去。

老丁:那是江参谋长的防地,是他们的辖区,他可以关照你那个熟人。

安杰吓一跳的样子:不用不用!不用他关照。我走了,打扰了。

安杰一溜烟走了,老丁两口子有些莫名其妙。

王秀娥:她说的谁呀?

老丁:我哪知道!

王秀娥:你不知道你急啥?

老丁:我哪急了?你是不是没事找事呀?

王秀娥继续哼着歌纳鞋底。

老丁进屋将房门重重地关上。

6 白天 药房

安杰无精打采地来了,药房主管把她拽到了一边。

主管:小安哪,你以后说话可要注意了,可不能什么话都说了!

安杰：我说什么话了？

主管：你没说共产党的干部净是些大老粗吗？

安杰吃惊地望着她。

主管：有人在会上说了，说你反动透顶！要不是杨书记护着你，替你说话，我看你都很悬呢！

安杰：杨书记是怎么替我说的话？

主管：杨书记说，人家男人在给我们守海防，我们在这里把人家老婆打成"右派"，是动摇军心，这才是反动透顶呢！杨书记还说，要是搁在战争年代，谁要是动摇军心，是要杀头的！

7　傍晚　家门口

安杰推着自行车，一前一后坐着俩孩子，车把上还挂着一把草绳。

王秀娥出来倒脏水，提着脸盆跟她说话：下班了？今天怎么这么早？哎，你拿这回来干啥用？

安杰：大嫂，我要走了。

王秀娥：你要走了？你要往哪儿走？

安杰：我要随军了，我要到岛上去了。

王秀娥手里的盆子掉到了地上，惊喜地：真的？你啥时候走哇？

8　白天　招待所院内

黑板下，人们在议论纷纷。

女甲：哎呀，咋还不开船哪！这得等到啥时候哇！

女乙：都五天了，快一个礼拜了！

男甲：一个礼拜还嫌多呀？我曾经等过二十多天！

一个年轻漂亮的女人惊叫起来，说着一口上海话：哎哟，这不麻烦了！阿拉就一个月的探亲假呀！

人群笑了起来，又是那个老海岛说话了。

男甲：这也不稀奇！有的人等到假期都到了，船还进不了岛呢！

安杰抬头看了一眼黑板，黑板上写着：今天无船！

安杰深深地叹了口气。

9 晚上 招待所

外边风雨交加，电闪雷鸣。安杰在床上搂着两个孩子，有些惊恐地望着窗外。一个炸雷响起来，两个孩子吓得乱叫。

灯突然灭了，漆黑一片，孩子们叫得更大声了。

门外传来敲门声，一道闪电照亮了安杰惊慌失措的脸。

门外有人喊：嫂子，开门哪！

安杰抱着小的、领着大的起身去开门。门外立着个披着雨衣的人，安杰一声惊叫，两个孩子吓得大哭起来。

门外的人赶紧褪下雨衣上的帽子。

门外人：嫂子嫂子，是我，不用怕！

安杰长出了一口气：哎呀！吓死我了！

门外人笑了：刮台风的时候，都是这个样儿！嫂子，电线被刮断了，我是来给你送蜡烛的。

安杰：谢谢，谢谢你。

门外人：谢什么，嫂子太客气了。嫂子，还有火柴！

门外人走了，安杰回屋点上了蜡烛，两个孩子这才高兴地叫了起来。

安杰叹了口气：这是什么鬼地方！

10　白天　招待所

一个干部带着一个战士拿着雨衣、雨靴来了。

干部：嫂子，没法打饭了，咱们到饭堂吃吧。

安杰：好好，都行，都行。

干部：外边水太深了，您穿上雨靴吧。

安杰：好，谢谢。

干部和战士一人抱着个孩子在门口等着，安杰穿上了雨衣，却站在雨靴前犯了难。

雨靴比较旧，鞋里黑乎乎的看着就不干净。安杰看了眼外边，雨的确很大，又看了看自己脚下的皮鞋。没办法了，安杰只好不情不愿地穿上了雨靴。

11　白天　招待所饭堂

管理员将碗筷放到桌子上，见手里的筷子太湿了，顺手在围裙上擦了擦，安杰闭上了眼睛。

饭来了。安杰实在吃不下了，连筷子都不愿碰了。

干部：嫂子，您吃饭吧。

安杰：我胃不舒服，我吃不下，你们吃吧。

干部：吃完饭，我去给您找医生来看看。

安杰：不用不用，我那有药，我带着药呢。把孩子给我，你们快吃吧！

干部：那我们喂孩子，您就别管了。

安杰：不用！不用！你们吃你们的，我来喂！

干部：您不舒服，就别管了！交给我们吧，我们保证把他们喂饱！

战士:就是!就是!您就放心吧!

安杰无可奈何地看着他们喂孩子。

12　白天　招待所

安杰站在窗前,望着外边的大雨发呆,两个孩子都不在。

食堂管理员裹着雨衣来了。

管理员:嫂子,听说你不舒服,一点儿饭没吃。给你做了病号饭,快趁热吃吧!

管理员像变戏法似的从雨衣里端出一碗热气腾腾的面条。管理员里边的围裙很脏,外边的雨衣更脏,安杰无奈地闭上了眼睛。

安杰有气无力:谢谢,放那儿吧。

管理员递来一双筷子,筷子头攥在他手心里:你快趁热吃吧,凉了就不好吃了。

安杰:谢谢,你忙去吧,别管我了。

管理员:好,那我就走了!

管理员走了,安杰望着那一碗油乎乎的病号饭,吃不下去。

安杰上床躺下,拉开被子盖上,突然发现被子不干净。她一个高蹦起来,抖开被子仔细检查。

安杰自语:怎么这么脏啊?昨天怎么没发现呢?

安杰好像身上都痒起来了,浑身都不舒服。

安杰拿出外套,想盖着外套睡,又发现枕头也不干净,于是把外套铺到枕头上,缩着身子躺下了。

安杰被冻醒了,坐起来打了个大喷嚏,苦笑:要感冒了,这下不用装病了!

13　白天　招待所

战士送饭来了。

战士：嫂子，吃饭吧！

安杰叹了口气：又该吃饭了。

战士笑了：嫂子你不饿吗？

安杰：饿什么呀，一天到晚闷在屋里，除了吃，就是睡！小黄啊，这风也停了，天也好了，怎么船还走不了呢？

战士：风虽然停了，但海上的浪大着呢！船根本没法开！

安杰又叹了口气：天哪！这要等到什么时候啊！

战士离开后，安杰带着孩子吃饭，她没有用战士拿来的筷子，而是用自带的孩子的小勺子。她把馒头皮都扒掉，将馒头皮小心地用报纸包了起来。

14　白天　招待所

安杰正搂着孩子们睡觉。

战士小黄一头闯了进来：嫂子！嫂子！有船了！船要进岛了！快起来吧！

安杰起来，高兴地去拽两个孩子，先是江国庆哭了，江军庆也跟着哭了起来。

安杰笑着：哭什么呀！要见爸爸了！

15　白天　招待所门口

一辆吉普车和一辆大卡车停在门口，人们争先恐后地往大卡车上爬，安杰却被让上了吉普车。

卡车上女人甲：那是谁呀？还坐小车！

女人乙：肯定是首长家属！

男人甲：那是参谋长家属！

女人甲：是吗？怎么这么年轻？

女人乙：肯定是小老婆，是二房！

车上的人都笑了起来，上海女人好不容易爬上来，以为大家在笑她，生气地沉下了脸。

16　白天　军船上

别人都下了船舱，唯独安杰被引进了船长舱。

上海女人：她这是要到哪儿去呀？

男人甲：人家要到船长舱里去！你也想去呀！

女人甲：谁不想去呀？可惜俺男人官太小了！

又是一片笑声。

17　白天　船长舱

安杰躺在床上吐得昏天黑地，两个孩子都不用她照看。

船停了，小黄抱着国庆进来。

安杰有气无力：到了吗？

小黄：到是到了，可船靠不上岸哪！

安杰：什么？怎么会呢？

小黄：浪实在太大了，靠了几次都没靠上去。

安杰挣扎着爬了起来：那怎么办呢？

小黄：没办法，恐怕要到别的岛上过夜了。参谋长在码头上，干着急也没办法。

小黄抱着江国庆出去了，安杰干呕起来。

外边传来江国庆的喊声：爸爸！爸爸！爸爸！

安杰靠在船窗边，看见了码头上招手的江德福，安杰苍白的脸上流下泪来。

18　晚上　招待所

安杰被人架着，深一脚浅一脚地走着。

小黄：嫂子，这里的条件不好，您就将就一夜吧。

安杰：行，没事。

小黄推开一扇门，只见房间里边点了根蜡烛，上下床都挤满了人，有的床上还挤着两个人。

小黄：嫂子，人太多了，招待所住不下了，男的都住到连队里去了，实在没房间了，您只好挤一挤了。

安杰：行，行吧。

安杰搂着孩子，怎么也睡不着。黑暗中，有人在盆里小便，安杰赶紧用被子蒙住了头。大概被子的味不好，安杰又将被子掀开。月光下，安杰看起来痛苦不堪。

安杰心想：我这是到哪儿了！我这是遭的什么罪呀！

安杰做了个梦。

（梦境中）

安杰在雨中找人，好不容易找到江德福，江德福却不认识她。

安杰：我是安杰呀！

江德福：谁是安杰？我不认识安杰！

安杰：安杰是你老婆呀！

江德福：我老婆不叫安杰，我老婆叫王秀娥！

安杰哭了，上前去拉扯江德福：你不是跟王秀娥离婚了吗？你不是又跟我结婚了吗?

江德福:哪有这回事?你放开我!放开我!

安杰:你跟我回家!你跟我回家!

江德福端了个盆:你放不放手?放不放手?不放手我用水泼你了!

安杰:我不放手!你泼吧!

江德福一盆水泼过来,安杰大叫:哎呀!这是尿!

19　白天　甲板上

浪很大,船停在距码头百米远的地方。几只小舢板在浪中摇摇摆摆地贴到船边。船上的人开始下船,险象丛生。孩子哭,大人叫,令人心惊胆战。

安杰:这行吗?

小黄:不行也得行!没事,我们经常这样下船。

一个女人要把一只大皮包带下船,被船上的人阻止。

船上的人:先上人,东西明天靠岸再卸!

女人:这里是药,病人等着吃!

船上的人:那你把药拿出来,装到挎包里!

女人:是中药,挎包装不下!

船上的人:中药着什么急?早一天晚一天都是它!你上不上?上不上?不上别人上!

女人没办法,只好先移到一边,蹲下拉皮包。一个浪头过来,她一屁股坐到了湿漉漉的甲板上。

安杰被人架到船边,她望着风浪中的小舢板感到很害怕,她想起了孩子,四下张望:孩子呢?孩子呢?

小黄:嫂子,孩子有人管,你先下吧。

安杰试着向舢板伸脚,伸了几次又缩回来。这时,下边的人在催,后边的人也在催。

舢板上的人:下来呀!快下呀!奶奶的!你下不下呀!

后边有人叫:不下我下,让一让!

安杰对架着她的人:让别人先下吧,我等等再下。

小黄在后边喊:嫂子,早晚都要下,你先下吧!下晚了再上不了岸,弄不好又要返航了!

安杰没办法,只好硬着头皮把腿伸了下去。好不容易踩到舢板上了,突然一个大浪,舢板离开了船舷,安杰一个趔趄,险些掉到海里。她一声尖叫,一只高跟鞋掉进海里。

安杰:我的鞋!我的鞋!

舢板上的人不耐烦了:别顾你的鞋了,顾你的命吧!

安杰终于坐到了小舢板上,她万分惊恐地望着两个孩子被递到了另一个舢板上。小舢板向码头摇去,安杰在舢板上东倒西歪,吓得大呼小叫,把摇橹的老头儿烦得要命。

老头儿:你别鬼哭狼嚎了!别把水鬼招了来!

安杰吓得不敢再叫,但她坐不稳,双手只得到处乱抓。她抓到了拴橹的绳子,将绳子抓得紧紧的。

橹突然摇不动了,老头儿低头一看,气得大叫:放手!放手!快放手!

安杰松了手,老头儿的橹又动了。

老头儿:哪来这么个娘儿们,烦死人啦!

安杰双手紧紧扒住船帮,一个浪头打来,她全身都湿了。安杰抹了把脸上的海水,流下了眼泪。

舢板终于安全停靠到码头,码头上伸下来一只手。

江德福的声音：把手给我！快拉着我的手！

安杰抬头望去，看见了江德福无比疼惜的脸。安杰的眼泪又下来了。

老头儿：你哭什么？谁惹你了！

安杰拉住了江德福的手，回头瞪了老头儿一眼。

老头儿笑了：小心你的鞋，别都掉到海里了！

20　白天　码头上

安杰浑身都湿透了，她穿着一只高跟鞋、一瘸一拐的样子，引来一片笑声。

江德福笑眯眯地望着她，兴奋之情溢于言表：怎么，现在城里时兴穿一只鞋？

周围的笑声更大了，安杰气急败坏，飞起一脚，将另一只鞋甩到了大海里。

笑声马上停了，人们在交头接耳。

司令对政委说：这婆娘，够参谋长喝一壶了！

政委点头，表示同意：嗯，是够呛！

21　白天　安杰新家

清晨，嘹亮的军号声将安杰吵醒。

安杰迷迷糊糊地：这是什么声音？

江德福：这是军号声！这是起床号，叫你起床的。

安杰要起来，江德福按住了她：你再睡一会儿，你晕船有功，你辛苦了！

安杰摆手：别提船，一提船我就难受，想吐。

江德福爱惜地凝视着她，俯下身去亲她。

安杰推他：别碰我，一碰我就难受，想吐。

江德福：你再睡会儿吧，我出操去了。

22　白天　安杰新家大门口

江德福出来，碰到隔壁的政治部王主任。

江德福：早！

王主任：你还出操哇？

江德福：我为什么不出操？

王主任笑笑，笑得意味深长。

江德福也笑了：人家都晕得分不清东南西北了，我哪能趁火打劫呢！

23　白天　安杰新家

江德福一进门就去拍安杰的屁股：起来吧，太阳照屁股了！起来吃点儿东西，肚子里的东西都吐空了，不饿吗？

安杰：讨厌！又说吐！你一说吐我就恶心！

江德福：你看你这人霸道吧？你一睁眼就说想吐，别人怎么不能说呢？

安杰：就是不能说！怎么啦？就是只许州官放火，不许百姓点灯，不行啊？

江德福笑了：行行行！你厉害！你可以吐！别人不能吐！

24　白天　安杰新家外屋

江德福在脸盆前刷牙，安杰穿着双男式拖鞋，拖拉拖拉地挨个屋子似乎在找东西。

江德福吐了口牙膏沫：你找什么？

安杰：我找厕所，厕所在哪儿？

江德福喝了口清水，咕噜咕噜地漱口，安杰在旁边盯着他看。

江德福漱完口，慢条斯理地收拾牙缸。

安杰急了：问你话呢！

江德福：问我什么来着？

安杰大声地：问你厕所在哪儿！

江德福：找厕所怎么在家里找呢？在家里大小便，多不卫生，多脏啊！

安杰盯着他不说话。

江德福笑了：厕所在外边！出了大门往右走，二百五十米左右，男厕所女厕所都有。你看清楚了，别走错了！

安杰看了他一会儿，扭头往里屋走。

江德福：你不上厕所了？要不我陪你去？

安杰：我就在家里上！在洗脸盆里上！

江德福：不用这么凑合！家里有痰盂，你可以在痰盂里上！

安杰转身：你给倒吗？

江德福：当然我给倒了！你不远万里跑到这里，鞋都跑掉了，我给你倒个痰盂还不是应该的！

安杰：讨厌！

江德福笑了：好久没人说我讨厌了，真好听啊！

江德福打好了洗脸水和刷牙水，甚至连牙膏都给挤好了：安同志，您洗漱吧！

安杰笑了：江参谋长，谢谢您！

安杰要先刷牙。

江德福：您最好先洗脸。

安杰：为什么？

江德福：洗完脸再刷牙，刷牙水就可以直接吐到盆子里。

安杰：这多别扭啊！

江德福：别扭什么，习惯就好了！

安杰：天哪！我还要习惯多少东西呀！

江德福充满歉意地：慢慢来吧，不着急！

安杰洗漱，江德福在一旁饶有兴致地看着。安杰刷完牙，江德福赶忙上前要去倒水。

安杰：不敢劳您参谋长的大驾！还是我自己倒吧！难道你能给我倒一辈子洗脸水？

江德福：只要我有时间，别说倒洗脸水了，我连洗脚水都愿意给你倒！

安杰笑了：说的比唱的都好听！倒哪儿去？

江德福：拉开门，倒外边去！

安杰出去倒了水，回来，问道：水在哪儿？

江德福：对不起，这里没有自来水。

安杰：我早知道了！

江德福：你怎么知道的？

安杰：小黄告诉我的！

江德福：他还告诉你什么了？

安杰：多了！岛上经常停电断电，要点煤油灯，早晨起来两个鼻孔都是黑的！

江德福：娘的！早知道这样，还不如写张条子给他，在招待所等船的时候,让他多给你上上课,省得我再说了,像欠了你似的!

安杰:你就是欠了我了!要不是你,我就是再活十次,也过不上这种鬼日子!

江德福:好好好!算我欠你的!来世当牛做马,我还报答你!

安杰:我发现半年多不见,你嘴变甜了!

江德福:你都不让我碰你,你怎么知道我嘴变甜了?

安杰:去你的!讨厌!水在哪儿?

江德福:你跟我来。

25　白天　安杰新家厨房

厨房里有一口硕大无比的水缸。

江德福掀开缸盖:这是井水。

安杰:你不说,我还以为是海水呢!

江德福笑了:本来这水应该我去挑,可我去挑水就很不方便。

安杰:怎么不方便?

江德福:你想啊,我一个堂堂的守备区参谋长,能出去挑水吗?

安杰:你一个堂堂的参谋长都可以倒洗脸水、洗脚水,怎么就不能去挑水呢?

江德福:咱们在家关上门,让我干什么都可以!出了门,我可就不是江德福了,我是江参谋长!连渔民见了我都会立正呢!别说我的部属们了!他们见了我,是要敬礼的!你说我要是出去挑水,他们怎么给我敬礼?我还要还礼呢,我挑着水,怎么还礼?

安杰:你的意思是,难道我还要去挑水?

江德福:看来也只好这样了!这里都是家属去挑水,很少男人挑水,除非家属挺着大肚子挑不动了。

安杰：你说我会挑水吗？再说我挑得动吗？

江德福：你这么聪明的人，什么学不会呀！你一担挑不了，你就半担半担地挑，不着急。

安杰深吸了一口气。

江德福笑了：实在不行，我就半夜去挑水，你在一旁给我打手电，咱俩像是偷水的！

安杰叹了口气：江德福，我算让你给骗惨了！

26　傍晚　安杰新家

安杰在整理东西，军号又响了。

安杰自语：哎呀烦死了，怎么没完没了了！

江德福回来了，屋里都没地方插脚了。

江德福：怎么带这么多东西来？

安杰：你不是让把家都搬来吗？

江德福：别人家也搬家，别人家就没这么多东西，瓶瓶罐罐的，光杯子就这么多！

安杰：别人家怎么过日子我不知道，但我就要这样过日子！就要过这样的日子！

江德福：你要过什么日子？

安杰：过这种喝水用水杯、喝茶用茶杯、喝咖啡用咖啡杯的日子！怎么，不行吗？

江德福：行行！你爱怎么过就怎么过吧！但咱得先吃饭吧！过什么日子不得吃饭！你做饭了吗？

安杰：你看我闲着了吗？

江德福：你要分清主次，东西什么时候不能收拾？你得先做饭！

安杰：我想做来着，但厨房里的东西我不会用！

江德福：那你过来，我教你。

27　傍晚　安杰新家厨房

江德福在灶台上下面条，安杰在灶前拉风箱，拉得呼呼的，边拉边骂：你这个骗子！我算让你给坑苦了！又要挑水，又要拉风箱，这不是农村人的日子又是什么！

江德福正在尝面条的咸淡，一听这话，被烫了一下，呸呸呸地直吐。

28　晚上　安杰新家卧室

安杰在收拾床铺，电灯突然一明一暗地闪。

安杰很吃惊：怎么啦？这是怎么啦？

江德福：这是信号，一刻钟后停电。

安杰：什么？停电？为什么要停电？

这时，熄灯号响了，江德福笑了。

江德福：因为吹熄灯号了，所以要停电！

安杰吃惊地望着江德福，半天不动。

江德福：你看我干吗？还不快动！你快洗漱去吧，晚了就来不及了！

安杰跳下床，跑了出去。

29　晚上　安杰家外屋

安杰正在刷牙，电灯又开始闪。安杰抬头望着灯泡，一直望到灭。

安杰尖叫了一声。

江德福打着手电过来：又叫又叫！你现在怎么这么爱叫呢？上午在厕所里就吓了我一跳，刚才又吓了我一跳！

安杰：你才吓了两跳！我到现在为止，吓得魂都快没了！

江德福笑了：说什么你都有理，怎么说都像我欠了你似的。

安杰：你就是欠我了！你不承认吗？

江德福：我承认！我承认！所以我才这么伺候你呢！

安杰：举高点儿！我都看不见了！

手电光逐渐暗了下来，安杰打了一脸香皂沫，吃惊地抬起头来。

安杰：怎么？手电也有信号吗？也要熄灯吗？

江德福笑了：快没电了，你快点儿！

安杰加快了动作，可没等她洗完，手电就不亮了。

安杰：哎呀，你在哪儿？

江德福：我在这儿，拉着我的手！

黑暗中，不知什么东西倒了。

安杰大叫：哎哟！

江德福：碰到什么了？

安杰：谁知道碰到什么了？这是你的家，你布置的陷阱！

江德福：你怎么这么说话？这是咱俩的家！

安杰：咱俩的家？怎么光碰我，不碰你？

江德福抱住安杰：那我来保护你！

安杰叫：干什么！别碰我！

30　晚上　安杰新家卧室

江德福划了根火柴，找来了煤油灯，却点不着。

江德福：坏了，没油了！

安杰：哎呀！你这是过的什么日子呀！缺这个、少那个的，你这日子是怎么过的呀！

江德福：凑合着过的呗！让你来你也不来，我可不就是凑合过嘛！

江德福一根一根地点着火柴，安杰借着火柴的微弱的光抹雪花膏。

江德福：哎呀！真香啊！

安杰斜了他一眼。

江德福：你这样斜眼看人更好看！哎哟！

安杰：烧手了吧？谁让你这么节约！

江德福：火柴快没了，你快点儿吧！

安杰：瞧你这日子过的！

江德福：所以才盼你来嘛！

安杰又斜眼：盼我来干吗？

江德福：你说呢？

安杰：讨厌！

火柴点完了，江德福激情难耐。

黑暗中安杰的尖叫声：干什么！

江德福：别叫！别叫！

安杰：你干什么！

江德福：我干革命！

安杰：你真反动！这是革命吗？

江德福：算革命的一部分吧！

安杰：你可以胡说八道，我怎么就不行？

江德福：咱先不讨论这个！咱先干点儿别的！

安杰：讨厌！

31　早晨　安杰新家卧室

军号响，安杰醒了，见江德福正盯着她看。

安杰：你看什么？

江德福：你真美！真好看！闭着眼好看，睁开眼更好看！

安杰笑了：讨厌！

江德福：今天干什么？

安杰：还能干什么？继续整东西干活呗！

江德福：这才像个家庭妇女的样儿呢！

安杰：我不是家庭妇女！我有工作！哎，我来干什么工作呀？

江德福：着什么急，先歇一段！

安杰：歇一段就歇一段，谁还不愿歇一段！

32　白天　大门口

安杰出了大门，往西边看，自言自语：左边还是右边来着？好像是右边。

安杰往右走，终于看见了厕所。

厕所是旱厕所，臭味比较重。安杰捏着鼻子进去，只见厕所里有六七个坑，两个坑上有人，还在说话。她们看见捏着鼻子进来的安杰，好奇地望着她。安杰不习惯，马上退了出来。她长出了一口气，还嫌有味，又后退了好几步。

33　白天　厕所里

一个女人起来了，另一个女人还蹲着。

起来的女人：她是参谋长家属，昨天刚进岛。

蹲着的女人：听说了！听说她是穿着一只鞋来的！

起来的女人：她脾气可大了，上了码头就冲参谋长发脾气，参谋长说了她两句，她就要踢参谋长，没踢着参谋长，倒把自己的鞋踢飞了，踢到海里了！

两个女人大笑起来。

34　白天　厕所外

安杰在原地打转，听见厕所里传出的笑声，很奇怪，心里想：这种地方也能笑得出来？

35　白天　马路上

江德福和司令边走边聊。

江德福看见站在厕所外的安杰，很奇怪，扭头盯着她看。

司令：那是你家属吧？

江德福：是。

司令：好像脾气不小哇！

江德福：是，是有点儿脾气。

司令：女人哪能让她有脾气呢？得整顿！得治理！

江德福笑了。

司令：你别笑！我给你句忠告，越是漂亮女人，越不能惯她毛病！不能让她爬到你头上去！

江德福：这你放心，她爬不上来！

司令：哼！我看快了！看她昨天在码头上的表现，离你脑袋不远了！

36 白天 江德福办公室

江德福进了办公室,从后窗往外看,见安杰还在厕所外边打转。

江德福自言自语:厕所里有老虎?她怎么不上呢?

江德福走出办公室。

37 白天 厕所外

江德福假装上厕所。

江德福站在男厕所门口:你怎么不上呢?

安杰指了指女厕所:老是有人!

江德福:有人关你什么事,你上你的不就得了!

安杰:有人我不习惯。

江德福:毛病!你还是不憋!

安杰:我怎么不憋?你怎么知道我不憋!

江德福:憋你就上啊!

安杰:我再等一会儿。

终于有人出来了,安杰笑了,跑了进去。

江德福看着她进去,舒了一口气:臭毛病!

38 白天 女厕所

安杰进了厕所,刚站到坑上,一只蛆在她脚边蠕动,她尖叫了一声,跑了出去。

39 白天 男厕所

江德福在解手,听见女厕所里一声叫声,吓得一哆嗦。

40　白天　厕所外

江德福跑出来，见安杰正往家里跑。江德福看了看女厕所，又看了看奔跑的安杰，追了过去。

41　白天　安杰新家

江德福进家，安杰正在脸盆里洗手。

安杰：你说话算话吗？

江德福：你什么意思？

安杰：我的意思是，你说话到底算不算话！

江德福：当然算话了！大丈夫一言既出，八匹马也拉不回来！

安杰笑了：什么呀！人家是一言既出，驷马难追！

江德福：我这比他们还厉害，他们是四匹马，我是八匹马！

安杰：我管你几匹马，只要说话算话就行！

江德福：我说什么了？

安杰：你说要给我倒洗脸水和洗脚水了吧？

江德福点头：我说了。

安杰：还说也可以给我倒痰盂吧？

江德福又点头：也说了！

安杰做了个手势：那就请吧！痰盂在里边，麻烦您给倒了去。

江德福：你跑回家里来……

安杰：是呀，我实在憋不住了！

江德福：你为什么不在厕所上？

安杰：别提那个厕所了！你知道我在厕所里看见什么啦？

江德福：看见什么了？

安杰：蛆！（用手比画着）这么大的蛆！

江德福：多大？

安杰：这么大。

江德福盯着她看。

安杰：这么大。

江德福还不说话。

安杰越比画越小：哎呀，这么大！哎呀！反正特别大，特别恶心！就在我脚边爬！差点儿爬到我脚上！哎呀！恶心死我了！我现在还想吐呢！

江德福叹了口气：你这么娇气，以后的日子可怎么过呀！

安杰：别的日子我都能过，我可以点煤油灯，我也可以去挑水，但我就是不能上那种厕所！好多人蹲在一起，一起上厕所！也不嫌味！还在那儿聊天，说话，还笑！那种地方也能笑得出来！这还不算，还有蛆！还到处乱爬！爬到人身上怎么办？

江德福无话可说了，跑到里屋端出了痰盂。

安杰：早知道这样，我宁愿在青岛当"右派"，也不到这里来上这种破厕所！

江德福叹了口气：唉！你毛病可真多！老子早知道你这么多毛病，宁可打光棍，也不娶你这样的老婆！

42 白天 院子里

安杰在屋前洗衣服，江军庆在竹车里躺着，江国庆蹲在一边玩水。

军号响了，安杰直起腰来听。

江德福回来了。

军号声再次响起。

安杰：怎么回事？怎么老吹号呢？

江德福：军营嘛，就是按着号声过日子。

安杰：这是什么号？

江德福：这是开饭的号。

安杰：刚才呢？

江德福：刚才是下班的号。

安杰：有没有睡觉的号？

江德福：当然有了，那叫熄灯号。

安杰：管得可真宽！它让我熄灯我就要熄灯吗？

江德福一笑：你可以不熄，你是谁呀，谁管得了你呀！

江德福抱起了江军庆，江军庆咯咯地笑着。

江国庆抱着江德福的腿：爸爸，抱我，抱抱我。

江德福又抱起了江国庆，将他高高举起。

江国庆：举高点儿！举高点儿！

江军庆也吵闹着让举高。

江德福：还是一家人在一起好哇！多热闹！我心里都热乎乎的！

安杰撇嘴：你心里当然热乎乎的了，我呢？

江德福：你心里不热吗？

安杰：热！我心里热着呢！我终于跟你过上这么好的乡下日子了！

江德福皱眉：你别整天农村、乡下的，这是农村吗？这是乡下吗？

安杰甩着手：这不是农村，不是乡下，这是哪儿？是城市吗？

江德福：城市！城市！你整天就惦记着你那城市！你这种资产阶级的贪图享乐的思想什么时候能改呀！

安杰：噢，照你这么说，城市就是资产阶级喽？那那么多的城市人，不都成资产阶级了吗？毛主席也待在城市里，还是最大的城市呢，难道毛主席也是资产阶级吗？

江德福吓得直看四周，他板起脸来，压低了声音：你这毛病怎么还不改呢？怎么张口就来呢？不过脑子吗？你不惹出点儿乱子来，不舒服哇！

安杰知道言重了，不吭声了。

43　白天　安杰新家

安杰在拆箱子上的草绳，突然想起了老丁和王秀娥捆箱子摔倒的样子，哑然失笑。

包箱子的草席有点儿湿，安杰急忙开箱检查。一箱子花花绿绿的衣服，大都是安杰的。安杰抚摩着这些衣服，有些发呆。

44　白天　院子里

铁丝上挂满了花花绿绿的衣服，安杰还在往外晒。

一个女声从天而降：哎呀老天爷呀！你可真阔气，有这么多好衣服！

安杰吃惊地四下打量，大门紧闭，她没看到任何人。

那声音又"咯咯"地笑了起来，安杰抬起头循声望过去，看见了隔壁房顶上笑弯了腰的女人。

女人掐着腰站在房顶上，一副快人快语的样子：早就听说参谋长家属是个大户人家的小姐，果然不假！你看你这一院子的衣服，我一辈子也穿不完！

安杰很不适应这种说话方式，又听她说自己是大户小姐，一时不知如何回答。

那女人麻利地下了梯子。

安杰刚喘了口长气,大门就响了。

安杰心里说:这都是些什么人哪!

大门开了,果然是那个女人。

女人绕开安杰,直扑衣服前,她一件一件地摸着,一惊一乍地叫着:哎哟,真软!真滑溜!(摸一件黑衣服)哎哟,这件更好,更软,更滑溜!

最后,她在一件旗袍前停住,叫了起来:老天爷呀!这不是电影里女特务穿的衣服吗?这是你的吗?你敢穿吗?

安杰站在一旁哭笑不得,点头不是,摇头也不是。

女人看完衣服,又像熟人似的直接进了屋,安杰只好跟了进去。

女人:哎呀!你家的东西可真多!真够阔气的了!(看着桌上摆着的各种杯子)娘啊!你家怎么这么多杯子?这我一辈子也打不完哪!

女人转过身来:有啥事用我帮忙吗?

安杰:没有没有!没什么事!

女人:你别客气,反正我也没啥事,搭把手帮你一起收拾!

安杰:不用不用!真的不用!谢谢你了!

女人:谢什么!这老话说得好,远亲不如近邻嘛。

安杰:就是,就是。

女人:真不用我帮忙?

安杰:真的不用。

女人:那好,那我走了。

女人一阵风似的走了。

安杰自言自语:这是哪儿来的二百五!

45　白天　路上

江德福和王主任下班回家，遇到挑了一担水的主任家属。

女人：哎呀参谋长，你家可真阔气！

江德福看了主任一眼，不知说什么好。

女人：好衣服晒了一院子，光喝水的杯子就一辈子也用不完！

王主任：你见了？

女人：当然了！我亲眼看见的！

江德福：你到家里去了？

女人：当然了！参谋长，你家属可真俊！都生过俩孩子了，还像大姑娘一样！

王主任：你快走吧！你不嫌累呀！

女人：累又怎么办？你又不帮着挑！

女人说完快步走了。

江德福：她可真能干！

王主任：没别的本事，就有的是劲儿！

江德福：有劲儿还不好！

王主任：女人要那么大的劲儿干什么！

江德福：挑水呀！这不省了你的事了嘛！

王主任：没劲儿她也要挑哇！难道还要我挑水？你会挑吗？

江德福：我当然不会挑了！

王主任：那你老婆能挑得动吗？你舍得让她挑吗？

江德福：这有什么舍不得的？你老婆能挑水，我老婆就不能挑水了？喊！

王主任：你先别喊，等她能挑水了，你再喊也不晚！

两人说着说着就到家了。

王主任站在自家门口，望着江德福的后背：喊！

46　白天　院子里

江德福望着一院子的衣服，叹了口气。

47　白天　安杰新家

江德福进家，听见厨房里传出拉风箱的声音，他环顾着干干净净的家，满意地笑了。

48　白天　安杰新家厨房

安杰在拉风箱，拉得很起劲。两个儿子挤在她怀里，帮她一起拉。

江德福：真不错，儿子都能帮你干活了！

安杰抬头：帮我干活？给我添乱还差不多！

江德福：你可真能干！这么快就把家收拾利索了！

安杰：表面是利索了，还有好多细活呢，够我干一阵子！

江德福：我相信你能干好！肯定能！

安杰：我还用你相信？行啦，你别在这儿给我灌迷魂汤了，我可不吃你这套！

江德福：你可真是个油盐不进的人，软的硬的都不行。

安杰：算了吧，你别在这儿拍我马屁了！你把儿子带出去，饭一会儿就好！

江德福：不是我拍你马屁，你是的确能干。你看，你这么快就学会烧火了，还会拉风箱了，不简单！

安杰回头白他一眼：你是在骂我吧？这么原始的劳动我再学不

会，我还不如乡下人呢！

江德福：你别动不动就乡下人、乡下人的，乡下人怎么惹着你了，让你这么说！

安杰：你不提这茬，我还差点儿忘了呢！我问你，隔壁住的是什么人？

江德福：住着王主任呢，怎么啦？

安杰：他是哪儿的主任？是哪级干部？

江德福：他是政治部主任，是师级干部。你问这个干吗？

安杰：我就纳闷了，你们共产党的干部，怎么娶的老婆都这样呀？

江德福：都哪样儿？

安杰：都王秀娥那样！

江德福沉下了脸：你说话注意点儿！要是没人家王秀娥，你安杰今天能不能在这里拉风箱，还两说呢！

安杰：你以为我愿在这儿拉风箱啊？拉风箱有什么好？

江德福：拉风箱不好，总比死了好吧？

安杰：你说谁死了？

江德福：要是没有人家王秀娥，你能活到现在？难产也把你难死了！

安杰：你的意思是，王秀娥是我的救命恩人？

江德福：难道不是吗？

安杰：是！（安杰又用力拉了几下风箱）照你这种说法，不但王秀娥是我的救命恩人，你还是我的贵人呢！没你这个大贵人，我安杰哪能跑到这里拉风箱呢！

第十四集

1 白天 安杰新家饭桌上

安杰虎着脸吃饭,江德福给她夹了块儿香肠,被她丢了回去。

江德福:你看你,怎么像小孩儿似的。

安杰:……

江德福:吃完饭睡一觉,别累着了。

安杰翻了他一眼:我睡一觉还用你批准吗?

外边大门突然开了,一个男孩儿(王海洋)端着盘子进来。

安杰:这谁呀?

江德福:王主任的儿子——王海洋。

安杰:他来干什么?

江德福:给你送吃的来了!

王海洋进来:江叔叔,我家吃饺子,我妈说让你家也尝尝。

江德福:太好了!怎么就送一盘呢?够我和你阿姨吃吗?

王海洋不好意思:我家才一人一盘!

江德福笑了:那好吧,我家就两人一盘吧!

王海洋放下盘子就跑了。

江德福咬了一口饺子：哎呀，不错！就是肉少了点儿，不太香！

安杰皱着眉头望着他。

江德福：你怎么不吃？

安杰：我不吃！我省给你吃！你也可以一人吃一盘！

江德福：谁又惹你了？

安杰：你！你们！

江德福：我们怎么又惹你了？人家给你送饺子吃，还送出毛病了？

安杰：送什么送呀！今天一盘饺子，明天一碗面的！真小家子气！真烦人！

江德福不高兴了：我说你这人怎么这么不知道好歹？你吃就吃，不吃拉倒！臭毛病！

安杰：我是臭毛病，你们是穷毛病！送来送去的，有什么可送的！

江德福摔了筷子：你确实是欠修理！再不收拾你，还真让你爬到头上了！

安杰：就你那头，有什么可爬的！请我爬，我也不爬！

安杰说完，自己先笑了。她见江德福真生气了，又开始撒娇哄他：哎呀，人家就是犯愁嘛！她家给咱送饺子，咱家还不得给她送包子嘛！这样送来送去的，什么时候是个头哇！

2 白天 安杰新家卧室

上班号响，安杰醒了。

江德福：你起来干吗？你再睡会儿。

安杰：哎呀，这军号可真烦，像狗似的，追着你叫！

江德福不爱听：你这舌头真该割了去，这么反动！

安杰：你还说干那事是干革命呢，你更反动！

江德福：好好好，我说不过你，我走了，我上班去了。

江德福往外走，安杰下了地。

3　白天　安杰新家外屋

安杰要洗脸，看见脸盆里的水不干净，索性出去倒水。

4　白天　院子里

安杰用力把水泼出去，边泼边抱怨：洗把脸也这么费事！

5　白天　安杰新家厨房

安杰掀开缸盖，用舀子舀水，伸下胳膊没舀到，她探进头去，发现水到缸底了，于是她又踮起脚来够舀子，还是够不着，索性将半个身子探了进去，好不容易舀上水来。

安杰把水倒到盆子里，看到水里有许多漂浮物，她"啊"了一声，放下盆子跑了出去。

6　白天　安杰新家客厅

安杰跑到客厅，拿起手摇电话，摇了几下：喂，总机吗？请你给我接参谋长办公室。

7　白天　总机房

两个女兵在值班。

女兵甲冲女兵乙摆了摆手，然后在电话里回复：好的，参谋长来了。

女兵甲插上另一根塞绳,振了一下铃,说道:参谋长,您家里来电话。

8　白天　江德福办公室

江德福:接过来吧!

安杰的声音:哎呀,你快回来看看吧,水缸里边不知有什么东西!

江德福:有什么东西?

安杰的声音:不知道!也不是虫子,也不是别的,就是不知是什么!

江德福:那就什么也不是!

安杰:不是一个!有好几个!好多呢!都在那儿漂着,真瘆人!

江德福:有什么瘆人的?就你事多,大惊小怪的!那是水缸好久没刷了,掉进东西了,没事!

安杰的声音:掉进东西了还没事?这两天都喝缸里的水,多脏啊!多恶心啊!

江德福:恶心什么?我都喝了快一年了,也没啥毛病!就你毛病多!

有人进来:参谋长,到时间了,咱们该走了。

江德福对着话筒:行啦,别啰唆了,我有事了!

江德福挂了电话,起身离开。

9　白天　安杰新家客厅

安杰对着电话:敢说我啰唆?讨厌!

10　白天　总机房

女兵甲拔下电话线,笑得咯咯的。

女兵乙:怎么啦?又说什么了?

女兵甲:参谋长说他家属,(学参谋长)"行啦,别啰唆了!"他家属说(学安杰)"敢说我啰唆?讨厌!"

俩人笑成一团。

女兵乙:听说参谋长家属长得可好看了!

女兵甲:我告你一件事,你可千万别对别人说。

女兵乙:什么事?我不会乱说。

女兵甲:你真的别乱说,我是偷听的,听政委跟司令讲的。

女兵乙:讲什么了?什么事呀?

女兵甲压低了声音:参谋长家属是资本家小姐!

女兵乙:啊?真的?

女兵甲:当然是真的!政委亲口对司令讲的!

女兵乙:那她家很有钱了?

女兵甲:当然有钱了!资本家没钱谁有钱!

女兵乙:怪不得呢!

女兵甲:怪不得什么?

女兵乙:怪不得她把那么好的高跟鞋都甩到海里去了呢!

女兵甲:剩了一只了,还留它干什么!

女兵乙:剩一只我也不舍得扔哇!那是皮鞋呀,还是高跟皮鞋!

11　白天　院子里

安杰要出去挑水,她挑起扁担,听着水桶"吱呀"乱叫的声音,很是高兴。她扭了几下腰,自己都笑了。

安杰往外走,用手划拉着院子里晾晒的衣服,像是在检阅。她的手停在一件碎花连衣裙上,盯着看了一会儿,她放下了扁担。

安杰拿着那件连衣裙,放在阳光下仔细看着,脑海里浮现出自己曾经穿着这件连衣裙的场景。

安杰回忆起往事,不禁露出了笑容,抱着连衣裙又进了家。再出来时,她已经将连衣裙穿在了身上。

安杰重新挑起水桶,神采飞扬地出了门。

12　白天　操场上

直属队在会操,师首长在观看。

台下的队伍有点儿乱,有人在向大路上张望。

江德福:怎么回事?看什么?

王主任朝那边努了努嘴:哎,那是你家属吗?

江德福朝那边一看,气得要命。

安杰穿着连衣裙,挑着水桶,婀娜地走着。

江德福:出什么洋相!

王主任笑了:还挺能干的,这么快就出来挑水了!

江德福:喊!

王主任:看把你美的!这下你可有资格喊了。

江德福喊:于科长!

于科长:到!

江德福:重新调整队伍,一律面朝东!

王主任笑了,压低了声音:你这是何必呢?

江德福也压低了声音:你离我远点儿!

13 白天 井台上

安杰到了井边，身后尾随了一群半大小子，其中有王海洋。

井台上有人在弯着腰往上拔水，桶上来了，那人直起了腰，原来是那天摇橹的老头儿。

安杰一见是他，站在下边不上去了。

老头儿：打水吗？

安杰：嗯。

老头儿：你挑得动吗？

安杰：挑得动！

老头儿：那你能打上水来吗？

安杰：怎么不能！

老头儿好心好意：打水可没那么容易，一般人打不上来！

安杰：……

老头儿：你上来，我帮你打！

安杰：不用！不用你！

老头儿：真的！我不蒙你！你打不上水来！你保证连水都打不到桶里！

安杰不说话。

老头儿不高兴了：热脸蹭人家冷屁股，什么玩意儿！

老头儿说完挑着水走下井台，安杰往一边让了让。老头儿故意横着扁担，一直把安杰逼得不能再退了。

老头儿从安杰身边走过，故意不看她，却重重地"哼"了一声。

安杰看着他的后背，轻轻地"哼"了一声。

安杰上了井台，靠近井边，探头往下看了一眼，吓得闭上了眼睛，引得在井台边的孩子哄笑起来。

安杰用井绳拴水桶。由于井绳太粗,她拴了半天才拴上,孩子们又开始笑。

安杰气恼地瞪了他们一眼,孩子们笑得更厉害了。

安杰将水桶慢慢地放进井里,心惊胆战地往下看,只见水桶浮在井里,她傻眼了。

王海洋在一旁喊:阿姨,你摇!你摇!你摇水桶!

安杰听话地摇着绳子,井下的水桶乱动,却打不着水。

王海洋:你使点儿劲儿!使劲儿摇!

安杰用上力,水桶还是乱动,就是打不到水。安杰乱摇了一通,实在没辙,她向王海洋投去了求助的目光。

王海洋跳起来,准备上去帮忙,却被别的孩子拉住。

孩子甲:你别去!看她能不能打上水!

孩子乙:就是!多好玩儿呀!多有意思!

王海洋退了回去,躲到伙伴们身后,不露面了。

安杰没了指望,又开始摇井绳。

孩子甲开始小声数数:一、二、三……

更多孩子加入进来:七、八、九……

孩子们的声音越来越大:十、十一、十二……

安杰直起身子,开始擦汗。孩子们又大笑起来。

安杰很生气,拿他们没办法,自己又打不上水来,一副无助的样子。

这时,身后响起了一个女人的声音:你们在这儿干什么?走开!

孩子乙:葛老师!

孩子甲:快走!快跑!

孩子们一哄而散,安杰长出了一口气,回过头去看,只见一个年轻女人,梳着很长的辫子,长得很漂亮,挑着水桶,亭亭玉立地站在井下边。

安杰:谢谢你。

葛老师:谢什么,孩子们淘气,你别介意。

葛老师上了井台,上下打量着安杰,眼里满是喜欢和羡慕。

葛老师:你是头一次挑水吧?

安杰:是呀,想不到这么难。

葛老师笑了,从安杰手里接过井绳,三下两下就将水桶提了上来。

葛老师教安杰:你这样绑可不行,拴不住。亏了你没打上水。要是打上了,拔一半,绳子就会开,桶会掉井里的!

葛老师开始重新拴绳子,没想到粗粗的绳子在她手里竟十分听话,两三下就被她拴好了。

葛老师将水桶徐徐放到井下,轻巧地一摇井绳,水桶就听话地倒下了,打进了满满一桶水。葛老师开始拔井绳,一把一把地往上拔。虽然有些吃力,但姿态很好看,安杰看得入迷。尤其是拔到一半,葛老师的长辫子滑到胸前,她腾出一只手来,往后一丢,长辫子又飞回了身后,安杰都看呆了。

葛老师拔上了一桶水,倒进另一只桶里,很快,又拔上来一桶。

葛老师解下井绳,将水桶提到放扁担的地方,示意安杰可以走了。

安杰有些不好意思:我大概,可能,我可能挑不动。要不我试试?

安杰试了一下,果然挑不动。

葛老师笑了:怪我,你没挑过水。头一次挑水,肯定挑不了满的。

葛老师将水倒了三分之一,安杰又试了试,还是挑不起来。

葛老师又将水倒了二分之一,安杰这回挑起来了,却直打晃。

葛老师咯咯直笑：你可真是个千金小姐！

安杰敏感地看了她一眼，葛老师好像也不自在起来，她又将水倒出了一些，这下桶里只剩下了三分之一，安杰终于挑了起来。

安杰：谢谢，我走了。

葛老师：你慢走。哎呀！

安杰停住了脚：怎么啦？

葛老师：你穿这种鞋来挑水，行吗？

安杰低头看了看自己的高跟皮鞋：行，没问题！

安杰挑着水，一扭一扭地走了。

葛老师站在井台上，抿着嘴笑了。

14　白天　路上

安杰挑着小半桶水，穿着高跟鞋步履维艰地走在石子路上。那帮淘气的男孩儿又跟了上来，看着安杰这副模样儿，孩子们笑声不断。

安杰又气又急，满头大汗。这时，迎面走来一支刚结束会操的队伍。

队伍里传出阵阵笑声，开始是几个人，后来是许多人。

安杰有点儿慌，不禁加快脚步，想赶紧离开这个地方。没想到脚下一绊，一下子摔倒了，水洒了她一身，更要命的是，她的裙子被刮烂了，露出了大腿。

队伍中的人大笑起来，步子都乱了。带队的干部急忙跑过去扶安杰，干部到了安杰身边，还不忘回头喊口令：一二一！一二一！

队伍里的笑声更大了，安杰身后的孩子们也笑得更欢了。

一个孩子先喊：一二一！一二一！

所有的孩子都跟着喊：一二一！一二一！

干部将安杰扶起来：嫂子，你没事吧？

安杰：没事，没事，我没事！

安杰挣脱了扶她的干部，头也不回地快步走了。

孩子们依旧在她身后喊：一二一！一二一！

15　白天　王主任家房顶

王主任的老婆张桂英站在房顶上看见了这一幕，她飞快地下了梯子。

16　白天　路上

张桂英赶到的时候，这里只剩下淘气的孩子们。一个孩子拿着扁担敲着空桶，指挥其他孩子在喊：一二一！一二一！

张桂英夺过孩子手里的扁担，喊道：我打断你们的腿！有娘生没娘教的玩意儿们！

一个孩子喊：张阿姨，你家王海洋也在这儿！他也是吗？

张桂英握着扁担：有一个算一个，通通都是！

17　白天　安杰新家卧室

安杰在换衣服，两个儿子坐在床上比赛哭声。

安杰气急败坏：别哭了！烦死我了！

大门开了，张桂英挑着一担水进来。

安杰愣在那儿，都忘了礼节了。

18　傍晚　安杰新家厨房

安杰在切菜，江德福悄悄进来了。

安杰看了他一眼,继续切菜。

江德福欣开缸盖,看到缸是满的:你还挺能干的。

安杰又看了他一眼,还是不说话。

江德福:这水是你挑的吗?

安杰:你说呢?

江德福:我看不像!

安杰:你在明知故问吧?你是怎么知道的?

江德福:你在岛上都引起轰动了,我能不知道嘛!

安杰:我引起什么轰动了?不就是摔了一跤吗?这也值得轰动吗?

江德福:听说你的裙子都破了,大腿都露出来了!

安杰的刀剁到了案板上。

江德福后退一步:你想干什么?

安杰的眼泪下来了:我想回青岛,我想回去了。

19 晚上 安杰新家外屋

江德福洗漱,像蚂蚁似的一趟趟地从缸里打水。

安杰抱着胳膊挡在厨房门口:哎,你不用这么讲卫生了,以后你不用再做"三洗丈夫"了,你省省吧!节约用水!

江德福:这可麻烦了,我现在养成了良好的卫生习惯,不洗就不舒服了!

安杰:臭毛病!

江德福:臭毛病也是你逼出来的!

20 晚上 安杰新家卧室

电灯又闪开了,安杰上床躺下。

江德福凑过来。

安杰往里靠：你别碰我！

江德福：我不碰你，没有你的许可，我哪敢碰你。我给你说件事。

安杰：什么事？

江德福：为了你上厕所方便，我准备在院子里给你搭个厕所。

安杰看着他不说话。

江德福：你没意见吧？

安杰还是不说话。

军号响了，灯灭了。

安杰：干什么你！

江德福：都要给你搭厕所了，还不行吗？！

21　白天　王主任家房顶

张桂英在房顶上晒萝卜干，看见几个战士在安杰家院子里搭厕所。安杰端着杯子出来，让战士们喝水。

张桂英大声地：这是在搭厕所吧？

安杰只好也大声：对！是呀！

张桂英笑了：这下好了，我能看见你的腚了！

安杰大惊失色。

22　傍晚　院子里

江德福进家，见安杰正围着新搭起的厕所仔细看。

江德福：怎么样？不错吧！

安杰：不错什么呀！

江德福：怎么了？哪又不合你的意了？

安杰看了对面一眼，拖着江德福进屋了。

23　傍晚　安杰新家外屋

江德福：怎么会呢？

安杰：她亲口说的！她站在她家房顶上说的！要是看不见，她会说吗？

江德福望着外边的厕所不说话了。

安杰：只有一个办法，把厕所的顶封上！

江德福：按说应该看不见呀。

安杰：应该的事多了！不是还有万一吗？

江德福：你急什么，吃完饭过去看看不就行了！再说，我们也应该过去拜访一下。

24　傍晚　王主任家院子

王主任一家三口在葡萄架下吃饭，江德福领着安杰来了。

江德福：吃什么好东西，这么香！

安杰在后边拧他。

王主任一家站起来。

张桂英：要不你坐下再吃点儿？

江德福：不行，有人不让，在后边直拧我呢！

大家都笑了，安杰不好意思。

江德福：你们继续吃，我们先参观参观院子。

张桂英：我们刚才还在说你家的厕所呢，还想上你家参观呢！

江德福：欢迎参观！哎，老看你上房顶，你上房顶去干什么？

张桂英：干的事多了！缝被子，晒东西！上边宽敞，什么都能干！

江德福：是吗？那我们上去参观一下。

张桂英：欢迎参观！上去吧！

江德福拉着安杰走到梯子前：你先上，我在后边保护你。

安杰小心地往上爬，江德福在后边爬。

上了一半，梯子有些颤，安杰不动了。

安杰：你先下去！

江德福：为什么？

安杰：咱俩一起上，万一压断了呢？

江德福拍了拍梯子：放心，压不断！

王家的人都笑了。

25 傍晚 王主任家房顶上

安杰上了房顶，伸长脖子往自家张望。

江德福站到她身边：看得见吗？

安杰：看不见。

江德福拍了一下安杰屁股：就是，你的屁股能随便看嘛！

安杰：讨厌！

安杰望着远处的风景，有些发呆。

江德福：怎么啦？发什么呆？

安杰：你看，多美呀。

江德福：哪美呀？我怎么看不出来？

安杰斜眼望着他：你能看出什么来？

江德福：我能看出你美来！

张桂英上来了：你俩看啥呢？

安杰马上说：看风景，从这儿往下看，风景挺好的。

张桂英：有什么风景，有什么好看的！

江德福：你以为她真是在看风景？

张桂英：那她看什么？

安杰又拧他。

江德福：她看你能不能看见她的腚！

张桂英大笑。

王海洋在下边喊：妈，你笑什么？

26　白天　安杰家饭桌上

安杰突然想起了什么，敲了一下碗。

安杰：哎，我的工作呢？我到底什么时候上班？

江德福：再等等吧，岛上就那几个工作，服务社、邮局、粮店都满了，你去挤谁呀？

安杰：我听说作训科王副科长的家属要到粮店上班，她跟我前后脚来的，人家怎么上班了呢？

江德福：人家情况特殊嘛。

安杰：什么情况。

江德福：人家孩子多，爱人职务低，家里又有老人要负担，负担重嘛！照顾是应该的。

安杰：多生孩子也成理由了？

江德福：可不是嘛！争当英雄母亲嘛！你要向人家学习，多生快生，给我组建个加强班，到时候念你有功，给你个班副当当。

安杰：想得美！你把我当成什么人了？

江德福：当老婆了呗！还能当什么人？

安杰：那你可娶错老婆了！你应该娶个乡下老婆，她们能生，也愿生！你没看见那些农村家属吗？哪个屁股后边不是跟了一串呢？别说让她们当班副了，当排副、连副都没问题！

江德福：你别整天农村家属农村家属地挂在嘴边，让人家听见影响不好。

安杰：影响！影响！又是影响！你整天怎么这么多影响，你就这么怕影响啊？

江德福：不是怕，影响不好总不好吧？

安杰吃完站起来，也不管江德福吃完了没有，就开始收拾饭桌。

安杰：你知道我嫁给你，听你说得最多的一句话是什么吗？

江德福：影响。

安杰笑了：我真搞不懂，你们当兵的怎么都愿把这话挂到嘴边！以前的邻居老丁是这样，现在的邻居王主任也是这样！

江德福：这就对了，说明我们当兵的觉悟高。

安杰：什么狗屁觉悟！

江德福停下筷子，严肃地望着安杰。

安杰又笑了：影响！影响！

安杰夺江德福的筷子。

江德福：哎，哎，干什么你，我还没吃完呢！

安杰抿着嘴笑：你还吃什么饭呢，你吃你那影响不就得了？

江德福喝最后一口稀饭，饭碗都要盖住脸了，安杰直撇嘴。

江德福：给你说一声，我今天要到小黑山岛检查工作，中午不回来吃饭了。

安杰吓了一跳，手里的筷子都掉地上了。

江德福：你怎么了？

安杰：没什么没什么。

江德福：没什么你慌什么？

安杰：我哪慌了？我慌什么？

江德福奇怪地望着她，安杰转身就走：你这么看我干什么？讨厌！

27　傍晚　小黑山码头

一艘军船和一艘客船同时停靠在码头，人们在紧张地卸着货。

江德福一行人来到码头，准备上船。恰巧一个扛着两袋粮食的人准备下船，船上的负责人将他拦住，他站在那儿一副力不能支的样子。江德福做了个让他先下的手势，船上的负责人这才放行。

那人颤颤巍巍地下了船，路过江德福身边时，江德福怜悯地看了他一眼。

江德福登上舷梯，突然听到骂人声，他停下脚步，回头张望。

一个上了年纪的男人骂：欧阳懿！你他妈的磨洋工啊！你快点儿！

卸下粮食的欧阳懿站在码头上大口喘气，他的目光与舷梯上的江德福对上。江德福大吃一惊，欧阳懿羞愧难当。

江德福赶紧下了舷梯，却发现欧阳懿已经不见了踪影。

28　傍晚　交通艇上

江德福站在甲板上，望着渐渐远去的小黑山岛发呆。

29　晚上　安杰家

安杰在煤油灯下看书。门响了，江德福回来了。

安杰：回来了？

江德福没理她。

安杰：今天没浪吧？你没晕船吧？

江德福脱外套，还是不理她。

安杰：哎，你聋了？听不见问你话呢！

江德福冷不防地：我问你，你是不是有什么事瞒着我？

安杰有些心虚：我哪有事瞒着你呀。

江德福：谁在小黑山岛？

安杰一愣：你看见他们了？

江德福：他们？他们是谁？

安杰：你，你没看见他们吗？

江德福：我问你他们是谁！

安杰：就是我姐她们一家嘛。

江德福：什么？你姐她们一家都在岛上？

安杰：那你看见谁了？是不是只看见我姐夫了？

江德福：我问你，这么大的事，你为什么不说？

安杰：我是怕影响你。

江德福：你什么时候开始害怕影响了？

安杰望着他不说话。

江德福：你怕影响我什么？

安杰：我姐夫被打成"右派"了，我哥说，我家的出身就够你受了，不想再让他影响你了。

江德福：你们想不让他影响我，他就不影响我了？这事能隐瞒吗？能向组织隐瞒吗？

安杰紧张了：组织知道了？

江德福：当然了！组织上当然应该知道了！

安杰：组织上是怎么知道的？

江德福：我报告的！我向组织汇报的！

安杰小声地：你傻呀，你干吗要给组织上说呀？你不说，谁能知道呀！

江德福：知道的多了！天知、地知、你知、我知！组织上更该知道了！

安杰：那，不会影响你什么吧？

江德福：你先别管影响我什么。我问你，你姐姐离你这么近，你就不想去看看她吗？

安杰：我想，怎么不想。可我怕……

江德福：怕什么？

安杰：怕影响你。

江德福：呵！你也张口闭口开始怕影响了！

安杰：不是跟你学的吗？不是你教的吗？

江德福：我教你的东西多了，你都学了吗？再说，我教你这样六亲不认地注意影响了吗？

安杰吃惊地望着江德福。

江德福：你这么看着我干吗？明天有值班艇上小黑山去，你还是去看看你姐姐吧！

安杰惊喜地：这行吗？不用跟他们划清界限吗？

江德福：想不到你觉悟提高得这么快，还学会划清界限了！你姐姐安欣又不是"右派"，你为什么要跟她划清界限？

安杰：老欧不是"右派"嘛。

江德福：什么老欧哇，人家是欧阳！

安杰：你不是都叫他老欧吗？

江德福：那是以前，以前能叫他老欧，现在不能了！

安杰：为什么？

江德福：这家伙变得很敏感，再叫他老欧就不合适了。

安杰：你见过他了？

江德福：见过了！你应该早跟我说的！我应该去看看他们的！

安杰：我还不是为你好嘛！

江德福：我用不着你为我好！我不怕有这种亲戚！我们党讲的是实事求是，帽子要给他戴，亲戚也要同他走！

30　白天　压面房

安欣在压面条，她全身沾着面粉，像个面人。

安杰扶着门框望着她，流下泪来。

安欣的同事提醒安欣：哎，找你的吧？

安欣直起腰，见到安杰，愣住。

安杰哽咽：姐！

安欣：你怎么来了？

31　白天　安欣家

安欣家很破旧，只有两间厢房。外边做饭，里边吃饭睡觉。

安欣开了门：进来吧！

安杰站在门口不动。

安欣：请进！

安杰进了屋，到处看。

安欣：你看什么？

安杰：收拾得很干净。

安欣：我现在唯一能做到的，就是干净了。

安杰：孩子呢？

安欣：邻居看着呢。

安杰：你邻居还挺好的，还给你看孩子。

安欣：你不食人间烟火了吗？

安杰：怎么啦？

安欣：世上有免费的午餐吗？

安杰：噢，要钱哪。多少钱一个月？

安欣：七块钱。

安杰：那不贵。

安欣看了她一眼，不说话了，开始到处找东西。

安杰：你忙什么？找什么？

安欣：我给你找杯子。

安杰：那不是有杯子吗？

安欣看了眼到处掉瓷的缸子：哪能让你用这个。

安杰：算了，我不渴。你去把孩子带来，让我看一眼。我的时间不多，一会儿还要跟船回去。

安欣望着她。

安杰：孩子在家，公务员看着呢，时间长了可不行。

安欣出去接孩子。

安杰打量着这个不能再简陋的家，叹了一口气。她从口袋里拿出一个包好的信封，压到桌子上放着的破缸子底下。

桌上压了块儿玻璃板，玻璃板下压了几张照片，其中有安杰和安欣的合影。安杰的手抚摸着那张照片，感慨万千。

这时，安欣领着双胞胎女儿进来，跟孩子们说：快，快叫小姨。

一个女儿怯生生地叫了声"小姨",另一个女儿咬着嘴唇就是不叫。

两个小姑娘都很瘦,一副营养不良的样子。她们穿着一模一样的衣服,唯一不同的是裤腿上缝补的布的颜色,一个深,一个浅。

安杰心里很难受,蹲下身子,将她俩搂住,半天说不出话来。

安欣找话说:我去把你姐夫叫回来。

32　白天　海边

欧阳懿穿着胶皮裤,正在往海里推小舢板。

跟他一起干活的人说:你回去吧!

欧阳懿:我不回去!我回去干什么?

安欣:人家特意跑来看咱们,你不露面算什么事!

欧阳懿:爱算什么算什么!反正我不回去!我不见她!

安欣:为什么?

欧阳懿:不为什么!我就是不愿见!我谁也不愿见!

安欣:那我怎么跟她说?

欧阳懿:你爱说什么说什么!我不管!

安欣转身离开。

欧阳懿在后边喊:你就说没找到我!就说我出海了!

33　白天　码头上

安杰和安欣站在码头上,恋恋不舍,却无话可说。

一个小战士跑下船,毕恭毕敬地在安杰面前立正:阿姨,上船吧,船马上要开了。

安欣和孩子们都吃惊地望着安杰。

安杰不舍：姐，我走了。

安欣点头，低下头对孩子们说：跟小姨再见。

两个小姑娘同时摆手：小姨再见。

安杰弯下腰：安然再见！安诺再见！

安杰直起腰：叫她们安然安诺，就好像她俩是咱们安家人似的。

安欣一笑，无语。

安杰拉住安欣的手：姐！你多保重。

安欣热泪盈眶：小妹，谢谢你！也谢谢妹夫！

安杰流下泪来，转身就走。

值班艇拉着长鸣，徐徐离开，安杰站在舷边不停地招手。

34　白天　值班艇上

码头上的人影越来越小，安杰迟迟不肯离开。

小战士：阿姨，进舱里坐吧。

安杰：不用，我想在这儿站一会儿。

小战士搬了把椅子来：阿姨，您坐吧。

安杰：谢谢你。

安杰坐下，望着远山近海，还有飞翔的海鸥，心情一下子好了起来。

值班艇突然加快速度，追上了一条小舢板。

安杰无意间看了一眼摇橹的人，吃惊地张开了嘴。

35　白天　舢板上

欧阳懿吃力地摇着舢板，舢板在军舰的冲击下摇晃起来，使得欧阳懿摇得更加吃力。他恰巧抬头看了一眼，目光正好对上了吃惊的安杰。

欧阳懿瞬时有些慌乱,手里的橹差点儿掉进海里,他赶紧伸手去抓橹,身子又险些栽进海里。

36 白天 值班艇上

安杰"啊"了一声,一只手捂住了嘴。

欧阳懿尽力恢复平静,他冲安杰笑了笑,又摇起了橹。

军舰越过了舢板,欧阳懿举起一只手,摇了摇。

安杰也举起手来,冲欧阳懿摇了起来。

37 傍晚 安杰家院子

两个孩子在玩刚孵出来的小鸡,江德福回来了,他望着黑灯瞎火的屋子,有些奇怪,问孩子们:你妈呢?

江国庆头也不抬:在家里。

江德福大步走进家中。

38 傍晚 安杰家客厅

黑暗中,安杰坐在那儿发呆。江德福开了灯,安杰吓了一跳。

江德福:回来了?

安杰点头:嗯。

江德福:怎么样?

安杰:还能怎么样?不怎么样呗。

江德福:把钱留下了?

安杰点了点头。

江德福:让你多带点儿东西,你就是不听,光带钱有什么用?在那又买不着什么东西。

安杰：大包小包的多扎眼！我悄悄地去，悄悄地回，没人知道。

江德福：你这么怕人知道干什么？

安杰看了他一眼：你说呢？还不是为你好！

江德福：谢谢！你不用这样！我一只羊是放着，一群羊也是放着！

安杰：你什么意思？

江德福：我的意思是，反正你这只包袱我已经扛上了，再多老欧那只包袱也无所谓了！

安杰深深地叹了口气，江德福爱惜地揽住了她的双肩：没事，你不用瞎担心！

安杰：我姐他们太可怜了。

江德福：……

安杰：我真是身在福中不知福啊！

江德福笑了：知错就改就是好同志啊！

安杰也笑了：讨厌！我哪错了？

江德福：娘的！刚表扬你两句，你就炸刺！

安杰搂住他的脖子：亲爱的，告你个好消息，你再表扬我几句。

江德福：什么消息？

安杰：我可能怀孕了。

江德福：可能？

安杰：八九不离十吧！

江德福：你上医院了？

安杰：还没去，但我肯定是。

江德福乐了：先口头嘉奖一次！等医院的化验单来了，再给你立功!

安杰:怎么立?

江德福亲他:这么立!

两口子正亲热着,两人儿子跑了进来。

江国庆大叫:妈妈不好了!

江军庆也跟着叫:不好了!

两口子赶紧分开。

安杰:又怎么了?

江军庆:死了!死了!

安杰吓一跳:什么死了?

江国庆:小鸡快死了!

39 白天 安杰家院子里

(几个月后)

安杰挺着大肚子在洗衣服,天上飞过一群大雁,她用手遮着额头,极目远望。

大门开了,江国庆(7岁)、江军庆(5岁)欢叫着跑进来,江德福跟在他们后边。

江德福一见安杰在洗衣服,马上小跑着过来了:安老师,不是跟你说了吗?衣服回来我洗!

安杰:说的比唱的都好听!我洗完了,你回来了!怎么这么巧?

江德福:这谁知道呀?我又没长三只眼!

安杰要起来,江德福急忙去扶她:小心小心!你小心点儿!哎呀,这次肚子怎么这么大呀?会不会是个双胞胎呀!

安杰:你做什么美梦呀!你以为谁都能生双胞胎呀?

江德福：你姐姐能生，你怎么就不能生呢？

安杰：那是人家老欧的本事！你有这本事吗？

江德福：对对对！我差点儿把老欧给忘了！这是人家老欧的本领，我不该眼馋！

第十五集

1 白天 卫生所

安杰躺在诊疗床上,一个女军医正在给她听胎音,突然面带疑惑。

安杰:怎么啦?有什么问题吗?

女军医:安老师,怎么好像有两个胎音?

安杰一时没明白:什么意思?

女军医摘下听诊器,笑了:什么意思?就是有两个孩子的意思!双胞胎的意思!

安杰:怎么可能呢?

女军医:怎么不可能!别人能生,你不能生啊!

2 白天 马路上

安杰慢吞吞地走着,一辆吉普车停在她跟前,尘土飞扬,江德福从车里探出头来:去检查了吗?

安杰一只手捂着嘴,一只手扇着。

江德福：臭毛病不少！

车里的人都笑了，安杰继续往前走。

江德福跳下车，手一摆，车开走了。

安杰又用手扇着，被江德福一把扯住：呛不死你！快说，检查得怎么样？

安杰：检查得不怎么样！

江德福：怎么了？有什么毛病吗？

安杰抬高了声音：毛病大了！

江德福不安：什么毛病？

安杰：双胞胎！两个孩子！

江德福：真的假的？

安杰：真的假的都让你说了，我还说什么。

安杰又要走，江德福一把拽住了她：哎，话还没说完呢，你别走哇！

安杰：请问还有什么事？

江德福：请问这是真的吗？

安杰望着他不说话。

江德福：是男孩儿还是女孩儿？

安杰：人家只听见两个胎音，听不出是男孩儿女孩儿！

江德福一拍巴掌：太好了！真是太好了！这下看他老欧还能说什么？

安杰重重地叹了口气。

江德福：你叹什么气？怀双胞胎你不高兴吗？

安杰：有什么可高兴的？生双胞胎谁给带呀？

江德福：谁让你着急去上班的？

安杰：好不容易有个机会，我能不去吗？难道我能一辈子待在家里吃闲饭，靠你养活吗？

江德福：老子又不是养不起你！是你非闹着要去上班！干什么不好哇，非当那孩子头去！

安杰：行啦行啦！别说这没用的了，说说眼前吧，说说谁伺候月子吧！你能吗？

江德福：你可真敢想！还想让我这个堂堂的参谋长伺候你月子！

安杰：生双胞胎也不行吗？

江德福：生八胞胎也不行！

安杰快步往前走。

江德福拖住她：你慢点儿走！别闪了我孩子的腰！

安杰：你怎么就不怕闪了我的腰呢？

江德福望着安杰的腰：就你这腰，还怕闪吗？

安杰要拧他，江德福立即闪开：你注意影响，这不是在家里。哎，你看这样行不行？你坐月子的时候，就让你姐姐安欣来伺候你。等你出了月子，就让我妹妹德华来看孩子，你说行吗？

安杰：为什么要让我姐姐来伺候月子？你妹妹不能伺候吗？

江德福：我妹妹哪干得了这种细活，让她伺候月子，我哪放心呢！万一她再跟你打起来，那还了得！你姐姐就不同了，她那么能干，又那么细心，再说她又生过双胞胎，她有经验！

安杰：怪不得你对他们那么好呢，原来是有目的的！真是老奸巨猾！

江德福：你这说的什么话？我对他们好能有什么目的？我又不是神仙，我哪知道你会生双胞胎？真是的！

3　白天　学校

放学了,孩子们欢快地往外跑。安杰抱着一摞作业本往办公室走。

葛老师追了上来:自从知道你怀了双棒,我看着都替你累得慌。

安杰:你们怎么老说双棒呢?多难听!

葛老师:这有什么难听?你如果生了一男一女龙凤胎,别人还会喊他们花棒呢!你不会怀的是花棒吧?

安杰:我哪有那本事!

葛老师:你的本事还小哇,一怀就怀俩!

安杰笑了:下午有事吗?到我家喝咖啡吧?

葛老师:好哇!有天大的事也不干了,就到你家喝咖啡去!哎,你男人不在吧?

安杰:什么我男人,是我丈夫!

葛老师:那还不都一样!

4　白天　安杰家院子

有人敲大门,安杰去开,门外站着葛老师。

葛老师:也不问问是谁,你就开门。

安杰:这个岛上,除了你我,谁还会敲门!

葛老师乐了。

5　白天　安杰家门外

张桂英挑着一担水过来,好奇地看了几眼紧闭的大门,自言自语:她俩怎么搞到一块儿了?

6　白天　安杰家院子

院子里，茂密的葡萄架，盛开的鲜花，果树上果实累累，蔬菜长势喜人。

葡萄架下摆放着一张圆桌藤椅，圆桌上铺着桌布，摆着花瓶，花瓶里插了一枝月季花。一切都布置得相当有情调，葛老师深吸了一口气，陶醉其中。

安杰端着托盘出来，托盘里放了一套精致的咖啡具。

葛老师上下打量着她，眼里透着羡慕。

安杰明知故问：你这么看我干吗？

葛老师：刚才我没注意，你这件裙子可真好看！

安杰：这哪是裙子，这是睡袍！好久没喝咖啡了，我想打扮打扮，可像样儿的衣服都穿不上了，只好找出这件睡袍穿了！

葛老师：真是的！我也忘了打扮了，到点就往这儿跑，什么都忘了。

安杰：你来，我给你找件裙子穿，咱俩正式点儿。

葛老师：好哇！让我看看你的好衣服。

7　白天　安杰家

床上摊满了衣服，安杰坐着看葛老师试衣服。

葛老师：哪件我都喜欢，哪件我都想穿，哪件我都不舍得脱。

安杰笑了：你的排比句用得还挺好。你就穿身上这件吧，我看这件就挺好的，挺配你的。

葛老师拿起另一件：我还是穿这件吧？我更喜欢这件！

安杰：你随便，你换吧，我出去泡咖啡。

安杰出去了，葛老师换上了她更喜欢的连衣裙，看着大衣柜上的自己，自言自语：我什么时候能过上这种日子呀？

安杰在外边喊：你快点儿！

葛老师：来了！来了！

8　白天　王主任家院子

张桂英戴着大草帽，蹲在菜地里拔草，听到安杰喊"你快点儿"，她停下手里的活，心里说：她俩在干啥呢？

9　白天　安杰家院子

葛老师喝了口咖啡：哎呀，这种日子多好哇！

安杰笑了：是啊！喝咖啡的感觉多好哇！

葛老师：你这里多有情调呀！像电影里似的！

安杰：这就算有情调了？真正有情调的地方你没见到！

葛老师：那当然了，我哪能跟你比呀！你生在哪儿？我生在哪儿？你长在哪儿？我长在哪儿？

安杰压低了声音：你别这样说，别说这种话，说了对你我都不好。

葛老师也压低了声音：这不是在你家吗？我又没在外边说。

安杰：在我家也不行，你不知道隔墙有耳吗？我家的邻居，在老家时是妇救会长，可厉害了，这话让她听见了，可不得了！

葛老师：咱别这样说话了，我的鸡皮疙瘩都出来了。

安杰笑了：至于吗？

葛老师伸出胳膊：真的，你看我汗毛都起来了！我是让你家邻居吓的！

安杰：幸亏她今天没上房顶，如果……

安杰说着说着发现葛老师的眼神不对，望着半空一动不动。安杰回过头，看见张桂英站在房顶上。

10　白天　张桂英家房顶

张桂英戴着草帽掐着腰站在房顶上，说：这不是葛老师吗？

葛老师点点头。

安杰：下午不上课，她来找我玩儿。

张桂英：你们可真会玩儿，喝水也算玩儿？

11　白天　安杰家院子

安杰和葛老师对视了一眼，眼里充满笑意。

安杰：你过来吧？过来玩一会儿。

张桂英：好！我马上下来！

张桂英立即顺着梯子往下爬。

葛老师：她来怎么办？

安杰：该怎么办就怎么办！

葛老师：我跟她说什么？

安杰：该说的就说！不该说的就别说！

安杰突然起身。

葛老师：你干什么去？

安杰坏笑：我去给她拿喝水的杯子！

大门"咣"的一声开了。

安杰小声对葛老师说：你看，不敲门吧？

安杰进屋去了。

张桂英走到葛老师面前：安老师干吗去了？

葛老师：她去给你拿杯子了。

张桂英：我又不渴，喝什么水！我就是闷了，想来说说话。

葛老师笑笑，一时不知说什么好。

张桂英没话找话：我家王海洋回家经常说起你。

葛老师有点儿紧张：说我什么？

张桂英笑了：说你歌唱得好，画也画得好。

葛老师：好什么呀，一般吧。

张桂英：你的辫子可真长，怎么洗呀？

葛老师：一点儿一点儿地洗。

张桂英：多麻烦哪，铰了算了！这对辫子能卖不少钱呢！

葛老师：……

12　白天　安杰家

安杰在家挑杯子，拿起这个，放下那个，最终选了个看起来很普通的杯子。

13　白天　安杰家院子

安杰给张桂英端来了咖啡。

张桂英：老天爷呀，这是什么呀？黑乎乎的，这能喝吗？

葛老师：这是咖啡，挺好喝的。

安杰看了葛老师一眼。

张桂英先抿了一点儿，没喝出味来，又喝了一大口，马上就吐了出来。

张桂英：呸呸呸！

安杰和葛老师趁着她低头吐的时候相视一笑。安杰撇了下嘴，葛老师马上也撅起了嘴。

张桂英用手抹着嘴角:老天爷,这是什么呀?干吗喝这个?这不是遭罪嘛!

安杰:你先别大口喝,先一点点喝,一点点品。

张桂英:我是不喝了!你倒找给我钱,我也不喝了!

张桂英顺手把杯子放到圆桌上,不料没放稳,杯子掉地上直接摔碎了。

张桂英:哎哟哎哟哎哟!这可怎么办?怎么办呢?这么好的杯子,挺贵的吧?

安杰嘴上说着"没事,没事",心里却说:真讨厌!你来干什么?是专门来摔人家杯子的吗?

14　傍晚　安杰家院子

江德福下班回家,发现门口垃圾桶里有个打烂了的杯子。

15　傍晚　安杰家

江德福进家后,发现柜子上放着一个托盘,托盘里有一对儿咖啡杯。

江德福在托盘前沉思了一会儿。

16　傍晚　安杰家厨房

安杰费事地弯着腰往灶坑里添木柴。

江德福:我来我来我来!

江德福说完便坐下拉风箱,紧接着说:要不让德华早点儿来吧?你这样哪行啊。

安杰有气无力：你随便，随你便。

江德福：那我就拍电报了？

安杰：拍呗。

江德福：下午谁来了？谁上咱家了？

安杰：这也要向你汇报吗？

江德福：你不汇报我也知道。

安杰望着他。

江德福：葛老师，是葛老师对不对？

安杰：你怎么知道的？

江德福：你别忘了，我手下有个侦察连，什么侦察不出来？

安杰笑了：哼！你就吹吧！

江德福：那你说我是怎么知道的？

安杰：你瞎猜的呗！

江德福：我瞎猜的？我瞎猜还能猜到第三个人吗？下午除了你和葛老师，还有一个人。

安杰手里的抹布掉了：天哪！侦察连的人真来咱们家了？

江德福忍住笑，赶忙低下头去看灶里的火，乱拉着手里的风箱。

安杰：是你派他们来的吗？

江德福：你说呢？

安杰：你干吗派他们来？

江德福：我要知道你在家里都干些什么！

安杰：我能干什么？

江德福：你能把葛老师她们招到家里喝咖啡！我把葛老师给点出来了，剩下的那个人就不用我说了吧？

安杰：你干吗说得这么吓人？好像我们干了什么坏事似的！我们

能干什么坏事？再说，隔壁的张桂英能跟我俩一起干坏事吗？

江德福忍着笑：张桂英不能跟你俩一起干坏事，难道她能跟你俩一起喝咖啡吗？

安杰：怎么不能？她还真喝了呢！只不过她喝不惯，都吐了，还把我的杯子打烂了！

江德福笑了：你没让她赔呀？

安杰：赔什么呀！她上哪儿赔呀！不过，亏了我有先见之明，没把好杯子拿出来给她用！

江德福：你看看，这就是感情问题。你舍得给葛老师好杯子用，却不舍得给张桂英好杯子用，这说明什么问题？

安杰：什么问题？

江德福：阶级问题！立场问题！葛老师是渔霸的女儿，你呢，你是谁的女儿我就不说了。你说，这问题严重不严重？

安杰：我们在一起就是聊聊天，我们又没说反动的话！

江德福：你说没说反动的话，谁信呢？

安杰：你的侦察兵听见什么了？

江德福：他们什么都听见了！还用我学吗？

安杰：你爱学就学呗，谁能管得了你？

江德福：安杰呀！看你平时挺聪明的，怎么到关键的时候就犯糊涂呢？你是什么身份？她是什么身份？你怎么能跟她搅到一起去呢？这很容易让别人联想到你的出身！你是怕别人忘了你是什么出身吗？

安杰：哎呀！你别说了！你说得我鸡皮疙瘩都出来了！汗毛都立起来了！

17　傍晚　王主任家

王主任一家三口在吃饭。

张桂英：下午我到隔壁去，你猜，安老师让我喝什么了？

王海洋：喝什么了？

张桂英：喝，喝，喝什么来着？叫什么来着？哎呀，我记了一下午，生怕忘了，就想学给你们听，怎么到了嘴边就给忘了呢？

王海洋：你好好想想，到底喝什么了？

张桂英摇头：想不起来，实在想不起来了。

王海洋：妈，你使劲想。

王主任瞪他：想什么？好好吃你的饭！

张桂英：下午见你葛老师了，她夸你脑子好使，学什么都比别人快！

王海洋：那当然了！还说我什么了？

张桂英：还说你马虎，考试从来得不了一百分！

王主任用筷子点着王海洋：你这个毛病不改，将来要吃亏的！弄不好，会吃大亏！

王海洋小声：会吃大便。

张桂英的筷子敲到了王海洋头上：还敢顶嘴！

王海洋大声：你听那渔霸的女儿胡说！她还有脸说我马虎？她才马虎呢！她教我们唱歌，一首歌教了我们三节课！

张桂英：那是你们笨，学不会！

王海洋：什么学不会？她是教乱套了！哪个班教了，哪个班没教，她都搞不清了！还说我马虎！

王主任和张桂英都笑了。

王主任：你们给她提个醒不就行了？

王海洋：谁稀得给她提呀？乱套了更好！反正我们不愿上音乐课，不爱学新歌！

张桂英：你看看你们这些熊孩子，多不知好歹！那么俊的老师教你们唱歌，那是你们的福气！

王海洋：俊有个屁用！还不是嫁不出去！还不是老姑娘！

王主任拍桌子：你这孩子，该打了！

王海洋：她就是老姑娘嘛！叫她挑肥拣瘦！将来不一定嫁给什么丑八怪呢！

18　晚上　安杰家外屋

安杰在洗脸，若有所思。

19　晚上　安杰家卧室

江德福准备睡觉，安杰湿着脸跑过来：你说，侦察连的人能藏在咱家哪儿呀？

江德福：藏在哪儿，能告诉你吗？

安杰不悦：怎么不能告诉我？我嫁给你这么多年了，连这点儿信任也换不来吗？

江德福：不是我不信任你，而是连我也不知他们藏在哪儿，我怎么告诉你？

20　晚上　院子里

安杰出来将洗脸水倒掉，然后端着洗脸盆在院子里到处看。最后，她的目光落到了房顶上。

21　晚上　安杰家卧室

安杰拍着脸进来,一副了然于心的样子:明天你去给咱家弄个梯子来!

江德福:弄梯子?弄梯子干吗?

安杰:你说呢?

江德福:你要上房揭瓦吗?

安杰:我要上房看风景!看日出!看日落!看袅袅的炊烟!还要看你手下那些神出鬼没的侦察兵!

江德福笑了:自从你当了语文老师,说话越来越有水平了!行!满足安老师的要求,明天就去给你扛个梯子来!哎,你可要小心,小心摔着了!不行,不能给你弄梯子来,你这要一摔,可了不得,一摔就摔仨!不行不行不行!

安杰:哼!不敢了吧?你以为我不知道?

江德福:你知道他们藏到房顶上了?

安杰:看!说漏嘴了吧?

江德福:哎,我说,你是怀了个双胞胎,累傻了吧?怎么傻了吧唧的了?我那是骗你的!我是逗你玩儿的!

安杰:哼!你骗谁呀?

灯熄了,江德福还在笑。

22　白天　安杰家客厅

安杰望着窗外的大风,一脸担忧。

江国庆跑进来:妈,姑姑什么时候到?我要去码头接她。

江军庆跟在后边:我也要去!我也要去码头。

安杰:这么大的风,船还不一定能开呢。

江国庆：我打电话问问。

江国庆说完立马拿起电话，摇了几下：哎，总机吗？给我接码头。

23　白天　总机房

女兵甲：好的，码头来了，请讲。

女兵乙：是"一二一"吗？

女兵甲：不是，是她儿子。

女兵乙："一二一"好久都不出来了。

女兵甲：她要生小孩儿了。

女兵乙：生小孩儿就不能要电话呀？

女兵甲：你就那么想给她接电话呀？

女兵乙：就是！我就是愿给她接电话！她说话好听，又那么客气。（学安杰）"总机吗？麻烦你给我接一下参谋长。"（声音变）"哎，你回来吃饭吗？"

女兵甲：（学江德福）"不回来了。"

女兵乙：（学安杰）"不回来也不说一声，讨厌！"

女兵甲：（学江德福）"对对对，我讨厌！我讨厌！"

两人哈哈大笑。

女兵乙：我看参谋长挺厉害的，挺威严的，怎么那么怕老婆呀？

女兵甲：刘技师说，参谋长不是怕老婆，而是宠老婆！他老婆太娇气了，他得哄着！

机台灯亮了。

女兵乙手疾眼快：哎，好的。

女兵甲：是"一二一"吗？

女兵乙在偷听，摆手不让她说话。

女兵乙拔下塞绳。

女兵乙：（学安杰）"哎，怎么回事？听说军船停到小黑山不走了。"（又学江德福）"风太大，走不了了！"（学安杰）"那你妹怎么办呢？"（学江德福）"住你姐家呗！"（学安杰）"她家能住下吗？"（学江德福）"挤一挤呗！"（学安杰）"讨厌！那能挤吗！"

两人大笑，连长突然进来。

连长：笑什么？值班时间笑什么！

24　傍晚　安欣家

欧阳懿在里屋辅导女儿学习，安欣在外屋做饭。灶坑里在倒烟，安欣被呛得又流眼泪又咳嗽。

一个女声：是这儿吗？

一个男声：没错，就是这儿！

安欣朝外边看，吃了一惊，原来是江德华来了。

安欣起身：哎呀，这不是德……德华吗？你怎么来了？

江德华：俺那娘吔！他大姨，你咋变成这样了？

安欣有些难为情：我变化很大吗？

江德华：咋不大呢！这要是走在外边，打死我也不敢认你呀！

安欣讪讪地：是吗？我老成这样了？

江德华：就是，你怎么老成这样了！

25　傍晚　安欣家里屋

欧阳懿盘腿坐在炕上，仔细听着外边的对话。两个双胞胎女儿在小声嘀咕。

安然：谁呀？

安诺：不知道。

安然：咱们看看去。

安诺：好，看看去。

欧阳懿将她们拦住，自己却下地穿上了鞋。

26　傍晚　安欣家外屋

欧阳懿趿拉着鞋走出来。

江德华又是一愣：这……这是姐夫吧？

安欣：是呀，他也认不出来了吗？

江德华：认是认得出，可咋变成这样了呢？

欧阳懿的眉头皱了起来。

安欣：变成什么样儿了？

江德华：嗯，说不上来，就是和过去不一样了！

欧阳懿冲江德华点了点头，看到她身后站着当兵的。

欧阳懿马上变得很热情：这位同志是？

江德华：他是俺三哥派来接俺的，俺三哥让俺今晚就在你家凑合一晚上。

欧阳懿不说话了，安欣马上说：干吗站在门口，快进来吧！请进，快请进。

当兵的：我就不进了，明天开船的时候，我再来接你。

当兵的走了，江德华进了屋，她伸长了脖子到处看，欧阳懿站在她身后皱着眉头，连两个双胞胎女儿看起来都有些不高兴了。

江德华：他大姨，你们怎么到这儿来了？还住这样的房子？

安欣：那个，那什么……

欧阳懿扭身进了里屋，两个女儿也跟了进去，一个女儿还顺手放下了门帘。

江德华压低了声音，问安欣：姐夫好像不高兴，他是不是不愿让俺住你家？

安欣：不是！不是！哪的事！他就是那么个人！见了生人不愿说话！

江德华：他不愿说话？俺记得他可爱说了，又能说！

安欣：那是……那是以前。现在不爱说话了。

江德华：他以前话说多了吧？把话都给说完了吧？

安欣疑惑地看了她一眼，见她依然一副没心没肺的样子，轻轻叹了口气。

27　傍晚　安欣家里屋

饭菜很简单，窝头、虾酱和一盘炒鸡蛋。

安欣：也不知你要来，也没准备，你别介意，快上来吧！

江德华：没事！你们吃啥俺吃啥！俺不讲究！哎呀，俺们那儿不睡炕，俺不习惯在炕上吃饭，（江德华极其别扭地坐在炕沿上）俺就坐这儿吃吧！

江德华吃着吃着突然盯着两个小丫头不动了。

安欣：多吃点儿，多吃点儿。

江德华：俺娘啊！你这俩小闺女长得可真俊！俺嫂子这次也能生俩这么俊的丫头就好了！

安欣：你嫂子那么漂亮，生什么都好看！

江德华笑了，还笑出了声。

安欣：你笑什么？

江德华：俺笑俺哥老眼馋你家生双胞胎，这下他也生了，不用再眼馋你们了！

安欣和欧阳懿对视一眼，安欣笑了，欧阳懿清嗓子。

28　晚上　安欣家外屋

安欣在帮欧阳懿铺地铺，欧阳懿在一边抽烟。

安欣：要睡觉了，别抽了。

欧阳懿把烟丢掉，踩灭。

安欣：你别这样。

欧阳懿：别哪样儿。

安欣：别这样不冷不热的，人家总归还是客人，哪能这样待客。

欧阳懿：……

安欣：亏了她大大咧咧的，换了别人早不高兴了。

欧阳懿：……

安欣：好了，睡吧！

欧阳懿起身，重重地叹了口气。

安欣抬头望着他：你怎么了？你叹什么气？

欧阳懿：唉！真是虎落平川被犬欺呀！

安欣吓得直指里屋：你胡说什么？小心人家听见！

欧阳懿：听见什么，你听她呼噜打的！女人怎么还打呼噜呢？

安欣：女人怎么不能打呼噜？

欧阳懿：你怎么不打？

安欣：我从小就不打。

欧阳懿：所以呀，所以你家教好！

安欣笑了：这跟家教有什么关系？

欧阳懿：那跟什么有关系？

安欣：我哪知道！你快睡吧，明天不是要早起吗？

欧阳懿：唉！这过的是什么日子！连乡下女人都可怜起我们了！

安欣：……

欧阳懿：你怎么不说话了？

安欣：你想让我说什么？我又能说什么？

欧阳懿：唉！

安欣：别一天到晚老叹气！现在连孩子动不动都叹气了。

欧阳懿又叹了口气，安欣也叹了口气：睡吧。

欧阳懿：哎，你干脆跟她一起走得了。

安欣：离生还有半个月呢，我去这么早干吗？

欧阳懿：唉，早一天晚一天的，她不是老是提前生吗？再说，万一过些日子有大风，你想走也走不了了！

安欣：也是，那我明天跟她一起走？

欧阳懿：走吧，早走早踏实。

安欣：怎么，我不走你还不踏实吗？你不踏实什么？

欧阳懿：你去给别人伺候月子，你说我这心里能踏实吗？我们都成什么人了？你成了什么了？用人吗？老妈子吗？

安欣：你这说的什么话！我又不是去伺候别人！我是去照顾自己的妹妹！什么用人！什么老妈子！

欧阳懿：那还不一样？换了是你，是你要生孩子了，她安杰能来伺候你月子吗？能来照顾你吗？

安欣望着他不说话了。

29　白天　码头上

安欣和江德华准备登船,两个女儿抱着安欣的胳膊难舍难分。

安然:妈妈,我不想让你去!

安诺:我也是!妈妈你别去了!

江德华:看看这俩小丫头!你们的娘又不是到地主老财家里去,是到你们的姨家去,屈不了你们的娘!

安欣赶紧去看欧阳懿,欧阳懿黑着一张脸。

30　白天　军船上

船舱里,安欣吐得一塌糊涂。江德华一点儿事没有,她跑进跑出地照顾安欣,给安欣倒装了呕吐物的脸盆,又给她端来热水。

安欣:德华,谢谢你。

江德华:自己亲戚,谢什么!

安欣:你一点儿也不晕吗?

江德华:俺一点儿也不晕!一点儿事也没有!

安欣:你的平衡机能好。

江德华:俺的啥好?

安欣有气无力:你什么都好。

31　白天　码头上

安杰全家都来迎接江德华和安欣。

江国庆:妈,你说,是我姨好,还是我姑好?

安杰看了一眼江德福:问你爸。

江国庆:爸,你说……

江德福:这还用说吗?当然是你姨好了!

安杰赶忙说：听你爸瞎说！你姑和你姨都好！

江国庆：我是问，她俩谁第一好，谁第二好！

安杰：都第一好！

江德福笑了：还语文老师呢！你不会说并列第一？

安杰也笑了：你有文化，我没文化！

江德福：当然了！我是堂堂的海军炮校的优等毕业生，你呢？你是哪儿毕业的？

安杰不说话了。

江德福：你怎么不说话了？

安杰突然提高了音量：我是教会学校毕业的，怎么啦？丢人吗？

江德福压低了音量：你小声点儿，也不嫌丢人！

安杰气得直喘粗气。

江德福笑了：跟你开个玩笑，你怎么当真了？当心气坏了身子，不值得！哎，别生气了，船来了。

32 白天 军船甲板上

江德华扶着安欣站在甲板上，海风一吹，安欣感觉身体好了很多。

江德华：早知道，早扶你出来就好了。

安欣笑笑，没力气说话。

江德华突然指着码头方向：你看！俺哥！俺侄子！还有俺嫂子！哎呀，俺嫂子肚子真大，还真是双胞胎呢！

江德华招手，兴奋地大叫：三哥！俺在这儿！国庆！军庆！往这儿看！

码头上的人同时看向江德华，安欣很不自在。

33　白天　码头上

安杰瞟了江德福一眼。

江德福马上说：我不是说了吗？你姐第一好，我妹第二好。是你不坚持原则，非说她俩一样好。她俩能一样好吗？

安杰笑了，伸手拧了他胳膊一下。

身后传来一阵清脆的笑声，他俩回头一看，几个小女兵正笑得前仰后合。

江德福大声问：你们笑什么？

女兵甲：没笑什么！

女兵乙：我们高兴笑！我们高兴的！

江德福：高兴什么？

女兵乙：高兴来片子了，晚上放电影！有电影看了！

江德福笑了，安杰也笑了。

女兵甲：她都要生孩子了，还这么好看！

女兵乙：就是！她笑得多好看！牙多白！

女兵丙：她这叫回头一笑百媚生！我真喜欢她，"一二一"！

女兵甲：咱们喊"一二一"吧？

女兵乙：这不好吧？让她听到不太好吧？

女兵甲：她又不知道咱们叫她"一二一"，她知道咱们喊什么！

女兵丙：就是！喊吧！挺好玩儿的！

女兵甲：我喊一二三，咱们一起喊。一二三！

几个女兵一起大喊："一二一"！

女兵甲：坏了，我刚才喊成"一二三"了！

女兵们蹲在地上笑成一团。

江德福：真是一群疯丫头！

安杰：她们在喊什么？

江德福：她们在喊口令。

安杰：她们喊口令干吗？

江德福也奇怪了：是啊？她们喊什么口令呀？！

船到了，安欣和江德华上了岸。

江德华大叫：哥！嫂子！

江德福训他：小点儿声！你怎么没晕船呢！

江德华：俺一点儿都没晕，一口都没吐！他大姨可吐草鸡了！

江德福：他大姨，辛苦你了！

安欣：辛苦什么，不辛苦！

安杰：德华，也辛苦你了。

江德华：俺又没吐，俺更不辛苦！

34　白天　马路上

安杰姐妹走在前边，江德福兄妹跟在后边。女兵们尾随着。

安杰：姐，谢谢你。

安欣：自己人，谢什么。

安杰：姐夫没有不高兴吧？

安欣：没有，他挺高兴的。

安杰停住了脚：挺高兴的？那还是不十分高兴呀！

安欣盯着她看：那我表述错误，不是挺高兴，而是十分高兴。

安杰笑了：我才不信呢！他那种人会十分高兴？

安欣又看了她一眼，不说话了。

江德福：德华，谢谢你，我代表你嫂子谢谢你！

江德华：一家人，有啥谢头！

江德福：谢还是要谢的，尤其是你嫂子，特别感谢你。

江德华停住了脚：她为啥特别感谢俺？

江德福：你说呢？

江德华笑了：俺还以为她肯定生俺的气，一辈子都不爱见俺了呢！

江德福：为什么？

江德华：你说呢？

江德福哈哈大笑。

安杰回过头来：你笑什么？

江德福：我高兴的！高兴得笑！

安杰笑了：好吧，那就请继续笑！

年轻的女兵们又在后边笑得前仰后合。

35 白天 安杰家院子

一进院子，安欣吃了一惊，江德华惊叫：俺娘吔！这么大的院子，这有五亩地吧？

36 白天 安杰家

进了屋，江德华又叫：俺那娘吔！咋这么多门哪！

安杰笑了：房子多，门就多呗！

江德华：那俺可以自己住一间吗？

安杰：当然可以了，你随便住！

江德华：俺哪能随便住呢？得让他大姨先挑着住！人家是客人，得先尽着人家住！

江德福逗她：你不也是客人吗？

江德华不高兴了：俺咋成了客人了呢？这个家不姓江吗？俺不姓江吗？

江德福：噢，对了对了，你也姓江，我差点儿忘了！我还以为你姓安呢！

江德华：俺哪有这个福气啊！俺要是姓安，不也成了千金小姐了吗？

安家姐妹对视了一眼，哭笑不得。

37　晚上　安杰卧室

安杰对江德福：跟你商量个事？

江德福警惕地：什么事？

安杰笑了：你紧张什么？我还没说什么事呢！

江德福：是呀，自从德华一踏进这个家门，不对，是从她在船上大喊大叫开始，我的心就不踏实了。

安杰：你不踏实什么？

江德福：你不要明知故问。安老师啊，你现在是人民教师了，你可要有个教师的样子啊！不要为了一点儿小事就闹别扭，影响人民教师的形象。

安杰：江参谋长啊，您就放心吧！我知道这个家姓江不姓安！我作为这个家的客人，哪能反客为主呢？

江德福点头：这个位置摆得对！你就把自己当客人，少操点儿心，少管点儿事，把孩子给我顺顺利利地生下来，再给我健健康康地养大，你看这有多好！

安杰点头：是挺好的。

江德福：你要跟我商量什么事？说吧！只要是我能做到的，决不含糊！

安杰：我给忘了，我忘了我要说什么事了。

江德福：那就想起来再说！睡觉！

安杰：噢，想起来了，我想起来了！

江德福：什么事？

安杰：今晚上你自己睡，我想跟我姐睡一晚上。

江德福：这有什么可商量的？但咱们可要说好了，就一晚上，多了可不行！

安杰笑了，又去拧他。

江德福：你现在怎么这么爱拧人？你看你把我拧的，到处都是青！你知道司令说我什么？

安杰：说你什么？

江德福：他说我可以评上三等乙级残废军人了！

38　晚上　安杰卧室

熄灯了，一盏煤油灯亮起，姐妹俩靠在床头聊天。

安杰：德华跟我说，姐夫现在跟变了一个人似的。

安欣敏感地：她还说什么了？

安杰看了她一眼：没说什么了。

安欣：不会吧？不会就说这点儿事吧？

安杰有些不高兴：你家还有什么事？你家的事很多吗？

安欣：……

安杰：她说……说你家很小，很破，但很干净，睡的被窝都有股子香味，香胰子味！她说，你家也吃粗粮，也吃窝窝头！她说，看你家人吃窝头的样子,她心里挺难受的!她说,你的两个女儿很耐看,越端详越好看,像你!她还说,你人好,又能干,脾气又好,言外之意是你比我好!行了吧?你满意了吧?

安欣:……

安杰:你为什么不说话?不是说要好好聊聊吗?

安欣:安杰,你想听我说什么?我又能说什么?

安杰:……

安欣:说我这些年吃的苦、受的委屈吗?说我们家的不如意,甚至是穷困潦倒吗?你想听这些吗?你想听吗?

安杰:……

安欣:你怎么又不说话了?光让我一个人说吗?

安杰:算了,别说了,咱们睡觉吧,吹灯睡觉吧。

安欣:不行,说好了要聊个痛快的,我还不痛快呢!

安杰笑了:你这个样子,才有点儿过去的样子了。你现在这种逆来顺受的样子,真让我看不惯!

安欣:我逆来顺受?你看不惯?

安杰:不是看不惯,我说错了,我表达错了,我是挺心痛的。真的,姐,我真的挺心痛你的!一想起你在那种地方受苦,我的心就堵得慌!一想起咱俩隔得这么近,我却不能经常去看你,我的心就难受!真的,姐,这是真的!

安欣点头:嗯,我信。其实我们一直都很感激你,在这种情况下,还特意跑去看我们。

安杰:姐,刚开始我也不敢去看你们,我甚至都没把姐夫的事告诉我家那口子。是他去小黑山检查工作,在码头上看见了姐夫,看见姐夫在扛麻袋,他心里很难过,回来跟我大发雷霆,怪我瞒着他,不告诉他，埋怨自己也没去看看你们。他骂我，说你们还是亲姐妹呢，怎么能这么无情无义。

安欣突然用手捂住了脸，无声地哭了。她的肩膀在剧烈地抖动着，映在墙上，如一幅剪纸。

安杰望着她，流下了热泪。

39　早晨　安杰家

江德福伸着懒腰从本该是安欣住的房间出来，正在洗脸的江德华吃惊地望着他：你，你怎么？你怎么睡在这儿？

江德福：我怎么不能睡在这儿？

江德华：这不是他大姨睡觉的地方吗？

江德福：他大姨能睡？他爹怎么就不能睡呢？

江德华：他大姨呢？他大姨在哪儿睡的？

江德福：他大姨跟他娘在一起睡！

江德华：怎么让她俩睡一起了？

江德福：人家是姐俩，怎么睡不到一起？

江德华压低了声音：她俩在一起，肯定会说我的坏话。

江德福皱起了眉头：人家为什么要说你的坏话？

江德华：因为我说了他大姨家的一些坏话，我说给你媳妇儿听了，她能不告诉她姐？

江德福：你傻呀！你为什么要对她说她姐家的坏话？你这不是自投罗网、自己找不自在吗？活该！说你坏话也活该！

江德华：是吧？她们肯定会说我的坏话吧？

江德福：我发现你这个人天生就是个惹是生非的人！我也差点儿让你绕进去，犯了自由主义！我算明白了，你是矛盾的主要方面，是主要矛盾!

江德华:啥是矛盾?俺刚来咋就成了矛盾了?

江德福:你不但是矛盾,还是主要矛盾!是罪魁祸首!

江德华:俺又是这,又是那的,那你老婆是啥?她啥事也没有吗?啥也不是吗?

江德福:她也是矛盾的一方,她比你也好不到哪去,她是次要矛盾。

安杰挺着大肚子出来:谁是次要矛盾?

江德福看了江德华一眼,见她正盯着自己不放。

江德福:睡得好吗?

安杰:我问你谁是次要矛盾?

江德华代答:他说你是次要矛盾!

见安杰盯着江德福看,她又补了句:他还说俺是主要矛盾呢!

安杰有了笑容,问江德福:那你是什么?

江德福:我什么也不是!这行了吧?

安杰笑了,连她身后的安欣都笑出声来。

江德福:他大姨,你们昨晚聊得好吗?

安欣:谢谢你给我腾地方,我们好久没这么聊了,挺痛快的。

江德福:痛快就好!痛快就今儿晚上再接着聊!

安欣:你不是说,只能一晚上吗?

江德福说安杰:你怎么什么都往外说呢?

三个人哈哈大笑。

江德华不高兴了,自个儿出去倒洗脸水,故意将水泼得远远的:我让你们笑!我让你们笑!

40　早晨　大门口

江德华提着暖瓶出来打开水，碰上挑着一担水的张桂英。

张桂英：你是江参谋长的妹妹吧？

江德华：是，俺是。

张桂英：一看就是，错不了！

江德华：啥错不了？

张桂英：你不是跟安老师的姐姐一起进岛的吗？我是说你俩错不了！

江德华：噢……

张桂英：有时间到俺家串门去，俺家就在你家隔壁，抬脚就到，来呀！

江德华点头：嗯。

两人正说着，大门开了，江德福出来了。

江德福看着张桂英：好家伙，你不累吗？

张桂英笑了：一担水，累啥！

江德福：家里都安自来水了，还挑水干吗？

张桂英：还是井水好喝，井水甜！（看着江德华）记住来家串门啊！

张桂英走了，江德华盯着她不放。

江德福：你看什么？

江德华：她是谁呀？

江德福：她是主任家属，你叫她大嫂就行。

江德华：看见她，俺想起了秀娥嫂子。

江德福：谁？你想起了谁？

江德华：王秀娥！丁大哥家的嫂子！

江德福笑了：坏了！又让你找到同盟军了。

江德华：啥叫同盟军？

江德福：就是一起干坏事的人！

江德华不高兴了：干坏事？你把俺当啥人了？

41　白天　安杰家院子

安欣在晾床单，安杰下班回来了。

安欣：下班了？

安杰：又洗这么多！你可别累着！

安欣：我累不着，你别累着就行了！

安杰：德华呢？

安欣一努嘴：喏，在隔壁。

安杰小声地：真是物以类聚，人以群分。

安欣赶紧把她拖进屋。

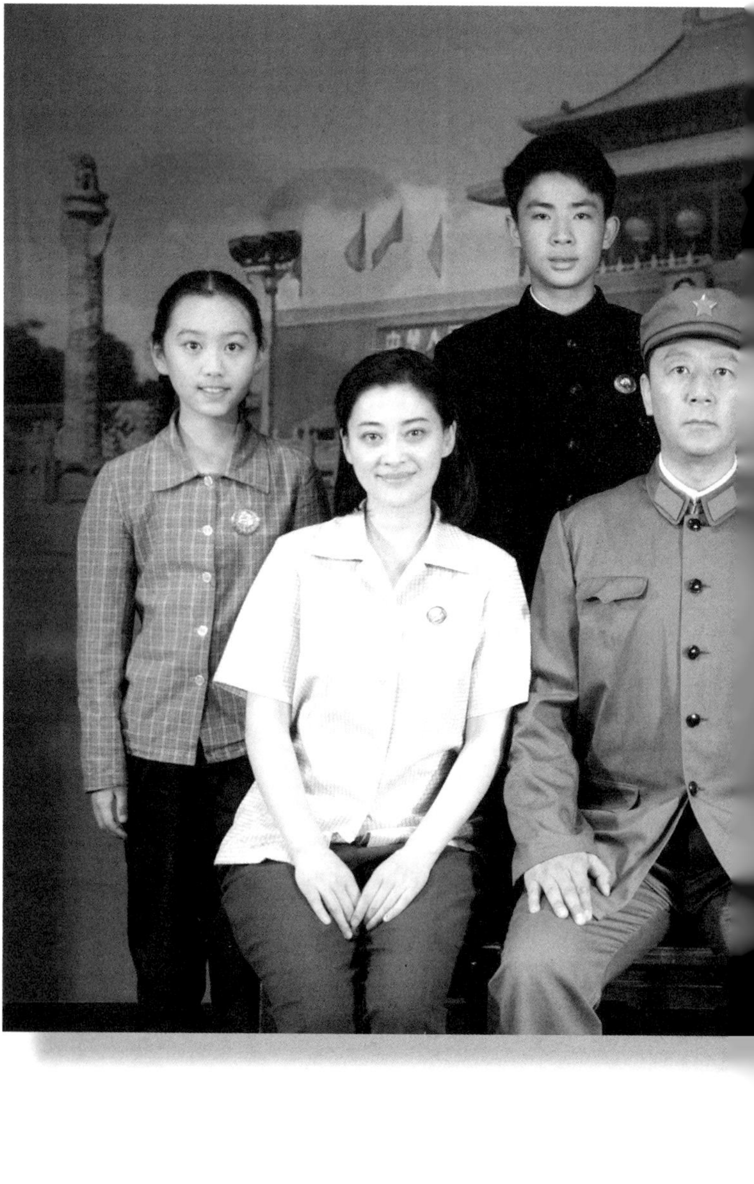

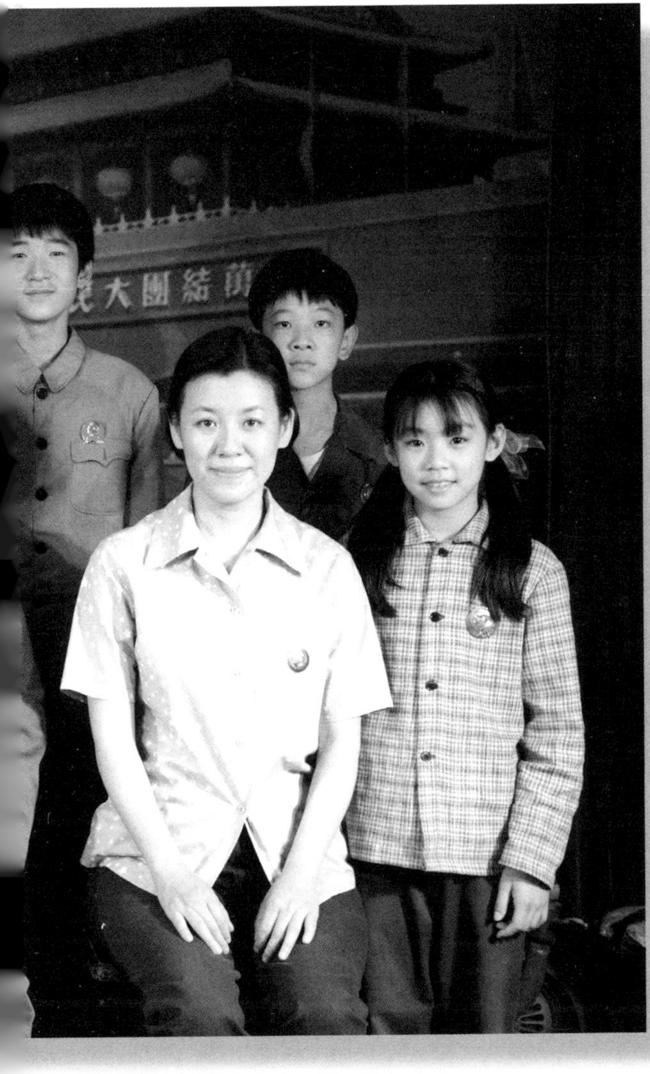